AF355125

Johannes Proelß

Gesammelte Werke

e-artnow 2018

Frank Wedekind
Gesammelte Werke: Dramen + Erzählungen + Gedichte: Frühlings Erwachen + Die Büchse der Pandora + Musik + Erdgeist + Der Verführer ... + Mit allen Hunden gehetzt und vieles mehr

Nikolai Semjonowitsch Leskow
Gesammelte Werke

Heinrich Pröhle
Gesammelte Werke: Märchen + Sagen (725 Titel in einem Buch): Kinder- und Volksmärchen + Unterharzische Sagen + Harzsagen + Rheinlands ... und Geschichten + Märchen für die Jugend

Johann Karl Wezel
Gesammelte Werke: Romane & Erzählungen: Robinson Crusoe, Belphegor, Herrmann und Ulrike, Lebensgeschichte Tobias Knauts, Kakerlak, ... der Lustige, Die Unglückliche Schwäche...

Carl Sternheim
Gesammelte Werke: Bühnenwerke + Erzählungen + Romane (30 Titel in einem Buch): Gesammelte Werke: Bühnenwerke + Erzählungen + Romane ... in einem Buch)

Johannes Proelß

Gesammelte Werke

e-artnow, 2018
Kontakt: info@e-artnow.org

ISBN 978-80-273-1872-8

Inhaltsverzeichnis

Prosa und Lyrik

Katastrophen

Poetische Bilder aus unserer Zeit

Zum Geleit

Ein Märchen leitet die kleinen poetischen Erzählungen ein, die ich in diesem Buche zusammenstelle, und die sich als poetische Bilder aus unserer Zeit, als realistische Darstellungen des modernen Lebens geben. Dieselben entstanden sämmtlich unter dem Eindruck gewaltiger, herzerschütternder Unglücksfälle, denen manches kraftvolle Menschendasein zum Opfer fiel: sie schildern allgemein betrauerte Katastrophen im Leben der Natur und der Gesellschaft im Zusammenhang mit Konflikten der Herzen und der Gemüther, welche über die verheerende Wirkung der ersteren den verklärenden Schimmer der Versöhnung breiten. So blüht aus der Asche einst kraftvoller Bäume die duftige Blume des Waldes.

Das Märchen »Hans im Glück« dagegen erstand im Gemüthe des Autors zu einer Zeit seligen Glücks, die vom frischen Hauche des Frühlings, der in der Natur wie in seinem Herzen fröhliche Ostern hielt, durchweht war.

Der Sinn des Märchens aber ist der: wahrhaft glücklich auf Erden ist allein der Mensch, dessen Auge geschärft ist für die Schönheiten der Welt außer ihm, dessen Ohr im Stande ist, den harmonischen Akkord zu erfassen, welcher auch für die Dissonanzen des Daseins besteht. Ihm ist die Erde weder die schlechteste der Welten, noch die denkbar beste, aber der vorhandene Ausgleich zwischen Gut und Schlimm, Schön und Häßlich versöhnt ihn immer aufs neue mit den Schattenseiten des Lebens. Wessen Seele dieses Glück birgt, dem genügt es aber auch nicht, sich seiner in selbstsüchtigem Behagen zu erfreuen, der fühlt sich auch angetrieben, die von ihm empfundene Harmonie zwischen sich und der Welt anderen zu verkünden als ein Apostel der Liebe zum Leben, als ein Gegner seiner Verächter. Dieses Glücksempfinden und seine Verkündigung ist Poesie. Unser »Hans im Glück« ist solch ein Glücklicher: Nur als Ahnung regt in dem Knaben sich Anfangs das poetische Drängen. Aber die Mauern der Schule versperren ihm den Weg zur Erkenntniß, die ihm das Wesen seines Berufs offenbart. Nur tastend findet er den rechten Pfad. Er empfindet die Poesie vergangener Zeiten und fremder Sinnesgenossen; er glaubt sie für sich zu gewinnen durch das Studium abstrakter Regeln, nach denen das Schöne sich bilde, aber erst der Genuß des eigenen Lebens, die Empfindung seines Zusammenhangs mit der Natur und seinen Mitmenschen, das Glück der Liebe und der freien Lebensbestimmung lösen seiner Seele die Zunge Es ist der Entwicklungsgang des modernen Dichters. Uns Söhne der Gegenwart nimmt die Schule und deren scholastischer Vergangenheitskultus frühe in ihre beengende Zucht. Auf dem Umweg durch die Welt fremder Geisteswerke, durch die dürre Haide der abstrakten Theorie gelangen wir erst auf die fette grüne Weide des Lebens Wohl dem, dessen Sinn darüber nicht jene Frische des Blicks, jene Feinheit des Gehörs für die unmittelbare Poesie des eigenen Daseins verliert!

Die folgenden kleinen Beiträge zur Poesie der Gegenwart sind von ihrem Autor geistig empfangen worden mitten in dem lauten, dissonanzenreichen Getümmel, das der Zusammenprall der öffentlichen Meinungen, Forderungen und Klagen in dem Redaktionsbureau einer großen Zeitung erzeugt. Während er die herzerschütternden Berichte über den furchtbaren Brand des Ringtheaters zusammenstellte, stieg vor seiner Seele das kleine Lebensbild auf, welches dieser verheerenden Katastrophe eine versöhnende Seite abgewinnt. Während er die Einzelheiten der letzten großen finanziellen Krise in Paris für feine publizistischen Berufszwecke studirte, entstand »Lili«, eine Erzählung, welche für die Katastrophe des plötzlichen Vermögensverlustes ein harmonisch ausklingendes Gegenbild bietet. Das große nationale Unglück der letzten Rheinüberschwemmung regte ihn zur Gestaltung der Hochflutgeschichte an, die »zwischen Himmel und Wasser« den Sonnenschein der Poesie verklärend fallen läßt und der zerstörenden Elementargewalt der Natur die siegreiche Ueberlegenheit der Kultur gegenüberstellt.

Der Dichter will sein Recht. Der Publizist stellt das Unglück dar in seiner ganzen schreckensvollen Größe, auf daß praktisch gegen seine Folgen und seine Wiederkehr angekämpft werde; der Dichter aber wird gerade auch hier seine Wünschelruthe benutzen, die ihm selbst da, wo Jammer und Elend herrschen, das Vorhandensein einer besonderen Glücksquelle zu verrathen vermag; er wird gerade auch hier dem Gedanken der Versöhnung zum Triumph verhelfen. Denn selbst dort, wo der Tod sein grausames Tagewerk verrichtete, kann sein Auge die Blume des Trostes emporblühen sehen.

Dieses Amt des Versöhners ist nicht die einzige Mission, welche der Dichter auf Erden hat. Er kennt noch eine höhere, die im Gegensatz zu jener, die gedankenlose Zufriedenheit mit den Zuständen der Welt aufrüttelt aus ihrem Stumpfsinn und der Menschheit Ideale vorführt, die erstrebt werden können und sollen zum Heile der Gesammtheit der Menschen. Aber schon diese eine Mission macht den Beruf des Dichters zu einem innigst beglückenden, zu einem der Welt unentbehrlichen. Denn was ist ohne den Glauben an die Möglichkeit eines Glückes auf Erden, ohne die Liebe des Einzelnen zum Leben alles Mühen um den Fortschritt und die Vervollkommnung der allgemeinen Zustände? Wer kämpft muthig, wenn ihm das Dasein nichts werth ist?

Frankfurt a. M., 15. April 1883.

Johannes Proelß.

Hans im Glück

Ein Frühlingsmärchen

Er war ein schmucker Klosterschüler und seine Kameraden nannten ihn »Hans im Glück«. Sein eigener Name lautete zwar ganz anders und vom Glück der Welt hatte er bisher wenig erfahren. Vielmehr war das Schicksal schon recht bös mit ihm umgegangen; es hatte ihn, den jüngsten Sohn eines ritterbürtigen Hauses, rücksichtslos zur Klerikerlaufbahn verdammt, obgleich sein thatenmuthiger, lebensdurstiger Sinn nach ganz anderen Dingen stand. Und auch nachdem das Schicksal in so wichtiger Sache gar widrig gesinnt sich erwiesen, hatte es nachträglich noch oft den flotten Jungen recht unfreundlich am krausen Gelock gezaust, denn er war jähen Sinnes und mußte dies öfters büßen. Also bei Lichte betrachtet, hatte unser Hans im Glück Pech, aber dies stand ja auch nicht im Widerspruch mit dem Märchen, nach dessen Helden die eifrigen Lateinschüler der Benediktinerabtei ihren frohherzigen Gefährten nannten. Wie dieser hatte er zwar nie einen gewichtigen Goldklumpen erhalten und somit auch nie einen solchen mit einem Gaul umtauschen können, und diesen mit einer Kuh, einem Schwein, einer Gans, einem Wetzstein, der schließlich in den Ziehbrunnen fällt. Wohl aber hatte er wie dieser einen echten Goldschatz im Herzen, ein zufrieden Gemüth, das sich schnell mit jeder neuen Lage des Lebens versöhnt und auf deren gute Seiten den Blick gerichtet hält, das lächelnd einen Verlust hinnimmt, weil es weiß, daß damit auch eine Last von der Seele genommen. Er war einer jener fröhlichen Gesellen, denen die Welt so schön erscheint, die Sonne so hell erglänzt, der Duft der Blumen so süß ist, daß sie auch mit batzenleerer Tasche, wie jener Hans im Glück des Märchens rufen können: So glücklich wie ich bin, gibt es keinen Menschen unter der Sonne.

Auch heute war er nicht trüben Sinnes, obgleich er wahrlich Ursache dazu hatte. Denn fällt es dem jungen Blute schon an und für sich schwer, lange stille zu sitzen, so pflegen Schloß und Riegel diesen Zwang zur Qual zu steigern. Und heute war Hans im Glück in Arrest. War da des Morgens ein vornehmer Jungherr auf den Klosterhof geritten gekommen, um bei seinem Ohm, dem hochwürdigen Herrn Abt, Einkehr zu halten. Es war gerade Freistunde und der seines Reiters ledige Rappe reizte bald die Neugier der unternehmenden Klosterschüler. Hans hatte eine passende Gelegenheit wahrgenommen, sich in den Sattel des stolzen Hengstes geschwungen und festen Griffes das Roß zu allerhand kühnen Reiterkünsten genöthigt. Unter dem Jubel der Kameraden war er in den Klosterhof gesprengt und hatte auf den zierlich gewundenen Kieswegen seine ritterlichen Uebungen fortgesetzt. Inzwischen war der stolze Herrensohn zurückgekehrt, begleitet von seinem hohen Verwandten. Er vermißt sein Pferd; man ruft, man sucht danach die Freude des jungen Volkes findet ein jähes Ende und ihr Held bekommt zunächst in einem der düsteren Bibliothekzimmer Muße, über die Wahrheit nachzudenken, daß wer zu hoch steigt, auch leicht fällt. Doch ihn focht dies wenig an. Sein Auge blieb hell und klar und weidete sich an dem funkelnden Spiel der goldig glänzenden Staubkörnchen, das ein breiter Sonnenstreif, der durch die grünen Butzenscheiben fiel, sichtbar machte. Der hoffnungerweckende Sonnenstrahl fiel auch auf eine Flucht schön vergoldeter Bücherrücken auf einem der Regale und bei deren Anblick verschwand erst recht jede Spur von Sorge und Kummer auf des Jünglings Gesicht. Das waren ja seine Freunde, die so oft heimlich durchstudirten Folianten: da das »große Heldenbuch«, daneben das »kleine«, hier das Lied Gutrun und da eine saubere Handschrift von Minneliedern, deren melodischer Klang schon mehr als einmal sein Herz berauscht und von denen er so manches auswendig wußte. Das war seine Lieblingslektüre; so ein Sänger zu werden, ein Freund, ein Liebling von Vornehm und Gering, von Frauen und Jungfrauen um seiner Lieder willen, dünkte ihm noch begehrenswerther, als Heldenruhm und der Preis des Siegers im Buhurt. So saß er versunken in die Welt einer ihm aus der Vergangenheit lockend entgegendämmernden Poesie und las und las, nicht merkend, daß der Sonnenstrahl allmählich der Dämmerung wich, ja einmal zweimal gar überhörend, daß dicht vor ihm am Fenster leise geklopft ward.

Ein Freund hatte nicht ohne Gefahr die Höhe gewonnen, um ihm mitzutheilen, daß der Abt aufs höchste über seinen Streich, den er als persönliche Beleidigung aufgenommen, empört sei, und ihm diesmal gar schwere Strafe drohe.

Mitten in seinem Traume von Heldenruhm und Dichterglück gestört, achtete Hans nur wenig der Warnung. Er dankte, nahm Abschied, empfahl dem Freunde herzliche Grüße an die Kameraden. Allein gelassen, suchte er dann weiter zu lesen; doch die Finsterniß wehrte es ihm. Alte Pläne von Flucht und abenteuerlicher Fahrt wurden in seiner Seele wieder lebendig. So träumte er vor sich hin.

Es war Mitternacht vorüber, da beleuchtete der Mond eine schlanke Jünglingsgestalt, die sich gewandt dem Fensterrahmen der Bibliothek enthob, dann sacht herniederglitt, leise über den Hof schlich, die Mauer hinanklomm und ein Sprung: der Klosterhof umschloß eine freie Seele weniger. Allein, ohne Lebensplan, ohne Mittel und Kenntniß des Weges schritt Hans seinen Pfad immer dem Mondlicht entgegen und doch in seiner Seele jauchzten Wonnemelodien. Wohl hatte er allen sicheren Besitz seines Lebens eingetauscht um wilde Ungewißheit; er aber war und blieb doch Hans im Glück.

Es war heller Morgen, als er mitten im Wald einem Reiter begegnete. Es schien ein vornehmer Herr zu sein, sein Roß war wohl gerüstet und auch die Kleidung zeugte vom edlen Stande des Mannes. Aber ein Kriegsmann war er nicht; der weiße Bart, die hohe Stirn gaben der hageren Gestalt den Charakter eines Gelehrten.

»Wo hinaus, junger Gesell?« hörte sich Hans angeredet.

»In die weite Welt«, gab dieser zurück.

Der Alte lächelte und sagte: »Das ist aber sehr weit, junger Freund. Habt Ihr kein näheres Ziel?«

»Nicht, daß es mir bekannt wäre. Doch vertrau ich dem Glücke, das wird mich schon führen.«

»Ihr habt ein gutes Vertrauen. Wenn es aber nicht Stich hält.«

»Ich kann warten. Einmal wird sichs schon belohnt finden.«

Der Alte lächelte von neuem. »Wißt, Gesell, Ihr gefallt mir. Vielleicht hat das Glück bereits seine Hand im Spiel gehabt, als wir uns begegnen mußten. Sagt einmal, was wollt Ihr denn am liebsten werden.«

»Ein fahrender Sänger«, war Hansens schnelle Antwort. »Wißt Ihr etwa einen Meister, der mich in der Kunst unterweisen kann.«

»Ob ich den weiß«, sagte der Alte und strich sich über den weißen Bart. »Bin ich doch selbst ein solcher, dazu kundig geheimer Wissenschaft. Könnt Ihr schreiben?«

»Das will ich meinen. Gothisch, arabisch und griechisch. Komme ja direkt von der Schule.«

»Das ist gut. So ist Euer Glück gemacht, wenn Ihr nur als mein Schreibergesell mit mir gehen und mir helfen wollt bei meiner Arbeit. Auf drei Jahre seid der meine. Dann geb ich Euch frei. Ich brauch eine glückliche Hand; die habt Ihr, wie ich merke; ich will sie hoch schätzen. Mit reichem Lohn sollt Ihr dann von mir ziehen.«

Hans wars zufrieden und schloß sich dem einsamen Reiter an. Sie bogen seitwärts und bald öffnete sich eine breite Lichtung, an deren Ende ein stattliches Schloß erglänzte. Das war des Alten Wohnsitz. Staunenden Auges betrat Hans an der Seite seines Gönners die prächtigen Gemächer. Diener waren nicht sichtbar. Aber es war, als ob unsichtbare Geister dem Alten zur Verfügung ständen. An den Thüren berührte er nur einen kleinen Knopf; die Pforte sprang auf. Sie setzten sich in einem Gemach vor einen Tisch. Der Alte berührte auch hier eine Reihe von Knöpfen und die Tafel bedeckte sich mit Speisen und Getränken. Dann führte Doktor Scholastikus so nannte sich selbst der seltsame Wirth unseren jungen Freund in sein Laboratorium. Die Wände waren mit Bücherreihen bedeckt, auf Tischen stand allerhand seltsam Geräth Tiegel, Amphoren, Retorten in einer Ecke erblickte Hans ein Gerippe und in der Mitte des Raumes brodelte ein Schmelzofen.

Zunächst wurde Hans angewiesen aus alten Folianten Abschriften von alchimistischen Recepten zu machen. Er schüttelte zwar den Kopf, inwiefern das alles mit der Poesie zu thun haben solle. Aber doch spannte das dunkle, geheimnißvolle Wesen sein Interesse. Er merkte bald, daß der Alte bestrebt war, den Stein der Weisen durch allerlei chemische Verbindungen künstlich herzustellen und wie der Weisheit war er auch der Schönheit auf der Spur. Wenn er beide Aufgaben gelöst hätte, würde er zugleich der weiseste Mann und der größte aller Künstler geworden sein. Die vielen hierzu nöthigen Studien brachte er nicht allein fertig. Deßhalb hatte er sich den sprachenkundigen Springinsfeld eingefangen. Der glaubte zwar anfangs nicht an die hohe Mission seines Meisters, aber er sah ein, daß er bei dieser Arbeit mancherlei lernen könne. Allmählich, nachdem er mehr und mehr in die Künste des Adepten eingeweiht worden, verlor sich jedoch auch seine Seele in diese Welt voll dunkler Probleme und halbgelöster Räthsel. In einem Gemach neben seiner Arbeitsstube arbeitete der Alte mit Vorliebe. Hier durfte er ihn nicht stören. Das Betreten dieses Gemachs hatte er ihm streng untersagt. Denn hier sann und schuf der Meister ganz für sich, um das Wesen der Schönheit und damit aller Kunst und Poesie Seele auf künstliche Weise zu ergründen und darzustellen.

Einst hatte Hans bis tief in die Nacht vor seinen Retorten und Tiegeln gesessen. Er hatte am selben Tage eine Mischung gefunden, die genau erfüllte, was er aus einer dunklen Weisung des Nostradamus herausgedeutet. Lange hatte sein Blick das Flackern der Flamme verfolgt, unwillkürlich war seine Hand dabei einem Drücker neben dem Herde nahegekommen, den er ehedem nicht bemerkt hatte. Da gieng plötzlich die Thüre des Nebenzimmers auf, eine weiche Musik ertönte und jenseits der Schwelle erblickte er eine feenhaft schöne Mädchengestalt, die mit lockenden Mienen ihn grüßte. Da hielt es ihn nicht mehr zurück. Er eilte auf sie zu. Das lichtgoldne Haar glitzerte vor seinen Augen mit verwirrendem Glanze, die blauleuchtenden Blicke der Jungfrau schienen ihn zu umarmen; er breitete seine Arme aus, er riß das bezaubernde Geschöpf an sein Herz; heiß inbrünstig suchte er ihre Lippen. Doch entsetzt fuhr er zurück. Kalt und hart war der Mund den er berührte; hart und wächsern der Leib den er umfaßt hielt; eine leblose Puppe lag in seinen Armen.

Gebrochen an allen Gliedern erhob er sich. Er warf die Thür entsetzt zu. Von Frost durchschüttelt taumelte er zurück zu seinem Schmelzofen. Die Flamme dünkte ihn zu schwach, er schürte sie, daß sie hell emporschlug. Der Feuerschein that ihm wohl. Doch merkte er nicht, wie derselbe den Kessel allmählich zum Glühen brachte. Der Boden ward röther und röther und auf einmal dröhnte ein furchtbarer Knall durchs Gemach. Eine Explosion war erfolgt. Die Scheiben der Fenster zersprangen, sie selbst flogen auf. Hans lag in tiefer Ohnmacht.

Als er aufwachte, fluthete der linde Hauch eines Frühlingsmorgens durch das Zimmer und fächelte seine Schläfe. Würziger Fliederduft mischte sich in das Grüßen und lauten Schalles tönte ihm durch die Stille entgegen das Lied der Nachtigall.

Er eilte ans offene Fenster. Im Morgendämmerschein lag eine blühende Frühlingslandschaft vor ihm ausgebreitet. Wie eine Auferstehungsoffenbarung trat ihm die Natur in all ihrer Schönheit und Frische entgegen. Er strich sich über die Schläfe. »Wie schön, wie schön!« rief er und athmete tief und durstig die klare, dufterfüllte Luft ein, als schlürfe er Nektar. Da drang lautes Schelten an sein Ohr. Doktor Scholastikus war im Nebenzimmer erschienen und bemerkte an seiner Schönheitspuppe die Spuren sträflicher Umarmung.

Doch nicht mit Schrecken, nur mit Ekel und Spott erfüllte der Lärm den jungen Gesellen. Wie hatte er nur so lange sein Leben in dieser Winternacht verträumen können. Was waren ihm jetzt die Schätze, die ihm der Alte in Aussicht gestellt. Er ließ sie hinter sich! Frohgemuth stieg er auf den Sims des Fensters und eine Sekunde später lag Hans in Glück unten auf dem weichen Rasen, dem Frühling am Herzen.

Wie berauscht von all der Lebenswonne, die seine Adern durchschauerte, schritt er hin durch die Gänge des großen Gartens. Die Vergangenheit kam ihm vor wie ein wüster Traum, die Gegenwart hatte ihn neu geboren. Schöne Jahre seiner Jugend hatte er vergeudet an eitle Schemen, und der Poesie, der zu dienen sein Herz sich sehnte, war er inzwischen ferner gerückt, als in der Umfriedung der Klostermauern. Wo war sie zu finden? Nicht in Büchern, nicht in phantastisch erfaßten Gesetzen der Natur, die diese doch nur entwürdigten, dessen war er sich jetzt klar! Der Natur? Ja, zu dieser, der reinen, großen, fühlte er sich gezogen mit magnetischer Gewalt!

So wogte es auf und nieder in seinem Herzen, während er unter dem schneeigen Gezweig eines blühenden Apfelbaumes sich gelagert hatte und ins klare Blau des Himmels blickte. Der Baum erhob sich dicht bei dem Bretterzaun, der den Schloßgarten von der Außenwelt trennte. Hans lag mit dem Rücken gegen den Zaun und erst der feurige Streif, welcher von der aufgehenden Sonne über denselben hinweg in den Garten fiel, veranlaßte ihn, sich umzuwenden. Er fuhr mit der Hand über die Augen wie geblendet. Was war das? Das waren nicht Sonnenstrahlen, die ihn zwangen das Auge niederzuschlagen und gleich darauf wieder zu erheben! Diese Strahlen kamen aus Augen von klarem und doch feurigem Glanze, deren Blick freundlich auf ihn niedergerichtet war. Wie ein holder Genius der Natur erschien ihm das frische Mädchen, das, die halb entblößten Arme auf die Planke gestützt, nun ihr schwarzes Krausköpfchen vorbeugte und den sie grüßenden jungen Mann freundlich anlachte. Mit Staunen hörte sie von ihm, was der alte Schloßherr eigentlich treibe und wie er selbst vor geraumer Zeit in dessen Dienste gerathen.

»Wißt Ihr auch Junker, daß man Euch das viele Studiren und Nachtwachen ansieht.« Sie sah ihm dabei tiefer ins Auge und beide wurden darüber roth. »Es war wohl höchste Zeit, daß Ihr dem bösen Manne Valet sagtet und zu uns kamet. Uns ist vor ein paar Wochen der Lehrer im Ort gestorben und ich will wetten, mein Vater, der Schulze, gibt Euch gerne die Stelle.«

»Ich aber wollte ein Spielmann werden.«

»Ei, das könnt Ihr auch bei uns. Den Liedersang lernt man am besten im Freien, in der Natur; darum sind auch die Vöglein in ihm solche Meister. Im Waldesrauschen, im Frühlingsgrün mag man das Dichten wohl besser lernen als da drin in den dunklen Stuben.

»Am besten aber,« rief Hans, »bei Dir in den Armen der Liebe!« und er neigte sich über die Planke, umarmte die holde Maid und küßte sie beherzt auf den schwellenden Mund.

Im Nu war er drüben bei ihr. Sie küßten sich sorglos und sprachen einander von Liebe, ohne zu wissen, wie es gekommen, daß deren süßer Zauber so schnell sie gefangen genommen. So giengen sie Hand in Hand der majestätisch emporwachsenden Sonne entgegen. Erst jetzt fragte sie den Freund nach seinem Namen.

»Sie nennen mich Hans im Glück. Aber erst von dieser Stunde an weiß ich, wie Recht sie haben.«

Dann saßen sie nieder unter einem blühenden Fliederbusch, dessen elastisches Gezweig lauschig sie umfieng. Sie frugen sich anfangs viel und gaben treulich Bescheid, schließlich war Frage und Antwort nur noch ein einziger Kuß.

In ihr Schweigen aber tönte festlich und fröhlich das Lied der gefiederten Sänger des Waldes und es war, als ob tausendstimmig es durch die Lüfte hallte: Nun bist Dus wirklich! Heil, Heil, »Hans im Glück«!

An jenem Tage jedoch erstand in des Gesellen liebseligem Gemüth das erste wahrhaft eigene Lied. Lateinische Hexameter hatte er wohl früher mit Eifer geschmiedet, die neue Weise entstand mühelos, von innen heraus. Das Versmaß gab ihm weder Ovid noch ein deutscher Meister und den Text entnahm er keinem Rezept der Magie. Es kam aus dem Herzen, wie das Lenzentzücken und die Liebe über dasselbe gekommen. Es war das Walten der allmächtigen Natur.

Und ein Hans im Glück blieb er sein Lebelang. Nun ist er längst gestorben. Aber sein Lied lebt noch heute und Knaben und Mädchen singen es, wenn sie am Frühlingsmorgen über den blumigen Anger durch die blaue Luft schreiten und heimlich träumen von dem wahren Glück des Lebens, von dem Geheimniß aller Poesie, der Liebe.

Durchs Fegefeuer zum Paradies

Nochmals, ich bitte Dich, laß heute das Theater und bleibe daheim. Ich bin nicht wohl und die ganze Woche schon sind wir nicht zu Ruhe gekommen. Laß uns einmal den heutigen Abend in der eigenen Häuslichkeit verbringen.«

Kurt Fernaus Stimme bringt die Bitte ruhigen Tones hervor, obgleich ein leises Zittern derselben auch die nur mühsam unterdrückte Erregung verräth.

»Du bist immer derselbe Griesgram und mußt mir alles verderben. Seit Tagen hab ich mich auf diese neue Operette gefreut und nun auf einmal, nur Deiner Grille zu lieb, soll ich daheim wie im Gefängniß bleiben. Ich will aber nicht.« »Nun, wenn Dir unser Heim wie ein Gefängniß vorkommt, gut, so geh, ich halte Dich nicht.«

Die junge, nicht geradezu auffallend, aber doch ein wenig kokett gekleidete Frau streift ein zorniger Blick des ungeduldig auf- und niederschreitenden Gatten, der, eben beim Kamin angelangt, seine nur halb gerauchte Zigarre in die glimmenden Kohlen schleudert, daß die Funken emporsprühen.

»Ja, spiele nur den Beleidigten. Diesmal behalte ich meinen Kopf!« ruft dagegen die kleine Frau, indem sie sich vom Spiegel, vor dem sie sich eben einen Bund frischer Schneeglöckchen in die Haare gesteckt hat, lebhaft abwendet und, mit dem kleinen Stiefelchen aufstampfend, eine stolze Haltung annimmt. »Wozu soll ich bei Dir bleiben? Um Deine spitzen Vorwürfe anzuhören? Ja sieh mich nur immer an mit Deinen großen Augen. Es ist umsonst. Ich lasse mich nicht mehr tyrannisiren! Wenn Dir meine Freude am Leben zuwider ist, so hättest Du das bedenken sollen, ehe Du mich zur Frau nahmst.«

Der Mann seufzt und sucht jetzt mit halb wehmüthigem Blick das Auge seiner Frau. »Emmy, Du frevelst« »Nein, Du frevelst an mir. Ich bin noch jung; ich habe ein Recht darauf, das Leben zu genießen und will es. Mama sagt es auch. Ich will mir die Lust nicht verderben lassen durch Dein sauertöpfisch Gebahren. Ich bin es müde, ja! recht müde! Und damit basta. Das Billet ist da; ich hab es angenommen, und daß ichs benutze, bin ich schon der Tante schuldig! Adieu! «

Wenige Wochen noch und das junge Paar hätte die Erinnerung an die Hochzeit zum dritten Male festlich begehen können. Aber die Stimmung ihrer Seelen dachte nicht an solche Feier der Herzen. Der Zauber, welcher die Liebenden damals berauscht und in Bann gehalten, als sie sich die Hand zum Bunde fürs Leben gegeben, war allzu früh für ihr Glück gewichen und Emmy und Kurt waren zwar noch ein junges Paar, aber halfen bereits die Menge der unglückliche Ehen vermehren. Und doch war er, wenn auch beträchtlich älter und gesetzter als die lebhafte Lebensgefährtin, ein liebenswürdiger, stattlicher Mann, wohl im Stande jedes Weib, das ihn liebte, zu beglücken. Und auch das überschäumende Temperament und der leichte Sinn des Wiener Kindes, das er an seine Seite gefesselt, war nur die Außenseite eines Innern, dem gefährlicher Leichtsinn fremd war und starke, innige Liebesempfindung eigenthümlich. Auch hatte sie beide aufrichtige Neigung zusammengeführt und der Glaube, für einander bestimmt zu sein; nicht Spekulation. Und dennoch schienen die Gluten, die einst so hell emporgeflammt, erloschen. Die Sonne des Liebesfrühlings war jäh untergegangen und kalter Frost hatte die einst so glühende Wärme der Herzen vernichtet.

Kurt Fernau, ein talentvoller Musiker, war vor fünf Jahren nach Wien gekommen, wo er an einem der großen Concertinstitute der Donaustadt lohnende Anstellung gefunden. Er war Norddeutscher von Geburt und auch nach Bildung und Wesen. Wie aber das Fremdartige auf die meisten Naturen einen ganz besonderen Reiz ausübt, so hatte auch der Zauber des Wiener Lebens ihn überkommen wie eine holdselige, süß berauschende Offenbarung. Das bestrickende Lied der schönen, berückenden Sirene an der Donau bethörte auch ihn. Auch ihm wurde das Leben hier zu einem melodischen Reigen glänzend bunter Feste und die im Walzertakte das Leben genießenden Wiener fanden in ihm einen gar wackeren Kameraden. Doch auch ihm blieb die Abspannung, die den Fremden in Vindobonas Rosengarten so leicht befällt, ähnlich der Wirkung allzu würziger Blumendüfte, nicht erspart. Der leichte Sinn der Bewohner erschien ihm bald haltlos und selbst das wechselreiche Bacchanal ihrer Freuden schal und ermüdend. Die

Gegenwart befriedigte ihn nicht mehr und er begann sich zu sehnen, zu sehnen nach ruhigem, dauerndem Glück. »Laß fahren dahin das allzu Flüchtige« im schnell verfliegenden Rausch der Sinne hatte er diese Wahrheit erkannt und nun suchte er das Glück in Dauer, die Liebe in Ruh. Doch in dem neuen Ideal wogte noch auf und nieder die Freude an der heiteren Auffassung des Lebens, die sonnige Heiterkeit, die seiner Seele bei seiner Herkunft nach Wien so wohl gethan. Nicht ganz wollte er sie missen, nur ruhig genießen, für sich, ohne Aufregung.

In dieser Stimmung hatte er Emmy kennen gelernt. Sie zählte damals noch nicht ganz neunzehn Jahre. In dem Feuerglanz ihrer dunklen Augen, in der sanften Glut ihres noch in der Knospe befindlichen Wesens glaubte er gefunden zu haben, was er suchte, eine Vermittlerin des Glücks, das sein Herz ersehnte. Sie war das Kind eines Beamten in der Provinz und lebte seit nahezu zwei Jahren unter der Obhut ihrer Tante in Wien, einer gutmüthigen alten Damen, die ihre helle Freude hatte an dem Goldkind, das ihr von den Eltern übergeben worden war, damit es in der Kaiserstadt seine hübsche musikalische Begabung ausbilde. Auf einem Ball, der zu Ehren einer musikalischen Berühmtheit gehalten wurde, in dessen hellaufwirbelnder Luft Fernau der ganze Zwiespalt seines Innern klar ins Bewußtsein trat, war er ihr zuerst begegnet. Ihm war als habe ihm die Muse seines Lebens eine Erlöserin gesendet. Die Wonne darob gab seiner Werbung jene Bestimmtheit und Kraft, denen der Erfolg selten versagt bleibt und wie im flüchtigen Begegnen der Augen sich die Seelen gefunden, so genügte ein bald sich darbietender Augenblick zum Bunde derselben für ewig. Hindernisse standen den Liebenden nicht im Wege und bald war auch der Bund vor dem Altare besiegelt.

Die volle Flut des Glücks nahm das gemeinsam bestiegene Lebensschiff der jungen Eheleute zunächst auf seine fröhlich aufschäumenden Wellen. Wohl trat bald die Verschiedenheit der beiden Naturen an tausend Punkten hervor, aber die Wahrnehmung erhöhte nur den Reiz des Lebens, erweiterte den Kreis der gemeinsamen Freuden. Die Macht der Wahlverwandtschaft entgegengesetzter Elemente schien sich wieder einmal siegreich bewähren zu wollen. Das gieng bis nach dem ersten Rausch der Flitterwochen, nach der an Eindrücken wie an innerem Glück überreichen Hochzeitsreise und den geselligen Zerstreuungen, welche die Heimgekehrten begrüßten, bei Fernau das Bedürfniß nach stillem Familienglück täglich stärker sich geltend machte und die naive Genußsucht der jungen Gattin mit allerhand Bedenken kreuzte. Was die Liebe anfangs immer wieder heilte, zerstörte jedoch der Einfluß der Tante, die, eine echte Wienerin, ihren Liebling in nichts verkürzt sehen wollte. Ihr hatte das ruhige Wesen Fernaus von vornherein nicht so recht gefallen. Als sie aber wahrnahm, wie an dem Mann ihres lieben Miezerl täglich mehr hervortrat, daß er von Grund seines Wesens ein rechter Stubenhocker und Häferlgucker, hatte sie es für Pflicht gehalten, einen geheimen Krieg gegen ihn zu eröffnen, der zum Zweck hatte, dem überhäuslichen Schwiegersohne seine Pflicht ins Gedächtniß zu rufen, für das Vergnügen seines jungen Weibes zu sorgen. Wie so oft im Leben säte ihre falsch geleitete Liebe nur Unheil. Was im Grunde nur Einflüsterung der Tante war, nahm Fernau als Offenbarung des innersten Wesens seiner kleinen Frau; der Wahn befiel ihn, er habe sich völlig in ihr getäuscht, und damit der Glaube, strenges Auftreten könne allein vom gesunden Kern ihres Wesens noch retten, was zu retten sei.

Doch auch diese Pädagogik konnte sich keines erquicklichen Resultates erfreuen. Emmy fühlte sich von ihrem Gatten falsch verstanden und ungerecht behandelt und hin und wieder mit Recht. Denn sie durfte oft für Laune und Hypochondrie halten, was thatsächlich auf seiner Seite nur ein verfehlter Versuch war, den noch wenig häuslichen Sinn seiner jungen Lebensgefährtin der eigenen Sinnesart anzupassen. Er umgekehrt nahm dieses und jenes durchaus berechtigte Aufflackern einer natürlichen, die Schranken des Sittlichen achtenden Lebenslust für bedenkliche Zeichen eines unausrottbaren Flattersinns, eines schmählichen Mangels an Liebe.

Mit besonders einschneidender Schärfe war der Zwiespalt zwischen den beiden Gatten aber erst in den letzten Wochen hervorgetreten. Der Besuch von Emmys Mutter hatte statt der erwünschten Gemüthlichkeit eine Reihe aufgeregter Tage gebracht, deren Festlichkeit aus Zerstreuungen und Vergnügungen bestand, an denen Fernau nur die Unbequemlichkeit verspürte. Und der Einfluß der Tante brachte es schon am ersten Tage dahin, daß für Fernau das viel bezweifelte Märchen von der bösen Schwiegermutter zur unerquicklichen Wirklichkeit wurde. Auch die Mutter der Frau versuchte nun an ihm herum zu doktern. Oft gab ein Wort das andere, aber im Geräusch der gastlichen Zusammenkünfte bei Verwandten und Freunden konnte die Verstimmung nicht zu einem vollen Ausbruch kommen. Nun war endlich, so meinte Kurt der Besuch wieder von dannen gereist. Der geplagte Ehemann athmete auf, und er holte tief Athem, um seinen Zorn in wenig Worten auf das Haupt der Gattin zu entladen. Natürlich blieben auch unzarte Bemerkungen auf die Mutter Emmys nicht aus, die diese beleidigen mußten und welche sie nicht unerwidert ließ. Schon einmal hatte er eine Berufung auf die Meinung der Mutter brüsk mit der Bemerkung erwidert, er hindere sie nicht, bei dieser sich Trost zu suchen.

So stand es am heutigen Tage. Die katholische Bevölkerung feierte Mariä Empfängniß; in dem Modetheater der Saison, dem glänzend ausgestatteten Ringtheater, war eine neue Operette, ein hinterlassenes Werk Offenbachs, angesetzt und die Tante hatte ihrem Liebling ein Billet zu verschaffen gewußt. Emmy hatte unterlassen, rechtzeitig ihrem Manne von ihrem Vorhaben etwas zu sagen, und so traf er sie am Nachmittag bei seiner Nachhausekunft vor dem Spiegel in voller Toilette, wie wir Eingangs sahen, beschäftigt, die letzte Hand an dieselbe zu legen.

Auf das verletzend genug hervorgestoßene »Adieu!« der Frau wußte sich Kurt nicht mehr zu halten. Mit hastigem Schritt vertrat er ihr den Weg und mit der Linken die Klinke der Thüre ergreifend, faßte er mit der Rechten die ausgestreckte Hand der Frau: »Hier bleibst Du«, raunte er ihr mit von Erregung verschleierter Stimme zu. »In der That Du hast Recht: es ist genug! Und eh Du gehst, sei das entscheidende Wort gesprochen. Dein ganzes Benehmen sagt mirs: Wir passen nicht zu einander. Der Augenblick ist zu ernst, als daß ich nur Dir die Schuld daran zuschieben möchte. Aber das Eine höre: Geh ins Ringtheater nur zu, ergötze Dich an der bunten Komödie Du kannsts ja! Geh wohin Du willst und amüsir Dich von Herzen. Aber dann geh auch Zu Deiner verehrten Frau Tante, betrachte deren Häuslichkeit als die Deine. Dort wirst Du ja glücklich sein Und nun sage auch ich: Adieu! Leb wohl.« Seine Stimme war während dieser Worte fester, seine Sprache abwägend geworden. Jetzt ließ er die Hand seiner Frau los, sah sie noch einmal forschend an, als wolle er ihr das Innere ergründen, und gieng dann gemessenen Schrittes aus dem Zimmer in sein Privatbureau. Emmy aber, die einen Augenblick verdutzt drein gesehen, schüttelte ihr Köpfchen, wie um unwillkommene Sorgen abzuschütteln, versuchte eine Strophe aus Strauß »Fledermaus« zu trällern, die freilich auf den Lippen erstarb, schloß diese dann mit dem Ausdruck des Trotzes, sah nach der Uhr und verließ ohne weiteres Zögern Wohnung und Haus

Das Haupt auf die Hände gestützt, saß Kurt vor seinem Clavier. Seine Züge waren gespannt und starr, doch im Auge schimmerte ein feuchter Tropfen. Er hatte erwartet, Emmy würde Reue bekommen, aber er hatte vergeblich geharrt. Jetzt mußte die Vorstellung von »Hofmanns Erzählungen« bereits begonnen haben. Da schreckt ihn aus seinem düsteren Grübeln dumpfer Lärm auf. Auf den weißen Tasten vor ihm spiegelt sich eine helle Röthe Die Dezembersonne war doch längst untergegangen, er blickt auf und eilt ans Fenster. Der Himmel ist blutigroth. Eine Feuersbrunst sie muß mitten in der Stadt sein Unbestimmte Ahnung treibt ihn hinunter. Seine Straße ist leer, die nächste auch. Endlich stößt er auf einen Dienstmann. »Wo brennts?« ruft er diesem zu. »s ist kaum glaublich Herr,« giebt der zurück, »sie sagn, das ganze Ringtheater ständ in Flammen.« »Wie Mann! Besinnt Euch! Welches Theater,« schreit Fernau entsetzt. »Das Ringtheater ! Freilich. Das wird a böse Gschichtn geben.« Wie von tausend Dämonen verfolgt, die ihm markverzehrende Worte ins Ohr zischeln, eilt nun Fernau die Straßen hinunter. Er trifft einen Fiaker: »Schnell zum Ringtheater!« Der Wagen saust dahin, als wüßte der Kutscher, was der Arme da drinnen dort sucht. Doch bald stockt die Fahrt. Dichtes Menschengewühl hält den Wagen auf. Leichenblaß entsteigt ihm Fernau, und wie trunken strauchelt er, denn dort vor sich sieht er das Funkenmeer stieben, den flammendurchglühten Rauch schwelen und lohen, dort vom Theater, das seine Frau, seine kleine, unbedachtsame, sorglose, und doch so liebe, einst so zärtlich geliebte Frau vor wenigen Minuten betreten.

»Sind die Besucher gerettet?« stammelt er und fürchtet sich fast, die Frage an einen der Umstehenden zu richten. »Soll wohl sein! hörts eben einen Schutzmann behaupten.« »Unsinn, Unsinn,« sagt dagegen ein hoher, vierschrötiger Herr daneben. »Nichts ist gerettet, und drinnen waren genug als das Feuer ausbrach. War ja da als die Geschichte begann!«

Fernau steht einen Moment wie vom Donner gerührt. Dann rafft er sich empor und kennt nur ein Ziel: das Theater selbst. Er braucht Riesenkräfte. Die Menge umstaut das Theater. Endlich ist er am Ziel. Er hat den Ring erreicht, welchen die Schutzmannschaft um den Platz vor dem Theater bildet. Nun durchbricht er auch den. »Halt mein Herr!« herrscht ihn einer der Wächter an. »Mein Gott, lassen Sie mich! Meine Frau ist drinnen im Theater!« »Sie irren, Alles, was drinnen war, ist gerettet! Beruhigen Sie sich. Zurück, treten Sie zurück!« Fernau weicht der Macht. Aber er eilt einer anderen, schwächer mit Schutzleuten besetzten Stelle zu und sucht Eingang zu gewinnen. Doch nur mit demselben Erfolg. Dabei prasselts, zischts und lärmt es von anfahrenden Spritzen, von plätschernden Wasserstrahlen, von aufgeregt hervorgebrachten Kommandoworten, dazwischen tönen Wehelaute aus dem Publikum, ängstliches Hilfeverlangen, wüthende Anklagen. Alle diese Eindrücke stürmen mit betäubender Wirkung auf den Aermsten ein, der für einen Moment gebrochen dasteht, während sein Auge in die grelle Glut starrt, welche den Platz gräßlich erhellt.

Da stürzt ein Herr, rauchgeschwärzt, aus einem der Thore, in seinem Antlitz den Ausdruck des höchsten Schreckens. Zufällig nimmt er den Weg auf jene Gruppe, zu der Fernau gehört. »Sind noch Menschen drinnen«, ruft der Erste ihm bebend entgegen. »Freilich Oben Rettet!« stößt der Entkommene hervor. Die Nachricht verbreitet sich schnell, und gellend wie Wuth-geheul wird der Ruf nach Rettung wiederholt, während die Beamten bei ihren falschen Trost-sprüchlein kaum zu beharren vermögen.

Jetzt entsteht plötzlich Stille, sie dauert einige Sekunden und dann erschüttert ein lauter Auf-schrei die Luft. Ists Staunen, ists Drohung oder Klagelaut? Es ist die schreckliche Gewißheit, daß der unselige Brand wirklich auch Menschenleben in Gefahr gebracht hat. Der erste Tod-te war, entsetzlich verstümmelt und entstellt, herausgetragen worden. Vierzehn weitere Opfer folgen. Man trägt die Leichen nach dem Polizeigebäude. Alles drängt diesem Kondukte zu. Fernau jedoch steht still. Er will und kann nicht an das Gräßlichste glauben, seine Frau nicht suchen unter den Sterbenden. Sein Auge sieht an der reich dekorirten Front des brennenden Prachtgebäudes empor, es sucht die Fenster ab, ob sich an ihnen keine Spur von Geflüchteten zeige. Aber er sieht nur die Gestalten der Pompiers, die von außen auf den Simsen hinkriechen, um die Mündungen der Spritzenschläuche dem Feuerherd so nahe wie möglich zu bringen. Die Glut dort muß grenzenlos sein. Doch siehe plötzlich erscheint eine ängstliche Gestalt auf dem Balkon und wieder und wieder eine. Aufs neue entsteht eine drückende Pause schweigender Spannung. Und mit einem Klange, der fast Freude verwandt ist, ertönt der Ruf nach Leitern, Sprungtüchern, Tauen. Aber er verhallt ohne Wirkung. Von Rettungsapparaten ist noch nichts zur Stelle. Der Balkon füllt sich mehr und mehr. Der Hilferuf der vom Feuer Bedrängten dringt gellend von oben hernieder. Beim Feuerschein kann Fernau die einzelnen Gestalten erkennen. Angst entstellt Aller Züge Denn immer näher dringt zu ihnen das Krachen und Knistern von der Flammen schonungslosem Zerstörungswerk hinter ihnen. Wer weiß, wie lange dieser Standort noch ein Schutz ist?

Fernau späht sich seine Augen aus sucht und sucht. Da fährt er mit der Hand über die Stirn und benutzt sie als Schirm, um die Schärfe des Blicks zu erhöhen. Ists ein Traum? Kann es Wirklichkeit sein? Darf er das Wunder glauben? Ist die zarte Frauengestalt, die ihn hilfeflehend zu sich zu winken scheint, ist es ja sie ists, seine Emmy!

Nun wird jede Sekunde zu einer Ewigkeit voll jubelnder Hoffnung, voll verzweifelnder Un-geduld. Die Augen suchen sich, haften in einander. Denn die Gluten des feindseligen, zerstör-baren Elements haben längst den Frost, der beider Herzen erstarrt hatte, geschmolzen, und neue Glut voll zehrender, sorgender, quälender Sehnsucht fluthet auf und nieder in den Seelen der Gatten. Fernau hat kein Auge mehr für das, was um ihn her vorgeht. Er bemerkt nur me-chanisch, daß einzelne der Männer, die auf das Sprungtuch nicht mehr warten wollen, direkt herunter springen, in die Menge, die ihrer mit offenen Armen harrt. Auch er streckt die Arme aus, voll Sehnsucht und bereit, sanft zu betten, wer dort von oben zu ihm den Sprung wage.

Aber vergeblich, die junge Frau ist zu schwach für den Versuch. Wohl möchte auch sie. Da erleuchtet freudige Gewißheit den Blick. Die Zeit des Wartens ist vorüber. Die Sprungtücher sind angelangt, werden ausgebreitet. Erst werden sie von einigen Männern erprobt. Sie halten fest und tragen treu das kostbare Gut, das sich ihnen anvertraut. Und nun, ja, es ist Emmy, welche eben zwei freundliche Männer auf die Ballustrade heben. Es ist sein Lieb, was jetzt herniederspringt und das nun weinend und bebend sich in seine Arme schmiegt, stammelnd: »Da hast Du mich! Dein kleines Weib. Ganz und für immer.«

Dann schloß eine Ohnmacht ihre Lippen.

Ein grauenvoller Tag des Schreckens für Wien, für die Welt erreichte mit diesem 8.Dezember des Jahres 1881 sein Ende. Da ist kein Mensch, der die Kunde von all den Schrecknissen, von den schweren, unerträglichen Prüfungen, die durch jenen gräßlichen Theaterbrand über Tausende verhängt wurden, nicht mit Trauer und Herzeleid gelesen hätte. Wohl kein Auge blieb trocken in dem sonst so lustigen Wien angesichts der furchtbaren Heimsuchung. Aber in den Thränen zweier Augenpaare mischt sich doch ein seliges Lächeln, wenn ihre Besitzer an die furchtbare Schreckensnacht denken und in inniger Umarmung tauschen sie trauliche Worte.

»Uns brachte sie doch Glück, die fürchterliche Nacht. Denn sie führte uns zum mildwarmen Lande des echten Liebesglücks durch Frost und Gluten.«

»Durchs Fegefeuer zum Paradiese!«

Das waren unbeständige Frühlingstage, die ich im Mai des Jahres 1873 in der Heimat antraf. Ich kam aus dem Süden, dem Land der Sonne und der Sorglosigkeit, daheim hiengen Wolken am Himmel, umlagerte die Sorge das Leben. Und doch war es Mai. Aber alle bösen Eigenschaften, welche der Volksmund dem oft so lieblichen April nachsagt, hatte diesmal der vielbelobte Wonnemond entfesselt und dabei herrschte sommerliche Schwüle, die sich dann und wann in Gewitterschauern über der blühenden, kaum zu frohem Dasein erwachten Erde entlud.

Eine Gewitterstimmung fand ich auch in den Kreisen meiner Bekannten und Freunde und bald sollte ich erfahren, daß solche Schwüle auch im Leben der Gesellschaft gar oft Entladungen von vernichtender Wirkung zur Folge hat. Das Gewitter hieß Krisis des Geldmarktes. Das Spekulationsfieber hatte damals Menschen ergriffen, deren Gedanken- und Gesprächskreise sonst weitab von der Welt der Geldgeschäfte gelegen hatten, und mit aufgeregter Spannung verfolgte plötzlich der sonst so bedächtige Rentner das Steigen und Fallen der Course, die Erscheinungen und Bewegungen an der Börse, für die er vorher nur wenig Verständniß gehabt. Und in jenen Tagen war nur vom Sinken der Werthpapiere, nur von erschütternden Katastrophen an der Börse die Rede.

An dem Morgen, der mir heute mit greifbarer Lebendigkeit in der Erinnerung auftaucht, ließ freilich die Sonne und ihr lichtes Spiegelbild auf der Erde nichts von solchen Betrachtungen aufkommen. Wie die Jugend unter dem Gruß des Glücks, schnell und lebensfroh, das momentan durch einen Mißerfolg gebeugte Haupt erhebt, so heben die Blätter und Blüten des Frühlings unter der Sonne erneutem Gruß duftiger und kräftiger denn vorher ihre zarten Spitzen und Häupter, als sie unter des Regens Druck und der Tropfen Last tiefgesenkt und niedergebeugt wurden. Von den Stürmen der vergangenen Nacht wußte der helle Morgen nichts, der glitzernd im Sonnenlicht, über den Weinbergen und Obstgärten des Dresdner Villendorfes Loschwitz im Blau des Himmels sich wiegte. Daß am Abend vorher rauhes Wetter in den Laubkronen der Pfirsich- und Aprikosenplantagen rücksichtslos gehaust und gezaust, verrieth das rosafarbene Blütenmeer nicht, aus dessen schimmerndem Gewog die Paläste und Landhäuser, welche den anmuthigen Hügelkamm an der Elbe bedecken, malerisch hervorlugten. Was in den Kelchen der Blumen glänzte, ob es ein hängengebliebener Regentropfen von gestern oder nur perlender Morgenthau war, es wußte niemand zu sagen. Mir aber schien es Morgenthau zu sein, als ich durch die engen Bergpfade, welche die einzelnen Besitzungen trennen und verbinden, hinaufwanderte, vom Landungsplatze des Dampfschiffes, das mich nach kurzer Fahrt von Dresden heraus in diese Maienwelt gebracht hatte. Mir schien die Welt in Licht und Anmuth getaucht, als ich in das Gehege der reichen, glänzenden Besitzung eintrat, die mein Freund Erich Wollheim, wie er mir geschrieben, vor Jahresfrist hier erworben hatte und seitdem mit seinem jungen, damals ihm angetrauten Weibe bewohnte. Und mir war, als hätte ich ein Eden betreten, an dessen Pforten Schutzengel Wache halten, damit die Sorge und die Noth nicht eindringen können, als ich durch die blühenden Laubgänge, an den duftenden Jasmin- und Hollunderbüschen vorbei schreitend, um eine Wendung biegend, vor ein Bild trat, das in jedem Zuge ein heiteres Daseinsglück in reichster Fülle wiederstrahlte. Von dem schloßähnlichen Bau zweigte sich rechts eine Terrasse ab, deren Gitterwerk ganz mit edlem Rebengerank umzogen war. Von dieser herab führte eine Freitreppe nach einem von Strauchwerk reich umsäumten Platz, in dessen Mitte ein Springbrunnen seinen Wasserstrahl in tausend glänzenden Tropfen in die sonnige Luft versprühte.

Auf der letzten der Stufen dieser Treppe aber stand eine lichte Gestalt, deren knospende Formen sich vom tiefblauen Hintergrund des Himmels wundervoll abhoben; eine junge vornehme Frau, ganz in Weiß gekleidet, dessen frischen Glanz der helle Ausputz nur erhöhte; ein zierliches Morgenhäubchen auf dem lockigen kindlichen Krauskopf, aus dessen Mienen die Freude lachte, als wäre die Trägerin der Genius der Freude selbst. Huldigte ihr nicht alles, was sie umgab? Die Natur selbst mit allen ihren Reizen; der alte Gärtner, der ihr eben einen Strauß duftiger Moosrosen, offenbar das neueste seiner Zucht, überreichte, die schlanke Gesellschafterin, die eben davon eilte, um einen Auftrag auszuführen, Alles bis herab zu den beiden kleinen tollen Seidenspitzen, die in drolligen Sprüngen sie umspielten und ihre schwarzen koketten Näschen in den Falten der auf den Treppenstufen aufgebauschten Schleppe ihrer Gebieterin vergruben.

So trat mir die junge Frau des Hauses, die Gattin meines alten Freundes Wollheim, seine Lili, wie er sie in seinen Briefen mir genannt hatte, entgegen; mir noch unbekannt und doch erkannt, mir noch fremd und doch schon vertraut. Uns verband die Liebe zu Einem, zu Erich, ihrem Herzensschatz, meinem Jugendfreund. Er selbst war nicht anwesend, sondern schon zeitig in die Stadt gefahren. Natürlich galt unser Gespräch, ihr Geplauder ihm. Er hätte jetzt überhaupt viel in der Stadt zu thun, sagte sie, sie wisse freilich nicht was; aber wichtiges müsse es sein, sonst würde er sie nicht so oft und so lange ganze Tage oft sagte sie schmollend, allein lassen. Er habe sich an einem großen Bauunternehmen betheiligt, das sei alles, was sie wisse. Erich liebe es nicht, von Geschäften mit ihr zu sprechen. Und sie verstände wohl sicher nur wenig davon. Im Grunde müsse sie sich auch freuen, daß ihr Mann eine Beschäftigung gefunden, die sein Inneres so in Anspruch nehme. Als er bei ihrer Verheirathung beschlossen habe, eine praktische Bethätigung seiner Kunst als Architekt zunächst ganz aufzugeben, um sich nur ganz ihr und seinen Studien im Hause zu widmen, da habe sie aufgejubelt und es sei so recht nach ihrem Wunsche gewesen. Dann aber habe sie oft recht drückend die Sorge empfunden, ob sie, ihre Unterhaltung, ihr geringes Wissen ausreichen könnten, ihm Ersatz für die reichen Eindrücke seines früheren Lebens, für den Verkehr mit Kunstgenossen, für den Reiz der Ausführung eigener Pläne zu bieten. Auch sei ihr im Hause fast nichts übrig geblieben, zu thun. Alles habe er, der Praktische, der Erfahrene, besorgt, bestellt, ausgeführt, auch im Hauswesen, in der Wirtschaft. Sie sei wohl manchmal da recht eifersüchtig auf ihr Ressort geworden, denn sie sei sich so überflüssig, so zwecklos neben ihm vorgekommen. Nur Schmuck, nur Zierrath. »Ja,« fuhr die kleine schmucke Hausfrau fort, indem sie mit naivem Stolz mit einem Schlüsselbund klirrte, welcher an altdeutschem Träger ihr vom Gürtel niederhieng, »das ist jetzt, wo Erich so oft abwesend, besser geworden und das ist auch ein Trost.« Indem kam geräuschlos ein Diener über den Kiesweg in die geräumige Laube, in der wir uns niedergelassen. Schweigend servirte er die Bestandtheile eines einladenden Frühstücks. »Es ist gut, Anton«, sagte sie. »Hat der Herr Weisungen hinterlassen?« Der Diener hatte eine ganze Liste von Aufträgen zu melden und zum Schluß den Gruß, daß er zu Tisch schwerlich zurückkommen werde. So gern er möchte, denn er erwarte Besuch dabei nannte der Diener meinen Namen und gieng.

»So ist er nun. Bis zu den Arrangements der Küche reicht seine Sorge und dann kommt er selbst nicht zu Tisch. In der letzten Zeit ist er wirklich ein wenig zu viel vom Hause fort. Ueberhaupt« und ein Schatten flog über die heiteren Züge »er macht mir seit einigen Wochen rechte Sorge. So oft ist er zerstreut und bleibt abwesend, auch wenn er bei mir ist. Das war sonst nicht so. Auch sein Aussehen beunruhigt mich. Fast fürcht ich, daß er mir krank wird. Freilich will er nichts davon wissen; wie und wann ich auch frage, er weist alle meine Sorgen ab und lacht mich aus. Aber das Lachen kommt nicht aus dem Herzen. Ja, ja, so ganz wie Sie meinen, sind auch wir hier draußen vom Glück nicht bevorzugt und von der Sorge verschont. Trotz des lichten Frühlingswetters ist mir jetzt manchmal recht trüb ums Herz Sie haben meinen Mann noch nicht wiedergesehen?« Ich mußte es verneinen. Seit meiner Rückkunft hatt ich den Treuen von Angesicht noch nicht geschaut.

Erich Wollheim und ich waren Schulkameraden und als solche die besten Freunde gewesen. Verschiedenes Studium hatte dann unsere Wege getrennt; er war Architekt geworden, ich auf die Universität gegangen. Der Reichthum seines vor zwei Jahren verstorbenen Vaters, dessen einziger frühe verwöhnter Sohn er war, hatte ihm dann lange Reisen gestattet, in Frankreich, England, Italien; aber wiederholt waren wir uns auch in der Heimat wieder begegnet. Nach einigen erfolgreichen Versuchen, seine Kenntnisse und sein Talent praktisch zu verwerthen, hatte er vor Jahresfrist geheirathet und sich in die herrliche Villa in der Nähe seiner Vaterstadt mit seinem jungen Weibe eingesponnen wie in einem verwunschenen Schloß. Lili hatte schon seit längerer Zeit in seinen Briefen eine Rolle gespielt. Erst als eine ihn, den Verwöhnten, entzückende Badebekanntschaft, dann als Mittelpunkt seiner Zukunftspläne und dann eines Tages als seine Braut. Seitdem waren seine Korrespondenzen sparsamer geworden; gleich nach meiner Ankunft in Dresden aber hatte ich seine dringende Einladung erhalten, ihn so bald als möglich auf seinem Landsitze zu besuchen.

Lili war das Kind eines bekannten Kunstgelehrten, der stets in der guten Gesellschaft gelebt, aber dafür und für die Erziehung seiner Kinder auch sein jährliches Einkommen hatte aufwenden müssen. So hatte sie eine Bildung, wie sie den Töchtern reicher Leute wird; als Erich die eben zur Waise Gewordene zu seiner Braut erkor, war sie jedoch mittellos. Das war ihm gerade recht. So konnte er der Geliebten alles sein; alles hatte sie von ihm zu empfangen, von seiner Liebe. Und er überschüttete das kindlich liebliche Geschöpf, das so in jeder Beziehung die Seine ward, mit Aufmerksamkeiten, mit Geschenken, mit Kostbarkeiten, deren Werth sie selbst kaum zu schätzen wußte. Das ersah ich schon aus diesem ersten Gespräch. Armuth, Entbehrung waren ihr fremd geblieben durch die frohe Wendung des Geschicks, die, als der Vater starb, ihr Wollheim an die Seite stellte. Sie kannte keine Bedürfnisse, die ihr nicht erfüllt worden wären, erst vom zärtlichen Vater, dann vom Bräutigam und Manne. Und so hatte die Welt wohl Recht, sie ein Glückskind zu nennen. All dies überdachte ich, nachdem ich mich von der liebenswürdigen Wirthin verabschiedet hatte, auf der Rückfahrt nach Dresden, wo, wie mir Frau Lili versichert hatte, der Aufenthalt des Freundes beim Portier eines bestimmten Hotels leicht zu erfragen sein würde. In demselben pflegte er bei längerem Verweilen in der Stadt auch zu speisen. Ich sehnte mich, den Guten endlich zu treffen, nachdem wir uns in den Tagen seit meiner Rückkunft mehrmals verfehlt, wie auch heute. Umsomehr, als die Mittheilungen der kleinen Burgfee in ihrem Landidyll da draußen mir doch Sorgen um ihn rege gemacht hatten. Dennoch war der Nachmittag schon etwas vorgerückt, als ich dazu kam, das genannte Hotel aufzusuchen. Der Portier sagte, Herr Wollheim müsse jede Minute kommen. Es sei heute schon wiederholt nach ihm gefragt worden; er sei Mittags zur Table dhote gekommen, aber gleich wieder davon geeilt, nachdem er eine inzwischen für ihn angelangte Depesche gelesen. Vier Uhr habe er als Zeit seiner Rückkehr angegeben. »Da schlägt es eben.«

Ich gieng vor die Thüre des Hotels, um zu warten. Eben kehre ich mich gegen ein Plakat, da biegt hastig ein Herr in das Portal ein, mich dabei unsanft berührend, »Pardon«, ich wende mich. Ist er es wirklich? Ich traue meinen Augen nicht, als ich in das Gesicht mit den vertrauten lieben Zügen blicke, die so aufgeregt, so entstellt sind, daß ich sie nicht anzuerkennen wage. Aber er ist es doch mein Freund Erich, wenn es auch nicht sein freundliches ruhiges Auge ist, was mit halb erschrecktem, halb ängstlichem Blick den meinen erwidert.

»Du, Du! Endlich!« stößt er kurz hervor. »Willkommen!« »Aber bitte eine Sekunde! Ich bin gleich zu Deiner Verfügung.« Er wendet sich zum Portier, der ihm eine Reihe von Briefschaften einhändigt. »Dies schickte soeben Ihr Bankier.« Erich legt alles Andere bei Seite und öffnet mit fieberhafter Spannung das Billet, nachdem er bei Seite getreten. Er liest, er stiert in das Blatt; er läßt es nicht sinken, sondern hält es starr vor sich, aber seine Hand zittert, seine Kniee wanken; ich stürze auf ihn zu. »Um Gotteswillen, was fehlt Dir?« Das erweckt ihn aus dem Seelenkampf, der offenbar ihn befallen. Ein gewaltsamer Ruck, er zerknittert das Papier und steckt es in die Tasche. »Es ist nichts, Freund. Gleich! Nur ein wenig Geduld«, sagt er leise und dann aufsehend und mir mit unsäglich wehmüthigem Blick ins Auge schauend: »O, was hab ich gethan Komm mit, Du sollst alles erfahren.«

Das schöne Frühlingswetter des Morgens war längst verzogen. Ein rauher Wind fegte durch die Straßen und trieb uns kalte Regenschauer ins Gesicht; Erich schritt stumm neben mir her. Lange wagte ich nicht, sein Schweigen zu stören, doch schließlich ertrug ich dies unheimliche Brüten nicht länger, ich rief ihn an und, um ihn auf heitere Gedanken zu bringen, begann ich von meinem Besuch in seiner Villa draußen zu erzählen, von dem Sonnenglanz umwobenen Idyll, dessen Zeuge ich heute morgen geworden, von seiner Frau!

»Mein Weib! O Gott. Die Aermste. Ihr kann ich nicht mehr unters Auge treten. Wie soll sie, das Kind, mein Kleinod, den Schlag verwinden. O Freund, ich bin namenlos unglücklich!«

Nur allmählich erfuhr ich, was ihn betroffen. Wie er dazu gekommen, was ihn verleitet, sein ihm vom Vater in bester Ordnung hinterlassenes großes Vermögen in gewagten Spekulationen anzulegen, ich weiß es des Genauen nicht mehr. Hineingerissen in den Strudel, in das Fieber, das damals so manchen Edlen ergriffen, hatte ihn sein gutes Herz, das immer jedem begründeten Appell an seine Freundschaft offen stand. Ein Akademiegenosse, Architekt wie er, der einst der Vertraute manches frohen Jugendstreiches gewesen, hatte dem Bankerott gegenüber gestanden, nachdem er, verlockt von der Gunst der Zeit, ganze Häuserreihen auf eigene Rechnung gebaut hatte, Mietskasernen, von denen er sich hohen Gewinn versprochen hatte, da ein Verkauf des ganzen Komplexes an eine Aktiengesellschaft in sicherer Aussicht stand. Allein seine Berechnungen liefen auf eine Täuschung hinaus, all sein Glück und sein Vermögen stand auf dem Spiel, die Rücksicht auf seine Kinder trieb ihn, alles zu versuchen, um einen Ausweg zu finden und er fand einen solchen in den Garantien und Anzahlungen, zu denen er seinen reichen Freund Wollheim zu bereden wußte. Dieser unbewandert in Geschäften dieser Art, überließ das Weitere seinen Bankiers und diese konnten der Versuchung nicht widerstehen, den naiven Kapitalisten, im gutem Glauben an den Erfolg ihrer Rathschläge, von einer Spekulation in die andere zu treiben. Nach und nach riß diesen die magnetische Macht des Spiels persönlich auf der beschrittenen Bahn weiter; um Verluste auszugleichen lud er sich neue Verpflichtungen auf, nahm Hypotheken auf seinen liegenden Besitz; der Zusammensturz mehrerer großer Unternehmungen, an denen er hervorragend betheiligt, hatte heute den Bankerott seines Vermögens zur Wahrscheinlichkeit, zur Gewißheit gemacht! Das war die Ahnung, die ihn schon die Tage daher geängstigt und gequält; das war die innere Krankheit, die ihm sein junges Weib vom Antlitz abgelesen, ohne sie selbst zu verstehen; das war die Nachricht, die er vorhin empfangen hatte, ihn angrinsend aus den kahlen trockenen Lettern mit dem kalten Blick des Todes.

Schon längst hatte ich den Freund von der Straße in ein behagliches Kneipzimmer gezogen, das wir allein innehatten; wir befanden uns in dem Hinterstübchen eines bekannten Weinrestaurants. Wie im Kreise bewegten sich die Gedanken und Bekenntnisse des schwer getroffenen Mannes: Anfang und Ende bildete stets seine Lili. Sich selbst traute er zu, den Schlag verwinden zu können, ja die Aussicht, nun gezwungen zu sein, fortan durch eigene Kraft, durch strenge Ausübung seines Berufs seinen Unterhalt zu suchen, hatte für ihn einen tröstenden Reiz. Aber wie sollte sie, die bisher nur durch das Leben getändelt, deren zarte Haut bisher nichts von der Rauheit des Lebens gefühlt, die er gehegt und gepflegt hatte wie eine Wolkenprinzessin, wie sollte sie, seine duftige Maienrose, sich in die Härte des Schicksals, in ein Leben voller Entbehrungen, voller Mühe und Arbeit finden? Er lachte gellend auf. »So mußte es kommen. Ich war zu stolz, zu übermüthig geworden. Aber das die Strafe auch das unschuldige Kind treffen muß, das ist zu grausam. Ich bin nicht feig, Freund, Du weißt es. Aber heute, jetzt, überkommt es mich wie Feigheit, wie markdurchfröstelnde Furcht. Ich bin nicht im Stande, ihr unter die Augen zu treten. Lieber in den Tod als mit ihr in das Elend.« Nach diesen Worten versank er in dumpfes Brüten, das er bald darauf wieder mit bebenden Anklagen gegen sich selbst unterbrach.

Immer hastiger, immer unruhiger sprach er, immer mehr entfärbten sich seine Wangen, trotzdem er von dem rothen Burgunder ein Glas nach dem anderen, ohne Bewußtsein davon, in hastigen Zügen leerte. Die Schwärze seines Haupthaares und Vollbartes, welche sein Gesicht umrahmten, erhöhte den Eindruck der Blässe, so daß ich eine ernstliche Erkrankung fürchten zu müssen glaubte und deshalb in ihn drang, doch zu versuchen, seiner fieberhaften Aufregung in etwas Meister zu werden, statt sie durch Selbstanklagen und fassungslose Unterwerfung unter sein Geschick immer höher zu steigern. Ich hielt es für das Beste, mit ihm wieder die freie Luft aufzusuchen, damit diese und die Bewegung beitrage, ihn in etwas zu beruhigen.

Es war Abend geworden. Der Regen hatte aufgehört zu fallen; der bleigraue Wolkenhimmel war gelichtet, nur vereinzelt jagten weißschimmernde Wolkenfetzen am Monde vorüber. Unwillkürlich waren wir, ziellos durch die Straßen eilend, in die Nähe der Brühlschen Terrasse gelangt und es überraschte mich selbst mit Grausen, als mir bewußt ward, daß neben mir der von tausend Seelenqualen gefolterte Freund von der Höhe derselben herab auf die Elbe starrte, deren freundliche Fluten ihn so oft nach dem lieblichen Heim seines Glückes getragen, welche er jetzt mied, wie eine Stätte des Grauens. Eben war der Mond wieder hervorgetreten, den auf einige Zeit eine an ihm vorbeisegelnde Wolke bedeckt hatte. Seine Strahlen spiegelten sich in der rauschenden Wasserflut unten, deren Anblick, deren heimliche Musik auf meinen stillen Nachbar offenbar eine mächtige Anziehungskraft ausübten. Unwillkürlich senkte sich sein Haupt über die Brüstung, tiefer und tiefer, als sehne er sich hinab in die kühle Tiefe, unterzutauchen in der Wogen Vergessenheit. Doch plötzlich richtete er sein Antlitz wieder empor. Sein Blick folgte dem Flug der Wolken am Himmel, die, vom Schimmer des Mondlichtes durchleuchtet, über die Höhen von Loschwitz und Pillnitz ihre Bahn verfolgten. Von den Höhen der Rebengelände glänzten vereinzelte Lichter. Ich kannte sie alle die Häuser, deren Lage durch die kleinen glimmenden Lichtpunkte markirt wurde. Und ihm erst, dem Freund an meiner Seite, wie bekannt waren sie ihm. Jetzt aber sah er nur eines. Und wie er mir später gestand, war es ihm, als ob sich dies eine Licht, das aus seinem Hause zu ihm herübergrüßte, allmählich immer vergrößert habe, bis es anwuchs zur lodernden Flamme, zum mächtigen Brand, der alles, was sein war, verzehrte. Aber aus den Flammen heraus hörte er den Hilferuf einer Stimme, vernahm er den Ruf nach Rettung, rief ihn sein Weib. Da sei es mit magnetischer Gewalt über ihn gekommen: »Zu ihr! Mag alles zusammenstürzen, was dein, das höchste Glück bleibt dir bewahrt, wenn sie nur dir erhalten bleibt. Brecht zusammen, ihr Säulen und Thürme, lodert ihr Flammen, aber laßt mir, gebt mir mein Weib!«

Ein tiefer Seufzer entrang sich seiner Brust und im selben Moment fühlte ich seinen Arm krampfhaft in den meinen geschoben. Unsere Blicke begegneten sich; in seinen großen glänzenden Augen schimmerten Thränen. »Ich bin bereit,« sagte er dann leise, »ich muß hinaus zu ihr und alles gestehen. Ich werde versuchen, ihr das Schreckliche mitzutheilen.«

Seine Thränen flossen reichlicher, als er mir das sagte, während ich ihn die breite Treppe der Brühlschen Terrasse wieder herunterführte. Auf der letzten Stufe trat mir wie eine Vision das frühlingshafte Bild von heute morgen vor die Seele. Ein Schauder erfaßte mich. Der Kontrast dieses Morgens und dieses Abends, dieser freudeathmenden Frauengestalt und dem in sich gebrochenen Mann an meiner Seite war zu gewaltig.

»Nach Hause darfst Du jetzt nicht, Freund, Du bist zu aufgeregt, zu abgespannt. Ich bringe Dich in Dein Hotel. Deiner Frau ein kurzes Wort von Deiner Abhaltung zu telegraphiren, überlaß mir. Suche zu schlafen; und wenn das nicht geht, versuche Dich zu sammeln. Hast Du auch Dein Vermögen verloren, nicht hülfe- und aussichtslos stehst Du da. Deine Verbindungen werden Dir leicht ein lohnendes Arbeitsfeld öffnen. Und auch Deine Frau wird sich in das Unvermeidliche finden. Ich selbst will morgen früh hinaus zu ihr und sie vorbereiten auf die schlimme Kunde. Wie manche Familie, mit der du befreundet, wird sich freuen, sie aufzunehmen, bis Du Deine neuen Verhältnisse geordnet hast. Ich habe das Vertrauen, daß sie sich gar nicht so schwer in diese finden wird.«

Erich war wie verändert. Seine Aufregung hatte sich gelegt. Mit einem weichen Klang in der Stimme, der dieser sonst fremd war, sagte er nach meinem letzten Worte leise vor sich hin: »Glaubst Du das wirklich? Doch nein, Du irrst!« Dann schüttelten wir uns die Hände. Wir befanden uns vor dem Hotel. So schnell ließ er mich freilich nicht gehen. Er klammerte sich an meinen Vorsatz, seine Frau auf den Schlag vorbereiten zu wollen. Mit der Verabredung, daß ich das erste Schiff benutzen sollte, schieden wir endlich.

Wie verändert erschien mir die Welt, als ich am anderen Morgen den Loschwitzer Bergpfad hinanklomm, welchen ich gestern so fröhlich beschritten, daß mein Herz hätte mögen wettsingen mit der Lerche, die über mir im blauen Aether auf und nieder sich wiegte. Heute schien keine Sonne und grau war der Himmel, dem keine Lerche zuschwebte; gewitterschwül war die Luft, die mir fast den Athem benahm. Wie kleinlaut betrat ich heute den Garten, aus dem mir gestern alle Wohlgerüche des Maien entgegengefluthet. Wie langsam und zaghaft schritt ich durch die Laubgänge, für deren reichen Blütenschmuck ich heute kein Auge hatte. Aber wie verändert fand ich auch die Herrin des schönen Landsitzes, die gestern alle Blumen des Gartens an heiterem Frühlingsreiz überstrahlt hatte. Sie war in der größten Unruhe. Sie kam mir, dem Gemeldeten, auf der Treppe entgegen mit herzlichem Gruß, aber auch mit der gleich darauf folgenden Frage: »Wo haben Sie meinen Mann?«

Es war mir unmöglich, unbefangen zu blicken, als ich erwiderte, daß er das erste Schiff versäumt habe, mit dem zweiten aber sicher nachkommen werde. Noch im letzten Moment habe sich ihm eine Abhaltung in den Weg gestellt. »Viele herzliche Grüße habe ich einstweilen auszurichten.« Dem sorgenvoll auf mich gerichteten Auge der in ihrer Sorge und Angst noch liebenswürdiger als gestern aussehenden kleinen Frau entgieng es nicht, daß dies nicht alles war, was ich ihr zu berichten hatte.

»Mein Gott,« rief sie, »sagen Sie mir alles! Erich ist doch nicht krank? Sie schauen drein wie ein Unglücksbote. Was ist ihm passirt? O quälen Sie mich nicht. Bitte, seien Sie offen, ich ängstige mich ganz furchtbar. Trübe Ahnungen ließen mich die ganze Nacht kein Auge zuthun. Sie finden mich vorbereitet.«

Was sollte ich machen! Sie beruhigen, daß ich ihren Mann körperlich wohl verlassen, daß, was ich gesagt, die Wahrheit sei und sie ihn in einer Stunde frisch und gesund in die Arme schließen könnte. Für das Weitere fand ich noch keinen Muth.

»Gott sei Dank,« rief sie. »Wenn ich ihn nur gesund weiß, dann bin ich der Sorgen ledig. Sie glauben nicht, was ich heute Nacht ausgestanden. Ich sah ihn im Nachen auf der Elbe. Ich stand auf unserm Balkon und winkte ihm. Da erhob er sich und grüßte mich mit beiden Armen, plötzlich verlor er das Gleichgewicht, er strauchelte, fiel doch es war ja ein Traum; er lebt mir ja, ist ja gesund! O, daß er schon da wäre!«

Ich erzählte, daß ich mit Erich gestern Abend zusammengewesen. Seine Geschäfte nähmen ihn in der That sehr in Anspruch und schienen ihm mancherlei Sorgen zu machen. Auch der Reiche müsse jetzt die Schwankungen an der Börse empfinden.

»O das dumme Geld!« rief Frau Lili dazwischen. »Wissen Sie, daß ich mir manchmal wünsche, wir wären minder reich. Gerade heute Nacht mußte ich wieder diesen Gedanken nachhängen. Was hab ich hier draußen allein? Könnte ich meinem Mann nicht weit mehr sein, wenn wir uns zu theilen hätten in die Arbeit, die nöthig ist, um uns das Leben behaglich auszugestalten. Ist nicht der Mangel an Bedürfnissen, an Wünschen auch Armuth? Mich hat die Liebe meines Mannes mit Tischlein deck Dich und Beuteln füll Dich umgeben, aber die Bequemlichkeit dieses Daseins empfinde ich als Leere. Ich habe früher nie gewußt, daß der Besitz, der glücklich machen soll, erst erworben werden muß.«

Mit Erstaunen blickte ich zu der jungen Frau auf, die ich nun erst als ein wahres Kind des Glückes erkannte. »Sie sagen da goldne Weisheit. Wohl Ihnen: so werden Sie, wenn Sorge und Noth Sie einmal heimsuchen sollten, gegen ihren Besuch gewappnet sein.«

»Sie sagen das so feierlich!«

»Nun denn; Daß Sie das Ungeheuere auf einmal erfahren. Erich ist über Nacht ein armer Mann geworden. Unglück in Spekulationen, in welche ihn Freundschaft verwickelt, hat ihn seines Vermögens beraubt.« Vorsichtig verfolgte ich die Wirkung meiner Worte auf Lilis Gesichtszügen. Welch ein Wunder! Wohl waren diese ernst, doch statt Schreck und Entsetzen las ich in ihrem Ausdruck eine ruhige Weihe. Da hob sie das Haupt wie horchend gegen die Thüre. Sie hatte sich nicht getäuscht. Der leise Schritt eines Mannes ward im Nebenzimmer vernehmbar.

Die Portière schlug auseinander. Das ernste bleiche Gesicht meines Freundes zeigte sich und richtete seinen fragenden Blick auf mich und dann auf seine Frau.

»Sie weiß es?«

»Ja, Erich, ich weiß es,« antwortete ihre Stimme mit freundlichem Ernst.

Da stürzte er auf sie zu und barg sein Haupt in ihrem Schooß. »Kannst Du mir vergeben?«

»Lieb ich dich nicht, Erich? Geliebter! Nicht Dir kann ich zürnen, noch mag ich zürnen dem Schicksal! Der heutige Tag nimmt mir viel, aber er gibt mir mehr: er macht meine Liebe ebenbürtig der Deinen, er gibt Dich mir doppelt, er gibt mir die Freiheit, Dir endlich zu bethätigen, wie lieb ich Dich habe!«

*   *
*

Wieder war es Mai. Derselbe liegt in meiner Erinnerung jedoch nicht so weit zurück; es war im vorigen Jahre. Mein Weg führte mich nach Berlin in Geschäften; nebenbei hatte ich auch den

Zweck, für eine mir befreundete Familie, die auf dem Lande lebt, Möbeleinkäufe zu besorgen. In den Räumlichkeiten eines bekannten Kunstschreiners fiel mir ein Credenztisch von so außergewöhnlich edlem Geschmack im Entwurf, von so liebenswürdiger Ausführung der gefälligen Motive auf, daß ich den mich durch die Ausstellung kostbarer Ausstattungsstücke begleitenden Geschäftsführer unwillkürlich fragte, ob die Zeichnung zu diesem Modell von einem neueren Meister stamme und von wem? »Vom Architekten Wollheim,« lautete die Antwort. »Nicht wahr, eine schöne Arbeit?«

»Erich Wollheim?«

»Ja wohl, Erich ist der Vorname des Künstlers.«

Es war mein Freund. Ich hatte lange nichts von ihm gehört. Sein letzter Brief hatte mir seine Uebersiedelung nach Berlin gemeldet, wohin ihn zwei lohnende Bauaufträge führten. Das moderne Leben mit seinen tausenderlei zerstreuenden Pflichten läßt seine Söhne nicht zur Pflege von Freundschaftskorrespondenzen kommen. Seit ich wußte, daß es ihm leidlich gut gieng und ihm dazu Glück gewünscht hatte, war unsere Freundschaft ohne Ausdruck geblieben. Meine anderweitigen Geschäfte hatten mich jetzt auch in Berlin nicht daran denken lassen, daß Wollheim hier wohne und ein Anrecht habe auf meinen Besuch. Nun aber zögerte ich auch keinen Augenblick länger. Ich ließ mir noch in dem Geschäfte des Möbelhändlers die Adresse des Freundes geben, bestieg dann sofort einen Fiaker und fuhr nach seiner Wohnung.

Es war ein zwar kleines aber schmuckes Gartenhaus in der Vorstadt, vor welchen der Wagen hielt. Als ich den Garten betrat, traf ich ihn voller Leben. Zwei kleine, in gesunder Lebensfülle blühende Kinder tummelten sich auf den Rasenplätzen. Vor der von rothblühenden Bohnenhecken und duftenden Hollunderzweigen umrankten Laube fand ich eine junge rüstige Frau in eine Arbeit vertieft, die sie offenbar ganz in Anspruch nahm.

Es war denn auch keine von den modischen Beschäftigungen, welche unsere Damen mehr um den Schein der Arbeit willen als aus Lust an dieser ergreifen und die ihnen so leicht von der Hand gehen. Die Dame da vor mir hatte alle Ursachen, ihre zwei Augen ungetheilt auf ihre Arbeit zu richten. Mit Oelfarbe ist nicht zu spassen. Und die junge Frau war mit nichts geringerem beschäftigt, als der mühevollen Aufgabe, einer etwas verblichenen Gartenbank wieder ein frisches Aussehen zu geben, das mit dem Grün des Frühlings wohlthuend harmonire. In ihrer Rechten hielt sie einen gewaltigen Pinsel, den sie eben wieder in den großen Topf mit grüner Oelfarbe tauchen wollte, als ihr Jüngstes sie doch zu kräftig am Rocke zupfte, um nicht aufblicken zu müssen. Es war Erichs Frau Lili.

Und sie war keineswegs betreten über den Eintritt eines Fremden in diesen stillen Winkel häuslichen Schaffens. Mit graziöser Sicherheit stellte sie vielmehr ihr ungefüges Handwerkszeug schnell beiseite, entledigte sich der groben Schürze, die sie zum Schutz über ihr sauberes Hauskleid gebunden hatte, und mich schnell erkennend, trat sie, ein humorvolles Lächeln auf den feingeschnittenen Lippen mir entgegen, mich mit meinem Namen begrüßend.

»Endlich, Sie Ungetreuer! Herzlich willkommen in unserer Klause. Wie wird Erich sich freuen?«

»Aber ich störte Sie, gnädige Frau!«

»Keineswegs! Eine ordentliche Hausfrau wird niemals gestört. Meine Oelfarbe läuft mir nicht davon und bis zu Erichs Rückkunft wäre ich ohnehin nicht fertig geworden Wozu den theuren Handwerkern Arbeiten überweisen, wenn man sie so leicht selbst erledigen kann,« fügte sie lächelnd hinzu.

Im gleichen Moment erklang helles Gejauchz von Kinderstimmen an der Gartenthüre. »Der Vater!«

Es war Erich.

Wir begrüßten uns mit stummer Innigkeit. Als aber jetzt die beiden Gatten einen Willkommenskuß tauschten, bot sich mir in ihnen ein Anblick, der mir mehr sagte als lange Reden.

Dieser ernste kräftige Mann, dessen offenes Antlitz von Güte und inniger Liebe verklärt war; diese Frau mit dem geistig belebten Gesichtsausdruck, in dem alle Mienen Freude und befriedigtes Behagen ausstrahlten das waren zwei glückliche Menschen.

»Ihr habt Euch in das Leben gefunden. Nicht wahr, es geht auch, ohne den Glanz des Reichthums?«

Erich sah mich leuchtenden Auges an.

»Ihr seid glücklich?«

»Ob wir es sind!« rief da selig die Frau. »Von ganzer Seele! Das Leben und seine Sorgen mußten uns ja erst lehren, was Glück sei.«

Erich aber sagte: »Mein Glück heißt Lili.«

Zwischen Himmel und Wasser

Wenn der große Strom im ebenen Land seine Dämme durchbricht und seine massig drängenden Fluten weithin stürmen läßt über das Land, erscheint dem Zuschauer es kaum faßbar, daß die Ursachen des furchtbaren Unglücks wesentlich in jenen stillen, nur von schmalen Quellbächen durchrauschten Thälern droben im waldigen Hochgebirg zu suchen sind, an deren grünen Ufern wir so gern uns einwiegen lassen in Träume vom ewigen Frieden, den die Natur uns gewährt. Aber auch im Reich der reinen Natur walten Dämonen, die von Frieden nichts wissen wollen. Die Elementargeister des Alls sind vielmehr dort oben noch mächtiger und gewaltsamer als unten in der Ebene, in welcher die Kultur kühn und mit der Ueberlegenheit des Geistes den Kampf mit ihnen aufnimmt. Furchtbar wirkt und wüthet das wild gewordenen Element das Wassers auch in diesem Kampfe; es zerstört die Anlagen des Landmanns und Winzers, es bedroht mit Vernichtung Heim, Habe und Leben der friedlichen Bewohner der Ufergebiete in den Städten und auf dem Lande. Aber die Kultur der städtereichen Gegenden bietet den Betroffenen doch wenigstens Mittel zur rechtzeitigen Vorsicht und Flucht, gewährt ihnen schnelle Hilfe und Unterstützung. Der Telegraph kündet ihnen schon viele Stunden vorher an, daß ein Steigen des Flusses im Gange, die Zeitung bringt ihnen einen Ueberblick vom Fortschritt der Hochflut, die moderne Technik stellt sich ein mit ihren Hilfs- und Rettungsmitteln und die allgemeinere Bildung ermöglicht deren raschere Verwendung. Da oben aber in den Bergen, wenn ein plötzlicher Temperaturumschlag, ein Gletscherrutsch oder sonst ein elementares Ereigniß im Nu den Gebirgsfluß anschwellen läßt, daß er die wenigen Zeugen einer selbst bis hierher gedrungenen Kultur, die Brücken und Stege, in seiner, mit rasender Wucht von der Höhe ins Thal herabstürzender Flut mit sich fortreißt, die wenigen Stätten menschlicher Ansiedelung unvorhergesehen, wie durch Zauberschlag, dem Untergange nahe bringt, trifft die Hochflut selten nur auf Widerstand. Hier waltet sie rücksichtslos und unbekämpfbar mit der rasenden Laune eines Despoten, dessen Befehle sofort erfüllt werden, dem Niemand zu trotzen wagt. Und der bigotte Geist der Bewohner vieler solcher Thäler würde solchen Trotz nicht nur für vergeblich, sondern auch für freventlich halte. Sie nehmen die Heimsuchung hin wie ein Fatum. Ihr Gedanke an Rettung treibt sie nur zu Handlungen des Aberglaubens, ihre Hoffnung klammert sich an das Wunder. Ich habe einmal in den Bergen eine Nacht ausgestanden, in welcher diese starrgläubige Wundersucht mir sicher das Leben gekostet hätte, wenn nicht das siegreiche Eingreifen der höheren Einsicht, welche die Bildung und Kultur verleiht, mich noch rechtzeitig gerettet hätte.

Es waren wirklich schöne Sommertage, durchwärmt von strahlenden Sonnenschein, durchhaucht von erfrischender Waldesluft, in deren Glanz die Katastrophe wolkenbruchartig hereinbrach, welche durch die Ereignisse der Gegenwart in meinem Gedächtniß aufs neue Leben gewonnen hat. Ein mir innig befreundeter Maler, junges fröhliches Künstlerblut, hatte mit mir von München aus die herrlichen Waldthale und kühlen Seegestade des bayerischen Hochlands durchstreift und mich schließlich beredet, mit ihm »ins Tirol« einen Abstecher zu machen, weil ihm viel daran lag, dort einige der so malerischen, jetzt auch hier immer seltener werdenden altbäuerischen Kostüme mit den in sie hineingehörenden Menschenkindern nach der Natur aufzunehmen. Was er suchte, hatte er bald in dem Hauptort jenes bekannten tirolischen Gebirgsthales gefunden, dessen Töchter allüberall in der Welt bekannt sind als Meisterinnen auf Guitarre und Zither und fröhliche wanderlustige Pflegerinnen des Tiroler Nationalgesangs. Hier fand er nicht nur die erwünschten Kostüme, sondern dazu auch ein in rosiger Jugend blühendes Kind dieses Thales, dessen Stimme beim Singen ebenso hell und herzig erklang wie beim Lachen, ein Modell, wie es sich nur ein Malerherz in meines Freundes Lage wünschen konnte.

Es war recht schade. Für mich nämlich. Denn mein schönheitsdurstiger Reisekamerad hatte sich bald in den Kopf gesetzt, von diesem Prachtmädel nicht nur eine Skizze für seine Mappe zu erbeuten, sondern ein sorgfältig ausgeführtes Portrait mit heim zu nehmen, und mir blieb nichts übrig, als meine Ausflüge in die romantische Umgebung allein zu unternehmen, während der glückliche Maler sichs im Haus der Jungfer Resi wohl sein ließ. Es war seinem gemüthlichen

Wesen schnell gelungen, das Vertrauen der Mutter und selbst des gestrengen Vaters zu gewinnen und damit auch die Erlaubniß, die Rosa zu konterfeien. Die alten guten Leute schmeichelte es, daß der kunstgewandte Stadtherr so viel Wesens von der Schönheit des Mädchens machte, denn Rosa war der Stolz der ganzen Familie und sie hatten Recht. Ich mußte es selbst gestehen, nachdem ich den Freund einige Mal hinüber in das Haus der ansehnlichen Bauern begleitet, sie war das schönste und feinste Mädchen im ganzen Thal. Aber freilich, das gab meinem jungen »Defregger« noch kein Recht, erstens, mich gänzlich im Stich zu lassen und zweitens gar, sich bis über die Ohren in diese Rosa zu verlieben. Mochte ihm die Welt auch darum rosenfarben erscheinen, meine Stimmung war über dem störenden Intermezzo keineswegs rosig und wäre nicht gerade noch zur rechten Zeit im Gasthof zur »Post« angenehme Gesellschaft eingetroffen, so wäre ich wahrscheinlich sehr bald aufgebrochen und hätte die Rückreise alleine angetreten. Die neuen Ankömmlinge waren ein Ingenieur und seine junge Frau, Landsleute, welche die Vaterstadt mit mir theilten. Die gegenseitigen Beziehungen waren nahe genug, um unsere Begrüßung zu einer herzlichen zu machen. Beide befanden sich auf einer Hochzeitsreise, waren bereits in Venedig gewesen und hatten sich über Meran und den Brenner der Heimat wieder genähert. Hier in den Bergen wollte sich Freund Arnold noch ein wenig »aussteigen«, wie er sagte, denn er war ein passionirter Tourist, während die junge Frau sich in dem kühlen Thale von den heißen Tagen im Süden vor der Heimreise noch in aller Ruhe etwas erholen wollte.

Arnolds waren bereits zwei Tage da. Ich hatte den Tag vorher mit beiden eine größere Partie gemacht und ermüdet davon, gab ich den Plan auf, schon wieder am nächsten Morgen den Ingenieur auf einer beschwerlichen Bergfahrt zu begleiten. Dieser selbst jedoch ließ sich nicht davon abbringen, er empfahl, Abschied nehmend, sein Frauchen meiner besonderen Obhut und ich betrachtete es denn auch als meine Ritterpflicht, für die Unterhaltung der liebenswürdigen Schutzbefohlenen zu sorgen. Die erste Bethätigung derselben war, daß ich meinen Freund Fritz Werner, den Maler, beredete, heute einmal nicht hinüber ins Dorf zu gehen, sondern endlich der schönen Landsmännin und Hausgenossin die gebührende Aufmerksamkeit und Theilnahme hier im Gasthofe zu bezeigen. Dieser letztere lag nämlich am linken Ufer der Ziller, während der Ort selbst am anderen Ufer sich ausbreitete. Die Verbindung vermittelte eine hochgewölbte Brücke, die zwar aus Holz, aber stattlich gebaut und fest gefügt war. Dieselbe war gleich rechts von der »Post« gelegen, von deren Eingang eine große steinerne Treppe zur steinigen Straße und weiter hin zum Flußufer führte, an welchem das klare Gewässer schäumend vorbeischoß. Am Morgen hatten wir noch alle Drei Arnold hinüber begleitet, dessen heutiges Ziel sich auf dem rechten Ufer der Ziller befand. Abends wollte er wieder zurückkommen und die junge Frau hatte sich während des Mittagessens, das wir auf dem herrliche Aussicht gewährenden Balkon des Gasthofes einnahmen, als gar schön ausgemalt, in unserer Begleitung ein gehöriges Stück dem Manne auf der Landstraße drüben entgegen zu gehen. Das Wetter schien diesen Plan nicht durchkreuzen zu wollen, denn der Himmel blieb klar und wolkenfrei, obgleich wir während der Mahlzeit deutlich und wiederholt ein Geräusch vernommen hatten, das genau wie ein entfernter Donner klang. Nachdem wir den Kaffee eingenommen, wobei Werners Skizzenbuch uns reichen Stoff zu heiterer Unterhaltung darbot, zogen wir uns auf unsere Zimmer zurück. Als ich zwei Stunden später aus meiner Lektüre aufschaute und wieder ans Fenster trat, hielt ich es anfangs für einen Irrthum meiner Sinne, daß mir unten das Wasser bedeutend gewachsen und im Laufe beschleunigt erschien. Doch ich hatte recht gesehen. Und mit einer rapiden Schnelligkeit wuchs und wuchs die Flut, daß Abends 8 Uhr das Wasser bereits seine höchste Höhe in diesem Jahrhundert erreicht hatte. An eine Gefahr in dem auf festem steinernen Unterbau sich erhebenden Hotel glaubte zwar noch niemand. Aber schon gab es für mich zu trösten. Die Gattin Arnolds, deren Phantasie den geliebten Mann in tausend Gefahren sah, und die zunächst über die Brücke, durch welche die Fluten dröhnend schossen, ihm entgegeneilen wollte, war außer sich. Das letztere verhinderten ich und der Wirth, der den Zugang absperren ließ. Die Angst der zurückbleibenden Frau war um so trostloser. Und da die Situation noch durchaus nicht die Tragweite der Katastrophe überblicken ließ, war guter Trost theuer. Das wilde Getöse der aus Bergeshöhen herniederrasenden Ziller, in welcher entwurzelte alte Bäume, mächtige Holzklötze, Erdschollen, ja todte Viehkörper trieben, das anhaltende Steigen der Hochflut strafte jede leichtere Auffassung der Sachlage Lügen. Das Bett der Ziller war in unserer nächsten Nähe zwar tief und weit, aber weiter oben standen seine felsigen Ufer dichter beisammen, und das zwischen ihnen eingedrängte Wasser entfaltete nun in dem weiten Raum seine Kraft um so ungestümer. Auch das Dorf am jenseitigen Ufer war im Ganzen hoch und sicher gelegen, dennoch drängte sich auch hier die Flut bereits in einzelne Gehöfte und Straßen. Wie mochte es weiter oben im Gebirge erst aussehen. An eine Flucht aus dem Hotel hatte anfangs niemand gedacht. Auch hatte der Posthalter und Wirth die Sicherheit seines Hauses verbürgen zu können geglaubt. Jetzt lag dasselbe bereits auf einer Insel, ganz von Wasser umgeben. Denn im Rücken des Hauses erhob sich eine Berglehne und zwischen jener und der steinigen Erderhöhung, auf welcher die »Post« sich erhob, hatte sich das anstürmende Wasser Bahn gebrochen, einen neuen Arm bildend.

Es war Abends 9 Uhr. Auf dem Treppenabsatz des Hotels standen Leute mit Fackeln und am jenseitigen Ufer sahen wir Windlichter zwischen den einzelnen Höfen hin- und herhuschen, hier und da auch Pechpfannen glühende Lohe entsenden. Da hörten wir auf dem Altan plötzlich einen kräftigen Juchzerruf aus der Dunkelheit des jenseitigen Ufers herüberschallen. »Mein Mann! Dem Himmel sei Dank: ja, da ist er,« jauchzte Frau Arnold, die an meiner Seite lehnte und gleich mir bis dahin wortlos dem gewaltigen Schauspiele zugeschaut hatte. Ihr Ohr hatte sich nicht geirrt. Eine männliche Gestalt stand dem Erdhügel zur Linken der Brücke und winkte heftig mit einem weißen Taschentuche uns zu, die ihm das Licht der Fackel erkennbar machte. An seine Herüberkunft war nicht zu denken, an eine Verständigung ebensowenig. Seinen Gesten war nur der Wunsch zu entnehmen, daß seine Frau sich auf ihr Zimmer zurückziehen und zu schlafen versuchen solle. Er selber wandte sich dann, indem er watend die Straße wieder gewann, dem Dorfe zu.

Als ich Arnolds Frau bis zu ihrem Zimmer geleitet hatte und aus dem Corridor auf den Vorplatz des ersten Stockes gelangte, fand ich das ganze Haus in größter Aufregung. Auf meine Frage, was es gäbe, wiesen die bleichen, verstörten Gesichter mehrerer Logirgäste nach unten, wo eben der Postmeister und sein Hausknecht allerhand Kisten und Kasten über den Hausflur nach der Treppe trugen. In dem Hausflur stand das Wasser bereits schuhhoch. In demselben Moment gab es einen furchtbaren Stoß. Ich eilte auf den Altan und prallte zunächst zurück vor dem Höllenlärm des entfesselten Elements, das mit fürchterlicher reißender Geschwindigkeit aus der Dunkelheit der Berge auf die Brücke zustürmte, deren hoher dunkler Bau vom weißen Wogengischt umsprüht war, dessen Schauer im Mondlicht erglänzten. Ganze Dächer, Heustadel, Brückentrümmer und Stege kamen auf der Flut heran, wurden gegen die Brücke geschleudert und dann auch gegen unser Hotel, wenn die schweren Holzstücke in den Wasserarm geriethen, welchen die Hochflut um den Unterbau unseres Hauses herum geleitet hatte. Ein dahersausender Baumstamm war soeben auf diese Weise gegen denselben geschleudert worden, daß das ganze Gebäude in allen seinen Fugen erzitterte, und hatte sich dann quer über das Wasser gelegt. Es war ein unheimlicher Anblick. Ich sah ein, daß die Brücke zum gräßlichen Todfeind des Hauses geworden war, dem sie sonst lange Jahre hindurch ein freundnachbarlicher Kamerad gewesen. Wenn sie nicht selber stürzte und dadurch all dem Getrümmer und Gerümpel, das mit der Flut heranstürmte, eine freie Bahn schuf, war das Haus diese Ueberzeugung überkam mich mit schaudernder Bestimmtheit in wenigen Stunden verloren. Das Haus und seine Insassen! Denn an eine Rettung auf die Berglehne war schon längst nicht mehr zu denken. Eben hatte der Posthalter, als ich ins Innere der Hotels wieder zurückkehrte, einen letzten Versuch gemacht. Er und seine Knechte hatten jetzt genug zu thun, mit Stangen und Beilen ein Feststauen der Baumstämme und Erdstücke, welche an das Haus getrieben wurden, zu verhindern. Ich ließ ihn rufen und theilte ihm meine Ansicht über die Brücke mit, traf aber mit meinem Ansinnen, dieselbe unsererseits zu zerstören, auf den härtesten Widerstand. Die Frauen seiner Haushaltung, die dabei standen, betend und weinend, erhoben vollends ein Gezeter, als hätte ich die ärgste Gotteslästerung ausgestoßen »Was, die Bruckn! Unsere Bruckn mit der heiligen Jungfrau wollns niederreißen. Das wäre der Rest. Jesus, Maria und Joseph!«

Jetzt erst besann ich mich, daß in der Mitte der Brücke allerdings ein stattliches Muttergottesbild stand, noch vorhin hatte ich im Mondenschein das vergoldete Scepter glänzen sehen. »Nein Herr«, sagte schließlich nach bedachtsamem Zögern der gutmüthige, aber auch resolute Posthalter, »daraus kann wirklich nichts werden! Sehen Sie und er führte mich durch die nebengelegene offene Stube an ein Fenster »sehen Sie dort das heilige Gnadenbild funkeln? Schauns, ich hab in den entsetzlichen Stunden, die wir heute Abend erlebt haben, als mich Angst und die Hoffnungslosigkeit niederdrücken wollten, schon mehr als einmal an diesem Anblick mir Trost geholt. Grüßt es nicht gnadenreich und verheißend herüber, als ob es sagen wollte: Gebt die Hoffnung nicht auf, ich wache über Euch! Nein, daran rührt hier kein Mensch. Die heilige Jungfrau bittet für uns und der Himmel wird ein Einsehen haben.«

Er gieng und ließ mich allein. Mir aber erschien plötzlich die dunkle Brücke mit ihrem einsamen Heiligenbild wie ein gespenstiger Spuk, den ein feindlicher Dämon zwischen uns und die Rettung geschleudert. Der Tod zeigte mir sein hohles Auge, wohin ich blickte; aus der Wasserflut rauschte mir sein Gruß entgegen; von dem Himmel, aus dessen Gewölk das einfältige Gemüt der Landleute ein Wunder erwartete, klang mir kein Trost. Nur die Zerstörung der Brücke konnte ihn ja gewähren, die trotzig aus der Hochflut emporragte und zäh allen Angriffen des Wassers widerstand. So flatterte meine Hoffnung heimatlos zwischen Himmel und Wasser

Als ich vom Fenster wieder zurück ins Haus trat und um Fritz Werner zu suchen, meinen Weg ins sogenannte »Herrenzimmer« nahm, fand ich die dort anwesende Gesellschaft ohne allen Halt. Drei junge Studiosen, die beim Beginn der Hochflut noch lustig Skat gespielt hatten, traten bleich und verstört auf mich zu und äußerten sich wie Menschen, welche bereits alle Hoffnungen aufgegeben haben. Sie hatten bis vor kurzem den Hausleuten wacker geholfen, das Haus gegen den Anprall der von der Flut herangetriebenen Trümmer durch Gegenstände aller Art, die man vor das Haus staute, zu schützen. Sogar einen Wagen hatte man aus der durch das Wasser von uns getrennten Remise mit Hülfe von Stricken, die man glücklich um ihn geworfen, vor das Haus gezogen, aber er war nur zu schnell ein Opfer des gewaltigen Andrangs geworden. Ein Glück, daß die »Post« ein festes, ganz und gar aus Stein aufgeführtes Gebäude war, von guter Struktur und tief angelegtem Grundbau. Aber selbst ein solches konnte auf die Dauer einem derartigen Anprall nicht Trotz bieten. Ich theilte den Unglücksgenossen meine Hoffnung mit, daß, wenn die Brücke falle, vor welcher sich die Baumstämme und Erdschollen aufstauten, so daß die Flut aufgehalten und auf uns zugedrängt werde, wir auch erlöst sein würden; aber sie hatten bereits so sehr der Verzweiflung Raum gegeben, daß sie meinem Trost nur wenig Werth beizumessen vermochten. Von dem Aberglauben, welcher der Madonna auf der Brücke Wunderkraft zutrauen wollte, hatten auch sie schon gehört. Sie wiesen dabei auf einen Mönch, der eben das Zimmer betrat, und ohne uns anzusehen, mit gefalteten Händen, leise Gebete murmelnd, dasselbe durchschritt. Noch fassungsloser fand ich die Damen unserer Gesellschaft, welche im Korridor die Frauen des Hauses jammernd und klagend umstanden, ohne daß deren Erzählungen von den Wunderthaten ihrer Brückenheiligen ihnen Trost hätte spenden können.

Am gefaßtesten fand ich die junge Frau Arnold, welche, seit sie ihren Mann in Sicherheit wußte, wie umgewandelt war und mich bat, mich auf den Balkon begleiten zu dürfen. Durch das Brausen und Tosen hörten wir dort vom Dorfe herüber die Sturmglocke läuten. Auf den Dächern der Bauernhäuser gegenüber sahen wir die geängstigten Bewohner mit Laternen, im Dämmerlicht des Mondes dem Schauspiel zuschauen. Als wir so mit Hilfe eines Feldstechers nach den einzelnen Gehöften späheten, ob denn Arnold nirgends zu entdecken sei, hörte ich dicht neben mir einen Seufzer und dann die leise gesprochenen Worte: »Sie ist es!« Es war Werner. Er hatte starr und unverwandt hinübergesehen gleich uns, aber nur auf ein einziges Haus den Blick gerichtet, das Haus, in welchem er seine Resi wußte, von der ihn die Flut von Minute zu Minute weiter trennte. Man konnte das Gehöft von hier aus deutlich überblicken. Wir kannten es wohl. Auch Frau Arnold; denn ich hatte es beiden Gatten am Tage vorher gezeigt. Und kaum hatte die bebende Frau ihren Blick auf den stattlichen Zimmerhof gelenkt Resis Vater war ein Zimmermann als auch ihr ein freudiger Ausruf entfuhr. Zwischen einer Schaar heftig miteinander diskutirender Männer stand dort nicht nur unseres Malers Herzensschatz Resi, sondern auch Arnold, der offenbar sehr heftig in die Bauern hineinsprach. Mich überkam bei diesem Anblick die tröstliche Ahnung, daß dort zwischen jenen Männern über unser Geschick entschieden würde; daß aber das heitere Liebesverhältniß, welches Werner mit seinem herzigen Modell angeknüpft, und das ich so oft schon verwünscht hatte, bei der Lösung des tragischen Konfliktes zum rettenden Faktor wurde, konnte ich freilich nicht ahnen.

Arnold hatte gleich bei seiner verspäteten Ankunft vor der Brücke mit dem Auge des Fachmanns erkannt, daß deren Existenz für das Haus, in welchem er sein holdes Weib in tausend Aengsten sah, bei der ganzen Katastrophe die Hauptgefahr sei. Die Brücke möglichst schnell zu zerstören, was es auch koste, war sofort sein Entschluß, der ihn antrieb, im Dorfe die nöthigen Schritte zu thun, um seinen Zweck zu erreichen. Doch vergeblich wandte er sich an den Schulzen. Der Gemeinde gehöre diese Brücke nur zur Hälfte und an fremdem Gute dürfe er sich nicht vergreifen. Auch würden ihn die Bauern steinigen, wenn er einem so unheiligen Vorhaben seine Unterstützung leihe. Der Pfarrer kam ihm noch ganz anders. Der wies dem »dreisten Gotteslästerer« sofort die Thür. In den Straßen, wo Arnold verschiedene Gruppen von Männern traf, die er für seine Sache zu gewinnen suchte, indem er ihnen Geld bot, fand er denselben Widerstand. Die heilige Madonna auf der Brücke werde sich selbst und auch das bedrohte Haus in der Umgebung zu schützen wissen, war überall der gleiche Bescheid. Voller Verzweiflung war Arnold schon im Begriff, wieder ans Ufer zu eilen und zu sehen, was wenigstens er allein zur Rettung des Hauses da drüben, das sein Liebstes umschloß, unternehmen könne, als er sich auf die Wohnung des Zimmermanns besann, von dem er durch mich gehört hatte, daß er sich Wernern, also einem fremden Maler gegenüber, als ein zugänglicher, menschenfreundlicher Charakter bewährt hatte. Er war ins Haus getreten, hatte aber hier niemanden gefunden als eine Magd, die, an ihrem Rosenkranze Gebete abzählend, ihn auf seine Fragen mit stummem Nicken nach dem Hofe verwies.

Dort traf er den Meister und seine Gesellen mit allerhand Schutzmaßregeln beschäftigt. Gerade als er sich ihm zuwenden wollte, kam eilenden Schrittes, mit Körben beladen, Jungfer Resi auf den Hof und blieb zögernd und verlegen stehen, als sie den städtisch gekleideten Herrn bemerkte.

»Wie geht es drüben in der Post, Herr?« fragte sie plötzlich leise, indem sie ganz auf ihn zutrat.

»Noch wohl leidlich. Aber es ist die höchste Gefahr!« erwiderte er. »Habe wohl die Ehre, Fräulein Resi, die Freund Werner so glücklich ist, malen zu dürfen?«

»O lassens das Geschwätz, lieber Herr. Also ein Freund sind Sie von dem Herrn Werner? Und Sie glauben, es ist Gefahr?«

»Die größte, wenn niemand hilft!« Und nun setzte er dem Mädchen und dem herzutretenden Meister, den er höflich begrüßte, mit bebendem Eifer auseinander, warum allein die Beseitigung der Brücke die Bewohner der Post vor dem sicheren Verderben retten könne. »Meine Frau ist drüben drei Wochen sind wir erst verheirathet! Bester Herr, helfen Sie mir retten! Herr Maler Werner ist in Todesgefahr und mit ihm mehr als zwanzig andere Menschen! Kommt, überlegts Euch nicht lange, helft mir die Brücke zerstören!«

Inzwischen waren auch mehrere der Gesellen herzugetreten.

»Ja, Vater, helft dem Herren!« unterbrach jetzt Resi, welcher die Thränen über die Wangen liefen, die Stille, die den Worten Arnolds gefolgt war.

»Sei still, Kind! Hier haben wir Männer zu reden. Um den Herrn Werner thuts mir leid, wie um die anderen. Aber Unglück ist Unglück. Weinst um den Maler, Kind? Freilich der wird uns jetzt fortgeschwemmt, so oder so. Ein freundlicher Herr. Würde gern etwas zu seiner Rettung thun. Aber« Er hielt inne und schob die Mütze hinters Ohr. »Wenns nun mit der Brücke doch nicht recht ausgeht. Auf mich fällt die Verantwortung.«

»Bester Herr! Wer wird so fragen, wenn es gilt zwanzig und mehr Menschenleben zu retten.«

»Ihr kennt unsere Gegend nicht, Herr!« Das mischte sich der Obergesell, ein hochgewachsener trotziger Bursche, ins Gespräch. Derselbe hatte mit Spannung den Verlauf desselben verfolgt und als Resis Thränen ihre Neigung für den fremden Maler verriethen, war ein zorniger Blick aus seinen dunklen Augen auf das Mädchen geschossen. Als aber ihr Vater die Meinung aussprach, daß mit der Brücke auch der Maler auf und davon gehen werde, hatte er schlau gelächelt. »Meister,« rief er jetzt, »laßts mich mit dem Herrn auf eigene Gefahr wagen. Ihr habt mirs schon öfters verwiesen, daß ich gegen den Maler drüben aufsässig sei der Resi wegen , gelt, ich wills heut beweisen, daß ich gerne sein Leben rette, wenn er nur dann diesem Hause auch ferne bleibt. Das Stadtvolk taugt nichts bei uns. Fällt die Brücke, so ists doch hier sicher mit der Malerei aus. Also, mit Verlaub, Meister!«

Der alte Zimmermann nickte und wandte sich nachdenklich dem Hause zu. Der Obergesell aber rief einige Knechte herbei und führte sie und den Ingenieur nach einem vom Wasser bereits bespülten Fischerschuppen, der zum Zimmerplatz gehörte und welchem sie nun lange Ruderstangen mit Eisenspitzen, mehrere Leitern und allerlei anderes Geräthe für ihr gefährliches Unternehmen entnahmen. Dann verlöschten die Lichter und die Gestalten verschwanden in der Dunkelheit

Was drüben auf dem Zimmerhof verhandelt worden war, wußten wir auf unserem Standort freilich nicht. Aber der Anblick ihres Mannes, der Gedanke, daß er, der vielbewährte Ingenieur, der schon manchen Brückenbau geleitet und in der Bekämpfung der Wassergewalt seinen Beruf sah, für uns handle, hatte auf Frau Arnold befreiend und Hoffnung erweckend gewirkt. Ich ahnte sein Vorhaben, fand aber in Werner einen Zweifler, der wegen der Theilnahme des Zimmergesellen Ignaz, den er in der Gunst Resis verdrängt hatte, sich beunruhigt fühlte. Er hatte sich von seiner Seite keiner Gutthat zu versehen.

Plötzlich schnitt ein furchtbarer Krach von der Brücke her unsere Vermuthungen ab. Ein zweiter, ein dritter folgte und die jenseitige Hälfte der Brücke schob sich erst langsam, dann mit schnellem Ruck in die Flut eine schwarze, unförmige Masse sauste an uns vorbei den Strom hinunter. Bald sahen wir, wie sich das gefährliche Treibzeug mit dem Hauptzug der Strömung durch die weite klaffende Lücke auf der rechten Seite des Flusses eine bequemere Bahn suchte, als es bei uns finden konnte. Unser Haus war von der Hauptgefahr befreit und durch die stehengebliebene Hälfte nicht mehr gefährdet, sondern geschützt. Wir athmeten erlöst auf und auch die übrigen Bewohner und Gäste der »Post«, welchen zu uns auf den Altan herausgeeilt waren, zeigten sich von freudiger Zuversicht erfüllt, fühlten sich mit uns gerettet. Am meisten aber jubelten die Einheimischen, triumphirend wiesen sie auf die Höhe des Mittelpfeilers der Brücke, der erhalten geblieben war und von welchem herab das Muttergottesbild mit segnend erhobenem Scepter niedergrüßte.

Wir freilich wußten es besser. Und als wir dann von einer erhöhten Stelle des jenseitigen Ufers drei Männer mächtige Fackelbrände freudig schwenken sahen, raunten wir leise in die Finsterniß hinaus: Heil Euch! Unseren Rettern!

* * *

Erst mehrere Tage später konnten wir unsere Flucht aus dem Haus, in welchem wir nur nicht durch ein Wunder sondern durch einen Triumph der geistigen Bildung über frommen Irrwahn, durch eine That treuer Gatten- und edler Menschenliebe, dem Tode entgangen waren, bewerkstelligen. Ueberall unterwegs trafen wir auf die Spuren des grauenvollen Vernichtungswerkes der Hochflut. Im Wirthshaus zu Jenbach, in dem wir Einkehr gehalten, ergriff ich ein kleines Kreisblatt und, darin lesend, fand ich plötzlich eine Notiz von etwa folgendem Wortlaut; »Durch die Gnade und die besondere Fürsorge der Mutter Gottes auf der großen Brücke zu N., welche letztere von der Hochflut nur theilweise zerstört ward, während das heilige Gnadenbild herrlich erhalten blieb, ist das neben derselben stehende Gasthaus zur Post vor dem bereits mit Sicherheit erwarteten Untergang bewahrt worden.« Ich las die Stelle vor.

»So entstehen Legenden,« sagte der Ingenieur, »Und doch hätte der Sieg dieses Glaubens an die Wunderkraft des gepriesenen Heiligenbildes uns allen sicher das Leben gekostet, wenn«

»Wenn Du nicht für uns gedacht und gehandelt hättest, mein Lieber,« unterbrach ihn zärtlich die Frau.

»Nein, nicht so Wenn sich nicht eine höhere Art der Religion durch mich offenbart hätte, die uns antreibt, den Geist und die Kräfte, die uns verliehen sind, als Werkzeuge des Göttlichen in der Natur dem wilden Wüthen ihrer Elemente zum Besten der Mitwelt entgegenzusetzen.«

Werner sah dabei traurig und wie abwesend vor sich hin. Und Arnold, dies bemerkend, fuhr fort: »Ei, ei! Freund Werner fängt Grillen. Aufgeschaut, Träumer! Ist durch die Hochflut auch Deine Liebe zur schönen Resi zu Wasser geworden, sie wird Dir trotzdem im Gedächtniß haften als ein schöner Sommernachtstraum, rein und klar wie der Himmel. Malerlieb im Gebirg thut sonst nicht gut, die Deine hat diesmal uns und vielen wackeren Mitmenschen das Leben gerettet. Ist das kein Ersatz für den Verlust Deiner Resi, die, gestehs nur, doch dem ehrlichen Ignaz von der Natur weit eher zubestimmt war, als Dir, Du unruhiger Zugvogel!«

Werner aber schüttelte freundlich lächelnd das lockige Haupt. »Du magst Recht haben! Jetzt aber ergreift mit mir die Gläser und trinkt vom feurigen Veltliner aufs Wohl unserer Retter! Freund Arnold lebe! Und ein Hoch den wackeren Männern, die ihm beim schwierigen Rettungswerk halfen, als wir in jener entsetzlichen Nacht in Todesgefahr schwebten zwischen Himmel und Wasser!«

Der Todesgruß auf der Taybrücke

Ade lieb Mutter.« »Mit Gott mein Kind!«
Da pfeifts; ein Taschentuch flattert im Wind;
Der Abschiedsgruß der jungen Braut,
Die heute dem Gatten ward angetraut.

Hinhastet der hochaufächzende Zug,
Besiegend den Sturm im mächtigen Flug
Doch dort in der Ecke das junge Paar
Wird von dem Allem nichts gewahr!

Still, Arm um Nacken, Hand in Hand,
So fliegen sie durch das schneeige Land,
Ohn es zu achten, weltentrückt,
Voll seliger Träume, beglückend, beglückt.

Es tauchte unter so Raum wie Zeit
Tief in dem Meere von Seligkeit,
Das durch die Herzen wogend rauscht,
Wann Liebe man um Liebe tauscht.

Genüber der lebensmüde Greis
Betrachtet die Beiden und flüstert leis:
»O gienge nimmer solch Glück vorbei,
War auch einst glücklich wie diese Zwei.«

»O Tod, du langsamer, falscher Knecht,
Wie übst du dein Amt so träg und schlecht;
Als einst ich genossen das höchste Glück
Das war deine Zeit; was hielt dich zurück?

Hin stürmt der Zug durch die Grafschaft Perth,
Wild stürmt die See in dem buchtigen Firth,
Darein der Tay seine Wogen stürzt,
Dess stürmisch Gefäll seinen Lauf verkürzt.

Doch stürmischer als des Zuges Flucht,
Und stürmischer als der Wogen Wucht
Erbraust und drängt und wogt der Orkan,
Der dröhnend umheult des Zuges Bahn!

Die Liebenden träumen vom ewigen Glück,
Des Greises Seele weilt weit zurück
Da, plötzlich zittert und wankt der Pfad
Als sich der Zug der Brücke genaht

Ein Pulsschlag noch Wo blieb der Zug?
Wo blieben sie, die er landwärts trug?
Hinunter, hinab von der Brücke des Tay
Ward er gesenkt in tiefe See.

Der Sturm erbraust und heult wie vorher
Wild tost und schäumt und gischtet das Meer
Kein Zeichen, kein Trümmer verräth das Grab,
Dem der Tod so reiche Ernte gab.

Die junge Liebe, den müden Greis,
Sie mähte der Sturm auf des Tods Geheiß.
Doch hatte ihnen das Glück verliehn
Ein selig Lächeln als Gruß für ihn.

Von schweren Unglücks langem Bann
Erlöste der Tod den alten Mann
Die Liebenden aber hat er zart
Vor aller Trübung des Glücks bewahrt.

Die Gartenlaube

Drei Schalksnarren

Als vor wenigen Jahren Julius Wolff uns mit einem „Till Eulenspiegel redivivus" beschenkte, wandte sich die öffentliche Aufmerksamkeit wieder einmal mit besonderer Vorliebe dem alten deutschen Schalk der Schälke zu, von dem die durch einen Denkstein in das Bereich der Geschichte hineinragende Sage behauptet, daß er im Jahre 1350 zu Mölln gestorben und begraben worden sei. Die ausführlichen Besprechungen, welche die Kritik dem Schelmenliede J. Wolff's damals darbrachte, versäumten nicht, mit dankbarer Liebe und Verehrung des berühmten Kneitlinger Bauernsohns, der hier ein Auferstehungsfest im Geiste und Frack des neunzehnten Jahrhunderts feierte, zu gedenken, und das Fischart'sche Ruhmwort fand erneute Erhärtung:

> Am ganzen Rhein auf und ab
> Der Menschen Gedächtniß ist sein Grab.

In diesen Tagen ist nun wiederum ein Buch erschienen, welches den Schatten des unruhigen, schalkigen Vaganten in der Erinnerung heraufbeschwört: Murad Efendi's *Nasreddin Chodscha*, welchem die 1838 in Constantinopel zuerst erschienenen **Latha'if–i Chodscha Nasreddin** zu Grunde liegen und dessen Held uns vom Dichter selbst als ein „osmanischer Eulenspiegel" vorgestellt wird. Wer dieser war? Ein türkischer Schulmeister, das ist Chodscha zu deutsch, der um das Jahr 1400 in dem bei Brussa gelegenen Güssel Hissar wirkte, also in einer Zeit, wo die griechische Landschaft Anatolien in viel strengerem Sinne als heute türkisch war. Wie uns Murad erzählt, genießen seine witzigen Einfälle und Schwänke noch heute im Orient kaum geringere Popularität als die unseres Eulenspiegel bei uns. Noch heute werden sie allerwärts citirt und bewundert, und neue Streiche und Witzworte finden daselbst unter der Flagge seiner Vaterschaft am schnellsten und nachhaltigsten Anerkennung und Verbreitung.

> Stolze Namen sind verschollen;
> Chodscha's Ruhm noch heut besteht.
> Nachruf auch ist Spiel der Launen,
> Wie ihr's an dem Narren seht.
> Mögt ihr manchen seiner Streiche
>
> Tadeln als zu dünn geschürzt,
> Als zu bäurisch, derb, vielleicht auch
> Eurem Gaumen zu gewürzt;
> Dennoch in Serail und Hütte
>
> Wird noch Nasreddin's gedacht,
> Sich auf Nasreddin berufen
> Und der Nasreddin belacht.

Erinnern nicht diese Worte, in denen Murad den Ruhm seines Helden verkündet, an die begeisterte Apostrophe, welche Julius Wolff in einer Lebensskizze des alten Till diesem gewidmet hat? „Sein Andenken lebt fort im deutschen Volke, wie sein Geist noch lebendig ist im Volkswitz und im guten Humor des deutschen Gemüths, mag er sich offenbaren, wie und wo er will, an Schriften und Liedern, aus der Gasse, in Wort und Bild, an That und Thorheit. Wer wird über fünfhundert Jahre nach unserem Grabe fragen? Und was war Till? Was hat er gethan, geschaffen, entdeckt, erfunden, hinterlassen? Nichts. Eines Bauern Sohn war er, ein fahrender Mann und ein Narr, aber ein kluger Narr, der wohl wußte, daß unser Wissen Stückwerk ist."

Wohl hat darnach Franz von Werner (dies ist der angeborne Name Murad's) ein Recht, seinen Helden einen osmanischen Eulenspiegel zu taufen, wenn auch ein näherer Vergleich allerdings ergiebt, daß die Aehnlichkeit Beider in Thun und Rede nicht gar so groß ist, so wenig der türkische Volkscharakter dem des Deutschen im Reformationszeitalter gleicht. Der Sinn des Osmanen neigt sich dem Maßvollen zu; Ernst und Würde im Benehmen, im Bewegen und Sprechen ist ein Gebot auch für den gewöhnlichen Türken. Sein Eulenspiegel ist daher kein Fahrender, kein unruhiger Springinsfeld, dem Ernst und Würde widerwärtige Dinge, kein Thunichtgut, der nichts im Kopfe hat als lose Streiche, wie unser Till, seine Bedürfnisse sind gering und nöthigen ihn zu keinem Verstoß gegen die Moral, während es von diesem im Volksbuch heißt: „Gesottenes und Gebratenes wollte er allezeit essen, darum mußte er sehen, wo er es nähme." Nasreddin ist ein Gelehrter, ein Philosoph, ein gewissenhafter Familienvater; sein Heimathsort und dessen Weichbild genügen ihm zum Schauplatz seiner Thaten und Predigten. Er benutzt nicht die Schwächen seiner Nebenmenschen zu seinem Vortheil, sondern lächelt meist nur vom erhabenen Standpunkt seiner Weltanschauung über sie und findet darin seine Befriedigung. Ein lachender Philosoph, pfeffert er seinen Witz mit heimlichem Spott, und durch seinen Humor schimmert ein tiefsinniger Pessimismus. Seine Schwänke laufen daher meist auf eine ironische Wendung, seltener auf ein eigentliches mit Handlung verquicktes Abenteuer hinaus. Nur in einzelnen Fällen, so wenn Nasreddin den Aga seines Orts, der anbefohlen hat, man solle, wenn er niese, „Gesundheit" rufen und dabei der Sitte gemäß in die Hände klatschen, durch seine unzeitgemäße Formbeflissenheit in den Ziehbrunnen purzeln läßt, klingt das an die eigenthümliche Ironie an, die wir „Eulenspiegeleien" nennen und deren Wesen in der wörtlichen Auffassung und unzeitigen Ausführung erhaltener Aufträge besteht. Dem Metzger, der Eulenspiegel auf dem Markte zuspricht, er solle doch etwas mitnehmen, läßt dieser seine Bitte nicht unerfüllt, und als der Bäcker ihm zuruft: Hebe dich zum Hause heraus, so nimmt er den Weg durch's Dach. Die Kunst des Silbenstechens ist es, die Beiden den gleichen Meisterhut auf das Haupt drückt, aber in dieser finden Beide wiederum ihren Meister in einem andern Erzschelm des Ostens, der im Uebrigen in wunderbarer Weise die hervorgehobenen Unterschiede in seinem Wesen vereint. Ein Weiser und Philosoph, ein Schlemmer und Vagabond zugleich, tritt uns *Abu Seid von Serug*, der lustige Liebling Arabiens, entgegen, der in Hariri's Makamen ein unsterbliches Leben genießt und der uns Deutschen durch Friedrich Rückert's bewunderungswürdige Uebertragung dieser Dichtung schon lange eine vertraute Gestalt geworden. Er ist unstreitig der poetischste der im Titel zum Kleeblatt vereinigten Schelme.

Als Deutschland noch im Schatten der Scholastik träumte, genossen bereits die arabischen Völker den klaren Sonnenschein einer in sich ausgereiften, eigenartigen Cultur. Charakteristisch für diese ist die Stellung, welche sie dem Dichter einräumte. Die in dem glücklichen Arabien umherziehenden Nomaden waren sowohl durch ihre Lebensweise und Umgebung wie durch den Genius ihres Volkes mehr denn je ein anderes Volk auf die Poesie als fast ausschließliche Quelle höheren Lebensgenusses angewiesen. „Das Nacht- oder Mondscheingespräch der Araber, ‚Semer'" so berichtet Rückert, „ist ein Hauptstück ihres geselligen Lebens. Mit seiner stillen Einförmigkeit muß es ihnen die ganze Mannigfaltigkeit von lauten Vergnügungen ersetzen, die in unseren Städten die Nacht zum Tage machen. Aus der eigensten Natur des Bodens hervorgegangen, geht diese volksthümliche Sitte aus dem Naturstand in den Culturstand, aus den Zelten in die Städte und aus dem arabischen Heidenthume in den Islam herüber, von dessen Strenge sie sogar gleichsam erst ihre Nahrung erhält." In der That, der Koran, indem er Wein und Spiel, Musik und Tanz verbot, förderte wie kein anderes Religionssystem die Pflege der Sprache und der Kunst, die auf der Sprache beruht. Jede Art von Spiel war den Gläubigen verpönt, nur das Wortspiel verblieb ihnen. Bei ihren Geschäften sprachen die Araber wenig; um so mehr erschien ihnen die Sprache als Gegenstand einer Kunst, ja als Kunst selbst, und je kunstvoller es Einer verstand, sie nach Form und Inhalt zu gebrauchen, je mehr war er Gegenstand allgemeiner Bewunderung. So erklärt sich die glänzende Stellung des Dichters im öffentlichen Leben der Araber. Wenn in einem Stamme ein hervorragender Dichter auftrat, so erschienen Gesandtschaften der übrigen, um ihm Glück zu wünschen, und es wurden ihm zu Ehren Gastmähler und Feste veranstaltet. Redeturniere, Sängerkriege waren nichts Seltenes und konnten leicht Ereignisse von höchster Bedeutung werden. Einen Abglanz dieser Verhältnisse hat der

Einfluß der spanischen Araber in die Entwickelung der abendländischen Poesie hinein geleitet, indem derselbe auf der Sprachinsel der Provence die Republik der Troubadours entwickeln half.

Das Vorstehende erklärt den uns gleichzeitig so fremdartigen und doch so seltsam anziehenden Charakter Abu Seid's. Die komische Lieblingsgestalt einer Nation von Dichtern mußte selbst ein Dichter, ein Dichter von großartiger Begabung und nach ihrem Geschmacke sein; ein Volk von Nomaden verschmolz sein Dichterideal mit demjenigen eines buntbewegten Wanderlebens. So ward Abu Seid, der als Charakter unmöglich nur als Erfindung eines Kunstdichters gelten kann, der aber in der Gestalt, die ihm die Schöpferkraft Hariri's gegen Ende des elften Jahrhunderts nach Christo gegeben, eine unveränderliche Plastik erhalten, ein dichtender Vagabond, ein vagabondirender Dichter, wie seines Gleichen die Weltliteratur nicht kennt.

Das Vagabonden-Element, die unbezähmbare Wanderlust, der Drang nach Abenteuern in ihm macht diesen Araber nun unserm Till Eulenspiegel in erster Linie verwandt. Auch Till ist das Product einer Cultur, in welcher das fahrende Volk, vom Ritter bis zum Landsknecht, vom Scholasten bis zum musicirenden Gaukler, vom Gelehrten bis zum quacksalbernden, goldmachenden Adepten, eine wichtige Rolle im öffentlichen Leben spielte, der Repräsentant einer Nation, in welcher die Wanderlust, die einst ihre Väter an der großen Völkerbewegung maßgebenden Antheil nehmen ließ, alle Zeit lebendig und mächtig geblieben ist und in den späteren Romfahrten, den Kreuzzügen erneuten historischen Ausdruck gefunden hat.

Die geistige Ueberlegenheit gegenüber denen, die sie prellen und anführen, ist ferner beiden gemeinsam, beiden die witzige Wendung, in der es geschieht, und welche unsere Sympathie, so oft diejenige der Beschädigten selbst auf ihre Seite zieht. „Ein bischen Diebsgelüst, ein bischen Rammelei" sind wesentliche Ingredenzien ihrer Abenteuer. Beide setzen stets ihre Persönlichkeit ein, auch wenn es sich um Handlungen von offenem Lug und Trug handelt; ihr Muth ist nicht ihr geringster Bundesgenosse. Und nicht nur die Verlegenheit und Noth, sondern natürlicher Drang treibt beide zu allerlei Verkleidungen; wie des Arabers Abenteuer mit Recht von Rückert „Verwandlungen" genannt worden sind, so stellen sich auch diejenigen des deutschen Tollkopfes als solche Verwandlungen dar. Nichts ist ihnen dabei heilig; das Gewand des Priesters deuten beide für ihre Zwecke aus. Und wenn dieses im Besondern dem beredten Scheich besser zu Gesicht steht – hat er doch die volle Beredsamkeit eines Abraham a Santa Clara zur Verfügung – so muß dem niederdeutschen Bauernsohn nachgerühmt werden, daß er sich auf dem Gebiet der Verkleidung weit erfinderischer zeigt, als sein ihm an Phantasie und Gedankenfeinheit doch so weit überlegener Widerpart. Des Serungers Verwandlungen heben diesen nur selten aus der Sphäre seines Bettlerthums heraus; welche Fülle von Rollen weiß dagegen der Kneitlinger sich zu eigen zu machen!

Beide verwerthen weiterhin ihre Talente zur Ermöglichung eines thunlichst arbeitslosen und genußvollen Lebens, ohne in der Wahl ihrer Mittel durch Ehrbegriffe sonderlich gehindert zu werden, aber des Arabers Schwindeleien sind durch die Grazie der Ausführung weit mehr dem Dunstkreise des Gemeinen entrückt, als die des Deutschen. Der letztere wird uns in seinem Denken und Handeln oft sogar widerwärtig; gewisse Unfläthereien, die Lust am „Hofixen" und anderen schmutzigen und windigen Dingen, denen K. J. Weber in seinem „Demokritos" das „Capitel Pfui" gewidmet hat, erscheinen uns Modernen kaum noch komisch und lächerlich, wie unseren roheren Altvordern. Vor dieser Ueberschreitung in das Gebiet des Niedern und Gemeinen schützte den Sernger seine bessere Vergangenheit, und neben dem edleren Sinn seiner Nation der Adel seines Dichtergeistes. Eulenspiegel ist ein junger Bursche, der Sohn einer armen energielosen Bäuerin; er ist zu faul ein Handwerk zu lernen, und als er sechszehn Jahr alt ist, „tummelt er sich und lernt mancherlei Gaukelei". Er sucht in der Fremde sein Glück; mit Zehrgeld versorgt ihn sein Mutterwitz, und dieser ist, um seinen Zweck nicht zu verfehlen, naturgemäß auf den Geschmack der Lebenskreise angewiesen, in denen Till am meisten Verkehr hat: des niedern Bürgerstandes und der Bauern. Wohl veranlaßt der wachsende Ruf seiner Schwänke und Anschläge auch Fürsten und Große, den gewandten Schalksnarren zu sich zu rufen, doch wahrlich nicht um ihn bessere Sitten und Lebensanschauungen zu lehren. Wie traurig es übrigens auch um diese stand, ist aus des Ritter's Hans von Schweinichen Denkwürdigkeiten und den Simplicianischen Schriften männiglich bekannt. Der Bettlerkönig aus Serug hingegen darf sich edelster Abstammung rühmen; seine Jugend war in Wohlleben verstrichen. Unglück allein hat ihn seines Besitzthums beraubt und zum Landstreicher gemacht. Er bettelt, aber im Vollbesitze der höchsten Bildung eines hochgebildeten Volks. Und vertiefter, wie uns sein Charakter gezeichnet ist, hat dieser neben der komischen eine tragische Seite. Die elegische Sehnsucht nach dem verschwundenen Paradies seiner Heimath und Jugend sendet oft genug einen wehmüthigen Accord in den jauchzenden Schwall seiner heiteren Beredsamkeit.

Rührend schildert er selbst biese Doppelnatur seines Wesens in folgenden Versen:

> Ich bin der alte Wunderreich,
> Der Ueberall uud Nirgendwo.
> Der Araber und Perser ruft
> Ob meinen Streichen ha und ho!
> Ich aber ruf' an jedem Tag
> Ob meinem Jammer ah und oh!
> Denn ach, die Hand des Schicksals liegt
> Auf meinem Nacken rauh und roh.

Der Unterschied adeligen und gemeinen Wesens zwischen beiden Schelmen tritt besonders hervor in der Art, wie sie sich dem Lebensgenuß hingeben. Wenn Eulenspiegel einen Streich glücklich aufgeführt hat und zu Gelde gekommen ist, dann heißt es eintfach: „Und er war hinweg und schlemmte redlich." Auch Abu Seid enteilt dem Schauplatze seiner Thaten und setzt sich fest in der Schenke in Nichtachtung der Vorschriften des Propheten. Aber was für ein Zecher ist er! Auch hier ist er Künstler! „Bald den Schenken herzte er; bald mit der Flasche scherzte er, roch nun den Duft der Viole, sog nun das Naß der Phiole und horchte dem Lied der Viole, von der Lust Gesellen umrungen, von den Gasellen umsprungen und von den Ghaselen umklungen." Die schönste aber entperlt seinem eigenen freudetrunkenen Munde – Anakreon wird zum Schulbuben neben ihm:

> Nicht schelt' einen Alten,
> Der glätten will Falten
> Und füllen die Spalten
> Und stützen sein Dach!
> Denn Wein ist der Glättstein
> Des Trübsinns, der Wetzstein
> Des Stumpfsinns, der Brettstein
> Des Sieges im Schach.
> Ja, Wein ist der Meister
> Der Menschen und Geister,
> Der Feige macht dreister
> Und stärket, was schwach...
> Sprich, weißt Du, was besser
> Als Schenkengewässer
> Und brausende Fässer
> Und Taumelgelag?...

Ist Eulenspiegel's Witz rasch zur That und kurz von Wort, so ist dagegen der unseres Dichters wort- und klangreich, eher dem seines türkischen Vetters verwandt. Die Sprache ist sein Instrument, auf welchem er spielt, so verführerisch, so bestrickend, daß die Herzen der Hörer weich werden und, berauscht von dieser Musik, dem Spieler ihre Freigebigleit unbegrenzt zuwenden. „Er bezauberte mit seinem Mundwerk das Volk, indeß er mit beiden Händen molk", und so haben seine Worte, mögen sie in lyrischer Begeisterung ertönen, in epischer Breite ihre

Farbenpracht entfalten, in gnomenhafter Kürze, Raketen gleich, hervorblitzen, das Wesen und die Wirkung von Thaten.

> Bald rüttl' ich Schläfer wach, und bald
> Umnebl' ich die Besinnung Wacher;
> Bald für die Weiner predigend,
> Bald Lieder singend für die Lacher,
> Im Weiberrock und Manneskleid,
> Jetzt Chansa (eine Dichterin), dann ihr Bruder Sacher (ein Held).

Fast jede mit dem Sinn für das Komische begabte Nation hat ihren Schalksheiligen, dessen Charakter, durch eine literarische That in feste Form gebracht, in der Phantasie und im Munde des Volks als der gute Genius humoristischer Lebensauffassung fortlebt. Meine drei Freunde, die ich im Vorstehenden, durch neuere Literaturerscheinungen veranlaßt, neben einander gestellt und verglichen habe, würden in euer Gesammtdarstellung dieses wichtigen und anziehenden Capitels der Literatur- und Culturgeschichte eine hervorragende Stellung einnehmen. Alle Drei sind Urtypen, geboren aus dem Geiste ihrer Nationalität und ihrer Zeit, und deshalb beleuchtet sie diese selbst nach gewissen Richtungen hin auf das Hellste.

Adolf Strodtmann todt

Am 17. März, eine Woche vor seinem fünfzigsten Geburtstage, erlöste der Tod den in Steglitz bei Berlin lebenden Dichter von schwerem körperlichen Leiden, das ihm in kaum minder schmerzlicher Weise als Heinrich Heine, dessen Leben und Wirken er uns so vortrefflich geschildert, die letzten Jahre seines Lebens getrübt hat. Er erlag einem Nierenleiden. In Adolf Strodtmann ging wieder Einer hin von jenen opferfreudigen, kampfesfrohen Geistern, welche in trüber Zeit, meist unter Hingabe ihres Lebensglückes, mit der Feder und, als es galt, mit dem Schwerte für die Ideale politischer Freiheit und Einheit in Deutschland eintraten. Er war Einer von jenen Dichtern, die „den einsamen Botenläufern gleichen, welche des Morgens in aller Winterfrühe, wenn noch kaum die Hähne gekräht haben, auf den des Nachts vom Schnee verschütteten Wegen die ersten Fußstapfen wieder eindrücken müssen". „Ihr habt Mittags gut spazieren wandeln," ruft Gutzkow aus, von dem dieses Bild stammt. „Gedenkt der Botenläufer, die zwischen Feld und Wald im ersten Morgengrauen auf unübersehbarer Schneefläche die Wege wieder aufsuchen müssen!" In diesem Sinne sei auch unseres Dichters gedacht, der mit vielen Gleichstrebenden in seiner Jugend das Geschick zu theilen hatte, auf solch muthvoll angetretene Wanderung in einen Lebenspfad voller Enttäuschungen, Mühen und Bitterkeiten gelockt zu werden, und der trotzdem den Glauben an seinen Leitstern, an seine Ideale niemals aufgegeben hat. Die Erfahrung lehrte ihn nur, daß das Licht in weiterer Ferne geleuchtet hatte, als seine jugendliche Begeisterung gemeint.

Am 24. März 1829 zu Flensburg, als Sohn eines ebenfalls um die Literatur verdienten Geistlichen geboren, ward er schon als Gymnasiast von der radikalen Bewegung der Zeit erfaßt. Zunächst wandte sich sein oppositioneller Unabhängigkeitssinn gegen das dänische Joch, unter dem sein deutsches Geburtsland stand. Als Kieler Student folgte er im Frühjahr 1848 der Fahne des Aufstandes, schon im Treffen bei Bau (9. April) traf ihn jedoch eine feindliche Kugel, die ihn schwer verwundete und so in dänische Gefangenschaft brachte. Auf einem dänischen Kriegsschiffe wurde er eingekerkert; die Gefühle, welche ihn dort theils quälten, theils erhoben, schildern seine „Lieder eines Kriegsgefangenen auf der ‚Dronning Maria'". Ausgewechselt, bezog er die Bonner Universität. Das nahe Verhältniß, in das er hier zu Professor Kinkel und Karl Schurz trat, entzog ihn bald auch dort dem ruhigen Studium. Wie er bei des Ersteren Verhaftung dessen zurückbleibende Frau, die berühmte Johanna Kinkel, in der Redaction von Kinkel's Zeitung unterstützt, wie er auf die Nachricht, daß sein verehrter Lehrer im Zuchthaus zu Naugard Wolle spinnen müsse, sein leidenschaftliches „Lied vom Spulen" verfaßt hat, welches seine Relegation veranlaßte, hat er uns selbst in seiner Biographie Kinkel's angedeutet, die er im elterlichen Hause zu Hadersleben schrieb. Im Herbste 1850 suchte er Paris auf, woselbst er den Winter zubrachte.

Nach Hamburg zurückgekehrt wurde er leider in die Verhältnisse der Baronin von Bruiningk verwickelt, deren Flucht er vermittelte und der er als Erzieher ihrer Kinder nach England folgte. In London traf er mit seinen Freunden wieder zusammen, doch den in seinen schönen Liedern ersehnten stillen Hafen ruhigen Glückes ließ ihm das Schicksal auch hier nicht zu Theil werden. Der Sommer 1852 sah ihn nach Amerika übersiedeln. Nicht zu seinem Heile. Eine von ihm in Philadelphia gegründete Buchhandlung sowie die von ihm herausgegebene Zeitschrift gingen, nachdem sie sein Vermögen verschlungen, nach zwei Jahren ein. Zwei weitere Jahre hindurch – wohl die trübsten seines Lebens, welchen jedoch seine glänzende Dichtung „Rohana" entstammte – führte er ein romantisches Wander- und Schriftstellerleben im Westen. Erst nach seiner Rückkehr nach Hamburg (Herbst 1856) ordneten sich seine Verhältnisse wieder, wenn sie auch fast niemals glänzende geworden sind. Er, in dessen Gedichten ein so inniges Liebesbedürfniß sich ausspricht, hatte in seinem Liebesleben kein Glück. Sein „hohes Lied der Liebe", die mit Mädchennamen überschriebenen Liedercyclen in seinen „Gedichten" (die dritte Auflage erschien soeben bei Reclam) sprechen es aus. Auch sein späteres Leben wurde durch eine bittere Erfahrung in dieser Hinsicht getrübt; Ruhe fand er erst an der Seite seiner nun zur Wittwe gewordenen letzten Gattin.

Bis 1870 in Hamburg, dann, nach Beendigung des großen Kriegs, den er als Correspondent mehrerer größerer Zeitungen miterlebte, in Steglitz bei Berlin wohnend, ist er unermüdlich im Dienste der Literatur und ihrer hohen Aufgaben thätig gewesen, selbst dann noch, als ihm sein Leiden bereits jede Anstrengung eigentlich verbot. Seine Gesammtausgabe der Werke Heine's, die Briefe Bürger's, vor Allem die vorzügliche Biographie des Sängers des „Buchs der Lieder", „Das geistige Leben in Dänemark" und seine jüngst erschienenen „Dichterprofile", eine Sammlung tiefgreifender und geistvoller literarischer Essays, sind die Früchte der einen Seite seiner Thätigkeit, der literarhistorischen. Nicht mindere Verdienste hat sich Strodtmann als Uebersetzer, oder sagen wir besser Uebersetzungskünstler erworben. Denn die Kunst des Dichters ist es, der Technik nach wie nach der dabei aufgewandten Empfindung, welche sich in seinen Uebersetzungen von Shelley's, Byron's, Tennyson's und den Gedichten Anderer, von Engländern, Skandinaviern, Franzosen offenbart hat. Viel haben wir seinem Geist, seinem rüstigen Fleiß zu danken. *Uns* raubte ihn der Tod, *ihn* trat er als Erlöser an. Sein Andenken sei uns theuer! Ein selten weiches und dabei tiefes Dichtergemüt ging mit ihm zu Grabe.

Johannes Proelß.

August Junkermann als Reuter-Darsteller

Die Lieblinge des deutschen Volks waren allezeit auch die Lieblinge der „Gartenlaube". Ja noch mehr, so mancher Künstler, so mancher Dichter, der heute Jedermann im Volke lieb und werth ist, gelangte erst zu allgemeiner Geltung und Ansehen dadurch, daß die „Gartenlaube", als jener noch der Anerkennung bedurfte, ihren Lesern klar machte, welche Fülle von Erbauung und Erholung das Schaffen gerade dieses Mannes dem Volke gewähren müsse. Unter denen, von welchen Beides gilt, steht der prächtige Humorist Fritz Reuter im ersten Gliede. Gerade ihm als Dialektdichter war es schwer gemacht, die Volksthümlichkeit zu gewinnen, die dem Wesen seiner Werke entspricht, zumal es seinem biederen redlichen Wesen, seiner beschaulich zurückgezogenen Lebensart völlig fern lag, seinerseits etwas Anderes im Interesse seiner Werke zu thun, als dieselben drucken zu lassen. Das andauernde Alleinsein in der laugen Haft, in der er während seiner schönsten Lebenszeit, der Reise zum Manne, den frohen Jünglingsmuth abzubüßen hatte, für die Einheit und Größe des deutschen Vaterlandes zu einer Zeit zu schwärmen, da dies noch nicht eine beguem geübte und vortheilbringende Bürgertugend, sondern ein mit Todesstrafe bedrohtes Verbrechen war; die lange Entwöhnung vom Leben in geräuschvoller Öffentlichkeit, die Gewöhnung dagegen an ein schweigsames Einspinnen in die eigene Gedankenwelt: Sie hatten wohl die selbständige eigenwüchsige Art seiner Dichtung mächtig gefördert, aber jene Fähigkeiten, die Dickens zum besten öffentlichen Vorleser seiner eigenen humoristischen Romane machten, nicht in ihm zur Entwickelung gelangen lassen. Was aber er weder konnte noch wollte, das thaten Andere für ihn. Gerade die Thatsache, daß das Plattdeutsch seiner Romane nicht überall im großen Vaterlande verstanden wurde, daß die Freude an der Reuter'schen Poesie zunächst ein Geheimgut seiner engeren Landsleute blieb, verschaffte ihm schnell eine Gemeinde, welche mit hingebender Liebe den neugewonnenen Besitz plattdeutscher Schriftwerke von großem inneren Werth als heiliges Gut hegte und pflegte.

Wo solche Gemeinde sich bildet, erstehen ihr auch Apostel. So ging es auch Reuter. Er fand Verehrer, die in hochdeutscher Sprache in Zeitungen und Zeitschriften von allgemeiner Verbreitung die eigenthümliche Schönheit seines Humors darlegten und wieder andere, die das gesprochene Wort zu Hilfe nahmen und, die Grenzen der engeren Heimath überschreitend, als Vorleser der Renter'schen Dichtungen eine eifrige und betriebsame Propaganda begannen. Balleske, Kröpelin u. A. – sie alle haben für ihre Thätigkeit in der „Gartenlaube" einen sicheren Rückhalt gefunden. Uud als dann unter ihnen einer sich fand, der mit Glück den Versuch wagte, als Apostel der Reuter'schen Muse neben dem Katheder und Hörsaal auch die Bühne sich dienstbar zu machen, da war es wiederum das Keil'sche Volksblatt, das dem kühnen Reuerer sofort wärmste Theilnahme, weitwirkende Unterstützung lieh.

Jetzt ist von den Aposteln Reuter's nur dieser Eine, dafür aber auch in rüstiger Kraft, noch am Leben. *August Junkermann*, der erste und nach wie vor beste der Schauspieler, welche die Gestalten der Reuter'schen Romane der Bühne gewannen und die Kunst der unmittelbaren Lebensdarstellung in den Dienst der Muse des niederdeutschen Humoristen stellten, hat als Reuter-Apostel bei Weitem die größten Erfolge erzielt. Von Tausenden, welche das Theater besuchen, finden sich ja kaum hundert geneigt und befähigt, in der Enge eines heißen Hörsaals ihr literarisches und künstlerisches Interesse zu befriedigen. Als Junkermann zum ersten Male – es war im Jahre 1877 – in Wien gastirte, fand sich in keiner der vielen Buchhandlungen dort ein Exemplar „Reuter" auf Lager. Heute kennt die Hauptgestalten seiner Schöpfung wohl jeder gebildete Oesterreicher. Es ist Junkermann's allgemein anerkanntes, unbestreitbares Verdienst, dem süddeutschen Publikum im weitesten Sinne des Wortes die heitersonnige gemüthswarme Welt des Reuter'schen Humors erschlossen zu haben. Und heute steht er nun im Begriff, auch Amerika in den Bereich seiner Mission einzubeziehen.

Anfang Oktober beabsichtigte August Junkermann sich einzuschiffen, um eine auf drei Mouate sich ausdehnende Gastspielreise durch die Städte Amerikas in New-York zu eröffnen. Er hat zu dem Zweck sein bisheriges Verhältniß als Mitglied des Stuttgarter Hoftheaters gelöst und gedenkt auch fernerhin sich seinem mehr und mehr sich erweiternden Reuter-Repertoire mit größerer Ausschließlichkeit wieder zu widmen. Er tritt somit in eine neue Aera seiner künstlerischen Laufbahn ein, und Fritz Reuter bleibt die Devise, unter der er auch in dieser wirken und siegen will. Einen Geleitbrief nach Amerika bedarf der Künstler eben so wenig wie der Dichter selbst, dem amerikanische Städte mehr Denkmäler errichtet haben, als irgend einem anderen deutschen Dichter. Aber eine Auffrischung seines Gedächtnisses ist dem treuherzigen Humoristen – bei der Schnellebigkeit und Vergeßlichkeit unserer Zeit – sogar in seiner engeren Heimath zu wünschen, die ihm ein solches Denkmal immer noch erst setzen will, und unseren Lesern in Amerika wird es willkommen sein, gerade jetzt etwas Näheres über den zu ihnen kommenden Apostel des ihnen längst theuren Dichters zu erfahren.

August Junkermann ist am 15. December 1832 in Bielefeld als Sohn eines Kaufmanns geboren. Ein früh sich regender Trieb führte ihn aus der Sphäre der Wachtstubenabenteuer, in die er als Officiersaspirant gerathen war, in die noch abenteuerlichere der Bühne. Als er aber im Oktober 1853 zum ersten Male auf einem öffentlichen Theater sein Können erprobte, es war zu Trier in der Rolle des Manasse Banderstraaten in Gutzkow's „Uriel Aeosta", da war das Ergebniß ein schnöder Mißerfolg. Derselbe leitete eine Periode von „Künstlers Erdenwallen" für ihn ein, welche der ironischen Bedeutung dieses Ausdrucks völlig entsprach. So manche Enttäuschung lehrte seine von Haus aus weltheitere Seele den Schmerz kennen, durch dessen Schule er gehen müßte, um für jenen herzentquellenden Humor die echten Töne zu finden, der nach Heine's Ausdruck die Thräne neben der Schellenkappe im Wappen führt. Die Stimmungswelt von „Richard's Wanderleben" ward auch die seine; es trieb ihn von Bühne zu Bühne. Da geschah's in Bremen, wo er es noch am längsten aushielt, daß eine Vorstellung Reuter'scher Dichtungen von Kräpelin ihn zur Erkenntniß seines besonderen Berufs brachte. Wie eine Erleuchtung von oben kam's über ihn. Es war ihm beim Anhören dieser Vorträge klar geworden, welch starkes dramaturgisches Element doch in den Erzählungen des Dichters walte, der schon lange vorher ihn mächtig angezogen hatte. Er suchte nach Helfern zur Bearbeitung zunächst jener Handlung, die sich in Reuter's größtem Werk um die Gestalt des „oll Entspekter Bräsig" kristallisirt. Er fand einen solchen in dem Oberregisseur des Breslauer Stadttheaters, der unter dem Pseudonym Peter Dimiter die erste Bearbeitung des „Onkel Bräsig" vornahm.

Doch glaubte Junkermann, auf Grund seiner Erfahrungen dieses wie alle anderen Reuterstücke seines Repertoires einer eigenen Bearbeitung unterwerfen zu müssen. Heute tritt er nur in solchen Bühneneinrichtungen aus, für die er persönlich dem Genius Reuter's und dem Publikum gegenüber die Verantwortung übernimmt. Daß dieselben seinen Zwecken nicht nur, sondern auch denen einer billig urtheilenden Kritik genügen: das haben die glänzenden Erfolge seiner Gastspiele erwiesen, die er von nun an Jahre hindurch in allen wichtigeren Bühnenstädten Deutschlands, Oesterreichs und der Schweiz veranstaltete, auch dann noch, als er aus dem Hoftheater zu Stuttgart eine feste Anstellung als erster Charakterkomiker übernommen hatte.

Wer da weiß, wie sehr die Gesetze, welche die epische Kunst und diejenige des Dramas bedingen, von einander abweichen, wie so sehr verschiedene Aufgaben dem Erzähler und dem Dramatiker gestellt sind, wird immer mit Mißtrauen die Bearbeitungen berühmter Romane ansehen. Können die Reuterstücke Junkermann's für sich betrachtet dieses Mißtrauen auch nicht überwinden: das *Spiel* Junkermann's, so lange man in dessen Bann sich befindet, überwindet es völlig und ganz. So erging es Ludwig Speidel in Wien, den Junkermann's „Bräsig", als er ihn zum ersten Mal kennen lernte, zu unbedingtem Lobe hinriß; so ging es auch dem Schreiber dieser Zeilen, als er zum ersten Male dieser Leistung als Kritiker gegenüber saß. Es ist die Bescheidenheit und Zurückhaltung, welche möglichst ganz dem Originaldichter das Wort überläßt, was an diesen Bearbeitungen vor allem zu rühmen ist. So wenig das „Charakterbild", welches eine Reihe der köstlichsten Scenen aus „Ut mine Stromtid" mit geschickter Verknüpfung an einander reiht, in seinem technischen Bau völlig befriedigt: so hervorragend, so anziehend wirkt es durch die quellende Lebensfrische, den volksthümlichen Humor und die poetische Stimmung der Scenen, welche dem Roman mit thunlichster Treue gegen den Wortlaut entnommen sind. Und wenn auch auf dem Weg in die enge Welt der Bühne der behaglich sich ausbreitenden

Poesie Reuter's so Manches an Fülle des Lebens und Feinheit der Charakteristik verloren geht: die Kunst Junkermann's weiß das Fehlende überall, wo „Onkel Bräsig" spricht und handelt, vermittelt und tröstet, flucht oder lacht, vergessen zu machen. Der „Pickwick des deutschen Dickens", der joviale, treuherzige, geraddenkende und geradredende Zacharias Bräsig, der seinem tugendhaften Freund Karl Hawermann immer in der Fixigkeit über ist, der treue Anwalt und Berather von Lining und Mining, der lachlustige Junggeselle, der so spaßig von seinen „drei Brauten" scherzt, von denen keine geheirathet zu haben ihm doch in innerster Seele weh thut: er verliert wahrlich nichts an seiner ursprünglichen Lebfrische und Echtheit, wenn er, in Junkermann's künstlerischer Persönlichkeit ein fröhliches Auferstehungsfest feiernd, mit wuchtigem Selbstbewußtem im Theater vor uns hintritt. In diese herrlichste Schöpfung der Muse Reuter's, von der dieser beim Schaffen selbst sagte: „Ich glaube, der Bräsig wird nicht übel", hat sich Junkermann's Talent und Wesen geradezu hineingelebt. Er bringt das Kunststück fertig, eine Romanfigur, die vor unserer Phantasie längst zuvor in festen Umrissen dastand, so durchglüht von Frohsinn, so umspielt von den Geistern der Schelmerei und gutmüthigen Schalkheit, so überzeugend wahr und echt mecklenburg'sch in Haltung, Gebärde und Sprache vor uns hinzustellen, daß das Phantasiebild vor dieser Farbenfrische erblaßt und jeder Zuschauer bekennen mußt „Ja, das ist Bräsig, der gute ‚Onkel' Bräsig, wie er leibt und lebt."

Unsere Galerie von Reutergestalten in der Darstellung Junkermann's zeigt diesen in allen Hauptrollen seines Reuter-Repertoires, von denen „Bräsig" allerdings die bei Weitem bedeutendste ist. Aber alle sind sie Kabinettstücke einer fein realistischen, scharf individualisirenden blutwarmen Darstellungskunst. Und welchen Umfang, welche Spannkraft sein Talent hat, wird uns klar, wenn wir im Geiste die tieftragischen Accente seines „Möller Boß", seine psychologische Schilderungskraft in „Dörchläuchting", dem die „drei Grugl im Leib" die Freude um Herrschen verderben, die harmonische Mischung von eisenhartem wilden Trotz und doch weichem Empfinden in der wetterharten Brust seines Jehann Schütt in „Kein Hüsung", die drollige Blödigkeit seines „Jochen Päsel" und die gemüthliche Biederkeit seines „Smid Sunt" mit einander vergleichen. Und überall gewahrt man mit gleicher Freude das Walten eines Humors, welcher der Poesie Reuter's wundersam entspricht und doch auch der eigenen Natur des darstellenden Künstlers zugehört. So zeigt sich auch hier, daß der Künstler da erst das wirklich Bedeutende schafft, wo die eigene Natur sich dabei ausleben darf.

In der Schutzhütte

Eingeregnet.

Noch einmal wurde das flatternde Gewölk, das die schneeumwandeten Schrofen des Säntis, der Gyrenspitze und des Alten Manns zu umschleiern strebte, durch den Sturmwind verjagt, der nun schon seit einer Stunde von der Innerrhodener Hochebene in die Felsenwelt des Appenzeller Gebirgs emporfegte. Die mächtigen Wolkenmassen, welche das tiefe Seealpseethal gleich dicken Dämpfen ausfüllten, wurden von ihm, in einzelne Fetzen zerrissen, emporgetrieben; oben aber in der Sphäre des ewigen Schnees stießen sie noch eine Weile auf den Widerstand der Sonne. Doch immer dichter kam es nachgedrängt, immer dunkler wurde es auch dort oben – noch ein kurzer Kampf zwischen den Dämonen des Lichts und der Finsterniß, und die letztere hatte gesiegt. Jetzt war auch die schlanke Säntisspitze und das letzte Stückchen blauen Himmels verschwunden und die empordrängenden Nebel hatten sich mit den Gewitterwolken oben so eng vereinigt, daß der Blick auch die verschiedenartigen Bewegungen der Dunstmassen nicht mehr zu verfolgen vermochte. Ja, der Wanderer aus dem schmalen Fußpfad, der sich hoch ob dem See auf der linken Firstkette über die Felsabhänge der Maarwies nach der Meglisalp hinzieht, vermochte überhaupt nichts mehr zu sehen als rings um sich grauen Nebeldunst und die immer dichter fallenden Regentropfen, die auf dem Geröll des Glimmerschiefers am Boden klatschend aufschlugen und die Alpenrosen am Abhange niederbogen.

„Eine schöne Geschichte," rief unmuthig ein älterer Herr von kräftiger Gestalt, dessen weißer Vollbart ein Gesicht von edlem Profil und lebhaftem Ausdruck umrahmte, „da wird's ja völlig Nacht und es ist doch kaum erst vier Uhr. – Aber wer hatte recht?" wandte er sich an seinen noch recht jugendlichen Führer, dessen bloße Füße mit Behagen die Nässe des vorher so heißen Weges zu empfinden schienen. „Ich traute dem Wetter schon unten in Weißbad nicht. Ihr aber bliebet dabei, es könne halt nur ein paar Tröpfli geben. Die paar Tröpfli ließen ja nicht auf sich warten; aber sie blieben nicht allein, und jetzt gießt's in Strömen. Wie sollen wir so auf den Säntis kommen? Kaum den Weg unter seinen Füßen kann man noch erkennen."

„Müssen halt auf der Meglisalp übernachten und morgen früh bei Zeiten naufigehn."

„Ja, glaubt Ihr denn, daß das Wetter sich über Nacht aufhellt?"

„Wird schon gut, Herr. Ein Gewitterregen hält nicht die Ewigkeit an."

„Und wie lange dauert's denn noch bis zur Meglisalp?"

Ein lauter Donnerschlag, dessen Krachen mit schauerlichem Dröhnen in den Schluchten des Gebirgs widerhallte, erstickte die Antwort des mit seinem kurzen Alpenstock vor sich hin deutenden Burschen.

„Wenn wir schnell gehen, kann's kein Viertelstündli mehr dauern."

„Nun dann, junger Mann, vorwärts! Wir haben zum Glück den Wind im Rücken!...Hoho!" unterbrach er sich, als vom grasigen Abhang über dem schmalen Pfad, den sie beschritten, lautes Getrampel vernehmbar ward und dazu ein Geräusch, wie wenn flüchtiges Wild durchs Knieholz bricht. Der Stadtherr blieb dabei stehen und faßte seinen Bergstock, als wollte er sich zur Wehr setzen.

„Nur unbesorgt, Herr, " beruhigte der Führer. „Die Küh' von der Alp sind es, hören S' nicht das Geläut? Es geht über die Almen an uns vorbei. Die hellen Schellen – das sind die Geiß'n. Die Thiere merken, daß das Unwetter arg wird. Da suchen sie Unterschlupf in den Nothställen. Wir müssen ganz nahe dem Ziele sein."

In schnellem Laufschritt, als sei ihm der vollbepackte Tragkorb auf dem Rücken mit dem Handgepäck des Touristen keine Last, flog der Bursche voran; der alte Herr bewährte auch jetzt seine Rüstigkeit und blieb dem jungen Blut wacker auf den Fersen. Als ein neuer Blitz den Aether zuckend durchfuhr und, eine schnell verlöschende Helligkeit verbreitend, in großer Nähe einschlug, lag vor den Wanderern das kleine Gehöft, das ihnen eine sichere Unterkunft für die Nacht versprach.

Der alte Herr mit den elastischen Sehnen war sofort in die große schwarzgeräucherte Küche getreten, die in jeder echten Alphütte zugleich das Haupt- und Familienzimmer bildet, und bald fand er sich mit dem Alpwirth, seiner Frau und einer Tochter derselben in bester Unterhaltung.

Er hatte eine schlechtere Herberge in dieser Alpeneinsamkeit erwartet, wie er sagte; daß die Aufnahme eine gastliche sei, hatte er schon unterwegs auf seiner Herreise gehört. Gleich zwei Gebäude und beide für die Aufnahme von Touristen berechnet, das lasse er sich gefallen. Die beiden Gebäude waren zwar recht klein und dürftig, nur im Unterbau aus zusammengemörtelten Steinblöcken, im übrigen aus Holz roh zurecht gezimmert; aber der freundliche Herr, der sich seines nassen Lodenmantels entledigt hatte und sich nun behaglich am Feuer wärmte, über welchem der große Milchkessel am eisernen Haken hing, hatte ganz recht mit diesem Lob, war er doch auch ein vielerfahrener Alpengänger, dem gar wohl bekannt war, wie unbehaglich so manches Unterkunftshaus ähnlicher Art sich bietet. Im Hintergrunde des vom offenen Herdfeuer nur halb beleuchteten, an den Wänden mit blankem Milchgeschirr ausgestatteten Raumes saßen zwei Führer, jeder einen Napf Milch mit großem Appetit auslöffelnd.

„Wollen's auch eine Milch?" fragte die Sennin den Ankömmling.

„Danke, liebe Frau. Aber ich möcht' schon lieber etwas Warmes. Das kalte Wetter draußen hat mich ganz ausgefroren." Er ließ sich von seinem Führer seinen Rucksack bringen und entnahm demselben eine Ledertasche, die mit allerhand Konserven und ähnlichen Nahrungsmitteln, wie sie dem Reisenden nützlich sind, gefüllt war. Er öffnete eins der Blechbüchschen und roch mit Wohlbehagen daran. „Kaffee können Sie doch kochen?"

Die Frau bejahte das, fast beleidigt über den Zweifel.

„Nun, nun," beruhigte der freundliche Herr, „hab' mir schon in mancher Alphütte den Kaffee selbst kochen müssen."

Er schüttelte mit prüfendem Blick aus seiner Büchse ein Häufchen des bereits gebrannten und gemahlenen Kaffees auf ein entfaltetes Blatt Papier und reichte diese Portion der wieder eintretenden Ammerei, wie die Alpleute ihre Tochter nannten. „Das reicht gerade für zwei Tassen. Und, nicht wahr, Du bringst mir ihn recht heiß, Ammerei? Ist das Dein Taufname?"

„Anna Maria steht's im Kalender."

„Und ohne Milch, Ammerei. Inzwischen giebt mir der Vater wohl Bescheid, wo ich heute mein müdes Haupt betten soll."

„'s ist schon gut," sagte dieser. „Es ist noch eine Kammer mit zwei Betten frei, und wenn niemand mehr kommt, können's allein drin schlafen. Der Seppli kann Ihre Tasch'n gleich naufi tragen."

„Es sind also schon mehr Reisende da?"

„Ei freilich, drei Parteien mit Führern, fünf Herren und zwei Damen. Gehn's nur gefälligst in das Gastzimmer gerad' hier über uns. Da finden's schon Gesellschaft. Den Kaffee bringt Ihnen die Ammerei hinauf, sobald er fertig ist."

„Gut denn! Behüt' Gott einstweilen! Hab' mich hier unten bei Euch recht wohl befunden. Wegen meiner bedurft's nicht des ‚Gastzimmers'. Und vor dem Kaffee bringt's mir auch was zu essen. Ein paar Spiegeleier und Brot kann ich doch haben?"

„Wohl, wohl!"

„Gut also, bringen's mir drei und dem Führer geben's auch ein paar. Fleisch habe ich bei mir."

Er war in die Thür getreten, wo ihm der Regen ins Gesicht schlug. „Das scheint sich hier festregnen zu wollen," sagte er ärgerlich, indem er seine goldene Brille abnahm, um die angelaufenen Gläser zu putzen. „Was denkt Ihr, Alpmeister? Wird's über Nacht klar werden?"

Der alte Senn kratzte sich hinterm Ohr.

„Jetzt läßt sich gar nichts sagen, Herr. Wir können vor ‚Duft' ja nicht einmal das Wetterloch sehen. Aber besser kann's schon werden bis morgen."

„Dazu gehört freilich nicht viel," sagte mit sauersüßem Lächeln der Gast, der nunmehr in den Regen hinaustrat und über die hölzerne Freitreppe zu dem ihm angekündigten oberen Gastzimmer emporstieg.

Das herzhafte „Guten Tag", mit welchem er hier eintrat, wurde nicht gerade entgegenkommend erwidert. Langeweile und Mißmuth schienen hier oben das Regiment zu führen. Das Gefühl des Eingeregnetseins schien auf den Gemüthern aller zu lasten. Auch diejenigen Opfer des launischen Wettergottes, die zu einander gehörten, gaben sich, still für sich, irgend einer

Beschäftigung oder müßiger Uebellanne hin. An einem der Fenster, durch die man bei gutem Wetter die herrlichste Aussicht auf die Häupter der Säntisgruppe gehabt haben würde, stand ein Herr in mittleren Jahren und trommelte an den Scheiben. Die Züge und der Bartschnitt desselben verriethen angelsächsischen Typus, doch erinnerte der einfach und praktisch gekleidete Tourist sonst in nichts an jenen „großkarrirten", murraybehafteten Engländer, dessen überlebte Erscheinung in deutschen Reisebeschreibungen noch immer sich umtreibt. Ein jüngerer Mann, dessen etwas blasses Gesicht auf einen gelehrten Beruf schließen ließ, war in die Lektüre eines Buches vertieft. Er hatte eine Flasche Bier vor sich auf einem der zwei großen Tische stehen, welche die im übrigen ziemlich kahle Stube den Gästen darbot, und ließ sich durch das Lesen im Rauchen nicht stören. Ein Ehepaar, das, sichtlich im besten Alter, sich bester Gesundheit erfreute und vor Ausbruch des Regens offenbar von der Hitze sehr auszustehen gehabt hatte, deren Reflex noch auf ihren Stirnen und Wangen glühte, gab sich in beschaulicher Wehmuth einem frugalen Mahle hin, welches in der Hauptsache aus mitgebrachten Fleischschnitten bestand und dem eine Flasche des landesüblichen Hallauer die Würze gab. Ein anderes Paar von schlankerem Wuchse und aparterem Wesen stand schließlich neben dem Nähtisch einer zweiten jungen Alpnerin, die am Fenster neben der Thür mit einer der kunstvollen Weißstickereien beschäftigt war, wie sie die Appenzeller „Meidli" mit ihren geschickten Händen alljährlich zu Tausenden in die großen Ausfuhrgeschäfte in St. Gallen, Appenzell, Gais und Bühler abliefern. Der blonde bärtige Herr hatte in der Rechten ein Skizzenbuch, in dem er offenbar vorher gezeichnet hatte, denn die andere Hand spielte mit einem Bleistift; die junge Frau hatte einen großen Strauß von Alpenblumen in der Linken und reichte aus demselben eben an schönes Exemplar von selbstgepflücktem Edelweiß der Stickerin hin.

Auch der neue Ankömmling, der zunächst mit prüfenden Blicken ein paarmal das Zimmer durchmessen hatte, in dessen Hintergrunde eine Falltreppe in ein oberes Stockwerk führte, fand sich angezogen von dem Bild der stickenden Gebirgstochter, deren feine Nadelstiche eben dabei waren, aus einem Streifen duftigen Mousselins das ziemlich naturgetreue Abbild einer Edelweißblüthe auszuführen.

„Das ist ja wahrhafte Künstlerarbeit," rief er unwillkürlich, nachdem er dem Mädchen eine Zeitlang zugesehen.

Dieses blickte befriedigt auf bei dem Lobspruch, sagte dann aber gelassen:

„'s ist nur Uebung, Herr. Mühsam aber ist's schon, und wenn wir im Winter Tag für Tag über unseren Kissen sitzen, thun uns die Finger mitunter recht weh. Jetzt im Sommer giebt's immer Abwechselung in der Arbeit; da macht einem das Sticken Freud'. Die letzten Tage, wo das Wetter so schön war und sehr viele Gäste bei uns einkehrten, bin ich gar nimmer dazu gekommen."

„Bleiben Sie denn auch im Winter hier oben?" fragte jetzt theilnehmend die Dame hinter ihr.

„O nein," sagte das Meidli; „da geht's mit den Kühen und Geißen hinunter ins Schwender Thal."

„Nun, da bringt so wohl auch der Winter Unterhaltung und Lustbarkeit?"

„Das schon auch, den Sennenball und den Schöttlerball in Appenzell und bei Hochzeiten oder Kindstaufen ein ‚tanziges Mahl'. Aber die Hauptsach' ist doch unsere Arbeit. Wenn die Meidli aus der Freundschaft nicht zusammenhalten thäten und zum Sticken zusammenkämen, könnt's manchmal etwas gar zu einsam werden."

„Da wird wohl wacker geplauscht, während die Nadeln sich fleißig rühren?"

„Wohl, wohl, aber auch ein G'sangl giebt's oft, und wer's kann, erzählt Geschichten, die alten heimischen, die jedes gern immer wieder hört, von der Jungfrau und dem Schatz in den Auen, vom blauen Schnee und der verschneiten Alp, vom Bötzler, vom besten Locker oder auch etwas neues."

„Das ist recht," rief der alte Herr; „man sollt' es nicht glauben, aber wahr ist es doch: die Leute auf dem Lande wissen oft besser für ihre Unterhaltung zu sorgen, als wir drin in den Städten mit unserem Ueberfluß an Bildungsmitteln und Scheinbildung."

Der Blonde mit dem Künstlerkopf neben ihm nickte zustimmend und sagte:

„Sicher steckt in den alten Geschichten, wie sie sich hier von Mund zu Munde und von Geschlecht zu Geschlecht vererben, oft mehr Weisheit und Schönheit als in den Gesprächen, mit denen in unseren Salons vielfach über Kunst undLitteratur gesprochen wird, und vor allem – mehr Natur. Und die ist's doch, die wir hier oben suchen.“

Die fleißige Stickerin hatte sich indessen erhoben: es sei zwar noch früh am Tage, aber sie müsse bei der wachsenden Dunkelheit doch jetzt die Lampen anzünden.

Während das flinke Mädchen die beiden einfachen Hängelampen über den Tischen anzündete, kam einige Bewegung in die Gesellschaft. Die Ammerei kam und brachte das einfache Eiergericht, das sich der letzte Ankömmling bestellt hatte. Der junge Gelehrte, der sich die Zeit mit Rauchen und Lesen vertrieben hatte, stand auf und trat an ein Fenster. Der Engländer wandte sich von dem seinen ab, und jener sagte mit Humor zu diesem:

„Ja, von der erhofften Aussicht ist hier ebenso wenig zu genießen wie oben auf dem Santis, den Sie – wie Sie erzählten – so unbefriedigt verließen.“

„**Indeed,**“ sagte mit langsamer und seine Abkunft verrathender Sprechweise der Engländer, „weil es heute mittag für meinen Geschmack zu – hell war. Hier bietet der Sturm – mir Ersatz für die fehlende Aussicht. Sehen Sie nur, wie er den Regen gegen die Scheiben schüttet.“

„O ja,“ meinte schmunzelnd der Deutsche, „auch das sieht, sozusagen, ganz nett aus. Aber bei schönem Wetter muß es hier doch wohl noch hübscher sein, wenn man da draußen statt Dunst und Nebel das großartige Panorama sieht, wie ich es eben da in dem Specialwerke über den Appenzeller Kanton gelesen habe.“

Mit komischem Pathos im Ton die Weise eines berufsmäßigen Fremdenführers kopirend und sich indirekt an alle Anwesenden wendend, fuhr er fort: „Um die weite Alp herum ragen aus den leuchtenden Schneefeldern der Säntis, die Gyrenspitze, die hintere Wagenluke, der Bötzler, der Fählerschafberg nach dem blauen Himmelsgewölbe hinauf; wilde Bergwasser schäumen tobend von den Schneefeldern in die Tiefe hinunter; Herdengeläute erklingt überall, Jodler schmettern durch die Luft...Ja, ja! All das kann man an besserem Tage hier genießen. Und hat man es recht gut getroffen, noch mehr. Wenn nämlich auf der grünen Alpe hier vor uns, welche der Nebel unseren Blicken entzieht, von den Sennen und Sennerinnen des weiten Seealpseethals ‚Alpstubeten‘ gehalten wird, da entfaltet sich hier ein festliches Treiben von ungemein malerischem Reiz. Da kommen die Appenzeller Meidli in ihrem schönsten, reich mit Silbergespänge und -Ketten verzierten Sonntagsstaat in Scharen herbeigezogen und mit ihnen die Sennen, gleichfalls in festlicher Tracht; ein Tanzplatz ist abgesteckt, die Fiedel und die Handharmonika spielen auf und unter Gottes blauem Himmel beginnt der Reigen. Bei einiger Phantasie, meine Herrschaften, kann man sich das alles ja schönstens vorstellen und das darf uns einigermaßen mit unserem Schicksal versöhnen.“

„Bravo!“ rief der Alte, der seine kleine Mahlzeit beendet hatte.

„Doch lange dürfte dieser Trost nicht vorhalten,“ sagte der robuste Herr, dessen Appetit jetzt befriedigt war und der nun begann, sein umständliches Reisenecessaire in Ordnung zu bringen. „ Solch ein Wetter! Wenn wir wenigstens unten in Weißbad geblieben wären.“

„Und dabei ist wohl wenig Aussicht aus Besserung?“ warf der Alte fragend hin, als wolle er zum Widerspruch reizen.

„Es kann leicht noch schöner werden, wollte sagen-schlimmer,“ erwiderte der Engländer. „Sie müssen wissen, ich bin ein großer Enthusiast für die Natur, wenn sie – wild ist. Es ist das nur natürlich; denn dann ist sie doch am schönsten.“

„Dennoch dürfen Sie sich nicht wundern, wenn wir dem Sonnenschein und blauen Himmel den Vorzug geben und in unserem Falle recht sehr wünschen, der böse Regen möchte baldigst aufhören,“ sagte mit gutmüthigem Lächeln der Mann des materiellen Behagens, im Einklang mit seiner Frau, die sich begnügte, über den romantischen Standpunkt des Engländers lebhaft den Kopf zu schütteln.

„Und leider steht es mit den Aussichten schlecht genug,“ bemerkte nun der junge Gelehrte. „So ist es rathsam, sich wenigstens keinen Illusionen hinzugeben. Das macht erst recht ungeduldig.“

„Aber die Führer machten uns eben noch Hoffnung auf baldigen Wechsel des Wetters."

„Ja, die Führer! Die sind immer Optimisten. Das bringt ihr Geschäft mit sich. Sie müssen sonst fürchten, aus halbem Wege entlohnt zu werden. Und davon will ihr gesunder Egoismus nichts wissen."

„Aber was für Gründe haben denn Sie für Ihre pessimistische Auffassung?"

„Das ist der Kassandrafluch der meteorologischen Wissenschaft. Ich bin meines Zeichens Astronom und soweit sich nach den vorhandenen atmosphärischen Anzeichen ein Schluß ziehen läßt, handelt es sich heute nicht nur, wie es anfangs schien, um ein Gebirgsgewitter, sondern um einen gründlichen Regen, der nur von gewitterartigen Erscheinungen begleitet ist. Ja, wenn der Wind umschlüge! Aber dazu ist vorderhand keine Aussicht. Morgen früh vielleicht?"

„Da heißt es sich in Geduld fassen" sagte mit einem Seufzer die ältere Dame, indem sie sich in ihr Shawltuch wickelte und sich wieder auf ihren früheren Platz zurückzog.

„Aber wie soll man sich denn in dieser öden Hütte die Zeit vertreiben!" rief verzweifelt ihr Gatte, der sein leichtes Sommerröckchen mit einer Lodenjoppe vertauschte, .die er seiner umfangreichen Reisetasche entnahm. „Zu Bett kann man doch zu so früher Stunde noch nicht gehen, zumal uns hier nicht grade Stahlfedermatratzen erwarten dürften und der Sturm einem ohnehin das Einschlafen nicht erleichtern wird."

Der Astronom schlug den Herrschaften, deren Sprechweise verrieth, daß sie im norddeutschen Plattland ihre Heimath hatten, ein Spielchen vor. „Sie können doch gewiß Skat?" Doch diese verneinten es.

„Nicht möglich," rief der lustige Sterngucker. „Nun, dann ein anderes Spiel! Bärbeli," rief er gleichzeitig, „Ihr habt doch Spielkarten?"

„Wir hatten wohl, aber gestern sind sie abhanden gekommen. Es muß sie eins haben mitgehen lassen!"

„Nun, das muß ich sagen!" rief jetzt auch im Tone der Verzweiflung der joviale Verehrer des Skatspiels. „Eingeregnet sein, das ist schon schlimm; aber eingeregnet sein ohne Karten, das übersteigt das Maß des Erträglichen! Bringen Sie mir wenigstens noch eine Flasche Bier!"

Das jüngere Ehepaar hatte sich inzwischen seinen vorher nur unterbrochenen Beschäftigungen hingegeben. Die Dame ordnete die mitgebrachten Alpenpflanzen in ihr Herbarium ein; der Herr führte in seinem Skizzenbuch eine angefangene Zeichnung aus. Er that dies mit so leichtem künstlerischen Strich, daß sich der Weißbart mit der goldenen Brille, welcher um Erlaubniß gebeten hatte, ihm zuzusehen, nicht der Frage enthalten konnte, ob er Maler von Beruf sei, was jener ohne viel Aufhebens bejahte. Der Engländer hatte sich wieder an sein Fenster gestellt und lauschte seinem Freunde, dem Sturm, der mit schrillem Geheul das Gebäude umtobte. Es war dies jetzt allen vernehmlich, da auch die übrigen wieder in die frühere Schweigsamkeit verfallen waren. Der Astronom rauchte nachdenklich seine Cigarre, der norddeutsche Herr hatte sich auch eine solche, offenbar eine echte, angezündet und sah nun mit seiner getreuen Ehehälfte der Gattin des Malers zu, welche mit bewunderungswürdigem Geschick ihre Pflanzen auf den Löschpapierblättern des Herbariums so zurecht legte, daß die einzelnen Blüthen und Blätter in ihrer Eigenart und doch auch wieder in malerischer Gesammtwirkung zur Geltung kamen. Das Bärbeli unterbrach die Stille; es brachte das gewünschte Bier und den Kaffee für unseren Freund. Derselbe kostete mit prüfender Kennermiene und lobte das Getränk.

„Sag' der Mutter, daß sie ihn vorzüglich gekocht habe. Aber es ist zu viel. Darf ich den Damen eine Tasse anbieten? Echter Mokka. Ich habe ihn selbst mitgebracht... Sie lassen sich die kleine Aufmerksamkeit gefallen? Das ist schön! Geh, Bärbeli, dort im Schrank stehn ja Tassen."

Das Mädchen brachte das Nöthige schnell herbei.

„Und nun, Meidli, da wir so gemüthlich beisammen sitzen, zum Theil ohne zu wissen, was wir anfangen sollen, wie wär's, wenn Du etwas für unsere Unterhaltung thätest? Da, der Herr Maler sitzt grade so über sein Skizzenbuch gebeugt wie Ihr im Winter über der Stickerei, wenn Ihr Euch Geschichten erzählt. Und auch wir anderen befleißen uns einer andachtsvollen Ruhe. So sind wir Städter nun einmal, wenn wir, gänzlich unvorgestellt und unvermuthet, auf Reisen Tisch- und Zeitgenossen werden. Aber von Dir werden wir uns wohl alle gern eine Euerer heimischen Geschichten und Sagen erzählen lassen. Wie war's mit dem ‚Bötzler‘ und mit dem ‚blauen Schnee‘? Fang' einmal an!"

Das Mädchen zupfte sich verlegen an den Schürzenzipfeln. „Gehen's, was machen der Herr für Gspaß! Für solche gescheite Stadtleut wie Sie sind das keine Geschichten und Sie würden mich nur auslachen, wenn ich Ihnen eins erzählen wollt'."

Doch die Touristen, der Engländer nicht ausgeschlossen, protestirten sehr lebhaft. „Nein, nein, Bärbeli! Erzähl nur frisch drauf los!"

„Ei, wenn S' denn gar so d'rauf aus sind; ich weiß schon, daß drinnen in den großen Städten es grundstudirte Leut giebt, die eine ganz närrische Freud' an unsern Liedern und Geschichten haben; da will ich nachher die vom Bötzler Ihnen sagen, aber vorher muß der Herr selber etwas erzählen; der weiß gewiß schönere Geschichten wie so ein dummes Meidli in den Bergen."

„Seht einmal, was für ein durchtriebener Schalk dem Mädel im Nacken sitzt!" rief dagegen abwehrend der gesprächige Alte.

„Ja, aber recht hat das Bärbeli, Herr Professor," rief jetzt der lustige Wetterprophet mit dem düstern Kassandrablick von vorhin, indem er sich erhob. „Ich habe doch die Ehre, in Ihnen Herrn Professor Hermann Schröder zu begrüßen. Mein Name ist Helbig, Observator der Sternwarte in –, doch das thut nichts zur Sache; ich habe als Student bei Ihnen Kolleg gehört und jetzt erst erkannte ich Sie an der Stimme. Damals war Ihr Bart noch nicht weiß, auch trugen Sie keine Brille."

„Ja, ja, man wird alt. Ich erinnere mich wohl. Vor zehn Jahren etwa Sie hörten bei mir das Lessingkolleg und englische Litteraturgeschichte."

„Ganz recht, Herr Professor!"

„Freut mich sehr, Sie wiederzusehen, und bedaure nur, daß der Anlaß dieser gräuliche Regen ist."

„Für den wir uns jetzt schadlos halten wollen durch eine animirte Unterhaltung."

„Recht so! Das wollen wir! Die Herrschaften mögen unsere plötzliche Inkognitoenthüllung freundlichst als Vorstellung betrachten," fuhr mit einer höflichen Verbeugung gegen die übrigen der Professor fort.

„Bitte gleichfalls," schloß sich Herr Helbig an.

„Maler Breitinger, meine Frau", „August Kurz, Fabrikant, meine Frau", „John Whitfield" – stellten sich auch die übrigen vor.

„Und nun, Herr Professor, Ihre Geschichte?"

„Fällt mir nicht ein, meine Ferien und diese Schweizerreise durch ein Kollegium zu profaniren. Ich habe genug im Hörsaal vorzutragen".

„Aber, Herr Professor, Sie würden gewiß uns sämmtlich erfreuen!"

„Bleiben Sie mir mit dem Professortitel vom Leibe. Bin ich deshalb auf diese Höhen gestiegen? ‚Auf den Bergen ist Freiheit‘, singt der Dichter und ‚hier bin ich Mensch, hier darf ich's sein‘, ist mein Wanderspruch!"

„Den ich mir gefallen lasse," warf der Maler dazwischen „Aber Sie sollen ja auch gar nicht doziren. Sie sollen nur das schönste und freieste Unterhaltungsmittel hier wieder zu Ehren bringen, das der freien Erzählung. Wie die arabischen Kaufleute auf ihren Reifen durch die Wüste des Nachts in ihren Zelten sich die Zeit vor dem Einschlafen durch Stegreif-Erzählen von Märchen und Geschichten vertreiben und der Berufenste dabei zuerst das Wort erhält..."

„Ja und wie Sie uns in Ihrem ‚Kolleg‘ so anziehend von Chaucers Canterburygeschichten erzählt haben, deren Einkleidung uns eine bunt zusammengewürfelte Gesellschaft von Pilgern vorführt, die auf der Reise zum Grabmal des heiligen Becket von Canterbury begriffen sind und sich auf den Vorschlag des lustigen Wirths vom Tabard-Inn den mühsamen Weg durch Geschichten erzählen kürzen, so wollen auch wir's machen, um die Langeweile zu bannen und das schlechte Wetter zu vergessen."

„Der Vorschlag läßt sich hören. Wenn Sie mich zum Alterspräsidenten des Symposions ernennen, so erhebe ich den Vorschlag zum Antrag. Wer ist dagegen?"

Die meisten erklärten zwar, sie hätten keine Uebung und würden sich blamiren, aber die Idee wurde von allen heiter willkommen geheißen. „Und nun zur zweiten Frage: welcher Art sollen die Geschichten sein? Herr Breitinger, Sie melden sich zum Wort, bitte!"

„Ich denke, da uns die Lust am Reisen, am Wandern hier zusammengeführt hat, so sollten es Reiseabenteuer sein, und da uns das Unwetter draußen heute um den erhofften Reisegenuß gebracht hat, möge jeder, sich und uns zum Trost, seine schönste Reiseerinnerung zum besten geben!"

Lebhafte Zustimmung war von allen Seiten die Antwort.

„Angenommen also," resümirte der Professor. „Jeder erzähle seine *schönste Reiseerinnerung*. Aber wer soll anfangen?"

„Ich denke, die studirten Herren machen den Anfang," war die Meinung der Damen.

„**Ladies first,**" sagte verbindlich lächelnd der Engländer.

„Dem Alter gebührt die Ehre," stichelte der Astronom, der sich als Jüngster in dem Kreise fühlte.

„Das hieße die natürliche Ordnung aus den Kopf stellen," entgegnete der Professor. „Je älter wir sind, um so reicher sind wir an Reiseerinnerungen und um so mehr Zeit brauchen wir also, die schönste aus der Menge herauszusuchen."

„Es ist wirklich recht schwer," seufzte Herr Kurz, der mit gerunzelter Stirn vor sich hinbrütete. Seine Frau sah ihn vorwurfsvoll an. „Aber, Mann mußt Du erst nachdenken, welches Dein schönster Reisetag war?"

„Natürlich unser Verlobungstag, Lina, ich weiß wohl," beschwichtigte der Mann; „aber das ist doch keine Geschichte."

Doch der Professor schlichtete den Streit mit einem Gewaltspruch. „Herr Doktor Helbig, kraft der mir übertragenen Befugniß als Präsident ersuche ich Sie, den Reigen des Erzählens zu eröffnen."

„Nun gut! Dann müssen Sie es mir aber auch nicht verargen, wenn ich die grade heranschwimmende Erinnerung aus meinem Gedächtnißstrom heraufangele und für die beste erkläre, weil sie eben die erste ist. Ich könnte ihr den Titel geben: ‚Wenn man nicht Skat kann.‘ Für die poetischeren Gemüther unter uns empfiehlt sich dagegen als Titel ein Wort, mit welchem ich die ganz eigenthümliche, aus Abenteuerlust, Naturgenuß und Freiheitsgefühl gemischte Stimmung bezeichnen möchte, die man namentlich in der Jugend beim frohen Wandern über Berg und Thal empfindet; unser litteraturkundiger Präsident gestatte mir den Anklang an den ‚Waldeszauber‘ Eichendorffs; das Wort heißt: ‚Wanderzauber‘!"

Wanderzauber.

Ich bin zwar der Jüngste in diesem Kreise, aber wenn ich an die Zeit zurückdenke, an deren Erinnerungen ich jetzt rühre, komme ich mir schon recht alt vor. Damals verfolgte ich noch nicht mit mühsamen Berechnungen die Bahnen der Planeten und Kometen und noch weniger erschienen mir die Bahnen des Menschenlebens von Gesetzen und Regeln abhängig, die sich berechnen lassen. Und von jener Zeit her erscheint mir als Hauptreiz des Reisens und Wanderns, daß seine Wechselfälle aller Vorausberechnung spotten und man an jedem Kreuzweg dem Glück in einer anderen freundlichen Gestalt begegnen kann. Meine schönsten Reiseerinnerungen stammen denn auch aus der Zeit, da ich mit meinen Kommilitonen von Jena aus die Höhen und Thäler des Thüringerwaldes wandernd durchmaß, ohne viel Geld in der Tasche, aber das ganze Herz voll Lebensfrische und Daseinsfreude, das Geibelsche „O Wandern, o Wandern, du freie Burschenlust!" zum Panier.

Die verehrten Damen unserer Tafelrunde werden sich schwerlich einen Begriff machen können von der Stimmung, welche den Ton angiebt, wenn Studenten wandern. „Studio auf einer Reis', juchheidi, juchheida!" heißt's im Lied und die holde Mahnung eines anderen Verses:

> „Laßt uns die Becher bekränzen,
> Laßt bei Gesängen und Tänzen
> Uns durch die Pilgerwelt geh'n –"

wird nie so wörtlich befolgt, als wenn der Bruder Studio das Ränzel auf den Rücken nimmt und sich auf die Wanderschaft begiebt, planlos, ziellos, hinaus ins Freie, in die Welt, wo sie schön ist. Und mit seinen Augen betrachtet, ist die Welt fast überall schön.

In unseren großen Städten, wo neben anderen wichtigen Centralstellen des Lebens auch Universitäten sind, kommt diese Stimmung kaum mehr recht auf; aber in jenen kleinen Orten, die nur Universitäten sind, um welche ewiges Philistervolk ehrfurchtsvoll herum wohnt, hat die alte deutsche Burschenfreiheit noch mächtige Bollwerke und behauptet sich siegreich vor der alles nivellirenden Großstadtkultur. Eine der Hochburgen der alten echten Studentenpoesie ist Jena an der Saale und von einem Pfingstausflug von hier in den Thüringerwald, den ich mit zwei gleichgestimmte Kameraden im ersten Semester unternahm, will ich nunmehr erzählen. Wohl habe ich seitdem Schöneres gesehen als die idyllischen Waldthäler Thüringens und Bedeutenderes erlebt als an jenen Tagen, aber keine spätere Reiseerinnerung steht in gleichem Maße von Poesie verklärt vor meiner Seele wie diese.

In Thüringen, wo von altersher immer Deutsche gewohnt haben, ohne daß fremder Einfluß von außen die heimische Sitte hätte verändern können, findet sich im Volksbrauch noch so manches aus altersgrauer Vorzeit erhalten. Wie die thüringischen Mädchen noch heute in der Nacht zum ersten Mai „in den Maithau gehen", das heißt mit ihren Freundinnen unter Scherzen und Liedersang in die nächste Umgebung des Orts pilgern, wie es die Vorfahren gethan, die mit dem wundertätigen Thau dieser Nacht gläubig Schläfe und Stirn sich netzten, um damit ihr Gesicht vor den Spuren des Alters zu feien, so spielt zu Pfingsten die „Maie", das ist mit ihrem jungen hellgrünen Blätterschmuck die Birke, eine von Alters her geheiligte Rolle. Wie zur Weihnacht die dunkle Tanne, wird dieser lustige Frühlingsbaum dann zum Schmuck der Häuser und Kirchen verwandt. Und in jedem Dorf wird auf dem großen Platz, wo die Linde steht oder wenigstens einstmals stand, ein Tanzplatz abgesteckt, oft auch mit Brettern ausgeschlagen und ringsherum im Geviert werden wiederum grüne Maien aufgestellt.

Auch uns hatten flatternde Maienbäume auf der Fahrt von Jena nach Rudolstadt lustig umrauscht, als wir das blühende Saalthal am ersten Pfingsttag morgens in einem offenen Beiwagen der Post durchfuhren. So wollte es die alte Tradition unserer Verbindung, der Eisenbahn zum Spott, die uns weit schneller, aber auch ohne alle Romantik aus Ziel gebracht haben würde. Und hatte schon bei dieser Fahrt eine Stimmung sich unser bemächtigt, die dem lustigen Grün der Birken an Frische nichts nachgab, so wollte der Jubel kein Ende nehmen, als wir nach beendigtem Mahl im „Adler" zu Rudolstadt in größerer Gesellschaft von anderen Jenenser Studenten, die sich dort zusammengefunden hatten, in langem Zuge, zu zwei oder drei Arm in Arm, singend und mit den Stöcken schwenkend „zum Städtle hinaus" zogen auf der Straße nach Blankenburg, von wo bekanntlich der Weg ins wildromantische Schwarzathal abbiegt. Schwarzbarg am Ende desselben war das Endziel dieses ersten Reisetags.

Wir waren noch nicht lange gegangen, das unverwüstliche Wanderlied „Der Mai ist gekommen" war eben zum dritten Mal mit zum Theil schon recht heiseren Kehlen zu Ende gesungen worden, da zeigte sich ein neues Dorf vor uns auf dem Wege und dieser Anblick weckte in der Mehrzahl der Genossen das gewohnheitsmäßige Verlangen nach einem solennen Kaffeeskat. Das Hin und Her der Vorschläge führte zu dem Entschluß, in dem Wirthshaus des Dorfs, falls es nur einen Garten zum Sitzen im Freien habe, die erste Einkehr zu halten und einen obligaten Skat dabei ins Werk zu setzen. An Karten dazu konnte es nicht fehlen, denn vier bemooste Häupter unserer bunt zusammengewürfelten Reisegesellschaft hatten diesen Einwand sofort damit niedergeschlagen, daß sie aus ihrer Brusttasche jeder ein Spiel Karten triumphirend hervorzogen.

Für unsere Damen, denen die zwingende Macht des Skatspiels über alle, die es spielen können, vielleicht noch unbekannt ist, muß ich hier hervorheben, daß Jena nur wenige Eisenbahnstunden von Altenburg, der Wiege dieses sinnreichen Kartenspiels, liegt und die Jenaer Studentenschaft schon frühzeitig ihren Beruf erkannt hat, demselben ein anhaltendes Studium und die ausdauerndste Pflege zuzuwenden. Sie werden daher meine Zerknirschtheit nachempfinden können, daß ich es damals bis über die Anfangsgründe des Skats noch nicht hinausgebracht hatte, während meine zwei eigentlichen Reifegefährten leidenschaftliche Spieler waren, die, nachdem sie mich meiner Unfähigkeit wegen weidlich verspottet hatten, ihrer Befriedigung lauten Ausdruck gaben, in so angenehmem Kreise den „dritten Mann" für den ersten „Pfingstreiseskat" finden zu können.

Das Wirthshaus im Dorf hatte richtig einen geräumigen Garten und bald saß die bis dahin freigeeinte Gesellschaft in Gruppen von drei und vier Personen abgesondert beim Spiel. Während der Wirth vergnügten Angesichts die ersten Gläser heranschleppte, schmetterte es aus den Holztischen bereits von grünen Wenzeln, Schellenassen und Eichelzehnern. Mir blieb nichts übrig, als mich, wenn nicht „weinend", so doch beschämt „aus diesem Bund zu stehlen" und mein Heil auf eigene Weise in einem „Solo" zu suchen. Und ich hatte nicht lange zu suchen. Schon beim Einzug in die grüne Kastanienhalle des Wirthsgartens waren aus Fanfaren einer nahen Tanzmusik entgegen geklungen, und diesen lockenden Tönen nachgehend, gelangte ich bald aus den freien Dorfplatz, unter dessen breitem Lindendach aus blanken Brettern ein Tanzboden hergerichtet war, aus welchem sich sonntäglich geputzte Burschen mit ihren Mädchen im Takte drehten. In nächster Nähe des von Birken umrahmten Tanzplatzes waren, ebenfalls in primitiver Weise, aus Brettern und Pfosten Tische aufgeschlagen, an denen die älteren Leute saßen, die Frauen strickend, die Männer Pfeife rauchend, paarweis ein gemeinsames Bierglas vor sich, das offenbar nur in langen Pausen von dem blondzopfigen Töchterlein des Lindenwirths gefüllt zu werden brauchte, dessen Haus und Gehöft an diesen Platz grenzte. Wenigstens behielt das schmucke Kind genug Zeit übrig, um sich der Tanzlust hinzugeben, die ihm aus den blauen Augen über den gerötheten Wangen schimmernd leuchtete. Es war kein Wunder, daß eine merkliche Trübung dieses freudigen Ausdrucks eintrat, als ich durch mein Begehr nach einem Glase Bier sie nöthigte, sich aus den Armen ihres Tänzers zu lösen, nachdem die Musik eben erst ein neues Stück begonnen. Ihr Tänzer war nicht eben ein bevorzugter Vertreter seines Geschlechts und der Unmuth auf der Stirn der flinken Hebe, der noch nicht ganz verflogen war, als sie mir den Trunk brachte, galt, wie sich zeigte, auch nur der Unterbrechung des Tanzes überhaupt, nicht dem Verluste grade dieses Tänzers.

Da mir ihre frische Jugend sehr gefiel, suchte ich sie denn auch festzuhalten in dem Gespräch, das ich mit dem Ausdruck meines Bedauerns begonnen hatte, sie im Tanze gestört zu haben. Ziemlich unvermittelt antwortete sie darauf: seitdem sie den vorigen Winter bei ihrer Tante, der Wirthin „Zum goldenen Lamm" in Kahla, zugebracht habe, gefiele ihr es gar nicht mehr, wie hierin ihrem Heimathsorte die Burschen tanzten. Die Herren Studenten, mit denen sie auf den Winterbällen in Kahla oft habe tanzen können, die walzten freilich auch gar zu schön. So sagte sie und blickte dabei unwillkürlich nach meinen Füßen, wie um zu prüfen, ob ich wohl in der Lage sei, dieses allgemeine Lob durch eigene Leistung als vollberechtigt zu erweisen. In der That war ich, damals wenigstens, ein besserer Tänzer als – Skatspieler. Der Blick des kecken Dirnleins auf meine nicht grade salonmäßig bekleideten Füße wirkte auf mich elektrisirend. Die Musik lockte, das Lachen und Singen der Tanzenden mahnte zum Mitthun und das schlanke Mädchen vor mir hätte gar nicht nöthig gehabt, so ermunternd mich anzureden. Als der alte Wirth, ihr Vater, sein gestricktes Käppchen lüftend und die lange Tabakspfeife aus dem linken Mundwinkel in den rechten nehmend, nun auch noch hinzutrat mit der Frage, ob ich nicht ein wenig mittanzen wolle, da war ich mit dem lustigen Flachskopf schon mitten unter den Tanzenden und wirbelte die mich leise Belobende flott im Kreise herum.

Es ging ganz prächtig. Das Mädchen war geschmeidig und leicht, wie selten eins, das auf dem Lande erwachsen ist. Und der keineswegs gebohnte Bretterboden war viel glätter, als ich beim ersten Anblick vermuthet hatte. Viel Unterhaltung gab's dagegen nicht. So lange die Musik spielte, mußte ich auch das Tanzbein schwingen. Und trat eine Pause ein, so rief mir der Vater sein Kind fort, damit es ihm helfe, frisch Bier den Gästen zu bringen. Endlich konnte sie sich ein wenig Ruhe gönnen und als ob sich das von selbst verstände, setzte sie sich neben mich und trank mir ohne besondere Nöthigung ein drollig burschikoses Schmollis zu. Ich muß nun hier einschalten, daß ich damals noch recht blöde war, da ich während der Schulzeit ohne Verkehr mit Altersgenossinnen aufgewachsen war; die Rede floß daher meiner Nachbarin viel behender von den Lippen als mir, und meine Unbeholfenheit stimmte mich um so unbehaglicher, je mehr die kleine Wirthstochter sich Mühe gab, aus ihrem Aufenthalt bei der Tante in Kahla die Anschauung herzuleiten, daß sie nun eigentlich kein Landpomeränzchen mehr, sondern eine perfekte Städterin sei.

Ich fand diesen Ehrgeiz recht wenig angebracht, da mir das Leben auf dem Lande viel reizvoller als das in den Städten, namentlich aber als das in einer Kleinstadt erschien und ich war eben im Begriff, die Dummheit zu begehen, der kindlichen Einbildung der kleinen Dorfkokette mit pedantischen Einwänden zu begegnen, als ein plötzliches Ereigniß mich veranlaßte, vom Sitz aufzuspringen.

Wie ein Blitz aus heiterem Himmel und mit lautem Donnergedröhn kam plötzlich auf der Landstraße ein zweispänniger Herrschaftswagen mitten aus den Platz gesaust und in demselben Moment, da ich das Fuhrwerk in der emporgewirbelten Staubwolke deutlicher erkennen konnte, rissen die Stränge , die Deichsel brach mit Krachen und die wildgewordenen Pferde schleiften den Kutscher ein Stück vorwärts, bis auch die Zügel nicht mehr hielten und die Rosse ungehindert weiter stürmten. Während die Theilnahme der Bauern sich vor allem den Pferden zuwandte und dann dem Kutscher zugute kam, hatte mich unwillkürlich mein Interesse dem Wagen zugetrieben, an welchem mit der Deichsel gleichzeitig ein Rad gebrochen war. Ich kam grade zurecht, um den Insassen aus dem Wagen zu helfen; es waren drei Damen der verschiedensten Altersstufen, nur die Urahne fehlte, um das berühmte Quartett der Schwabschen Ballade vollzählig zu machen. Großmutter, Mutter und Kind dankten alle drei sehr höflich, überzeugten sich schnell, daß der Kutscher sich nichts Ernstliches durch den Fall zugezogen, und gingen dann auf das Wirthshaus zu, den sie geleitenden Wirth bittend, dafür Sorge zu tragen, daß der Schmied schleunigst herbeikomme, um die Schäden des Wagens so gut wie möglich in aller Schnelligkeit auszubessern. Das Wort führte in dieser Sache die Großmutter, eine etwas korpulente, aber noch sehr rüstige Dame, welcher die Brille, die sie trug, nichts von der Freundlichkeit des Ausdrucks raubte, der das Gesicht trotz des Unfalls schon beim Aussteigen belebt hatte. In der Mutter fanden sich diese Züge faltenlos und in frauenhafter Frische wieder. Und gar erst in der Tochter! Sie müssen mir verzeihen, daß ich es Ihnen überlasse, sich aus siebzehn Jahren schlanken Gliedern, braunen träumerischen Rehaugen in einem zarten, aber gesunden Mädchenangesicht ein Bild auszumalen, das annähernd dem gleichkommt, welches mir in der Erinnerung haftet. Während die beiden älteren Damen schwarze Kleider trugen, war das Mädchen ganz weiß gekleidet; um den Hals trug es eine Schnur weißer Perlen. Ich hatte ihnen gleich beim Aussteigen die Schirme und Mäntel abgenommen und machte mir ein Vergnügen daraus, dies Handgepäck ihnen nach dem Sitze zu tragen, den ihnen der Wirth in der Laube seines kleinen Gärtchens, das links an sein Haus grenzte, anwies. Die älteren Damen zeigten sich sehr dankbar für meine kleinen Ritterdienste. Während mich aber ihre würdevolle Freundlichkeit trotzdem mit einiger Verlegenheit erfüllte, erweckte die schweigsame Sympathie, mit der mich das kleine schlanke Fräulein von der Seite wiederholt anschaute, eine mir bis dahin im Verkehr mit Damen völlig unbekannte Stimmung von Vertrauensseligkeit. Wie ich nun eben nach Worten suchte, um dieses Empfinden in irgend passender Form zum Ausdruck zu bringen – die Damen hatten gerade in der von weißem und blauem Flieder dicht umblühten Laube Platz genommen – da that sich die Gartenthür hinter mir auf und die Stimme der blonden Wirthstochter, die aber gar nicht mehr lustig klang, rief mir zu, daß eben wieder der Tanz beginne, und ich habe ihr doch noch einen versprochen. Ich murmelte verwirrt etwas von älteren Pflichten, verbeugte mich verlegen und ging zögernd auf die unwillkommene Ruferin zu, die mich, als habe sie wunder welche Rechte auf meine Galanterie, an der Gartenthür mit dem Vorwurf empfing:

„Ja, so sind die Herren Studenten. Ist niemand besseres zur Hand, so machen sie ungenirt uns Mädchen vom Lande die Kour; kaum aber zeigt sich etwas Vornehmeres, so ist man für die stolzen Herren nicht mehr auf der Welt!"

Da ich dem Mädel mit keinem Worte ein Recht zu solchem Anspruch gegeben, verdroß mich diese Art sehr, und als ich ein paarmal mit der mich jetzt sehr zärtlich an sich Drückenden herum getanzt und dabei zwischen den flatternden Birkenzweigen in der Richtung des Gartens ein weißes Kleid schimmern gesehen hatte, ließ ich die kleine Eifersucht nach einer förmlichen Verbeugung ruhig stehen und schritt mit einer mich selbst überraschenden Kühnheit direkt aus das fremde Mädchen zu, welches neugierig von der Gartenthür aus dem fremdartigen Treiben unter der Linde zuschaute, begrüßte sie fröhlich und ermunterte sie, von der Pfingstfreiheit, die heute alle guten Menschen verbrüdere, Gebrauch zu machen und auf dem ländlichen Tanzplatz mit einem fahrenden Bruder Studio einmal herum zu tanzen. Ihre Mutter würde wohl nichts dagegen haben.

In den träumerischen Augen des zarten Geschöpfs blitzte es von heller Lebenslust auf; sie blickte sich um zu ihrer Mutter, welche hinter ihr stand, und da diese uns gewährend zunickte, war sie im Nu an meiner Seite.

„O wie schön, wie romantisch!" rief sie leise, „ja, Pfingstfreiheit! – das war's, wonach ich mich sehnte, als ich vorhin aus der heißen Kutsche unbefriedigt auf die um uns aufwirbelnden Staubwolken sah und mich mißgestimmt fragte: ist das Pfingsten? Ist das Reiselust? Wie dankbar bin ich Ihnen!"

Wir waren auf dem Podium; die Musik begann eben ein neues Stücks lustig und fidel wirbelten die Klänge; lustig und fidel wiegten wir uns auf und nieder.

„Nein, seht nur den Fuchs an!" hörte ich plötzlich die Stimme des einen meiner beiden Reisekameraden vom Zaune her ziemlich laut sagen. „Wetter, was der Kerl für ein Glück hat! Während wir im Skat verlieren, läßt sich der Taugenichts zur Belohnung dafür, daß er fein artig das Kartenspiel meidet, das schönste Prinzeßchen vom Himmel herunterzaubern, nur damit er auch sein Vergnügen habe."

„Aber nun ist es Zeit," rief der andere, als der Tanz gerade zu Ende war. „Es ist so wie so spät geworden."

Und mit der Autorität eines Leibburschen, die keine Widerrede verträgt, trat er auf mich zu und sagte unter stummer Begrüßung meiner verlegen und scheu dreinblickenden Tänzerin zu mir:

„Thut mir leid, Fuchs; wir müssen gehen. Die andern sind schon voraus. Haben so schon Zeit verloren mit dem Suchen nach Dir! Doch Du wirst das Fräulein gewiß noch zu ihrem Platz führen wollen. Also wir warten dort an der Ecke. Mein Fräulein, habe die Ehre!"

Ein Student im ersten Semester steht viel zu widerstandslos unter dem Regiment seines Leibburschen, als daß ich in diesem entscheidenden Augenblick zu widersprechen gewagt hätte, zumal die Freunde bereits auf mich gewartet hatten. In verlegener Eile und mit stammelnden Entschuldigungen geleitete ich das bis in die Stirn erröthete Mädchen zu den Ihren, empfahl mich dort mit dem Hinweis, daß mich die Rücksicht auf meine Reisegefährten zum Aufbruch zwinge, und dann machte ich Kehrt und mir war, als sei plötzlich die Sonne hinter Wolken verschwunden. Unwillkürlich hatte ich beim Weggehen „auf Wiedersehen" gesagt, und zu spät fiel mir's auf die Seele, daß ich nicht einmal den Namen des Mädchens erfahren hatte. Zerstreut zahlte ich an den Wirth meine kleine Zeche, und wenn mich nicht eine Bemerkung meines Leibburschen daran erinnert hätte, so würde ich ganz vergessen haben, meiner kleinen Tänzerin mit dem eifersüchtigen Köpfchen Lebewohl zu sagen. So that ich's von weitem, indem ich meinen Hut gegen sie schwenkte.

„Aber, Fuchs, Dich dürfen wir ja gar nicht mehr allein lassen. Das geht doch über das Bohnenlied," hieß es nun, indem die Freunde sich gegenseitig darauf aufmerksam machten, daß das Mädchen mit dem Ausdruck schweren Mißmuths mich ziehen sah. „Es ist im Grunde klug von Dir, Fuchs, daß Du Dich um das Skatspielen ‚drückst'. Du würdest höllisch verlieren bei so viel Glück in der Liebe!"

Ich aber fühlte nichts von diesem Glück, sondern im Gegentheil nur Aerger über die frühe und jähe Unterbrechung eines so poetisch sich anspinnenden Abenteuers. Um den Neckereien der Kameraden, die es übrigens herzlich gut mit mir meinten, ein Ende zu setzen, erzählte ich ihnen von dem Unglücksfall, der mein kleines Reiseabenteuer eingeleitet hatte. Der Schmied des Orts war eben mit der Reparatur des Wagens beschäftigt. Den daneben stehenden Kutscher hätte ich gar zu gern nach dem Namen seiner Herrschaft gefragt, aber ich fürchtete, meine Freunde würden mir dies als Zeichen der Verliebtheit auslegen, und so schwieg ich. Diese stimmten im Weiterschreiten ein übermüthiges Wanderlied an, in dem es von den Mädchen heißt, daß sie mit Sehnsucht dem weiterziehenden Burschen nachblicken, an den sie ihr Herz verloren; er aber könne sich nicht aufhalten, denn höher noch als Kuß und Liebesglück stehe ihm seine Freiheit. „Wonach zu achten, Fuchs," sagte am Schluß des kecken Gesangs mein Leibbursch Lorenz. Und damit war das Thema unter uns erledigt und wir gaben uns gemeinsam den Eindrucken der uns umgebenden Natur hin, deren zauberischer Reiz um so fesselnder ward, je mehr sich das Thal verengte, je wilder zerklüftet die röthlichgrauen Felsen am Ufer der Schwarza zwischen dem dunklen Tannengrün und dem lichten Laubgebüsch emporragten, je ungestümer und kecker das frische Berggewässer vorwärts stürzte, die Vergißmeinnicht am Ufer nur flüchtig berührend, wie ein fröhlicher Gesell in brausender Jugendlust auch weiter stürmt, ob auch freundliche Mädchenaugen am Wege zum Weilen laden.

Abends in Schwarzburg, wo sich im „Thüringer Hof" wieder eine ganze Kneiptafel fideler Scholaren zusammengefunden hatte, brachten meine zwei Gefährten das Gespräch auf mein Abenteuer und eines der bemoosten Häupter knüpfte daran in salbungsvollem Ton eine recht leichtsinnige Betrachtung über die schöne Einrichtung der Welt, die so groß sei, daß man jeden Tag einem andern Mädchen den Hof machen könne, ohne nur einem wieder am nächsten Tag begegnen zu müssen. Ein anderer, der aus Livland stammte und auch mit zwei Freunden von Jena aus eine Pfingsttour unternommen hatte, erzählte ein lustiges Abenteuer, das sie zusammen am frühen Morgen erlebt hatten. In Rußland besteht bekanntlich die Sitte des Osterkusses. Beim ersten Begegnen am Ostermorgen wird ein Kuß ausgetauscht, wobei man **Christos woskress** (Christ ist erstanden) sagt. Die drei waren nun früh am Morgen mitten im Feld einem hübschen Bauernmädchen begegnet und der Livländer hatte sie angehalten und mit freier Benutzung dieses Osterkußmotivs ihr auseinandergesetzt, er müsse als Russe heiligem Brauche gemäß dem ersten Mädchen, dem er morgens am Pfingsttag begegne, einen Kuß geben. Offenbar hatte er das recht gut vorgebracht, denn das Mädchen war auf die Schelmerei insoweit eingegangen, daß sie stehen geblieben war und sich vorsichtig umgeblickt hatte, wie um sich zu vergewissern, ob sie allein sei. Der Livländer hatte jedoch diese Gelegenheit versäumt und gewartet, was sie weiter thun werde, indem er sich in theologische Spitzfindigkeiten verlor, die das Landkind unmöglich verstehen konnte. Da hatte sie sich zu den beiden anderen gewandt: ob die Herren auch Russen seien. Und ohne viel Zögern habe darauf der kleinste der drei, ein fideler Breslauer, ihr entgegnet: bloß Freund von Ruß, doch auch Freund von Kuß, habe sich auf die Zehen gehoben und der stattlichen Tochter des Thüringerwaldes einen herzhaften Kuß gegeben. Die habe darauf gelacht und sich dann davon gemacht; der Livländer aber hatte das Nachsehen, weil er, als es zu handeln galt, die günstige Gelegenheit verschwatzt hatte.

In der folgenden Nacht hatte ich einen quälenden Traum Ich war im Garten des Lindenwirths in dem Dorf an der Straße nach Blankenburg; nur war derselbe viel größer als in Wirklichkeit. Die tanzlustige Wirthstochter verfolgte mich auf den Kieswegen, über die ich mit am so größerer Hast jagte, als die Verfolgerin mir näher kam, welche in allen Tonarten mir zurief, ich solle doch stehen bleiben und mit ihr hinter die Laube treten, wo uns niemand sehen könne, und da wolle sie mir einen Kuß geben. Dort hinter der Laube aber stand, das fühlte ich instinktiv, zwischen blühenden Syringensträuchern das weißgekleidete Fräulein. Ihr wollte ich den Kuß geben, um den mich meine Verfolgerin bat. Aber da ich auch nicht von jener dabei gesehen sein wollte, lief ich immer zu, bis jene ermüdet sein und die Jagd einstellen würde. Endlich geschah dies. Nun eilte ich hinter die Laube. Aber ich kam zu spät. Das holde Mädchen in Weiß war freilich dagewesen, jetzt aber wurde sie von Wolken hinweg getragen, unwiederbringlich, und sie konnte mir nur aus der Ferne mit den Händen zuwinken, während der traurige Blick ihres Auges klagte: warum säumtest Du so lange? Jetzt ist's zu spät!

Und nun merken Sie auf, wie seltsam das Reiseglück mit mir am folgenden Tag spielte. Wir waren früh bei Zeiten aufgebrochen, den schönen Waldweg hinauf zum Trippstein und von dort über Paulinzelle, wo wir nach Besichtigung der alten Klosterruinen Mittag hielten. Am Nachmittage ging's gemächlich auf einem Waldwege nach Gräfinau, um von dort aus weiter zum Abend nach Ilmenau zu gelangen. Bald hinter ersterem Orte, gerade als wir an einem Kreuzwege uns im Zweifel befanden, welchen Pfad wir zu gehen hätten, trafen wir auf einen Landgendarmen, einen trotz seines martialischen Aussehens und riesigen Vollbarts recht gemüthlichen Vertreter der gestrengen Polizei, der uns nicht nur den Weg zeigte, sondern auch Feuer für unsere ausgegangenen Cigarren anbot, wogegen er eine frische von uns annahm und sich selbst anzündete. Er erklärte, denselben Weg zu gehen, und hatte sich bald mit meinen Freunden in ein Gespräch eingelassen über allerhand aufregende Ereignisse aus der Verbrecherwelt, wofür dem Gendarmen seine Praxis, meinen Freunden der „Neue Pitaval" den Stoff lieferte, dessen Bände sie gerade damals eifriger studirten, als das **Corpus Juris** und Windscheids Pandekten. Mir behagten diese Räubergeschichten nicht, die sehr wenig zu meiner Stimmung paßten; aber sie ließen sich nicht stören; eine Geschichte gab die andere, das Thema war zu ergiebig. Erst als der biedere Mann der Ordnung gelegentlich einer Erzählung erwähnte, daß er auch Skat spiele, nahm das Gespräch eine andere Wendung, die dahin führte, daß beim nächsten Wirthshaus die beiden Spielratten den Gendarm einluden, mit ihnen einzukehren und ein paar Stunden zu spielen. Mein Protestiren half nichts. Ich könne mir ja die schöne Gegend betrachten, das müsse für einen „Natursimpler" wie ich doch noch ein größeres Vergnügen sein; ich aber sagte unwirsch: „Nun gut, ich gehe voraus; in Ilmenau treffen wir uns abends in dem Gasthaus, das uns eben der Herr Gendarm empfohlen hat." –

Aergerlich ging ich vorwärts; doch der Blick auf die in der That herrliche Umgebung und die zur Rüste sich neigende Sonne, die im Westen die dunklen Waldberge mit rothem Lichtschein überflutete, gab mich bald wieder der träumerisch wohligen Stimmung zurück, die schon den ganzen Tag mich beherrscht hatte. Das Schauspiel des Sonnenuntergangs, das durch Heraufziehen von Gewitterwolken einen besonderen Reiz erhielt, fesselte mich derart, daß ich nicht merkte, wie der Hauptweg eine Biegung nach links machte, während der Waldpfad, auf dem ich langsam meinen Weg verfolgte, mich in die Irre führte. Ich mochte so eine halbe Stunde gegangen sein, als ich mich plötzlich in einer Allee von hohen dichten Laubbäumen – ob es Linden oder Kastanien waren, weiß ich nicht mehr – befand.

Rechts und links von dem vielfach mit Gras überwachsenen Fahrwege dehnte sich der Wald hin. Bald konnte ich bemerken, daß der erstere in ziemlicher Entfernung in einem breiten Thorweg mündete. Neugierig näherte ich mich demselben; ein parkartiger großer Garten mit alten dichtkronigen Bäumen, zwischen denen aus der Ferne die Mauern eines großen Gebändes vorschimmerten, nahm mich auf. Auch anderes schimmerte hell durchs Gebüsch. Im Hintergrunde des Gartens schien eine größere Gesellschaft mit Spielen im Freien beschäftigt; helle Damenkleider blinkten ab und zu in Lücken des Buschwerks aus, und nun vernahm ich auch Stimmen. Aus meinem Lauschen weckte mich plötzlich ein Geräusch. Schritte knirschten auf dem Kiesweg, der, von dichtem Gesträuch umhegt, nach einem lauschigen Rondel führte. Ein dicker Baumstamm verhinderte, daß ich von dort aus gesehen werden konnte. Die Statue eines sein Schilfrohr blasenden Pans entzog andererseits auch meinem Blick einen Theil des so nahegelegenen Platzes, auf dem jetzt ein feiner Lieutenant in Interimsuniform mit einer jungen Dame heraustrat, auf die er mit lebhaften Gesten einsprach. Er war jetzt stehen geblieben, doch sie ging weiter mit einer abweisenden Gebärde und ließ sich aus einer Bank wie gelangweilt nieder. Jetzt konnte ich das Antlitz sehen; es war – ich traute meinen Augen nicht – meine Reisebekanntschaft von gestern; das weiße Kleid war mit einem rosafarbenen vertauscht. Der junge Offizier drehte sich verlegen den Schnurrbart; dann folgte er dem Mädchen und begann aufs neue seine eindringlichen Vorstellungen. Der Erfolg war eine kurze Antwort von seiten der jetzt sehr streng ihn anblickenden Schönen, welche bewirkte, daß er stracks mit militärischem Ruck Kehrt machte und den Weg, den er vorhin an der Seite des Mädchens gekommen, allein zurücklegte.

Dieses blieb wie in Träumen verloren sitzen. Als sie die Augen wieder hob, stand ich vor ihr. Ja, sie war es wirklich, das holde Kind, dessen Wesen mich gestern wie mit magischer Sympathie berührt, von dem ich die verwichene Nacht so seltsam geträumt hatte. Wunderbare Fügung! Und dieselbe freudig staunende Ueberraschung, die mich beseelte, lächelte mir freundlich aus ihrem Angesicht entgegen. Wir brauchten wenig Worte zur Aufklärung; sie war gestern auf der Reise hierher gewesen; die Besitzung gehörte einem Onkel von ihr. Daß ich mich aus meiner Wanderfahrt von den Gefährten getrennt, um mich hierher zu verirren, mußten unsre jungen Gemüther als eine Fügung des Himmels auffassen, der beschlossen hatte, uns einander wieder zuzuführen. Die berückende Wirkung dieser Thatsache machte das Mädchen zutraulicher gegen mich, als es ein jahrelanger Verkehr in den Salons der Städte würde ermöglicht haben. Sie war aufgestanden und hatte mir freudig die Hand gegeben, wie einem alten Bekannten. Dann aber war eine seltsame Befangenheit über sie gekommen und sie war unwillkürlich einige Schritte in den Schatten der Bäume zurückgewichen, doch ohne mich zu hindern, ihr zu folgen.

Sie stand zwischen blühenden Syringenzweigen, ganz wie ich sie im Traum gesehen, und gelbe Blüthentrauben des Goldregens umringelten ihre schwarzen Locken und ihren weißen Hals. Es war mir plötzlich, als könnte sie mir durch ein Wunder – wie es in dem Traum geschehen – entführt werden, als müsse ich sie fest halten und als könne ich die fliehende Minute versäumen, in der allein mir vergönnt sei, das Lächeln des Glücks von diesen Lippen zu lesen. Und so küßten wir uns.

In den Sträuchern und Bäumen um uns begann es zu rauschen; das schreckte uns auf. Es war nur der Wind, aber das Geräusch hatte ihr das Ungewöhnliche ihrer Lage, unsres Thuns zum Bewußtsein gebracht, nachdem sie vorher die Welt außer uns so ganz und gar vergessen gehabt, was ihr jetzt die Röthe der Scham in die Wangen trieb. Der Wind blies heftiger, und das Gesicht in ihre Hände bergend, fing sie an zu weinen. Ich sah ihr an, wie in ihrem Innern Zweifel rangen, ob sie mich einladen solle, ihr zu den Ihrigen zu folgen. Sie hätte es sicher gethan, wenn die Verlegenheit, die sich ihrer bemächtigt, nicht in diesem Augenblicke stärker gewesen wäre als jede andere Empfindung.

Am Himmel wetterleuchtete es. Große Tropfen fielen. Und nun hörten wir ihren Namen rufen. – „Marie!" – So erst erfuhr ich, wie sie hieß. „Marie," sagte ich leise und ergriff ihre Hand.

„Wir müssen uns wiedersehen," sagte sie; „aber nicht heute."

Ein furchtbarer Donnerschlag unterbrach ihre Worte. Gleich darauf begann der Regen in Strömen zu gießen.

„Marie," rief jetzt eine Männerstimme lauter und näher als früher. Geängstigt fuhr sie zusammen. „Ich muß hinein. Auf Wiedersehen!" Indem sie dies leise rief, eilte sie von dannen. Fort war sie, unwiderruflich fort. Und bis heute bin ich ihr nicht wieder begegnet.

Die Damen blicken mich erstaunt an. Sie werden mit Recht fragen, ob und warum ich keinen Versuch gemacht habe, sie wiederzusehen? Ob ich ihn gemacht habe! Nach ihrem schnellen Verschwinden hatte mich, der ich trotz des Regens stehen blieb, ein Aufseher angetroffen und barsch gefragt, was ich hier zu suchen hätte. Der wolkenbruchartige Regen unter Donner und Blitz hatte jedoch alle weitere Verständigung abgeschnitten; zu suchen oder zu fordern hatte ich ja nichts hier. Hinter mir wurde knarrend das eiserne Parkthor geschlossen; mir war, als habe ein zorniger Cherub die Pforten des Paradieses hinter mir zugeschmettert. Es war tief in der Nacht, als ich in Ilmenau ankam. Ich hatte mich im Walde bei dem furchtbaren Gewitterregen verlaufen. Die Freunde empfingen mich mit Vorwürfen und sie hatten ein Recht dazu; was wußten sie von dem Wandermärchen, das ich inzwischen erlebt! Ihr Einfluß und die Zucht des studentischen Komments waren stark genug, um mich zu zwingen, am anderen Morgen mit ihnen dem verabredeten Reiseplan gemäß weiter zu marschiren. Mein Geheimniß mochte ich ihnen nicht verrathen. Kurz nach Pfingsten hatte ich meine erste Mensur, bei welcher ich einen scharfen Hieb über den Kopf erhielt, der nur schwer heilte. Sobald ich konnte, habe ich mich dann aufgemacht, um den Weg zu dem einsamen Park im Wald wieder zu finden. Aber ich fand mich in der Gegend nicht zurecht; ging wiederholt irre; die Spur blieb mir verloren. Und dann: ich war eben ein junger Student, der andere Dinge im Kopf hatte, als einem verwunschenen Schloß nachzugehen. Oft war mir's wirklich, als sei das ganze Erlebniß nur ein Traum gewesen. Aber es war doch wirklich erlebte Wanderpoesie, die unvergeßlich meinem Erinnern eingeprägt ist und heute noch in demselben als schönstes Reiseerlebniß glänzt. So…, das war meine Geschichte.

Hochgefreit.

Die Damen bedauerten lebhaft, daß die Erzählung des jungen Astronomen keinen befriedigenden Schluß habe. Dieser entschuldigte sich, er sei kein Dichter, und die Geschichten, welche das Leben dichte, blieben nun einmal öfters ohne harmonischen Abschluß.

„Vielleicht ist die Ihre aber noch gar nicht zu Ende," meinte der Maler, „und das Leben dichtet Ihnen noch unvermuthet den passenden Schluß hinzu."

„Offen gestauden, ich habe früher manchmal auch diesen Aberglauben gehegt, jetzt bin ich aber längst der Meinung, daß gerade der poetische Reiz meines Abenteuers in seinem fragmentarischen Charakter besteht, und gerade darin erblicke ich das Wesen des Wanderzaubers, daß auf Reisen selbst Herzenserlebnisse an der Seele flüchtig vorüberziehen wie die Eindrücke der Landschaft und keinen anderen Eindruck zurücklassen, als den eines schönen, reinbeglückenden Bildes."

„Im Grunde ist denn doch diese Auffassung," ergriff nun Professor Schröder das Wort, indem er sich über den weißen Bart strich, „ebenso romantisch wie pessimistisch. Mir fielen vorhin bei Ihrem Schluß ein paar Verse Scheffels ein, des Dichters, auf dessen Spuren wir hier im Gebiete des Säntis wandern, Verse, die für seine im Grunde so melancholische Gemüthsart ebenso bezeichnend sind wie für seine Neigung, an die Schönheitswelt der Alpen seine poetischen Gedanken anzuknüpfen. Er schildert in dem Gedicht eine Wanderung fahrender Schüler über Alpenhöhen:

> ‚Hier blitzt ein Städtlein und dort ein Gefilde,
> Dort eines Stromes sich schlängelnder Lauf,
> Dort auch ein See, wie ein Menschenaug' milde,
> Aus der vernebelten Ferne herauf.
> Flüchtig nur winkt es und flüchtig versinkt es
> In das umflorende Dunstmeer zurück...
> So ist das Leben – sternschnuppig nur blinkt es...
> So ist die Minne, die Hoffnung, das Glück.‘

Meine persönliche Erfahrung setzt mich dagegen in Stand, dem Leben wie dem Reisen bleibendere und tiefer greifende Segnungen nachzurühmen. Mich wenigstens hat meine erste größere Reise in die Alpenwelt nicht nur von ähnlichem Pessimismus befreit, sondern auch an dauerndes Glück zu glauben gelehrt. Wenn niemand sonst sich zum Worte meldet, will ich Ihnen dies Erlebniß erzählen."

„Bitte, Herr Professor! Wir hören!"

„Jene Tage liegen bereits so abgeklärt hinter mir, daß ich von dem jungen Privatdozenten Hermann Schröder, dem Helden meiner Geschichte, völlig objektiv erzählen kann, wie von einem guten Freund, an dessen Jugendgeschicken ich einstmals herzlichen Antheil genommen. Wie schon angedeutet, war dieser für seine Wissenschaft begeisterte junge Gelehrte in der Zeit, welche jenem Erlebniß vorausging, von einem Pessimismus angekränkelt, wie er ihn später nie hat theilen können. Dieser Pessimismus war freilich keine Aeußerung eines etwa angeborenen Trübsinus, sondern die Folge von Ereignissen, die nicht nur auf ihn so niederdrückend gewirkt haben. Seine Universitätsjahre fielen in jene Zeit, da die Träger der deutschen Bildung von der Deutschen Nationalversammlung in der Frankfurter Paulskirche eine Neuerrichtung des deutschen Reichs im Zeichen der Freiheit erhofften und auch anfangs erhoffen durften in Anbetracht der Begeisterung, mit welcher, gleich den edelsten deutschen Männern wie Grimm und Uhland, der beste Kern des Volks in allen Schichten diesem Ideale anhing und zustrebte. Ein geborener Rheinländer, studirte unser junger Freund in Bonn, anfangs die Rechte, bis er sich mit wachsender Ausschließlichkeit den schönen Wissenschaften, im besonderen der Litteratur- und Kunstgeschichte, zuwandte, angezogen durch die glänzenden Vorträge Gottfried Kinkels, welchem er auch trotz des Unterschieds in Stellung und Alter freundschaftlich näher trat. Die in dem engeren Kreise des wegen seines Freisinns schon wiederholt gemaßregelten

Dichters herrschende politische Erregtheit, seine Theilnahme an den Kämpfen für die Verwirklichung eines freigeeinten deutschen Vaterlands ergriff auch ihn, und als die so schön erblühten Hoffnungen dann im Jahre 1848 gewaltsam zerstört wurden, fand die revolutionäre Gegenbewegung der Patrioten auch ihn in ihren Reihen. An dem Sturm auf das Zeughaus in Siegburg nahm auch er theil und würde dem geliebten Lehrer und Führer sogar auf den Kampfplatz in der Pfalz und Baden gefolgt sein, wenn ihn nicht direkt nach jener Sturmnacht ein hitziges Nervenfieber ergriffen und ihn jeder Theilnahme an allem, was ihm theuer war, entzogen hätte...

Doch mich beengt die objektive Erzählungsform, die ich wählte, lassen Sie mich nicht mehr wie von einem Fremden, sondern frei von der Leber weg von mir selber erzählen.

Als ich wieder genas, war Kinkel gefangen und mit ihm so mancher, auch mir lieber Gefährte des Siegburger Waffenganges; andere Gesinnungsgenossen waren nach der Schweiz und England geflohen, denn die Reaktion wüthete unbarmherzig. Auch ich wandte mich nach Zürich, wo ich meine Studien zum Abschluß brachte, mein Doktorexamen bestand und dann an die Ausarbeitung eines größeren litterargeschichtlichen Werkes ging, das meiner Geistesrichtung entsprach; es behandelte die Anfänge der politischen Dichtung im Mittelalter. Die Arbeit sollte mir die akademische Laufbahn ebnen, für welche ich inneren Beruf fühlte. Sie sollte mich aber auch abziehen von der Gedankenwelt trübster und kraftlosester Art, welche sich meines Gemüthes infolge des Fehlschlagens jener großen Erwartungen bemächtigt hatte. Empfand ich doch sogar meine Freiheit, mein Unbehelligtbleiben, während meine Freunde im Kerker schmachteten, als eine Schuld, obgleich ich doch wahrlich nicht dafür verantwortlich war, daß meine Natur unter den ungewohnten Aufregungen so schnell einem Nervenfieber zur Beute fiel. Bei den Eindrücken, welche mich nach dem Verlassen des langen Krankenlagers empfingen, hatte mein angegriffenes Geistes- und Seelenleben nicht recht wieder genesen können. Eine allgemeine Verstimmung der Nerven war zurückgeblieben, ein die Thatkraft lähmendes Mißtrauen in meine Kraft und die Kraft der Menschen überhaupt; sie äußerten sich in einem resignirten Verstummen all den idealen Fragen gegenüber, die mir vorher das Herz so mächtig bewegt hatten, während mein Geist über die Unzulänglichkeit menschlichen Wollens, über die Ohnmacht idealen Strebens trostlos grübelte. Ich empfand es als demüthigende Schmach, durch die Schwächlichkeit meines Körpers um die Ehre gebracht worden zu sein, für meine Gesinnungen im offenen Kampfe einzustehen, und mit Neid auf das Märtyrerthum meiner eingekerkerten Genossen las ich die Berichte von deren kühner Standhaftigkeit im Verhör, während sich um meine geringe Betheiligung selbst die Untersuchungskommissionen nicht kümmerten. Meiner Heimkehr ins Vaterland stand nicht einmal ein elender Steckbrief im Wege.

Dennoch trat ich dieselbe nicht an. Die Nachrichten von der Reaktion, die auf allen Gebieten geistigen Lebens Platz gegriffen, lauteten zu abschreckend für einen jungen Gelehrten, für dessen Beruf Gedanken- und Redefreiheit Voraussetzung des Gedeihens sind. So habilitirte ich mich in Zürich als Privatdozent und verwandte den größeren Theil meiner Zeit auf mein Buch, dessen Interesse mich schließlich doch nöthigte, einige deutsche Städte ihrer Bibliotheken wegen aufzusuchen, um dort gewisse Quellenwerke und Handschriften zu benutzen.

Eine solche Reise führte mich im Frühjahr 1851 nach Wien, und da mich dort unvermuthete Funde von Manuskripten, die ich auf der kaiserlichen Bibliothek machte, zu einer durchgreifende Umarbeitung mehrerer Kapitel meines Buchs nöthigten, blieb ich dort länger, als ich ursprünglich beabsichtigt hatte, sagte für das Semester meine Vorlesungen ab und miethete mich in der Nähe der Bibliothek ein, wo ich mich bald derart hinter meinen Büchern eingesponnen hatte, daß ich von den Lockungen des Frühlings und der lebenslustigen Kaiserstadt kaum etwas spürte. Für mich war und blieb diese das ,Capua der Geister', wie sie der strafende Mund des Dichters genannt hatte. Der fröhlich leichte Sinn der Bevölkerung erschien mir so kurze Zeit nach den furchtbaren Auftritten der Straßenkämpfe fast als frivole Leichtfertigkeit.

An jene Tage, da auch in Wien, dem Wien Metternichs, für die Freiheit gekämpft wurde, fühlte ich mich täglich beim Auf- und Niedersteigen der Treppe zu meiner hochgelegenen Wohnung durch das Schild vor der Wohnung des ersten Stockwerks erinnert, das einen altaristokratischen Namen trug, welcher, einem der Führer der Reaktion in Oesterreich zugehörig, damals viel, in liberalen Kreisen aber immer nur mit Abneigung, ja erbittertem Grimm genannt wurde. Freilich war es nicht jener berüchtigte Staatsmann selbst, der hier wohnte. Wie ich von meiner Wirthin, einer gutmütigen alten Wiener Kleinbürgerin, der ein Plausch über alles ging, schon bald nach meinem Einzug erfuhr, wurde der erste Stock von einer Schwägerin des gefürchteten ‚Demagogenriechers‘ bewohnt, deren Mann Leibarzt eines der kaiserlichen Erzherzöge gewesen und früh gestorben war. Sie bewohnte die schöne Etage mit ihrer einzigen Tochter. Auch zu sehen bekam ich beide bald.

Der Eindruck war ein sehr verschiedener. Die alte Medizinalräthin hatte in ihrem Wesen und Antlitz ganz jenen Stolz ausgeprägt, der den Ambitionen dieser Familie entsprach, und ihre kühle, strenge Art wirkte um so auffälliger, als die Dame beständig aus die Hilfe und Liebe von ihr untergebenen Menschen angewiesen war: sie hatte ein neuralgisches Leiden und mußte sich im Rollstuhl fahren lassen. Die Tochter, deren Gestalt von vollendeter Schönheit war, hatte dagegen in ihren Zügen zwar auch einen Zug von ernster Zurückhaltung und vornehmem Selbstbewußtsein, welcher die natürliche Anmuth derselben beeinträchtigte, aber in ihrem Blicke äußerte sich ein warmes Seelenleben, das sehr wenig zu der frostigen Gemessenheit ihres Benehmens paßte.

Ich hatte gleich beim ersten Begegnen Gelegenheit, diesen Blick kennen zu lernen. Bei der Rückkehr von der Bibliothek fand ich eines Abends den Eingang ins Haus gesperrt durch den Rollstuhl der alten Dame, der von einem gleichfalls bejahrten Diener in den Flur geschoben wurde. Da ihm die Schwelle bei dieser Manipulation einige Schwierigkeit machte, war das Fräulein vor der Thür stehen geblieben und ich wurde aus diese Weise ihr Gegenüber, da ich natürlich auch warten mußte. Unwillkürlich lüftete ich grüßend den Hut; sie erwiderte den Gruß mit einer kühlen, kaum merklichen Neigung des Kopfes, doch mit einem Blick, der in höflichster Weise um Entschuldigung bat wegen der von der Mutter verursachten Störung der Passage. Diese stumme Art nöthigte mich unwillkürlich auch zum Schweigen; sie verdroß mich, denn ich meinte, darin die Anmaßung der jungen Aristokratin erkennen zu sollen. Während der Diener in Gemeinschaft mit einem Stubenmädchen, das heruntergeeilt war, den Rollstuhl sammt der Baronin hinauftrug, passirte dem Manne ein Unglück. Er trat fehl, strauchelte und wäre wahrscheinlich gefallen, wenn ich, der ich hintr ihm schritt, ihn nicht hätte ausholten können, worauf ich ihm kurzer Hand und das Lamento der erschrockenen alten Dame nicht achtend, die noch fehlenden Stufen den Stuhl tragen half. Dann grüßte ich kurz und stumm, ganz wie die alte Dame, ohne daß es mir entging, wie die Tochter mir einen Blick voll freundlicher Sympathie nachsandte. Ich begegnete ihr noch oft, und sie erwiderte stets freundlich meinen Gruß, aber die Wärme jenes Blickes fand ich nicht wieder. Doch vergessen konnte ich ihn nicht; er stahl sich in meine Träume, er leuchtete plötzlich zwischen den Zeilen meiner alten Pergamentfolianten hervor, in denen ich die Originale der Minnelieder altprovençalischer Troubadours, der Bertrand de Born und Guillem de Cabestaing studirte, Strophen, die jene kecken Bekenner kühner und freier Gedanken einst an gesellschaftlich hoch über ihnen stehende Frauen gerichtet hatten, durchglüht von hoffnungsloser Liebe.

Thoren, die sie waren, sagte ich oft in jenen Tagen zu mir, Thoren, sich in so unnahbare Wesen zu verlieben, welche – wenn sie wirklich die Frauen dieser Dichter geworden wären – sie in jeder Beziehung die erhoffte Herzens- und Geistesgemeinschaft hätten entbehren lassen. Jene – muthvollen Kämpen einer neuen Zeit mit freien Anschauungen und diese hocharistokratischen Ritterdamen, ganz erfüllt von den Vorurtheilen eines herzlosen, in strenge Formen gezwängten Feudalismus!...Ich aber – fühlte mich gewappnet gegen derartige Schwächen. Und wenn mich jene Blicke noch tiefer getroffen gehabt hätten, ich hätte mich schon hüten wollen, ihnen mein Herz preiszugeben. So meinte ich. Doch wenn ich ihr dann wieder auf der Treppe begegnet war oder beim Vorübergehen aus ihrer Wohnung den Gesang einer mich im Innersten ergreifenden Altstimme vernommen hatte – das Mignonlied in Beethovens herrlicher Komposition sang sie mit Vorliebe – da waren meine Gedanken wieder ganz in ihrem Bann und mir war, als habe ich selbst ähnliche Gedichte an sie zu richten wie jene hoffnungslosen Troubadours. Ja, es war Thorheit, es war Wahnsinn, was jene gethan; aber was kümmert sich die Liebe darum, ob das, was sie anstiftet, Thorheit ist. Ich *war* verliebt in jene stolze Trägerin eines von jedem freisinnigen deutschen Mann damals gehaßten Namens – trotz all meiner Klugheit…

Natürlich ließ ich ihr meine Empfindungen mit keinem Wimpernschlag merken. Aber je mehr ich gegen die schnell emporgewachsene Leidenschaft ankämpfte, um so mächtiger nahm sie von all meinem Denken und Fühlen Besitz. Ich schämte mich; ich verhöhnte mich im Stillen; aber immer mehr zehrte das Verlangen, sie zu sehen, an mir und machte mich zum Narren meiner Grundsätze. Denn diese Liebe erschien mir in den Stunden ruhiger Ueberlegung als Verrath an meiner Ueberzeugung. Schließlich verlor ich alle Fähigkeit, wie bisher an meinem Werke fortzuarbeiten. Ich ging schon damit um, in eine andere Wohnung zu ziehen, weil ich es in demselben Hause mit ihr doch nicht aushalten könne; da nahm mich eines Mittags ein junger Arzt, der mit mir denselben Mittagstisch besuchte, bei Seite und sagte mit wohlwollendem Ernst zu mir: ‚Lieber Freund, Ihr Aussehen und Ihr Wesen machen mir Sorge. Ihre Nervosität ist in letzter Zeit bedenklich gesteigert. Klappen Sie Ihre Bücher zu und reisen Sie auf ein paar Wochen ins Gebirg. Es ist hohe Zeit! Folgen Sie meinem Rathe¡

Ich folgte ihm um so bereitwilliger, als ich an demselben Tage durch meine Wirthin erfuhr, die Damen vom ersten Stock, von denen ich mehrere Tage nichts gesehen, seien, wie nun schon mehrere Jahre um diese Zeit, nach Ischl ins Bad gereist. Nicht als ob ich nun die Absicht gehabt hätte, ihnen nachzureisen, – im Gegentheil. Wohl klang es wie Lockruf in meiner Seele, ihre Art, wie sie die Goethesche Sehnsuchtsstrophe ‚Dahin dahin‘ gesungen hatte; aber die Reise, die ich vorhatte, sollte mich grade von solcher Sehnsucht befreien, mich nicht wieder in ihre gefährliche Nähe bringen. Aber daß auch sie nicht mehr hier war, erleichterte mir doch den Entschluß zur Abreise. Die österreichische Alpenwelt ist so groß, und Ischl so klein; da kann man sich so schon ausweichen.

Die Herrschaften kennen das Salzkammergut?

„Wir waren erst voriges Jahr vier Wochen in Aussee,“ erwiderten zustimmend die Kurzschen Eheleute.

„Und ich habe schon dreimal den Dachstein bestiegen, das eine Mal von Süden her, die zwei andern Male von Gosau aus; da ist der Anstieg ein recht schwieriger,“ sagte der Engländer.

„Und wir haben das herrliche Land von See zu See durchschweift,“ riefen die Malersleute. Nur der Astronom war noch nicht dort gewesen.

„Nun, da steht Ihnen noch eine Fülle lieblicher und großartiger Eindrücke von eigenstem Reize bevor. In jener herrlichen Gegend, wo eine fast südliche Vegetation die Thäler und Seeufer mit Lustgärten überzieht, während zu ihren Seiten mächtige Felsenkämme über waldigen Vorbergen gen Himmel ragen, ging mir damals zuerst die Pracht und Schönheit unserer Alpen auf. Und noch viel anderes.

Ich ging wirklich nicht nach Ischl. Ich mied es ängstlich und empfand es mit Genugthuung, wenn Touristen, mit denen ich in Unterhaltung kam, das modische Solbad zwischen den Salzbergen für den langweiligsten Ort im Lande erklärten. Ich reiste, wie es meiner inneren Unruhe entsprach, nach Laune von einem der schönen Seen zum andern. Zuerst machte ich am Traunsee Station und hier war es, wo ich, der Weisung des Arztes folgend, mich allmählich an immer größere Bergtouren wagte, so daß ich keinen irgend erträglichen Tag vorüberließ, ohne eine Höhe zu besteigen. Im Anfang überwog die Anstrengung den Genuß. Ich war ja des Steigens zu ungewohnt, um mich nicht von einem mehrstündigen Auf- oder Niederstieg wie zerschlagen zu fühlen.

Eine der ersten steileren Höhen, die ich damals erklomm, war in ihren Anfängen ein Kalvarienberg und die Mühseligkeit des Anstiegs, den Wallfahrtsstationen vorüber, erschien mir in der That als eine Kasteiung. Mißmuthig war ich noch vor Schluß der Table d'hote aufgebrochen, hatte erst in meinem Zimmer Ruhe gesucht, und da ich sie dort nicht fand, war ich aufgebrochen und hatte planlos den Weg eingeschlagen, von keinem anderen Wunsche beseelt als dem, allein zu sein und nichts mehr zu hören von den Phrasen übertünchter Höflichkeit und überfirnißter Thorheit, die mich bei Tische umschwirrt hatten. Das waren nun Menschen, auf Rang und Stand höchst eifersüchtige Menschen gewesen, die sich alle für höchst gebildet erachteten, und doch hatte ein jeder gesprochen, als erschöpfe sich in Toiletten-, Küchen-, Etikette- und Sportfragen das Interessengebiet des Geistes. Und das wird immer so bleiben, sprach ich in mich hinein. Aller Fortschritt der Menschhell ist nur ein scheinbarer, weil man den Fortschritt einzelner mit dem der Menschheit verwechselt. Der Weg, den ich beschritt, zog jedoch wegen seiner Steilheit meine volle Aufmerksamkeit auf sich. Es war das ausgewaschene Bette eines offenbar einst mächtigen Gewässers. Wohl viele hundert Jahre hatte hier das Wasser fließen müssen, ehe es diesen Weg so glatt und sauber in die Felsen eingescheuert.

Unwillkürlich fiel mir der lateinische Sprach ein: **gutta cavat lapidem** – der Tropfen höhlt den Stein. Und wie ich mühsam Schritt für Schritt auf dem steilen Pfade empordrang, nur nach langer Mühe ein Ziel erreichend, das nach dem Augenmaß wie im Sprunge zu erreichen geschienen, da machte sich in meine Gedanken die versöhnliche Einsicht, daß eben auch die Höhen des menschlichen Fortschritts nicht allen zugänglich und nicht gleichmäßig zu erklimmen sind und die Langsamkeit des Vorwärtsschreitens in ihrer Natur begründet ist. Je höher ich stieg, um so kleinlicher erschien mir der Anlaß meines Grolls. Und als ich oben auf der Spitze des Berges war, da überkam mich ein wonniges Gefühl des Befreitseins von Trübsal und Kleinmuth, entzückt schweifte mein Blick ins weite Land über Berg und Thal, über blitzende Spiegel von blauen Seen und weiße Gipfel von blauen Bergen und auf meine Lippen drängte sich der Ausruf: ‚Die Welt ist doch schön – trotz alledem.‘ Und gleich dann mußte ich an sie denken, deren Anblick ich fliehen wollte, deren Bild mich aber überallhin begleitete. Auch sie, die Nichte des finsteren Reaktionsmanns, hier oben würde sie aus dem Anblick der schönen großen Gotteswelt eine ähnlich befreiende Wirkung gewinnen.

Und mit jeder neuen Bergfahrt fühlte ich mich, obgleich sie mich den Menschen entrückte, den Menschen und der bunten Mannigfaltigkeit ihres Strebens näher gebracht. Viel trug dazu bei der Eindruck, den ich von dem Leben der Landleute dieser schönen Gebirgswelt empfing. Die zähe Ausdauer, mit der diese Leute dem entlegensten Erdstrich zwischen Felsentrümmern Gras und Futterkräuter für ihr Vieh abgewinnen, ihre Genügsamkeit und ihre Fähigkeit, von Herzen froh zu sein in ihrer Dürftigkeit, steigerte meine Achtung vor dem Menschenthum und ließ mir die socialen Unterschiede, die uns im Qualm der Städte entzweien, in ihrem Kern nur noch gering erscheinen. ‚Und sie bewegt sich doch,‘ sagte ich mir, wenn ich in einem weltentlegenen Einödhof des Gebirgs moderne Werkzeuge in Gebrauch fand, ‚und sie bewegt sich doch vorwärts, die Menschheit‘ – wenn ich Spuren geistiger Aufgeklärtheit entdeckte bei Leuten, denen ich die Kunst des Lesens nicht zugetraut hatte. Und: ‚Sollten wir uns nicht doch finden können‚ fügte ich bei, wenn ich der Stolzen gedachte, deren Pfad mein Verstand hatte meiden wollen, während im Stillen mein Herz hoffte, ich möchte ihn kreuzen.

Es war auf der Straße nach Gosau, die vom Hallstätter See aus am Fuße des Salzbergs hin durch das waldumschattete wildromantische Gosauthal führt. Die vielgerühmte Gosauschmiede war mein Ziel; ich wollte in der Nähe des wundersam schönen stillen Alpensees, der seine anmuthige Idylle unmittelbar unter der Gletschermajestät des gewaltigen Dachsteinmassivs entfaltet, ein neues Standquartier suchen. Ich war in der fröhlichsten Stimmung und sang ein altes Studentenlied vom Wandern. Plötzlich hörte ich hinter mir einen Wagen in schnellem Tempo heranfahren. Da ich inmitten der Straße ging, schwenkte ich nach rechts ab, mich unwillkürlich nach der Ursache der Störung umsehend.

Eben kam die Equipage herangerollt und schon wollte ich mich zum Weitergehen wenden, da erblickten meine Augen Fräulein Josephine neben einer freundlichen alten Dame im Wagen. Nur für einen Moment verlor ich die Fassung. Dann grüßte ich höflich. Die Damen erwiderten freundlich den Gruß und die ältere, welche mich mit Interesse angeblickt hatte, richtete dann eine Frage an ihre Nachbarin, worauf sie mit ihrem Sonnenschirm dem Kutscher das Zeichen zum Halten gab.

Beide Damen wandten sich mit einladender Gebärde nach mir um, ich war an ihrer Seite.

‚Ein Bekannter meiner Nichte, Herr Doktor, das freut mich. Wir armen Frauen reisen so allein durch die Berge, da ist das Vergnügen doppelt groß, einen Herrn zu finden, an dessen Rath und Stütze man zu appelliren ein Recht hat.‘

Die Nichte, welche hoch erröthend neben ihr saß, wollte sie unterbrechen. Die alte Dame aber ließ sich nicht stören und stellte sich vor als Schwester der Mutter Josephinens, als welche sie es für ihre Pflicht gehalten habe, ihren Liebling aus der Monotonie des Ischler Badelebens auf einige Tage zu befreien und sie zu einer Wagenpartie nach den schönsten Orten des Salzkammerguts einzuladen. Doch was sei eine solche Vergnügungsfahrt ohne Herrengesellschaft!

‚Aber Tante‘ flüsterte wiederum Josephine.

‚Ei was, ich will mit Eurer Duckmäuserei nichts zu thun haben; ich sage meine Meinung immer ehrlich heraus. Also, Herr Doktor, Sie haben die Wahl. Wollen Sie zu uns einsteigen oder dürfen wir zu Ihnen aus die Straße kommen, um an Ihrer Wanderlust teilzunehmen, die Ihnen da eben so fröhlichen Gesang aus dem Herzen lockte? Josephine, die über diese Fröhlichkeit sehr erstaunt that – ich wundere mich gar nicht darüber – hat schon während der ganzen Fahrt beklagt, daß sie nicht zu Fuß durch die schönen Thäler einherziehen könne. Wollen Sie uns mitnehmen¿

Ich öffnete in einer ganz eigenen Stimmung, die aus Seligkeit und Verlegenheit wundersam gemischt war, den Wagenschlag, aber sie, deren Nähe mich so erregte, zögerte noch, indem sie mit einem Frageton, der sich an mich wandte, zur Tante sagte, sie wisse doch nicht, ob sie berechtigt wären, an mich solche Ansprüche zu erheben; Tante hätte sie falsch verstanden, wir hätten zwar in demselben Hause gewohnt – ‚Ei was da‘ unterbrach sie die lebenslustige alte Dame, ‚siehst Du denn nicht, daß der Herr sehr erfreut ist über den Zwischenfall? Nur ohne Umstände! Schnell ausgestiegen! Dafür sind wir auf Reisen. Kutscher, fahren Sie nur immer voraus und halten Sie, wo die Wege nach Ober- und Untergosau sich theilen.‘

Auf diesem so originell eingeleiteten Spaziergang durch eines der schönsten Alpenthäler der Welt, vor uns die zackige Wand der Donnerkogel, überragt von einigen schneeigen Spitzen des Dachsteins, lernten wir uns nun eigentlich erst kennen. Sie hatte bisher in Ischl wie auch in Wien ein recht einsames Leben geführt. Das Leiden ihrer Mutter und deren Kur-Diät hatten auch ihrem Bewegungsbedürfniß enge Schranken gezogen. Der oberflächliche Umgangston in den Gesellschaftskreisen, mit denen die Mutter Verkehr pflegte, hatte sie, wie schon gelegentlich der früheren Aufenthalte in Ischl, wenig befriedigt. Ja, sie war eine Aristokratin, sie war in konservativen und feudalen Anschauungen aufgewachsen; aber sie hatte das bürgerliche Element in seinen besten Vertretern, in Künstlern und Gelehrten, kennengelernt und in ihrer stillen Wohnung, wo sie seit des hochgebildeten Vaters Tode viel einsame Stunden gehabt, hatte ihr die sonst von niemand benutzte Bibliothek des Verstorbenen Quellen höchster Bildung erschlossen. Wohl war sie in einer Klosterschule erzogen und dann von einer französischen Gouvernante mit jenen Kenntnissen versehen worden, die nur auf äußere Repräsentation berechnet sind, aber sie hatte seitdem auch Goethes ‚Faust‘ und Humboldts ‚Kosmos‘ gelesen und ihre mir so sympathischen Augen blickten mit besserer Einsicht in die Welt, als so mancher meiner früheren Bekannten, der sich hoher Bildung vermaß. Das alles erfuhr ich, während wir, bald allein, bald mit der freundlichen Patronin uns unterhaltend, der in stiller Bergeinsamkeit gelegenen Gosauschmiede zuschritten. Daß ich aber den Muth zu all den Fragen fand, verdankte ich einzig dem befreienden und belebenden Einfluß der erhabenen Alpennatur. Wie bringt doch das Leben in der freien Natur der Natürlichkeit näher; wie schnell entstand hier eine herzerquickende Intimität zwischen zwei Menschen, die drin in der Stadt, obgleich in demselben Hanse wohnend, kaum mehr als drei Worte mit einander gewechselt hatten!

Aber trotz dieser Annäherung, trotz der zwischen uns emporblühenden Freundschaft blieb ein Etwas zwischen uns, was meine Hoffnungen niederdrückte. Das viele Alleinsein, das leider nicht sehr herzliche Verhältniß der Mutter zu der Tochter hatte in dieser eine gewisse Selbständigkeit des Meinens und Willens entwickelt, die mich bisweilen wie Standeshochmuth berührte.

Unser Leben im Schutze der Tante hatte sich sehr gemüthlich gestaltet. Sie fuhr mit uns spazieren, nahm die Mahlzeiten mit uns, anstrengendere Partien aber ließ sie uns allein unternehmen. So gab sie der nach einer richtigen Hochtour sich sehnenden Nichte auch die Erlaubniß, mit mir die Zwieselalp und von da den großen Donnerkogel zu besteigen, diese herrlichen

Aussichtspunkte, welche gleichzeitig in die Gletscherwelt des vielgipfeligen Dachsteins aus unmittelbarer Nähe intimen Einblick und einen weiten Ausblick über die Höhen, Thäler und Seen der Salzalpen gewähren. Sie hatte gehört, daß man diese Gipfel ganz gut ohne Führer besteigen könne, und setzte meinem Vorschlag, dennoch einen solchen zu nehmen, hartnäckigen Widerspruch entgegen.

Es war ein heißer Tag, und obgleich wir sehr früh am Morgen aufgebrochen, machte sich die Gluth der Sonne bald genug geltend. Wir stiegen anfangs mit frischer Kraft und in bester Stimmung die Zickzackwege zur Zwieselalp bergan, deren Beschreiten kein beschwerliches gewesen wäre, wenn nicht der lockere Glimmerschiefer den Füßen nur einen schlüpfrigen Halt geboten hätte. Ich ließ sie zunächst voranschreiten, um ihr sofort, im Falle sie es bedürfe, als Stütze dienen zu können. Auch wenn ich nicht verliebt gewesen wäre, würde mich der Anblick der vor mir elastisch emporsteigenden schlanken Gestalt entzückt haben. Dennoch glitt ihr kleiner Fuß wiederholt aus und ich bot ihr an, sie bei der Hand zu führen. Das verdroß sie: sie bedürfe solcher Hilfe nicht. Auch bat sie mich, voran zu gehen, sie werde schon sicher nachkommen. Da ersteres bei steileren Stellen ohnedies nöthig gewesen wäre, zögerte ich nicht, es zu thun. Doch ersuchte ich sie, dicht hinter mir zu bleiben. Da sie gerade wieder ein Rutschen der Glimmersteine verursacht hatte, machte sie, darüber ärgerlich, sich dran, den steinigen Fußpfad zu verlassen und über den grasigen, mit Knieholz durchsetzten Abhang emporzuklimmen. Umsonst warnte ich sie davor; sie schwang ihren Alpenstock und stieg rüstig voran: hier sei der Weg viel weicher und zudem schneide sie dabei gehörig ab.

Ich beeilte mich nun, an ihre Seite zu gelangen; es war auch hohe Zeit. Als ich bei ihr war, hatten sich ihre Füße im Geäst eines breitwuchernden Alpenrosenbusches verfangen; als sie glücklich wieder frei war, lachte sie aber mich aus.

Der Abhang wurde steiler und steiler, moosüberwachsene Felsblöcke stellten sich in den Weg, und noch zeigte sich nicht der Fußweg, auf den sie gedacht hatte, nach wenig Minuten wieder zu gelangen. Schattenlos dehnte sich vor uns die grüne, felsübersäete Berghalde steilan; um mir zu zeigen, daß sie gar wohl den eigenwillig aufgesuchten Schwierigkeiten gewachsen sei, muthete sich die solchen Steigens völlig Ungewohnte Uebermenschliches zu. Ich drang in sie, einmal still zu stehen und zu rasten – sie schritt, schweigend mit dem Kopfe schüttelnd, weiter; da – als ich wieder von dem steinbesäeten Wege aufsah, brach sie zusammen.

Ich eilte vorwärts. Hinter einer Zwergkiefer fand ich sie, auf den Alpenrosenteppich hingestreckt. Eine Ohnmacht, ein Hitzschlag hatte sie getroffen. Ich selbst fühlte mich bei dem Anblick wie vom Schlage gerührt. Doch ermannte ich mich schnell. Ich hob ihr Haupt und legte es so, daß es vom Schatten der Kiefer gekühlt ward. Ich machte ihren Hals frei, damit sie freier athmen könne. Dann nahm ich aus meinen, leichten Rucksack die mitgenommene Weinflasche, von der zu trinken sie vorher abgelehnt hatte. Ich netzte mit dem kühlen Naß ihre Schläfe; dann setzte ich ihr die Flasche an den Mund, der fest geschlossen war. Die ersten Tropfen rieselten ungetrunken über Wangen und Kinn.

Auf einmal aber löste sich die Starrheit in dem bleichen Antlitz. Sie öffnete die Lippen und mit gierigen Zügen trank sie von dem erquickenden Wein. Und jetzt öffnete sie die Augen. Träumerisch schaute sie in die meinen, die gewiß mit warmer Zärtlichkeit auf ihr ruhten.

‚Welch schöner Traum¡ hauchte sie und schloß die Augen wieder, jetzt mit dem Ausdruck wohliger Schlafseligkeit. Dann öffnete sie aufs neue wie durstig die Lippen. Ich reichte ihr wieder den Wein; sie trank davon, doch nur wenig; dann schüttelte sie enttäuscht den Kopf.

‚Fräulein Josephine¡ rief ich, indem ich mein Gesicht zu dem ihren niederbeugte. Da fühlte ich meinen Hals von den Armen der Träumenden umfaßt, sie schmiegte ihre Wangen an die meinen:

‚Hier bin ich¡ sagte sie leise aus dem Traume heraus und nannte mit dem Ausdruck zärtlicher Liebe meinen Namen.“

Der Professor, der selbst wie in träumerischer Entrücktheit dies letzte erzählt hatte, blickte wie erwachend auf. Er fuhr sich über die Stirn und lächelte dann seinen Zuhörern zu.

„Wozu mehr erzählen? Das war mein schönstes Reiseerlebniß! – Wie es kam, daß wir am
Abend nach diesem Morgen als verlobtes Paar an jener Stätte glückseligen Unglücks wieder
vorüberschreiten konnten? Das Bewußtsein weiblicher Schwäche, das von ihrer Ohnmacht zurückgeblieben, und noch ein anderes Bewußtsein hatten die Starrheit des Stolzes von ihr genommen. Sie fühlte, daß im Kampf gegen elementare Schwierigkeiten nicht der Eigenwille
entscheidet, wenn ihm die Kraft zur Ausführung fehlt. Sie fühlte, daß sie mich liebe. Soll ich
noch schildern, wie wir uns oben auf der luftigen Bergesspitze emporgehoben fühlten und erhaben über so vieles, was unten in den Städten die Menschen scheidet und die trennenden
Vorurtheile nährt, wie wir uns so rein in unserer Menschlichkeit dort gegenüber standen, daß
uns leicht zu überwinden schien, was uns noch trennte; wie die einst für unübersteigbar gehaltenen Hindernisse im Austausch der Seelen uns nichtig erschienen gegenüber der Harmonie
der Natur, wie sie unseren entzückten Blicken sich darbot? Ein Wort sagt alles: es fanden sich
unsere Herzen auf Bergeshöh'n: so hab' ich mir im Freien mein Weib voll Freiheit gefreit.“

Die Geschichte der Malersleute.

Professor Schröder hatte kaum seine Erzählung geschlossen, als ihm auch schon eine Menge Fragen aus der Tischgesellschaft entgegenklangen. Nicht nur sein ehemaliger Zuhörer, der Astronom, auch alle übrigen erkundigten sich nach der Heldin der Geschichte und ihrem Befinden. Mit Theilnahme hörten sie, daß Frau Josephine auch dieses Jahr den Professor auf seiner alljährlichen Gebirgsreise begleitet habe und nur unten in Weißbad geblieben wäre, doch nicht allein, denn eine seiner Nichten, die er eingeladen, die Reise mitzumachen, leiste ihr angenehme Gesellschaft. Mr. Whitfield, der Engländer, nahm ein noch größeres Interesse an der Schwiegermutter, wie das seiner Vorliebe für Unglücksfälle entsprach. Dieselbe werde doch ihr Möglichstes gethan haben, die Mesalliance ihrer Tochter zu hintertreiben. Der Professor bejahte, wenn auch mit einiger Zurückhaltung, die Frage: trotz aller Schonung und zarten Rücksicht hätte sie dem Eheprojekt ihrer Tochter den hartnäckigsten Widerstand entgegengesetzt, doch sei vor ihrem Tode noch eine Versöhnung erfolgt. Jetzt aber schnitt mit freundlicher Abwehr der Vielgefragte die Debatte ab, indem er seiner Präsidentenpflicht eingedenk die Mahnung aussprach, nun ohne weiteren Aufschub dem dritten Erzähler das Wort zu gönnen. Diesmal wurde gelost, und das Los traf Frau Breitinger, die anmuthige Gattin des fleißigen Malers, der auch während des Erzählens nicht aufgehört hatte, an seinem Skizzenblatt weiter zu arbeiten.

„Wenn ich es denn schon sein soll, die nach des Herrn Professors so ergreifender Geschichte den Versuch wagen soll, ein Erlebniß in geordnetem Zusammenhange vorzutragen, dann muß ich schon meinen lieben Mann bitten dürfen, daß er mich dabei unterstützt – leider habe ich gar nichts vom Talent einer Scheherezade.“

Der Maler lachte und wollte protestiren; Herr Kurz aber unterstützte den Vorschlag: auch er werde, wenn er an die Reihe komme , gleichzeitig im Namen seiner Frau seine Geschichte erzählen, schon in Anbetracht der Zeit empföhle es sich, daß in dieser Weise die anwesenden Ehepaare ihre Einheit und Einigkeit zum Ausdruck brächten.

Der Maler nickte nun zustimmend und rief: „Fang' nur an, Aennchen, ich werde schon helfen; nur mußt Du keine Geheimnisse erzählen, von denen ich selber nichts weiß.“

„Behüte, Fritz! Erstens hab' ich gar keine solchen und dann weißt Du doch selbst, daß man schönstes Reiseerlebniß unser gemeinsames Eigenthum ist; freilich, so recht schön wurde es damals erst, als das Reisen vorbei war und die Rückkehr uns zusammenführte.“

„Still, Aennchen! Nichts verrathen! Du verdirbst ja die Spannung. Nur ohne lange Einleitung frisch drauf los! Erster Abschnitt: Warum an eine Heirath zwischen uns nicht zu denken war oder – ‚Sie konnten nicht zu einander, das Wasser war viel zu tief'. Vorher aber mußt Du Dich den Herrschaften in Deiner Eigenschaft als Malerin, nicht nur Malersfrau, vorstellen. **Anch' io sono pittore**. Oder laß mich das besorgen: Hier, mein blondes Weibchen, das so bescheiden ihre Blumen ins Herbarium ordnete, während ich ihr ins Handwerk pfuschte, ist ihres Zeichens eine Malerin von Beruf und auch leidlichem Rufe; ihre Bilder, die noch weiter unter ihrem Mädchennamen gehen, sind auf dem Kunstmarkt in erfreulicher Weise gesucht. Konkurrenz machen wir uns nicht, da sie Landschaftsmalerin ist, während ich mich bis auf gelegentliche Sünden im Skizzenbuch auf das bäuerlich-ländliche Genre – Sittenbild sagen setzt die Sprachreiniger, ohne den Begriff zu erschöpfen – beschränke. Und das ist wahr: ohne daß wir beide unser Leben der edlen Malkunst geweiht, würden wir uns schwerlich je kennen, schätzen, lieben und heirathen gelernt haben, während andererseits der Umstand, daß wir unser Talent zwei verschiedenen Gebieten unserer theuren Kunst gewidmet, umgekehrt beinahe zum Anlaß wurde, eine gemeinsame Haus-, Herd- und Ateliergründung dauernd zu verhindern. Und das kam so…Jetzt, Aennchen bist Du aber dran. Ueber den Anfang wärst Du hinüber.“

Frau Breitinger folgte heiter der Mahnung:

„Ich bin Holländerin. Bereits mein Vater war Maler und liebte es, seine Studien am Ufer des Meeres zu machen. Als halbwüchsiges Mädchen schon durfte ich ihn begleiten, wenn er des Sommers sich in einem der Fischerdörfer des Nordseestrands in irgend einer gastlichen Hütte einquartierte, um zwischen den Dünen frei nach der Natur das Meer in seinem Zorn und in seinem Frieden zu malen. Die ersten Anfangsgründe der Malerei lernte ich in solcher Umgebung von ihm; er war mein Lehrer, und meine ersten Versuche, auch meinerseits die Eindrücke der in ihrer Einfachheit so großartigen Meereslandschaft im Bilde festzuhalten, vollendete ich unter seiner Leitung. Sie werden begreifen, daß dieser Anfang die Richtung meiner bescheidenen Künstlerlaufbahn entschied. Auch als ich in meinem neunzehnten Jahre vom Vater nach München geschickt wurde, um hier unter Leitung von Professor Schönleber, den er nicht nur seiner vollendeten Technik, sondern auch seiner tiefen Naturauffassung wegen besonders schätzte, mein Talent weiter auszubilden, blieb ich derselben treu. Die Motive, die Vorlagen zu meinen Bildern, die ich jetzt in München unter des Meisters anregender Kontrolle mit peinlichster Sorgfalt bis ins Detail ausführte, entnahm ich meinen Skizzenmappen, welche ich aus der geliebten Heimath mitgebracht hatte und nun während des Sommers eifrig um neue Studienblätter bereicherte. Denn sobald Pfingsten vorüber war und die den Malern eigenthümliche, aus ihrem Beruf erwachsende Reiselust die große Münchener Künstlerkolonie auseinandersprengte, brach auch ich auf nach Holland, um dort wie früher an der Seite meines Vaters dem Meere bei Sonnenauf- und -untergang, bei heiterer Stille oder bei Sturmeswüthen seine zauberhaften Schönheitsreize abzulauschen. Auch als mein Vater durch ein sich immer öfter und stärker wiederholendes rheumatisches Leiden verhindert ward, mein regelmäßiger Begleiter und Genosse in der sommerlichen Villeggiatur zu sein, und ich den größeren Theil meiner Ferien bei ihm und den Meinen in der Stadt verbringest mußte, wurde ich meinem geliebten Nordseestrande nicht ungetreu, zumal eine uns befreundete Familie in der Nähe von Zandvoort ein Landgut besaß, welches sie im Sommer bewohnte und in dem mir ihre Gastfreundschaft ein Stübchen immer bereit hielt. Außerdem aber kannte mich in unserem alten Fischerdorfe, das damals noch nicht den Rang eines Seebadeplatzes beanspruchte, jedes Kind und jedermann war gastlich und freundlich zu mir; wurden mein Vater und ich doch von allen wie zum Orte gehörig und mit allerhand Ehrenbürgerrechten ausgestattet betrachtet. Und so sehr mich meine Münchener Freunde auch baten, doch einmal mit ihnen ins Gebirge zu ziehen und das langweilige Holland, wie sie sagten, sich selbst zu überlassen, ich konnte es nicht übers Herz bringen, sowohl um der Meinen willen, als in Rücksicht auf das Meer und meine Kunst, die nun einmal zusammengehörten. Selbst mein Mann, das heißt Herr Breitinger –“

„Ja, selbst ich,“ nahm mit humoristischem Lächeln dieser nun den Faden der Erzählung auf, „selbst der liebenswürdige, aufmerksame und redegewandte Maler Fritz Breitinger, der mit der jungen Holländerin täglich auf dem gleichen Flur und auch sonst mancherorts zusammentraf, aus dem sehr einfachen Grunde, weil unsere Ateliers in demselben Stockwerk neben einander lagen – selbst ich konnte die hochgeschätzte Kollegin nicht überreden, einmal versuchsweise unsere Sommervilleggiatur im Hochgebirg zu theilen, sollte darüber auch Holland in Nöthe gerathen. Ich muß hier einschalten, daß diese Aufmunterung von meiner Seite einzig und allein aus kameradschaftlichem Interesse, keineswegs aber unter dem Antrieb einer wärmeren Empfindung stattfand, die über das Niveau freundnachbarlicher Theilnahme hinausging. Es ist unter uns Malern eine sehr angenehme Sitte, gegenüber den weiblichen Talenten, die sich unter uns mischen und mit uns dieselben Berufsinteressen theilen, von dem Geschlechtsunterschieb möglichst abzusehen und mit ihnen auf Grundlage dieser Gemeinschaft zu verkehren; der Ernst ihres Strebens und ihr Können entscheidet, ob wir sie ehrlich und offen als unsere guten Kameraden willkommen heißen oder ihnen, falls sie Pfuscherinnen und anspruchsvolle eitle Dilettantinnen sind, ablehnend aus dem Wege gehen. Was aber speciell die junge blonde Dame betrifft, die da eines Tages das leerstehende Atelier neben dem meinen gemiethet und dabei durch ihre ruhige Sicherheit im Verhandeln mit dem Hausbesitzer nicht nur mir, sondern auch den beiden andern Malern, deren Ateliers auf den gleichen Flur stießen, bedeutend imponirt hatte, so galt von ihr im besondern jene Stelle aus Schillers ‚Mädchen aus der Fremde‘: ‚Doch eine Würde, eine Höhe entfernte die Vertraulichkeit‘.“

„Du wirst weitschweifig, Schatz.“

„Unterbrich mich nicht, Aennchen! – Als wir drei Maler, der eine war ein Thiermaler aus Berlin, der andere aus Dresden und gleich mir ein Genremaler, uns über die empfangenen

Eindrücke nach einigen Tagen unterhielten, machte ich sogar den Versuch, ihr den Spitznamen ‚Das Mädchen aus der Fremde‘ zu geben.; doch der Thiermaler protestirte: er habe noch nicht bemerkt , daß ‚ihre Nähe beseligend‘ sei. – **Silentium**, Aennchen! Du bekommst sogleich wieder das Wort. – Sie sei eben eine phlegmatische Holländerin, das sage alles. Wenn sie aber einen besonderen Ehrennamen bekommen solle, so mache er als echter Berliner einen andern Vorschlag: die ‚kühle Blonde‘– Aennchen, Du verzeihst die Indiskretion – die ‚kühle Blonde‘ solle sie hinfüro heißen. Ja, schlechte Witze machen leider auch wir Maler, zumal wenn wir jung und guter Laune sind. Und wir waren ganz guter Laune in jener Stunde und waren trotz der Spötterei vom ersten Tage an sehr gut auf unsere Ateliernachbarin zu sprechen, die nicht nur blond und im Anfang wirklich etwas gar zu kühl war, sondern auch bescheiden und geräuschlos in ihrem Auftreten, klar und bestimmt in ihren Absichten und Ansichten, dankbar und empfänglich für jeden guten Rath und schließlich auch sehr gemüthlich und heiter im Umgang, wie wir es im Anfange nie für möglich gehalten. Ja, als das Fräulein nach der ersten Ferienunterbrechung etwas später als wir anderen zurückkehrte, gestand sogar der Berliner, daß das Fehlen der ‚kühlen Blonden‘, die auch seine Frau inzwischen ins Herz geschlossen habe, ihn ordentlich beunruhige, und er habe ihr unrecht gethan, sie gleiche wirklich dem ‚Mädchen aus der Fremde‘ in des Wortes schönster Bedeutung.“

Hier unterbrach aber doch nachdrücklichst den kecken Erzähler die Malerin, indem sie ihm mit dem Finger drohte.

„Die Indiskretionen und Spöttereien konnt’ ich mir noch gefallen lassen,“ rief sie, „aber so ins Angesicht sich loben und über Gebühr rühmen lassen, das geht mir wider die Natur. Es ist Zeit, daß ich Dir das Wort entziehe, damit wir wieder zur Sache kommen. Es ist wahr, ich hatte mich über die Herren nicht zu beklagen, und wenn sie mich für übermäßig kühl gehalten hatten , so belehrte ich sie bisweilen eines Besseren, zum Beispiel sobald sie sich erlaubten, sich über mein geliebtes und schönes Holland, das man in Deutschland so wenig kennt und deshalb so oft ungerechterweise lästert, lustig zu machen. Wie mir mein Mann später gestanden hat, thaten dies die schlimmen Menschen gerade erst recht, nachdem sie bemerkt, in welche Wallung die gekränkte Vaterlandsliebe mein Gemüth versetzte. Denn ich nahm noch alles für Ernst, und da unsere heimische Lebensweise von der in München üblichen recht bedeutend abweicht – nicht immer zum Nachtheil der unseren – ich daher schon so Mühe hatte, mich in all das Fremde zu finden, war ich den drei Flurnachbarn, die im übrigen ja meinen Dank verdienten, oft recht ernstlich bös darüber, daß sie durch solche Ausfälle mein Heimweh noch steigerten. Natürlich bewog mich dies erst recht, sobald die Junisonne zum Reisen lockte, meinen Weg den Rhein hinab in die Heimath zu nehmen, und ich hätte es für Verrath an dieser gehalten, wenn ich einer der Einladungen von mir befreundet gewordenen Münchner Familien gefolgt wäre, auch einmal meine Ferienzeit fern von Holland zu verbringen.“

„Das hielt uns aber nicht ab, liebes Aennchen,“ fiel ihr der Gatte ins Wort, „recht gute Freunde zu werden. – Ich war der einzige von ihren näheren Bekannten , der aus eigener Anschauung das Meer kannte und ihre Freude am Rudern und jeder Art Wassersport theilte, was ich bei gelegentlichen Tagespartien an die nahen Seen von Starnberg und Tegernsee auch bewährte. Wenn wir trotzdem auch damals noch nicht unser Herz entdeckten, so war eben der kordial gemüthliche Ton unseres Verkehrs daran schuld, an den wir uns gewöhnt hatten, und ferner – die große Aehnlichkeit unserer Anschauungen und Neigungen; das Gesetz der Goetheschen ‚Wahlverwandtschaften‘ konnte sich zwischen uns gar zu wenig geltend machen. Ein alter griechischer Philosoph hat gesagt, der Streit sei der Vater der Dinge. Und die antike Mythologie macht den Kriegsgott zum Geliebten von Aphroditen und giebt beiden zum Kind Eros, den Gott der Liebe. Heutzutage unterschätzt man meist die segenbringende Bedeutung des Streits für die Liebe. Tatsächlich bringt er noch immer die Herzen schneller zusammen als Nachgiebigkeit und Friedfertigkeit. Wir aber stritten uns nie oder wenigstens fast nie. Wir hatten so ziemlich denselben Umgangskreis und trafen uns daher oft in Gesellschaft. Wenn ich durch irgend eine Behauptung zum Widerspruch gereizt ward, konnte ich sicher sein, sie auf meiner Seite zu haben, und trat wiederum sie für irgend eine Ansicht mit Begeisterung ein, so mußte ich **nolens volens** sie unterstützen. Nur wenn der Frühling kam und die verschiedenen Reise-pläne der einzelnen zum Hauptthema wurden, dann standen wir uns oft als streitbare Kämpen gegenüber. Ich schalt es unfruchtbare Einseitigkeit und Philistrosität, bei so jungen Jahren immer demselben Landschaftsgebiet seine Motive zu entlehnen und sie nannte unsere herr-liche Alpenwelt, im besondern die Oberbayerns, monoton und die Genrebilder mit den ewig lachenden Sennerinnen und den sakrisch schneidigen Bu'en langweilig im Verhältniß zu der Fülle höchster Poesie, welche das Meer und seine Uferlandschaft in all ihren Wandlungen dem kundigen Auge böten. Dann konnten wir scharf aneinander gerathen, und wenn ich in solchen Momenten ihre Augen drohend und mit flammendem Blick auf mich gerichtet sah, wenn ihre Stimme zum Dolmetsch leidenschaftlichen Empfindens wurde, dann überkam mich unverse-hens ein sonst nicht gekanntes Verlangen, diese trotzigen Lippen zu küssen, diese stürmisch bewegte Brust an die meine zu drücken."

„Aber Fritz, nun werde ich ernstlich böse. Du sprichst ja wirklich von mir, wie von der Heldin einer Novelle, aber nicht, wie es sich schickt, wenn Du von Deiner Frau erzählst. Wie ich dazu gekommen, trotz allem mein Leben an das eines so ungezogenen Wildfangs zu ketten, dies zu erklären, scheint mir jetzt die dringendste Ausgabe zu sein. Damit Sie aber überhaupt dies begreiflich finden, müssen Sie sich schon die Mühe geben, ihn sich etwas rücksichtsvoller und zartfühlender vorzustellen, als er eben erschien. – Nur ruhig, Männchen! – Die Ferien standen wieder einmal vor der Thür und ein Streit von jener Art, wie mein Mann eben angedeutet, hat-te hohen Wellenschlag verursacht. Er hatte mir vorgeworfen, daß ich mich in eine Antipathie gegen unser schönes Hochgebirg hineingeredet habe, die um so bedauerlicher und haltloser sei, als ich dasselbe ja gar nicht richtig kenne. Und ich hatte ihm – mit mindestens ebenso viel Berechtigung – das Gleiche vorgehalten in Bezug auf meine nordische Heimath. Als ich an je-nem Abend, von dem Hausmädchen der freundlichen Professorswitwe, bei welcher ich wohnte, begleitet, die Villa des Gastgebers verließ und über die Schwanthaler Höhe meiner Wohnung zuschritt, beschäftigte mich der mir gemachte Vorwurf bald um so mehr, als ich an einer nach Süden sich frei öffnenden Stelle durch einen wunderbaren Blick auf die im Mondlicht klar vom blauen Sternenhimmel sich abhebende Alpenkette aufs angenehmste überrascht und mächtig ergriffen wurde. Ein älterer Maler, Landschafter wie ich, der mir schon immer wohlwollte, hatte so begeistert von dem größten der bayerischen Seen, dem Chiemsee, gesprochen, er hatte mir versichert, daß dessen weite Fläche mit dem erhaben schönen Kranz der Alpenberge um ihn her, obgleich ihm die Bewegung von Ebbe und Fluth fehle, dem Marinemaler die reichste Ausbeute lieblicher und bedeutender Motive erschlösse, und seine Einladung, ihn und seine Familie zum Ferienaufenthalt auf die idyllisch schöne Fraueninsel mitten in diesem See zu begleiten, erschien mir immer mehr in verlockendem Lichte. Daß mein Antagonist gesagt hatte, er würde dann auch dort sein, dieser Thatsache legte ich bei dem Vorgange wenig Bedeutung bei.

Der Wunsch, endlich einmal den leidigen Streit im Wege der Erfahrung zu schlichten, ging mir auch weiterhin nach. Briefe von daheim brachten mir die Mittheilung, daß diesmal mein Besuch mit mehreren unvermeidlichen Störungen verknüpft sein würde. Ein Bild, das ich auf Bestellung zu malen hatte und noch vor der Abreise fertigstellen wollte, hielt mich wider Er-warten lange in München zurück. Alles dies bestärkte mich in der Absicht, diesen Sommer endlich einmal die vielbegehrte Ausnahme zu machen und, statt nach Holland ans Meer, in das bayerische Hochland nach dem Chiemsee zu gehen. Aber Mittheilung davon machte ich niemand. Auch den Gastfreunden nicht, die ich auf Frauenwörth überraschen wollte, am aller-wenigsten dem geehrten Herrn Ateliernachbar, der sich dann womöglich eingebildet hätte, er wäre es, der diesen Entschluß bewirkt. Er, wie seine Freunde, waren bereits ausgeflogen, als ich endlich mit nicht geringer Spannung nach dem Chiemsee aufbrach. O, wie entzückte mich der Anblick des weiten breiten Binnenmeers, dessen Spiegel so groß ist, daß seine Ufer sich nicht überblicken lassen, und das doch einen umfriedeten Eindruck macht, weil ringsherum stolze Alpenketten oder kleinere Höhenzüge sein Weichbild umrahmen. Und wie erfrischend wehte mich die kräftige Alpenluft an, die von der nahen Kampenwand herniederblies und das klargrü-ne Wasser des Sees lustig aufkräuselte, so daß der Einbaum, in dem ich mich aus Liebhaberei, das Dampfboot verachtend, von zwei Schiffern zu der fernen Insel hinüberfahren ließ, ganz wie bei einer Meerfahrt im Falle günstigen Windes fröhlich auf und nieder sich bäumte!

Welche Fülle malerischer Motive zeigte sich je nach der Nähe und Ferne der Ufer schon bei dieser Fahrt meinen entzückten Augen! Wie prächtig hoben sich die dunklen Laubwälder der größeren Insel Herrenwörth in die sonnige Luft und wie reizend – schön wie ein Poetentraum! – bot sich schließlich das kleine Eiland dar, auf dem neben uralten Lindenbäumen das Kirchlein des alten Frauenklosters mir entgegengrüßte! Und dann auf der Insel die Begrüßung, die festliche Bewillkommnung! Ich kam wirklich überraschend; um so unmittelbarer war der Ausdruck herzlicher Freude über mein Kommen von seiten meiner Freunde sowohl als der übrigen mir meist wohlbekannten Mitglieder der kleinen Malerkolonie, die sich in den gemüthlichen Räumen des alten Wirtshauses neben der Kirche häuslich niedergelassen hatte.

Alles übertraf meine Erwartungen. Nur in einer Beziehung fühlte ich mich enttäuscht, mehr als ich es für möglich gehalten hatte: Herr Breitinger befand sich nicht bei der Gesellschaft. Nachdem er jahraus jahrein mir von dem fidelen Künstlerleben in den Bergen vorgeschwärmt, nachdem er indirekt die besondere Veranlassung meines Entschlusses geworden war und er mir doch bei jenem Gespräch versichert hatte, daß auch er diesen Sommer hierher gehen wolle, war er nicht da! Das war doch mehr als Gleichgültigkeit. Ich beachtete nicht, daß er ja nur die .Zusage für den Fall meiner Herkunft gegeben und er von dieser durch mich absichtlich nichts erfahren hatte. Wer weist, wo er nun hingegangen, sagte ich mir, und als auf ihn einmal das Gespräch kam, suchte ich möglichst unbefangen die Antwort darauf in Erfahrung zu bringen, doch ohne besonderen Erfolg; er werde wohl wieder nach Mittenwald gegangen sein, wo er schon in früheren Jahren immer am längsten ausgehalten habe, angezogen von der herrlichen Lage und dem lebhaften Volksleben des alterthümlichen Geigenmacherdorfs am Fuße des alten Karwändel. Es machte sich dann – ohne mein Zuthun natürlich, denn ich wollte nach dieser Rücksichtslosigkeit gar nichts mehr von ihm wissen – daß wir einige Wochen später einen Ausflug mehr ins Innere des bayerischen Hochgebirgs und über den Kochel- und Walchensee in das Isarthal machten, wobei wir auch in den genannten Lieblingsaufenthalt des Treulosen geriethen; aber auch hier war er nicht anzutreffen.“

„Und das war sehr natürlich,“ nahm jetzt der Maler wiederum das Wort. „Denn der Treulose verdiente diese Bezeichnung damals wahrlich am wenigsten in Bezug auf meine geehrte Vorrednerin, sondern ganz allein in Rücksicht auf sein geliebtes Hochgebirg. Mir war es seit jenem Streit eigenthümlich gegangen. In jener Mondnacht, welche so zaubermächtig auf die Entschlüsse meiner Gegnerin eingewirkt hatte, war ich noch lange in einer mir ganz neuen Verfassung in den Straßen Münchens umhergeschweift. Ich hatte die Kollegin ursprünglich, wie ich es schon oft gethan, in dieser Nacht nach Hause begleiten wollen; sie war aber so plötzlich aufgebrochen und hatte mir eine so kühl ablehnende ‚Gute Nacht‘ geboten, daß ich unwillkürlich davon zurückgeschreckt und dageblieben war. Zufällig brach einer meiner Kollegen, der meine holländische Freundin schon seit einiger Zeit mit besonderer Auszeichnung behandelt hatte, kurz nach ihr auf, und als ich dann allein meinen Weg heimwärts suchte und dies sehr langweilig fand, blitzte in mir ganz plötzlich die Vorstellung auf, daß jener wohl gar sich ernstlich um ihre Neigung bemühe und statt meiner ihr Begleiter geworden sein werde. Dies machte mein Blut ganz rebellisch. Mir wurde mit einem Male klar, daß sich meine kameradschaftliche Freundschaft für sie in aller Heimlichkeit längst in Liebe verwandelt hatte. Wenn sie doch gar keine Künstlerin wäre, sondern ein Mädchen wie die andern auch, deren Wille nicht durch die Rücksicht auf einen ernsten Beruf gehemmt und geleitet werde: dieser Wunsch war mein nächster Gedanke. Und wenn schon Künstlerin, warum nicht eine Blumenmalerin wie so viele ihrer Genossinnen, statt Specialistin in der Darstellung des fernen Nordseestrandes und seiner Fluth? So aber: sie mit ihrer künstlerischen Sehnsucht nach Norden, ich mit meinem Verhältniß als Künstler zum bergigen Süden – wie sollte da ein gedeihlicher Bund zu stande kommen? Damit fielen mir die Vorwürfe auf die Seele, die ich ihr am verwichenen Abend mit etwas gar zu rücksichtsloser Entschiedenheit gemacht. Sie hatte ganz recht; was wußte ich eigentlich von Holland und seiner Küste? Meine Wissenschaft, soweit sie ungünstig lautete, hatte ich vom Hörensagen, soweit sie günstig war, aus ihren Bildern. Monoton in Bezug auf die äußerlichen Motive waren ja diese Ansichten in der That, aber welche unerschöpfliche Fülle koloristischen Reizes hatte sie dieser einfach elementaren Natur abgelauscht. Und nach den Staffagen zu schließen, war das Leben des kernigen Fischervolks dieser holländischen Küstendörfer, seine Tracht und sein Thun nicht minder malerisch als das Leben der Bauern im Hochgebirg. Es dürfte sich wirklich verlohnen, aus eigener Anschauung sich ein Urtheil zu bilden.

In der folgenden Woche bestärkten mich zwei Umstände in dieser Ansicht. Ich verkaufte ein Bild, an dem ich lange gemalt hatte, für eine ganz bedeutende Summe, und ich mußte erleben, daß meine Nachbarin mich mit auffälliger Kälte behandelte. Sie hatte immer zu thun und war in größter Eile, so oft ich sie anredete; dies war wirklich der Fall, ich aber glaubte, daß sie sich von mir beleidigt fühle oder auch gleichgültiger gegen mich werde aus Interesse für einen Andern. Eines Morgens war mein Entschluß gefaßt; noch bevor sie aufbrach, wollte ich eine Reise nach Holland antreten, und wenn sie dann in ihrem geliebten Zandvoort eintraf, so sollte sie mich dort vorfinden, eifrig bemüht, mich zu besseren Ansichten über ihr Heimathland zu bekehren. Und so reiste ich ab, ohne irgend jemand etwas von dem Ziel meiner Fahrt zu sagen – der Triumph der Ueberraschung sollte mir durch keine Indiskretion geschmälert werden. Ich hielt mich erst einige Tage in Amsterdam und im Haag auf als fleißiger und andächtiger Besucher der schönen Bildergalerien; in Scheveningen, dem luxuriösen Modebad der holländischen Küste, fand ich die Mynheeren und Mefrouwen in ihrer Art das Dasein hinzubringen, ziemlich ebenso langweilig wie das Gesellschaftsleben in allen Badeorten, wo die Plutokratie den Ton angiebt; auf einer Fußwanderung aber in westlicher Richtung durch das graugrüne Hügelland der Dünen, die ich öfter unterbrach, um mich im Segelboot weiterbringen zu lassen, da ging mir die eigenthümliche Schönheit auf, welche allerdings nur für ein geübtes Malerauge sich in diesen Küstengegenden entfaltet, während der Blick des Ungeübten nur den gelblichen Dünensand, das dunkle Grün des mächtigen Oceans und das hellere des langhalmigen Dünengrases von der Farbe des Himmels zu unterscheiden glaubt. Welche Fülle seiner Farbenschattirungen erzeugt nicht allein das wechselnde Spiel von Licht und Schatten, das der Gang der Wolken erregt!

In Zandvoort brauchte ich nur ihren Namen zu nennen und ich hatte mich der gastlichsten Aufnahme zu erfreuen. Bald war ich dahinter, eine kleine Genrescene zu malen, welche Pfeifen rauchende Fischer beim Netzestricken darstellte, während kleine muthwillige Kinder im Maschenwerk der Netze spielten. Das Meer bildete den Hintergrund. Der Gegenstand fesselte mich sehr – aber doch nicht genug, um die Ungeduld zu unterdrücken, mit der ich der Ankunft von – nun, *ihrer* Ankunft entgegensah. Ich hatte ja keine Ahnung, daß sie inzwischen ein Seestück malte, welches den Wellenschlag des Bayerischen Meeres, wie man den Chiemsee auch nennt, darstellte mit den bayerischen Alpenbergen im Vordergrund und einem altbajuvarischen Einbaum mit zwei jungbajuvarischen Fischerinnen zur Staffage; ebenso wenig wie sie von meiner Anwesenheit in ihrem geliebten Zandvoort. So saßen wir fern von einander und malten uns in die Anschauungswelt des andern hinein, während die Hoffnung einer baldigen Begegnung den Pinselstrich beschleunigte.

Doch die Hoffnung trog uns. Als ich mein Bild fertig hatte, suchte ich ihre Eltern in Utrecht auf und erfuhr von den freundlichen Leuten, daß ihre Tochter diesmal in die bayerischen Berge gegangen sei. Sie kannten mich durch die Erzählungen ihrer Tochter gar wohl und waren erstaunt, daß ich gerade jetzt nach Holland gekommen, wo sie nicht anwesend. Siedend heiß strömte mir das Blut in die Wangen, als ich das hörte. Welche Blamage! Welcher Hohn, welcher Verrath! Kaum, daß ich mich beherrschen konnte. Sobald ich wieder im Freien und mir selbst überlassen war, fiel ich den widerstrebendsten Empfindungen zur Beute. Ich wollte sofort sie aufsuchen und Rechenschaft fordern. Aber mit welchem Rechte? War sie nicht Herrin ihrer Entschlüsse? Ich wollte die ganze beschämende Geschichte ignoriren; aber wie hätte ich das auf die Dauer vermocht? Ich war recht unglücklich – fast wie Heimweh überkam es mich. Schließlich löste ich ein Billet nach meiner Vaterstadt und besuchte die Meinen. Dort im Schoße meiner Familie fand mein Gemüth das nöthige Gleichgewicht wieder, um mit scheinbarer Rühe, ja sogar mit einigem Humor der schnöden Verrätherin brieflich meine Irrfahrt in ihre Heimath zu schildern, eine Irrfahrt in doppelter Beziehung, die mich auch von einem doppelten Irrthum geheilt habe, von meinem Vorurtheil gegen Holland und meiner Einbildung, daß sie mir gut sei.

Als ich dann in meine vier Wände nach München zurückgekehrt war und ich eben dabei war, eine neue Leinwand aufzuspannen, da klopfte es an die Thür…"

„Nein, nicht weiter," rief jetzt erregt die Nachbarin des Erzählers, die schon lange seine rechte Hand mit ihrer Linken zärtlich umfaßt hielt; „mehr brauchst Du nicht zu erzählen, Fritz. Die Geschichte ist fertig.…Ich war eben von meiner Reise ins Gebirg zurückgekehrt, hatte in meiner Wohnung seinen Brief gefunden und mit Entzücken gelesen und nun trieb's mich zu ihm…"

„Halt, Frauchen," rief nun der Maler, „es ist wahr, die Geschichte ist fertig. Dieser Weg zu mir war Dein – war mein schönstes Reiseerlebniß."

Der Bötzler.

Die Geschichte der fröhlichen Malersleute hatte in der Gesellschaft die heiterste Stimmung geweckt. Professor Schröder brachte ein Hoch auf Erzähler und Erzählerin aus, die sich beide so treulich beigestanden, und herzhaft stimmten die anderen ein; auch Herr und Frau Breitinger selber, welche sich gegenseitig hochleben ließen. Man schien das Unwetter draußen ganz vergessen zu haben; sogar Mr. Whitfield hatte zur Zeit kein Ohr für die heroischen Fanfaren des Sturmwinds; und der Vorschlag des redegewandten Astronomen, nun auf das Wohl des verehrten Vorsitzenden zu trinken, dem man die Anregung zu diesem improvisirten Dekamerone der Reiseabenteuer verdanke, fand ebenfalls freudigen Widerhall. Doch mit verbindlichem Lächeln lehnte der also Geehrte die ihm nachgerühmten Verdienste ab: der Dank gebühre dem braven Bärbeli, das durch die Erwähnung ihrer alten Heimathssagen den Anstoß zu dem Versuche gegeben und nun schon die dritte Geschichte wohlaufmerkend mit angehört habe, ohne sich in ihrer Stickereiarbeit stören zu lassen, aber auch ohne das ihrerseits im Anfang gegebene Versprechen einzulösen. Das Bärbeli schaute von ihrer Arbeit auf und schickte sich eben – nicht ohne zögernde Verlegenheit – an, auf die freundliche Neckerei zu antworten, als plötzlich von unten her die Stille unterbrochen wurde.

Die Führer in der großen Küche des Alpwirths, dieser selbst mit den Seinen, schienen von dem frohen Lärm in der Gaststube angesteckt worden zu sein. Sie hatten sich zu einem gemeinsamen Cantus vereinigt; laut und vielstimmig klang es herauf in einer seltsamen Melodei – langgezogene, tiefe Gurgeltöne in melancholischem Rhythmus und wieder hellaufjuchzende Laute aus höchster Tonlage. Der Appenzeller Kuhreigen, jenes urwüchsig naive Loblied des Sennen auf seine „Küh – i – a" scholl durch den Raum. Der Wortlaut des Textes ließ sich nicht verstehen, nur die langgezogenen Jodler – „Wendria – wendria" und „durididi duida – duida du" – waren deutlich vernehmbar. Der Professor lachte vor sich hin, als wieder Stille eintrat. „Wissen auch die Herrschaften," frug er, „was diesem Schlußjodler für ein Text voranging? Man sollte es nicht meinen, wie viel Pessimismus in dieser Volkspoesie der Berge enthalten ist. Nachdem in dem Liede der Senn all seine Kühe mit Namen aufgezählt – die geschecket, die geflecket, die listig, die schlau – die langbäuri, die langlänri, 's halböhrli und 's möhrli – ist das Fazit seiner Betrachtung, daß es keine Menschen gäbe, die besser wären als seine Kühe, und weiter singt er:

> ‚Guot wenn ma ledig ist,
> Ma hed kä Kommer,
> Sobald ma g'wibet het,
> So chommt der Jommer…‘

Gelt, Bärbeli – so heißt es doch?…Schämt Ihr Euch nicht, Ihr Leute, hier in Euren schönen Bergen – so schlimm vom Heirathen zu denken? Nach diesen Versen muß man ja meinen, Ihr Appenzeller bliebet am liebsten alle ledig und das sei die wahre Seligkeit. Es wäre Euer Ländli dann freilich der einzige Fleck Erde, wo die Mädel so dächten. Sag mal, Bärbeli, wollt Ihr wirklich nichts vom Heirathen wissen, weil der ‚Jommer chommt‘, ‚sobald ma g'wibet hat‘?"

„O, das ist nur so eine Ruhmredigkeit von den Bub'n, um uns Mädli zu reizen," sagte, mit Ernst auf die Frage eingehend, das ehrliche Sennenkind.

„Ja, ja, die bösen Bub'n. In ihren Liedern prahlen sie, die Mädchen wären ihnen völlig gleichgültig, und im Grunde sind sie bis über die Ohren verliebt, entweder in alle Schönen oder, wenn's gut geht, in eine."

„Wohl, wohl," seufzte die Stickerin treuherzig.

„Sag mal, Bärbeli, Du hast wohl auch schon einen Schatz?" fragte aufmunternd der Maler.

Das Mädchen schlug ihre Augen nieder und strich sich verlegen über die Schürze.

Der lustige Astronom ersparte ihr die Antwort. „Natürlich hat sie einen," rief er zuversichtlich. „Dafür gehört sie zur Meglisalp und die steht unter einem der Liebe günstigen Sterne! Ist ihr Name, der soviel wie Mägdelisalp bedeutet, doch innig verknüpft mit einer Sage, welche von einem gar treuen Liebespaar handelt, dem selbst der Teufel nichts anhaben konnte. Das habe ich vorhin hier in meinem Buche gelesen, das von dem Appenzeller Ländli ausführlich handelt, und ich schlage vor, daß das Bärbeli uns jetzt – wenn sie uns nicht auch ihr schönstes Reiseabenteuer erzählen will – die Geschichte vom Bötzler erzählt; dies ist der Titel der Sage der Meglisalpe."

„Eigentlich steht freilich das Reiseerlebniß auf der Tagesordnung," wandte Professor Schröder ein.

Das natürliche Kind, welches von ihrer Strickereischule in Appenzell und der vielfachen Berührung mit dem Touristenstrom her eine dialektfreiere Sprache führte, als sonst die Sennentöchter dieser Gegend, welche ihr Leben ausschließlich dem Hirtenberuf der Väter widmen, rückte sich zurecht und sagte. „Ich hab' wohl zum Theil ganz gut verstanden, was die Herren und die Frau Malerin Schönes erzählt haben – alles freilich nicht –; aber davon, was Sie die Schönheit der Natur und den ‚Wanderzauber‘ nennen, davon kann unsereins schon gar nicht mitreden. Wer hier zwischen den Bergen immer wohnt, Sommers und Winters, der kann nur schwer begreifen, was die Herren und gar die Damen aus den schönen Städten hier heraus treibt und daß sie ein Pläsir darin finden, die schlechten Wege herauf und hinunter zu kraxeln. Ja, wenn's immer schön Wetter wär! Ich für mein Theil blieb' lieber immer in der Stadt mit den schönen Häusern. War auch schon drin. Unten in St. Gallen und als im Sommer vor zwei Jahren die Winkelriedfeier war, zu der das ganze Schweizervolk nach Sempach gewallfahrtet ist, gar in Luzern und in Zürich. Da ist's schön. Aber lieb – das ist wahr – hab auch ich unsre Berge und so schlimm ist's mit uns auch nicht bestellt, als Sie gemeint haben von wegen der Worte im Kuhreigen. So wüst und bös sind auch unsre Bub'n nicht, wie man danach denken könnt', und dafür zum Beweis ist's mir schon recht, wenn ich die Geschichte vom Bötzler erzähle. Müßt's mich aber nicht auslachen, darf ich bitten."

„Bravo, Bärbeli! – 's Bärbeli hat das Wort."

„Hier oben in der Meglisalp, lange vor der Zeit, daß für die durchziehenden Fremden hier Wirthschaft geführt wird, als noch Geister in den Bergen sichtbar hausten und die armen Sennen neckten und schreckten, hat das Sennthum ein Mädli geführt, das weitum für die Schönste galt. Der Hirt einer Nachbaralpe, ein gar frischer und fester Bub, war ihr Schatz. Wenn es Abend war, kamen die beiden vor der Hütte zusammen und unterhielten sich wie zwei Liebesleute, doch in allen Ehren. Als der Senn einst von anderen Hirten, die von Treue und Tugend sehr gering dachten, aufgezogen wurde, weil er an die Treue seiner Liebsten glaubte, ward er sehr angebracht und verschwor sich, sie auf immer demjenigen abtreten zu wollen, der auch nur den Schein einer Untreue ihr nachweisen könne. An einem der nächsten Abende geschah es, daß der junge Senn sich ganz unvermuthet abgehalten fand, zum Stelldichein zu erscheinen. Die schöne Sennin harrte seiner mit Sehnsucht, aber vergebens. Sie zog sich in ihre Hütte zurück voll Mißmuth über das Ausbleiben des Geliebten. Da knarrte auf einmal die Thür – es trat ein Mann herein und setzte sich neben sie nieder. Obgleich sie die Gestalt infolge der herrschenden Dämmerung nicht recht erkennen konnte, hielt sie den Ankömmling dem Klang der Stimme nach für den Ersehnten und die gewohnte Unterhaltung begann. Da sie anfangs wegen seines Zuspätkommens schmollte und das Gesicht ihm nicht zuwandte, wurde sie ihres Irrthums nicht gewahr. Als aber die Liebkosungen des Mannes bald weit zudringlicher wurden, als es dem bisherigen Verkehr der beiden Liebenden entsprach, und sie sich unter Sträuben seiner Umarmung entzog, merkte sie im Umwenden, daß es ein Fremder war, und zugleich entdeckte sie, daß derselbe einen Geißfuß hatte. Es ward ihr heiß und kalt bei diesem Anblick, doch fand sie bald ihre Fassung wieder und sagte beherzt. ‚Satan, Du bist ein Betrüger, über mich hast Du keine Gewalt.‘ Der Teufel aber erwiderte: ‚Dein Liebhaber hat unlängst sich verschworen, seine Braut Dem abzutreten, der sie dahin zu bringen vermöchte, auch nur einen Schein von Untreue zu zeigen, und das hast Du gethan, indem Du mich bei Dir angenommen hast. Nun bleibst Du unabänderlich solange in meiner Macht, bis Du mir meinen wahren Namen sagen kannst.‘ Als aber am nächsten Abend der wahre Liebhaber zu ihr kam, fand er sie in großen Aengsten und sie erzählte ihm alles, was sich zugetragen. Betrübt und verzweifelt sich der Uebermacht des Bösen, der ihn um sein Glück bringen wollte, nicht gewachsen fühlend, strich der Senn, nachdem er die Sennin verlassen, im Lichte des Mondscheins in den Bergen umher. So kam er auch auf die höchste Alpe des nächsten Berges, der jetzt der ‚Bötzler‘ heißt. Da sah er ein offenes Feuer und einen Sennen mit einem Geißfuß, der um dasselbe mit übermütigen Gebärden tanzte. Als er näher trat und hinter einer Legföhre kniend hinlauschte, hörte er, wie der Böse, den er gar wohl erkannt hatte, die Worte sang:

> ‚Wenn mi Schätzle thät wössa,
> Daß i Bötzler heiß,
> Wär’s vorbei mit dem chössa –
> Guot, daß sie’s not weiß.‘

Flugs eilte er am andern Morgen noch vor Beginn der Arbeit zu seinem Schatz, erzählte ihm sein Abenteuer und nannte den Namen, den er gehört. Als dann am Abend der Satan erst vorsichtig die Hütte umschlich und, da er die Sennin allein in dieser hantieren sah, keck zu ihr eintrat, da scholl ihm aus ihrem Munde der Gruß entgegen: ‚Geh nur, Bötzler, ich kenne Dich¡ Kaum war das Wort ihren Lippen entflohen, so machte der unheimliche Gast einen Luftsprung zur Thür hinaus, wobei er dem Meidli mit seinem Geißfuß einen derben Schlag ins Gesicht versetzte, so daß sie ohnmächtig niedersank; als sie aber erwachte, lag sie in den Armen ihres treuen Sennen. Von dieser Zeit an heißt der Berg, auf welchem der Böse jenen Vers sang, der ‚Bötzler‘. Die Sennin von der Meglisalp und ihr Schatz aber wurden bald danach ein glückliches Paar.“

Das Bärbeli schloß ihre mit großer Schlichtheit vorgetragene Erzählung, indem sie ohne weitere Umstände ihre Stickarbeit wieder aufnahm.

„Eine wurzelechte Sage, völlig der Gegend entwachsen, für deren einfache Verhältnisse und einsame Menschen sie sehr bezeichnend ist,“ sagte mehr zu sich selbst als zu den anderen der gelehrte Litteraturkenner, welcher dem Mädchen am nächsten saß. „Um so auffallender ist die Verwandtschaft des einen Motivs, daß die Sennin den Namen des geheimnißvollen Gastes errathen muß, mit demjenigen, auf das sich unser deutsches Märchen vom Rumpelstilzchen gründet... Aus jeden Fall verdient unser braves Bärbeli unser aller Dank für die Mittheilung; möge ihre Treue von solchen Anfechtungen verschont bleiben, dafür aber einen gleichen Lohn finden wie die Sennin der Sage vom Bötzler!“

„Und möge sich ihr Schatz auch jederzeit so frei von Eifersucht erweisen wie der Senn der Geschichte,‘ fügte neckend der Astronom dem Glückwunsche bei.

„Aber, Herr Doktor,“ unterbrach ihn da mitleidigen Tones die bisher so schweigsame Frau Kurz, „bringen Sie doch das liebe Kind nicht in Verlegenheit; sehen Sie nur, wie sie roth wird.“

„Das ist nur ein Beweis, wie sehr meine Vermuthung berechtigt ist, daß heutzutage auch in diesen entlegenen Revieren der Glaube an den Teufel verschwunden ist und daß so ein warmblütiger Bursche von heute, wenn er hörte, ein Mann sei bei seiner Liebsten gewesen, es habe sich aber herausgestellt, daß es der Satan selbst in höchsteigener Person war, diesem Berichte mit eifersüchtigem Mißtrauen begegnen würde.“

Die Stickerin legte erregt die Arbeit nieder, indem sie sinnend vor sich hinblickte.

„Es ist aber doch der Teufel, der auch noch heute sich neidisch zwischen liebende Herzen drängt, wenn er auch nimmer sichtbar mehr kommt,“ sagte sie dann.

„Wie meinst Du das, Bärbeli?“ fragte wiederum mit einem Lächeln warmen Wohlwollens die Frau des Fabrikanten, welcher, über diese Initiative seiner Gattin sichtlich erfreut, näher rückte, während er mit Behagen den blauen Rauch seiner Havanna kunstgerecht in Ringen vor sich hinblies.

„Ei, ich und mein Schatz wären beinah aus einander gekommen, ganz unnöthig, nur weil er eifersüchtig war. Die Eisersucht, das ist eben der Böse..., der Bötzler. Und die er heimsucht, wissen auch jetzt nicht um den Betrug, bis ihnen die Augen aufgehen.“

„Das mußt Du uns erzählen“ mahnte nun der Professor. „Wenn auch das Reisen keine Rolle dabei spielen sollte, so ist’s doch sicher ein Erlebniß, das hier in den Bergen spielt, die wir Städter nur vom Reisen her kennen.“

„Wohl ist auch das Reisen daran betheiligt,“ erwiderte eifrig das Mädchen. „Wenn die fremden Gäste, die auf ihrer Reise den Säntis besteigen, hier nicht vorüberkämen und in der Meglisalp einkehrten, wären wir beide nie uneins geworden.“

„O weh,“ scherzte der Maler, „so sind wir eigentlich sämmtlich Mitschuldige!“

„So ist es nicht gemeint,“ fuhr das Mädchen fort, ohne sich in ihrem Ernst stören zu lassen.
„Und dann, was ich gleich jetzt sagen will, dem Reisen verdanken wir auch unser Glück, unsere
schönsten Stunden.“

„Aha, das ist Wasser auf unsere Mühle! Aber nun wollen wir alle fein zuhören.“

Der Professor hätte diese Mahnung kaum nöthig gehabt, so andächtig lauschten bereits alle.

„Mein Schatz ist auf der anderen Seite des Säntis daheim, im Toggenburgischen. Sein Vater
war ein Arbeiter in der großen Rothfärberei zu Ebnat-Kappel; auch er war als Knabe mit in
der Fabrik beschäftigt, dann aber wurde er Schmied, und damals, als ich ihn kennen lernte.
war er Gesell in der Schmiede von Neu St. Johann, das nur eine Stunde vom südlichen Fuße
des Säntis gelegen ist. Es war am Sonntag nach Jakobi vor zwei Jahren. Ich war mit meinen
Leuten zum großen Schwingfest aus die Bottersalp gezogen, welche in der Nähe des Krätzern-
waldpasses grade in der Mitte zwischen unserem Weißbad und dem Rietbad der Toggenburger
liegt. Dieses Schwingfest wird alle Jahre abgehalten; die kräftigsten und schönsten Sennen des
Gebirgs strömen dann zusammen, um im Schwingkampf ihre Kräfte zu messen. Ich war damals
noch ein halbes Kind und bewunderte gar sehr die Sieger; am allerbesten von ihnen gefiel mir
aber der St. Johanner Schmied-Jakob. Der stolze Bub mochte dies wohl bemerkt haben, denn
als es nachher aus Tanzen ging, kam er gar bald zu mir, als ob sich das von selbst verstünde, und
holte mich zum Tanze, und als er dann mich im Kreise drehte, während ich, wie es sich gehört,
meine Hände auf seine Schultern gelegt hielt und ihm grad ins Gesicht sehen mußte, da war
mir’s, als versicherten mir seine Augen, daß er nur um mir zu gefallen seinen Gegner vorhin
so mächtig geworfen habe. Später hat er mir’s auch mündlich gesagt, und als es aus Scheiden
ging, da waren wir einig, daß von nun an eins dem andern sein Schatz sei.

Leider hatten wir wenig Aussichten, bald zu heirathen. Sein Vater war arm und er hatte
auch noch weit hin, um sein Schmiedhandwerk selbständig zu betreiben. Auch sieht man’s
bei uns nicht gern, wenn eine Innerrhoderin über die Grenze heirathet. So mußten wir unseren Verspruch geheim halten. Aber ein paar Zusammenkünfte mittenwegs auf den Pfaden
zum Säntishaus machten wir doch möglich und bei unserer Alpstubeten im Herbst war auch
er da und tanzte von allen am schönsten. Was mir aber noch ganz besonders gefiel, das war
seine Stärke, mit der er es vor den andern zu verbergen vermochte, wie sehr er mich lieb hatte.
Und doch stand uns der Abschied für die lange Winterszeit bevor. Als wir uns dann heimlich
noch einmal trafen, da spürte ich’s wohl, welche Anstrengung ihm diese Selbstbeherrschung
gekostet haben müsse. Ich wußte auch aus eigener Erfahrung, wie schwer es ist, seinem Schatz
ein fremdthuendes Gesicht zu machen. Und nun einen ganzen Winter lang sich nicht sehen
sollen – es kam uns hart an.

Statt daß aber dann das Wiedersehen im Frühjahr nach so langer Trennung um so fröhlicher
gewesen wäre, brachte er aus seiner schwarzen Schmiede in die hellen Berge ein mißmuthig
Herz mit. An den langen Winterabenden, wo die Burschen, die im Sommer den Fremden als
Führer auf den Säntis und zum hohen Kamorn dienen, müßig im Wirthshaus sitzen, hatte er
allerhand dummes Gerede gehört, wie die Fremden in den Gasthäusern und Schutzhütten den
Mädlen schön thäten und diese nicht spröde wären, sondern sich noch etwas drauf einbildeten,
wenn so ein Städtischer ihnen den Kopf verdrehe. Ich suchte ihn zu beruhigen. Es sei nur in
Ordnung, daß wir den Gästen, die wir zu bedienen haben, auch ein freundlich Gesicht machten,
er solle sich keine so törichten Sachen einbilden: wegen meiner – so könnten mir hundert Herren an einem Tage schön thun und ich würde noch keine Minute in meiner Treue wankend
werden. Da sei Gott vor!…Er sprach zwar bei jenem ersten Wiedersehen nicht mehr davon
und unterdrückte sein Mißtrauen, aber der einmal rege Argwohn in seiner Seele war nur dem
Scheine nach beseitigt.

Nun traf es sich vorm Jahre, daß schon zeitlich im Sommer ein Herr drunten im Weißbad Wohnung nahm, der von der dort gebotenen Molkenkur sehr wenig wissen wollte, desto mehr aber von den alten Ueberlieferungen in Haus und Gerät, Sprache und Brauch, wie sie in unseren Appenzeller Gebirgsthälern sich erhalten haben. Es war einer, die so Bücher schreiben, wie dort eins auf dem Tisch liegt. Er sprach immer von der ‚Kultur‘ – das wär' sein Fach, sagte er. Er hatte eine Brille auf der Nase, wie all die gelehrten Herren, und dann frug er zu viel – wie ein kleines Kind, das bei allem ‚warum denn‘ und ‚woher denn‘ fragt, sonst aber war's ein netter und honetter Mann, auch noch nicht alt und zu einem guten Scherz aufgelegt. Nun war meine Großmutter unten in Schwendi besonders angesehen, weil sie so viel wußte, was früher in unserem Ländli sich zugetragen, auch die Sagen und Lieder und die Bedeutung von so manchem Brauch und Geräth, an die heutzutag eben nur noch die ganz alten Leute denken.

Von dieser Frau hatte der Herr von einem seiner Lehrer in Zürich, einem Professor an der Universität, der sich auch mit solchen Dingen abgab, gehört, und so war er denn sehr betrübt, daß sie schon todt war. Mich hatte die Ahn immer besonders lieb gehabt, weil ich ihren Geschichten gern zugehört hatte, auch mir manches vermacht von alten Sachen, namentlich ihren vollständigen Sonntagsstaat, um den mich seitdem viele beneiden, denn jetzt werden all die Kettchen und Spangen, die Haarnadeln und die Ohrgehänge, die Plättlikette und das Halsnuster, die Schürzrose und die Schluttenketteli lange nicht mehr so schön und gediegen gemacht.

Von alledem hörte der studirte Herr und kam nun eigens zu uns herauf, um mich recht nach Herzenslust auszufragen. Es gefiel ihm hier oben, und so ließ er sich's bei uns gefallen, als ob er's nicht anders gewohnt sei. Wir alle hatten ihn gern, denn es freut unsereinen doch auch, wenn ein Fremder gar so viel Theilnahme für alles Heimliche hat, und so lästig mir's mitunter wegen der darüber versäumten Arbeit war, gab ich ihm redlich Bescheid über alles, wonach er mich fragte, soweit ich dies eben konnte. Ein ganz besonderes Interesse hatte er auch für alles, was ihm an unserer Art zu sprechen als sonderbar auffiel: er nannte das Dialektforschung. Und daran lag's.

Weiß noch heute nicht, wer's dem Jakob gesteckt hatte – es verkehren ja so viele Führer hier, auch die von der Toggenburger Seite kommen gern einmal vor dem Rückweg zu uns herunter – genug, ihm war gesagt worden, daß ein Fremder, der noch jung und nicht uneben sei, sich dauernd hier bei uns aufhalte und zwar nur wegen meiner. Den ganzen Tag habe er sein Wesen um mich. Das wär ja nicht gegen die Wahrheit. Aber der arme Joggeli wußte nicht, wie's gemeint war. Heiß stieg ihm die Eifersucht in den Kopf und brachte ihn um alle Ueberlegung. Ich hatte davon keine Ahnung. Wie immer, schloß ich jeden Tag mein Denken damit ab, daß ich dem fernen Schatz eine gute Nacht zurief, ohne einen Schimmer, daß er sich um dieselbe Zeit unruhig auf seinem Lager wälze, von den furchtbarsten Vorstellungen gepeinigt.

Der Gast hatte mich nun schon öfter gebeten gehabt, ihm einmal den vollen Sonntagsstaat meiner Ahneli vorzuführen, indem ich mich selber damit herausputze. An einem Sonntag hatte ich mich denn früh am Morgen mit allem ausstaffirt und behangen, daß es eine wahre Pracht war. Die Haube mit den großen schwarzen, aus Roßhaar und Seide gewobenen Schlappen, der weiße Stoßer vor der Brust, das sammtne Mieder, das bunte, goldgestickte Brusttuch, die schneeweißen Hemdärmel, die braune, feingefältelte Joppe, der rosenrothe Schoß aus schimmernder Seide – all das stand mir gar gut, das fühlte ich selbst. So erschien ich dem gelehrten Kulturdoktor, der hier in der Gaststube allein über seiner Arbeit saß, und hatte meinen hellen Spaß an seiner Freude.

Da auf einmal wird die Thür aufgerissen. Als wolle er seinen Augen nicht trauen, starrt mit dem Ausdruck sprachlosen Zorns der Jakob ins Zimmer – auf mich, auf ihn. So hatte er mich noch nie gesehen, so hatte ich mich ihm noch nie gezeigt – ‚nur dem Fremden zulieb wird solcher Staat gemacht¡ las ich in seinem Auge.

Jakob¡ schrie ich erschreckt und stürzte mich ihm entgegen, um alles aufzuklären.

Mit einem Ruck stieß mich der Starke bei Seite: ‚Wir zwei sind fertig, geh' auf‘ – knirschte er, einen wilden Blick auf mich schleudernd, mit heiserer Stimme – ‚aber mit dem da will ich noch ein Wörtli reden. 's ist Zeit, scheint's.' Damit schritt er auf den im Vergleich mit ihm nur schwächlichen Stadtherrn zu mit einer ausholenden Armbewegung, als gölte es, beim Schwingfest den stärksten Gegner beim Gürtel zu fassen und in die Luft zu schmettern.

Sicher wäre es sehr schlimm abgelaufen, wenn der Doktor nur die geringste Miene zu seiner Vertheidigung gemacht hätte. Aber daran dachte der gar nicht. Er war gerade damit beschäftigt gewesen, sich die Namen aller Ketteli und Spangen genau aufzuschreiben, als die heftige Unterbrechung erfolgte. Da er mich ‚Jakob‘ rufen gehört, wußte er, daß der Eingetretene mein Schatz war; denn ich hatte ihm auch öfter von meinem Schatz erzählt, und wenn er sein Verlangen geäußert hatte, eine genaue Beschreibung der bei unseren Schwingfesten eingehaltenen Gebräuche zu erhalten, so hatte ich ihn vertröstet auf den Tag, wenn mein Joggeli aus St. Johann zu Besuch kommen würde, der sei einer, der's vom Grund aus verstünde. Diese Hoffnung hatte sich in seinem Geiste mit der Erwartung seines Eintreffens derart verschwistert, daß er das drohende Auftreten Jakobs für ein G'spaß nahm, dem nun eine Erklärung der Schwingfestgebräuche auf dem Fuß folgen müßte. Jetzt muß ich lachen, wenn ich dran denk'. Damals aber war's ein furchtbarer Augenblick. Ich denk' grad', Jesus, Maria und Joseph, der zerschmeißt uns unsern zarten Kulturdoktor in lauter kleine Stückeli, da höre ich diesen auf einmal ganz vergnügt ‚Bravo, bravo¡ schreien und, als handle es sich um ein Schauspiel, vergnügt in die Hände klatschen. Daraus war der wilde Jakob nicht vorbereitet. Wenn der Fremde sich in einen Riesen verwandelt hätte, wäre er nur erst recht auf ihn eingedrungen; diese Verwandlung des vermeintlichen Feindes in ein harmloses Kind entwaffnete ihn.

‚Noch einmal diese Stellung – das war echt, das war urecht,‘ rief der Doktor. – Mit dem ‚echt‘ machte er sich immer zu thun.

Nun hatte der Jakob seine Sprache wieder gefunden. ‚Nichts da,‘ donnerte er, ‚hier ist der Spaß aus; das Bärbeli da war mein Schatz und die laß ich mir von keinem hergelaufenen Stadtherrn verschimpfiren! Wenn Ihr ein Mann seid und Ehr im Leib habt, laßt's uns ausfechten.‘

Nun endlich konnte ich zu Wort kommen. Ich suchte ihn aufzuklären. Er aber glaubte mir nicht.

‚Ist's etwa nicht wahr, daß ihr vom ‚chössa‘ und ‚lieba‘ Euch unterhalten habt¿ warf er mir entgegen.

‚Kann wohl sein,‘ sagte ich, ‚der Herr ist an Sprachengelehrter und studirt unsere Mundart.‘

Das verstand nun mein guter Schatz zwar nicht, aber er merkte doch, daß es noch Menschen gäbe, die mit mir vom Küssen sprechen könnten, ohne mir Küsse abzuverlangen. Ich benutzte seine Verwirrung und zog ihn mit mir hinaus. Und nun denkt's Euch, als ich ihn, nachdem er etwas ruhiger geworden war, frug, wie er so unerwartet habe eintreffen können:

‚Weißt, Bärbeli,‘ sagte er, ‚Führer bin ich geworden. Hab' den Schmiedhammer an den Nagel gehängt. Die Berg' kenn' ich auch, wie die andern und Geld bringt's ein. Die Hauptsach' aber ist, nun kann ich selbst sehen, was Du treibst und wie Du lebst, und brauch's nicht zu hören von giftigen Ohrenbläsern, die eine Freud' dran haben mich aufzuhetzen, wie die schlimmen Kameraden ist der Geschichte vom Bötzler.‘

Und seitdem,“ schloß das Bärbeli vergnügt, „sehen wir uns oft und sind glücklich mit einand'. Der Böse ist ausgetrieben.“

„Und,“ fuhr der Professor, indem er sein Glas erhob, fort, „die Wandlung Deines Schmied-Jakob in einen Reiseführer war auch – Dein schönstes Reiseabenteuer!“

„Und daß wir zu Euch ins Gebirg reisen, hat auch sein Gutes. Gelt, Bärbeli?“ sagte vergnügt der Maler.

Im ewigen Eise.

Es war inzwischen acht Uhr abends geworden, um welche Zeit Bergsteiger, die an Alpenschutz-
haus zum Uebernachten benutzen, um andern Tags noch vor Sonnenausgang den eigentlichen
Aufstieg zum Ziel anzutreten, sich niederzulegen pflegen. Professor Schröder stellte daher der
animirten Tischgesellschaft die Entscheidung anheim, ob man die Fortsetzung des Symposions
vertagen oder noch beisammen bleiben solle, so daß auch Mr. Whitfield und Herr Kurz noch
heute zu Worte kämen Er selbst würde es lebhaft bedauern, wenn der sich rundende Kranz von
Erzählungen jetzt unvollendet bleiben müsse, aber dies sei seine Privatmeinung und könne für
die übrigen Theilnehmer nicht maßgebend sein. Durch die ins Freie führende Thür, welche das
Bärbeli geöffnet hatte, um den Herren frisches Getränk zu holen, pfiff in diesem Moment der
draußen noch immer herrschende Sturm so kalt und schrill, daß Herr Kurz wohl die Meinung
aller aussprach, als er lächelnd bemerkte:

„Na, morgen früh vom Säntis herab die Sonne aufgehen zu sehen, diese Hoffnung hat wohl
ein jeder von uns längst völlig aufgegeben. Ich denke, Herr Whitfield und ich spinnen gleich
weiter das Garn zu Ende, um diesen guten norddeutschen Seemannsausdruck zu gebrauchen.“

Der Engländer nickte zustimmend.

„Aber wer von uns beiden fängt an? Was mich betrifft, so lasse ich Ihnen als Ausländer gern
den Vortritt, vorausgesetzt, daß der Faden Ihrer Geschichte bereit liegt.“

„Ganz wie es Ihnen beliebt,“ sagte, seine Cigarette niederlegend, Mr. Whitfield. **„I am ready.“**

Nachdem auch Professor Schröder ihn gebeten, daß er anfangen möge, rückte der schlanke,
auffallend schön gebaute Brite näher an den Tisch heran und begann ohne weitere Umstände.

„Auch ich will ein Reiseabenteuer erzählen und von Wanderlust und Wanderglück; aber ich
fürchte, daß nicht alles nach dem Geschmack der Mehrzahl von Ihnen ist, denn Sie sind Vergnü-
gungsreisende, die ins Gebirg gekommen sind, um im Anschauen großer und schöner Natur auf
kurze Zeit Ihr städtisches Kulturleben zu vergessen; mir ist das Ueberwinden der Schrecknisse
der gewaltigen Gebirgsnatur dagegen zum Berufe geworden, die Alpen sind die **grande passion**
meines Herzens, ich bin Alpinist mit Leib und Seele. Ich weiß wohl, wenn ich hier vor Ihnen
ein Loblied auf die Kunst des Bergsteigens anstimmen und des längeren auseinandersetzen würde, wie hocherhaben dieser Sport über jeden andern zu stellen ist, Sie würden im Stillen mich
einen ‚Alpenfex‘ nennen und sich vor allem Folgenden bekreuzen. Es wäre dies auch gerade so
verkehrt, wie wenn ein passionirter Jäger von seinen Jagdabenteuern vor Zuhörern schwärmen
wollte, die, weil sie keine Jäger sind, während der Erzählung nur die armen Hirsche und Re-
he bedauern, um deren Erschießen sich die Jagdlust dreht, oder wenn ein leidenschaftlicher
Reiter sein Lieblingsthema eingehend behandeln wollte vor Sonntagsreitern, denen das bloße
Zupferdesitzen schon eine Anstrengung ist. Aber ich habe die Frage nach meinem schönsten
Reiseabenteuer zu beantworten, und so muß ich wohl oder übel manches vorbringen, was theils
ruhmredig klingt, theils Ihnen thöricht erscheint, und was doch nicht zu verschweigen ist, weil
es organisch zu meiner Geschichte gehört. Denn gerade dieses Erlebniß hat meine Leidenschaft
für die Eis- und Firnwelt der Alpen zur Voraussetzung.

Nur eines lassen Sie mich noch kurz vorausschicken. Die meisten derer, die in den Städten
einem friedsamen Berufe nachgehen, meinen, nur die Befriedigung der Eitelkeit sei der eigentliche Ansporn zu dem gefahrvollen Alpensport. Das Gegentheil ist der Fall. Es giebt nichts,
was die menschliche Eitelkeit so gründlich demüthigt wie die innige Berührung mit der gewaltigen Hochalpenwelt, die in ihrer Schönheit wie ihrem Schrecken gleich großartig ist. Auch
herrscht die Meinung, es handle sich dabei nur um Akrobatenkunststücke von Leuten, welche
die Alpen als Klettergerüst betrachten. Aber die wahre Alpinistik ist zugleich eine Kunst und
eine Wissenschaft. Die Kunst des Bergsteigens fordert eine Entfaltung der persönlichen Thatkraft und Geschicklichkeit, welche fast alle Fähigkeiten der Seele und der Sinne ins Spiel fetzt,
sie fördert und bereichert durch die Erforschung der Alpenwelt unsere Kenntniß der Natur
auf allen ihren Gebieten. Vor dem Botaniker, der die Flora, vor dem Zoologen, der die Fauna,
dem Geologen, der die Gesteinschichten und Gletscherschiebungen der Alpen erforschte, vor

dem Techniker, der bequeme Hochstraßen und kühne Schienenwege über und durch die Alpen legte, dem Meteorologen, der seine Beobachtungsstationen auf hohen Bergesspitzen errichtete, dem Strategen, der die im Kriege vorteilhaftesten Alpenpässe auf seinen Karten eintrug, vor den Erbauern bequemer Alpenschutzhäuser und Unterkunftshütten für das reisende Publikum, stieg als Pionier ihrer aller der Tourist in die Wirrniß der Bergriesen mit ihren Felsgraten und Geröllböden, Gletscherabstürzen und Schneeüberhängen, Firnbassins und Schuttkaminen und erforschte die Gesetze ihres Baues.

Leider freilich macht sich auch in der Alpinistik, wie überall in Kunst und Wissenschaft, der Dilettantismus besonders wichtig. In einem Dorfe am Fuß des Großglocknergebirgs liegt auf dem Friedhof ein junger Mann begraben, der bei einer Besteigung jener eisumpanzerten Spitze ums Leben kam. Ich war damals selber in Kals, als man seine Leiche herunterbrachte. Dieser Verunglückte erscheint mir immer als Typus dilettantischer Bergfexerei. Ohne an kleineren Hochtouren seine Kräfte erprobt zu haben, ohne irgendwie vorbereitet zu sein, in einem leichten Sommeranzug, welcher nur im Zuschnitt der wetterfesten Tracht der Gebirgsbewohner kokett nachgeahmt war, war er nach Kals mit einigen Freunden gekommen ohne die geringste Absicht, den Glockner zu besteigen. Die Rückkehr einer nicht gerade besonders kräftig gebauten Dame von einer glücklichen Besteigung der hohen Eispyramide veranlaßte ihn zu der Behauptung, ihm würde das gleiche Unternehmen eine Kleinigkeit sein, und als er damit auf den Widerspruch und Spott seiner Kameraden stieß, wettete er voll Uebermuth, daß er es ihnen beweisen werde. Unterwegs gerieth er mit seinen Führern in einen eisigen Schneesturm; den Mahnungen der kräftigen Männer, umzukehren, gab er nicht nach, so sehr er fühlte, wie seine Kräfte nachließen; seine Eitelkeit vermochte sich nicht in die aus einer Rückkehr sich ergebende Demüthigung zu finden, und so trotzte er den Elementen, bis er erlag, in Krämpfe verfiel und dann auf dem Rücken des treuen Führers, der ihn heruntertrug, sein Leben aushauchte.

Ein wirklicher Alpinist wird im Gegensatz zu dem Leichtsinn und der Eitelkeit, die hier einen alpinen Unglücksfall bewirkten, alle Hilfs- und Schutzmittel in Anspruch nehmen, welche ihm die Kultur und die Technik zur Ueberwindung der Schwierigkeiten einer solchen Hochtour darbieten. Wir studiren das Maß unserer eigenen Kräfte und richten danach die Inanspruchnahme der Kräfte erprobter Führer sowohl als einer rationellen Ausrüstung. Der Eine läßt beim Ueberschreiten steilerer Gletscher sich anseilen und in das Eis Stufen hauen, der Andere verläßt sich, wenn es sich nicht um besonders gefährliche Entdeckungsfahrten handelt, auf seine eigenen, mit Steigeisen bewaffneten Füße und den Bergstock in seiner Hand. Ein richtiger Alpinist wird auch immer die nothwendigsten Hilfsmittel für Höhenmessung und Terrainbeobachtung mitnehmen und seine Entdeckungen und Erfahrungen der Wissenschaft zu gute kommen lassen. Wenigstens habe ich es immer so gehalten. Daß das Bewußtsein absoluter Schwindelfreiheit und oft erprobter Kraft auch solche Alpinisten bisweilen zu verwegenen Unternehmungen verleitet, bei welchen allein die Lust am gefährlichen Abenteuer und der ‚Reiz des Unbekannten‘ als Motive wirken, will ich ebenso wenig leugnen wie den Ehrgeiz, der im Wetteifer mit Gleichbegabten ins Spiel tritt.

Gerade das letztere war in besonderem Grade bei einer Reihe von Hochtouren der Fall, die ich vor einigen Jahren in dem bereits erwähnten Gebiete des Großglockners ausführte. Und die Persönlichkeit, welche meinen Ehrgeiz und Wetteifer so herausforderte, war – wie im Falle jenes Verunglückten – eine Dame. Kennen Sie Heiligenblut? Wenn man von Regenwetter festgehalten, dort um alle Aussicht betrogen wird und in dem kahlen Wirthszimmer des einzigen alten Gasthofs über seine Specialkarte des Großglocknergebiets gebückt darüber simulirt, welche Partien man machen könnte, wenn nur das Wetter besser wäre, ist's ein armseliges Gebirgsdorf wie tausend andere. Wenn aber ein günstiger Wind die grauen Wolkenschleier emporweht, welche bisher die hermelingeschmückte Majestät des Großglockners dem Anblick entzogen, wenn über den dunklen Bergen des oberen Möllthals, über den schneebedeckten hohen Leiterköpfen und dem schimmernden Absturz des großen Pasterzengletschers in der Ferne sich die schlanke Firnnadel des Großglockners leuchtend aus der sie umgebenden Eiswelt ins Blau des Himmels hinaufschwingt, erscheint dies Dorf mit seiner gleichfalls schlank emporgestreckten Kirche dem

Alpenfreund als die denkbar schönste Pforte zu einem Paradiese im Reiche des ewigen Schnees! Je länger ich vorher die Langeweile des Eingeregnetseins hatte ertragen müssen, um so entzückter wurde ich dann des fascinirenden Reizes dieser Scenerie inne, als endlich – endlich die Spitze des Glockners frei ward. Es waren noch mehrere Herren im Schoberwirthshaus, die gleich mir mit Sehnsucht diesem Ereigniß entgegengesehen hatten. Ein Professor aus München, Botaniker von Fach, ein Entomolog aus Wien, der auf den Almen unterhalb der Firnwelt auf Schmetterlingsjagd ausgehen wollte, und noch mehrere Touristen, welche nur die Wanderung an dem Glocknerhaus und der Pasterze vorüber über die Pfandlscharte ins Fuscherthal vorhatten. Wir saßen gerade in lebhaftem Gespräche bei Tisch, als zum Fenster einfallende Sonnenstrahlen uns die Aenderung des Wetters ankündigten und überdies der freudige Ruf eines Führers vor dem Hause: ‚Der Glockner wird frei‘ unsere Ahnung bestätigte.

In diesem Augenblicke that sich die Thür auf und in derselben erschien – während wir gerade im Begriff waren, aufzustehen und ins Freie zu eilen, um Zeugen der Aufhellung des Himmels zu werden – eine touristisch gekleidete Dame, bei deren Erscheinen es auch wie Sonnenschein durch die niedrige Stube ging. Da ein blauer, von ihrem Florentiner Strohhut herabwallender Schleier ihr Gesicht zur Hälfte bedeckte, welches obenein zurück nach der Hausflur gewendet war, bestimmte der auffallend schöne Wuchs von seltener Kraft und Grazie den ersten Eindruck. Sie trug eine anliegende, leicht geschürzte Kleidung aus hellbraunem Lodenstoff, in der Rechten hielt sie einen Bergstock, ihre Schuhe waren aus dickem Leder und auch vorn mit Nägeln beschlagen. An der Seite der Wirthin, welche sie als alte Bekannte begrüßte, trat sie nunmehr ganz ein, indem sie zu dieser sagte:

‚Der Michel soll nur mein Gepäck gleich aus mein Zimmer tragen; ich aber will hier unten bleiben; der Weg von Dölsach hierher hat mir Appetit gemacht.‘

‚Das ist schön,‘ sagte die Wirthin, welche der Dame auf einem andern Tisch als dem unseren ein Gedeck zurechtlegte, ‚und schönes Wetter haben Sie auch mitgebracht, nachdem es vierzehn Tage lang bei uns geregnet hat. Das heiße ich Glück und gute Vorbedeutung.‘

Ueber das Antlitz der Dame glitt bei dieser Beglückwünschung ein herber Zug, der jedoch die eigenthümliche Schönheit des Gesichtes eher erhöhte als minderte. Dasselbe war von einer gleichmäßigen, nicht ungesunden Blässe, mit welcher das große grünlich blaue Auge, dessen Blick klar und bestimmt, beinahe streng war, sonderbar kontrastirte. Die feingeschwungenen Lippen waren fest geschloffen und ihr Ausdruck deutete wie die Kontour ihres Kinns auf besondere Energie. Sie hatte den Strohhut abgenommen, wodurch das schöne edle Profil ganz sichtbar geworden war, sowie ihr blondes welliges Haar, das vorn schlicht gescheitelt, hinten in einem einfachen Knoten aufgesteckt war, ähnlich dem, den wir an antiken Statuen der besten Zeit kennen. In diesem Haare spielte etwas wie ein goldener Schimmer, und ich konnte dem Professor neben mir nicht unrecht geben, der auf meine leise hingeworfene Bemerkung, welche auf die Aehnlichkeit dieses Gesichts mit einem bekannten Dianakopf hinwies, mir antwortete: ‚Nein, die Gletscherkönigin selber.‘

Dieser Nachbar, der ein Stammgast von Heiligenblut war, wußte mir dann auch, als wir draußen auf dem Wege zum Katzensteig dem Spiele der Wolken zuschauten, welche mehr und mehr den vollen Anblick des Glockners freigaben, näheres über den neuen Ankömmling zu sagen.

Ihr Vater war ein Kollege von ihm gewesen, der, zwar Deutscher von Geburt, als Professor an einer russischen Universität vor einigen Jahren gestorben war. Derselbe hat sich als Entdeckungsreisender dauernden Ruhm erworben. Ihre Mutter, eine geborene Russin, war ihm bald in den Tod gefolgt. An der Seite dieses Vaters hatte die Tochter schon in frühen Jahren viel von der Welt gesehen und auch die Gefahren des Hochgebirgs schon als Mädchen verachten gelernt. Die letzten Hochtouren, welche sie mit dem geliebten Vater gemacht, hatten einigen Spitzen des Glocknergebiets gegolten und daher stamme ihre Vorliebe für diese Gegend. Weiter erzählte mir der gesprächige alte Herr, daß die Dame trotz des jungfräulichen Ausdrucks ihres Wesens kein Mädchen mehr, sondern eine Frau sei, aber eine geschiedene. Warum die Scheidung nach einer übrigens nur kurzen Ehe erfolgt sei, darüber seien seiner Zeit die verschiedensten Meinungen laut geworden. Auf jeden Fall war dieselbe von ihrer Seite eingeleitet worden, und zwar unter Angabe keines andern Grundes als dem unüberwindlicher Abneigung. Es sei wahrscheinlich, daß diejenigen recht hätten, welche damals behauptet, der Mangel an Mannhaftigkeit und Muth, den ihr Mann in einem kritischen Angenblicke an den Tag gelegt, habe diese Abneigung ihr eingeflößt. Ja, er habe Anlaß, zu glauben, daß jenes Erlebniß einen allgemeinen Widerwillen gegen das männliche Geschlecht, oder wenigstens gegen die gebildeten Vertreter desselben in ihr zurückgelassen habe, denn sie meide seitdem geflissentlich, freilich auch ohne Ostentation, allen Umgang mit solchen; nur im Verkehr mit den wetterfestest, wortkargen, durch Muth und Entschlossenheit ausgezeichneten Führern dieser Gegend aus Kals, Fusch oder Heiligenblut habe er sie gesprächig und frei von jeder Zurückhaltung gesehen.

Alles dies war nur geeignet, mein Interesse für die Dame, das schon ihre Erscheinung geweckt hatte, wesentlich zu steigern, und mit Spannung sah ich einer Gelegenheit entgegen, mich ihr zu nähern und ihre Bekanntschaft zu machen. Bei der gleichen Vorliebe für die Alpenwelt und das Ersteigen ihrer Gipfel und Uebergänge konnte es ja an Anknüpfungspunkten nicht fehlen, und was ihre Antipathie betraf, so nahm ich es ja, wie ich meinte, in Bezug auf Muth und Entschlossenheit mit dem besten Bergführer im Glocknergebiet auf. Als ich aber erleben mußte, daß sie mir gerade wie jedem andern Touristen dieselbe Unnahbarkeit und Ablehnung zu theil werden ließ, entbrannte ich vor Begier, diesem selbstbewußten und selbstgenügsamen Weibe Respekt vor meiner Kraft abzugewinnen und sie die Ueberlegenheit eines Mannes, eines männlichen Willens fühlen zu lassen.

Es ist ein natürliches Bedürfnis nach einer glücklich zurückgelegten Hochtour, während welcher kein unnötiges Wort gesprochen wird, mit Gleichgestimmten die überstandenen Erlebnisse zu besprechen. Gerade hieraus ergiebt sich ja die Würze der Geselligkeit in den Unterkunftshütten der Alpenklubbisten, welche auf andere Unterhaltungsmittel völlig verzichten muß. Wir hatten das damals noch sehr primitive Glocknerhaus des Deutschen und Österreichischen Alpenvereins am Absturz der Pasterze ziemlich gleichzeitig zur Station genommen, um den öfteren Rückweg nach Heiligenblut zu sparen. Es konnte nicht fehlen, daß wir des Morgens vor Aufbruch und abends nach der Rückkehr an dem einzigen Tisch des einzigen Gastzimmers dieses Asyls unsere Mahlzeiten nahmen, und gleich am zweiten Tag nach einer glücklich durchgeführten Besteigung der Glocknerspitze auf dem Wege über den Ködnitzgletscher, die Vanitscharte und den Stüdlweg fühlte ich mich gedrängt, ohne weitere Umstände das Wort an die Dame zu richten, obgleich sich dieselbe an einem Platze möglichst fern von mir niedergelassen hatte. Der Uebergang über die Vanitscharte hatte mir unerwartet viel Mühe gemacht, und so unterdrückte ich denn auch die Klage darüber nicht, nachdem ich meinem Entzücken über den auf der Spitze erlebten Sonnenaufgang und die einzig grandiose Aussicht Luft gemacht hatte.

Die Gletscherkönigin, so nannte ich unwillkürlich in meinen Selbstgesprächen die schöne Einsame weiter, blieb auch bei dieser Gelegenheit dem in diesem Namen ausgedrückten Charakter treu. Meine enthusiastischen Schilderungen nahm sie, zwar ohne die Höflichkeit zu verletzen, aber mit eisiger Kälte entgegen, und nur nach jener Beschwerde ging ein Lächeln über ihre Lippen, ein Lächeln des – Mitleids. Es war, als wolle sie sagen: wie, du prahlendes Männlein, schon diese kleine Anstrengung macht dir Beschwerniß; schon recht, was drängst du dich in mein Reich ein, wo deinesgleichen nicht hingehören. Wohl fühlte ich das Bedürfniß, auf dieses Lächeln mit gebührendem Hohn zu antworten, doch fand ich ihrer stillen Gelassenheit gegenüber keine passenden Worte dafür, ohne Gefahr zu laufen, mich vor ihr lächerlich zu machen. Als ich dann in die Stube der Führer hinausging, um mit den meinen einiges für den folgenden Tag zu verabreden, war ich Zeuge, wie der Heiligenbluter Recke, der sie gerade auf die Johannisspitze zu führen gehabt hatte, in Worten höchster Bewunderung von ihrer sicheren Kraft und Gewandtheit beim Steigen, der Unbeirrbarkeit ihres Willens, der völligen Furchtlosigkeit ihres Wesens sich aussprach, wie sie in solcher Vereinigung auch bei den kräftigsten Männern selten nur anzutreffen seien.

Dieser empfindlichen Demüthigung meines Selbstgefühls folgte bald eine zweite. Es war einige Tage später. Der Zufall hatte es gefügt, daß wir beide gleichzeitig einen Rasttag hielten. Die Post hatte Briefe gebracht, die beantwortet werden mußten; ich hatte außerdem das Bedürfniß gehabt, einige werthvolle Funde für meine Sammlungen näher zu bestimmen und provisorisch zu konserviren sowie meine Beobachtungen in meine Tagebücher einzuschreiben. Auch sie hatte Aehnliches vor, und da wir auch dafür gemeinsam auf das Touristenzimmer angewiesen waren, in welchem gerade auch ein bekannter Naturforscher aus Wien sich aufhielt, dessen ruhige, schlichte Gelehrtennatur selbst die Sympathie der gestrengen Gletscherkönigin zu gewinnen wußte, so kam ein ganz leidliches Einvernehmen zwischen uns zu stande. Die schlichte liebevolle Art, mit der sie von ihrem Vater sprach, dessen hinterlassene Aufsätze über seine Forschungsfahrten in die Alpenwelt sie herauszugeben vorhatte, die anspruchslose Sicherheit, mit der sie sich als dessen verstandesscharfe Schülerin erwies, gewannen meine höchste Sympathie.

Am Nachmittag saßen wir drei vor dem Glocknerhaus auf dem grasbedeckten Felsenvorsprung, von welchem der Abhang zum Pasterzenkees und seiner Moräne hinabzieht. Das Licht der Sonne fiel voll auf den breiten mächtigen Gletscherabsturz vor uns und die Strahlen erzeugten ein magisches Glitzern und Leuchten in den riesigen Eisspalten des tausendfach zerschründeten Eiskatarakts, dessen Risse und Sprünge die grauweiße Farbe des Massivs mit bläulich grünem Geäder durchfurchten. Das großartige Bild dieses schaurig schönen Gletscherabsprungs, der rechts und links von dunklen Felsenwänden umrahmt wird, während sein scheinbares Ende nach oben hin von dem hochaufstrebenden Firnkegel des Großglockners überragt ist – in Wahrheit dehnt sich die Eismasse um die Freiwand einbiegend noch stundenlang weiter als ein breites Eismeer bis zu dem eigentlichen Massiv von Groß- und Kleinglockner und Glocknerwand hin – dieses prachtvolle Bild fesselte bald unsere Aufmerksamkeit derart, daß das von uns geführte wissenschaftliche Gespräch über die verschiedenen Theorien der Gletscherentstehung und Gletscherbewegung plötzlich versiegte, weil ein jeder dem magischen Reize des Anblicks erlag. Als wir so in stumme Bewunderung eines der größten und schönsten Wunderwerke der Natur verloren dasaßen, tauchten plötzlich vor uns die Gestalten zweier Führer auf, die vom Gletscherrand heraufgestiegen kamen, ein jeder seinen Bergstock und Steigeisen in Händen. Es waren die zwei Kalser Führer, die ich mir, auf besondere Empfehlung hin, für die Dauer meines Aufenthalts hier gemiethet hatte, zwei prächtige, unternehmungsfrohe, kraftstrotzende Burschen, die auf meine Frage, woher sie kämen, lachend erwiderten, sie hätten einen Probemarsch über die Pasterze versucht.

In früheren Jahren hätte es einen leidlichen Weg über die durcheinander geschichteten Eisberge und Blöcke gegeben, auf welchem schwindelfreie Touristen, vorausgesetzt daß sie Steigeisen benützten und sich anseilen ließen, nach der Franz Josephshöhe am rechten Rande derselben hätten gelangen können. Die strenge Kälte des letzten Winters, die Nachwirkungen des vielen Neuschnees, verschiedene Eislawinen von oben her hätten die Verhältnisse des Gletschers jedoch derart verändert und verschoben, daß ein solcher Weg noch nicht wieder ausfindig gemacht worden sei. Auch ihre Mühe sei eben vergeblich gewesen.

Meine Natur würde sich gänzlich verleugnet haben, wenn ich auf diese Mittheilung hin nicht sofort den Vorschlag geäußert hätte, mit ihnen gleich jetzt eine zweite Expedition in die Gletscherwelt, deren Anblick uns eben erst in höchstes Entzücken versetzt hatte, anzutreten. Immer entferntere Ziele im Auge, war ich nie auf den Gedanken gekommen, dem nahen Pasterzeabsturz einen Besuch abzustatten. Die Führer erklärten sich mit Freuden bereit und der Professor aus Wien bat um die Erlaubniß, sich anschließen zu dürfen, was ich selbstverständlich herzlich willkommen hieß, indem ich auch meine Nachbarin aufforderte, an der kleinen Exkursion theil zu nehmen. Gern, sagte sie in ihrer kurzen Weise, aber mit höflicher Freundlichkeit, und so brachen wir denn, nachdem die Führer noch die nöthigen Steigeisen und Seile herbeigeholt hatten, auf. Unten auf dem letzten Ausläufer des Gletschers ging's an die Ausrüstung. Die Steigeisen waren bald angeschnallt. Weniger schnell ging das Anseilen. Frau Wallenheim, dies war der eigentliche Name der Gletscherkönigin, erklärte plötzlich, sie bedürfe des Anseilens nicht, dasselbe genire sie bloß. Ich entgegnete, daß auch ich des Anseilens nicht bedürfe, daß aber bei derartigen Unternehmungen, bei welchen der Weg fast beständig an Spalten und Klüften vorübergehe, es die gemeinsame Sicherheit erfordere, daß sämmtliche Theilnehmer sich durch Seile mit einander verbänden. Strauchle oder falle dann einer, so sei die Kraft und der sichere Stand der Anderen ihm Stütze. Dies sah sie ein, aber nun wollte sie wenigstens die letzte im Zuge sein. Dagegen protestirten jedoch die Führer: einer von ihnen müsse die Führung haben, der andere den Schluß bilden, dafür hätten sie die Verantwortung.

Ohne ihren Mißmut ganz verbergen zu können, ließ sie sich nunmehr anseilen, wie es den Führern beliebte. Die Reihenfolge war jetzt die folgende: voran ein Führer, dann der Wiener Gelehrte, dann Frau Wallenheim, dann ich, gefolgt von dem zweiten Führer. Und nun ging das Steigen los. Anfangs mit übermäßiger Vorsicht, denn der mir voranschreitende Professor, des Ueberschreitens von Eisbergen ungewohnt und durch die Nähe der unheimlich schimmernden, weitklaffenden Spalten geängstigt, wirkte zunächst als Hemmniß. Bald aber hatte auch er seine Scheu überwunden und nun wurden unsere Bewegungen schneller und kühner. Bald ging es bequem über schräge Absenkungen wellenförmiger Erhebungen hin, bald auf den emporragenden Rippen von langsam ansteigenden Eisbergen, bald mußten wir vorsichtig von einer Eiswand zur anderen springen oder eine Kluft überklettern, wobei vorragende Eiszungen in Gletscherspalten unseren Füßen Halt bieten mußten. Der Professor glitt manchmal aus und nahm auch sonst öfters die Hilfe des ihm voranschreitenden Führers in Anspruch. Um so sicherer und leichter überwand dagegen die ihm folgende Dame jede Schwierigkeit. Es war, als sei ihr all dies nur ein Spiel, als sei dies Klettern und Voltigiren auf Eis und Firn ihr eigentliches Element. Und spielend in ihrer Grazie und darum ein Schauspiel für mich von fesselndem Reize waren ihre Bewegungen. So kam es, daß auch ich ein paar Mal ins Stolpern kam, eben weil meine Blicke an der vor mir schreitenden schönen Gestalt hingen, statt auf den Weg zu achten. Da endlich schien auch sie einmal ihre sichere Ruhe einzubüßen. Mit einer gewissen Genugthuung, in welcher ich die Empfindungen eines Lebensretters vorschmeckte, sah ich sie plötzlich nach links ausgleiten und mit jähem Ruck ein Stück der schrägen Eiswand herunterrutschen. Mit zwei gewaltigen Sätzen war ich dicht hinter ihr und umfaßte sie mit voller Kraft. Doch sie hatte inzwischen, wie ich jetzt erst merkte, schon wieder festen Stand gewonnen, und, mit heftiger Gebärde sich meinen Armen entziehend, wandte sie sich nach mir um und sagte mit herbem Lächeln:

,Sahen Sie denn nicht, daß ich absichtlich diesen Abrutsch ausführte? Dort oben hat der sich aufschwingende Tritt des Professors die Stütze abgebrochen, welche der Führer für seinen Weg fand, und wenn ich das nicht rechtzeitig bemerkt hätte, so wäre Ihre jetzt sehr unnöthige Hilfeleistung allerdings vielleicht nöthig geworden. – Uebrigens, meine Herren,' fuhr sie mit gehobener Stimme fort, ,kommen wir so nicht ans Ziel. Die Eiswand dort zur Rechten können wir nicht nehmen und hinter derselben schichtet sich Eisklotz an Eisklotz. Probiren Sie doch einmal, über die Rippe, welche dort nach links hinzieht, vorzudringen, ich sollte meinen, daß wir so den Westrand der Pasterze erreichen können, von wo aus wir bequem unseren Weg über den Felsenrand und dann den minder schwierigen Pasterzenboden zur Franz Josephshöhe einschlagen können.'

Um mich kümmerte sie sich nicht weiter. Und zu dieser Demüthigung kam noch die zweite, daß ihr Rath sich als vollkommen richtig erwies. So hatte also auch der erfahrene Führer, der vorangegangen war, seine Lektion weg – von einer Dame.

Diese Scharte muß ausgewetzt werden, dieses Verlangen beherrschte nunmehr mein ganzes Geistesleben. Auch meinen Führern glaubte ich anzumerken, daß sie schwer an der Erfahrung trugen, von einer Flachländerin in ihrem eigensten Berufe zurechtgewiesen worden zu sein. Auf jeden Fall kam es mir wie eine Herausforderung ihrerseits vor, als sie zwei Tage später des Abends nach einer kürzeren Tour, da Frau Wallenheim und ich allein in dem Gastzimmer des Glocknerhauses saßen, mit der Bemerkung vor mich hintraten, sie wüßten noch eine schöne Aufgabe für mich. Durch den Sturz einer Eislawine vom Glocknerkarkees herab sei vor einigen Tagen der untere Theil des Hofmannsweges, der bisher über felsiges Gestein führte, verschüttet worden; es gälte, über das veränderte Terrain einen brauchbaren Steig ausfindig zu machen, so daß dieser kürzeste Aufstieg zum Glockner dem Touristenverkehr wieder gewonnen würde.

Vielleicht entschlösse sich auch die gnädige Frau, sich an dem Unternehmen zu betheiligen; sie fände sich ja mit ihren scharfen Augen in der Gletscherwelt noch besser zurecht als sie, die Führer. Sie hatten sich mit dieser letzteren Bemerkung fragend an sie gewandt. Und diese, weit entfernt, irgend welche Anzüglichkeit darin zu erblicken, ging mit lebhaftem Interesse sofort auf den Gegenstand ein. Ich selber war nunmehr für die Idee Feuer und Flamme. Meine Rivalin bewies auch sofort wieder ihren touristischen Scharfblick und klaren Verstand. Die Hindernisse von unten aus zu nehmen, so führte sie aus, würde viel unnötige Kletterei verursachen; es sei rathsam, von oben her auf dem Kalser Weg über Stüdlhütte und Adlersruhe sich dem Operationsfeld zu nähern, wobei man es mit dem Fernrohr und Feldstecher rekognosciren und danach den Angriffsplan einrichten könne.

Mir war im Grunde die Art der Ausführung gleichgültig, mein ganzes Sinnen und Trachten stand nur darauf, bei dieser Gelegenheit mich in Bewährung von Muth, Thatkraft und Scharfsinn mit der stolzen Gletscherkönigin zu messen. Ein Feldherr kann nicht begieriger dem Ausgang eines Treffens entgegensehen als ich dem Ausgang des verwegenen Unternehmens.

Während ich mit meinen Führern am folgenden Tage den Weg nur bis zur Stüdlhütte zurücklegte, ging sie mit ihrem Heiligenbluter, einem ruhigen älteren Mann, noch bis zur Erzherzog Johannhütte auf der Adlersruhe hinauf, um dort zu übernachten. Den Vorsprung, den sie dadurch früh am Morgen voraus hatte, benutzte sie, und zwar wider die Abrede, zu einer selbständigen Rekognoscirung des veränderten Gletscherterrains. Die heiße Witterung der letzten Tage hatte viel Neuschnee zum Schmelzen gebracht und dies jene Eisrutschungen bewirkt. Auch Sprünge hatte der oft in einem Winkel von vierzig Grad abschüssige Glocknerkargletscher bekommen; die einsame Exkursion der einzelnen Dame war daher sehr gewagt. Der Ehrgeiz war eben auch in ihr zum Ausbruch gekommen und hatte ihre ruhige Besonnenheit getrübt. Ihr Führer war aber viel zu sehr überzeugt von ihren oft bewährten Tugenden als Bergsteigerin, um ihrer Weisung, uns oben auf der Adlersruhe zu erwarten, einen Widerspruch entgegenzustellen. So hatte er sie ziehen lassen und ihr nur noch ein paar rothe Fähnchen mitgegeben, die sie an besonders markanten Stellen ihres Vordringens möglichst weit sichtbar befestigen sollte.

Als wir gegen sechs Uhr früh auf der Adlersruhe eintrafen, fanden wir den biederen Graubart in großer Unruhe und Sorge. Er hatte seine Schutzbefohlene so lange wie möglich mit sorgsamen Blicken verfolgt, bis sie diesen gänzlich entschwunden war, und seitdem – es war wohl der Verlauf einer Stunde – war sie in seinem Gesichtsfeld nicht wieder aufgetaucht. Mit großer Eile schritten wir – zunächst angeseilt – den Weg hinunter, scharf ausspähend, ob nicht eines der rothen Fähnchen sichtbar werde. Wir waren schon nahe bei der Stelle, wo in früheren Jahren der Gletscher zu Ende gewesen, als wir fast gleichzeitig an verschiedenen Stellen mitten in dem vor uns im Absturz sich überschichtenden Eisblockgewirre drei der rothen Fähnchen ansichtig wurden. Leider ist man in dieser Gletscherregion den ärgsten optischen Täuschungen ausgesetzt; so kam es, daß wir alle vier verschiedener Meinung waren, welches von den Fähnchen das nächste, welches das entfernteste sei. Daraus ergab sich das Bedürfniß, in getrennter Marschordnung vorzurücken. Ich und einer meiner Führer zogen geradeswegs auf das mittlere los. Die beiden anderen Männer rückten zu beiden Seiten vor. Es war ein verwegenes Wandern; jetzt galt es, felsiges Terrain zu überklettern, dann wieder über steile Gletscherabhänge vorsichtig abzurutschen und wieder, tiefe Gletscherspalten zu überspringen oder, wenn dies nicht ging, zu umgehen. Bald befanden wir uns mitten in einem Labyrinth von Eisbergen, -Nadeln, -Kegeln und Firnhängen, in welchem wir nur Dank des Kompasses die Richtung einhalten konnten, so verwirrend wirkte diese Umgebung. Sowohl die rothe Fahne als die Führer waren uns aus dem Auge gekommen; auf unsere Jodelrufe kam keine Antwort. Doch verloren wir dadurch nicht unsere Geistesgegenwart. Ohne Aufenthalt, aber auch mit kluger Ausnutzung jedes Terrainvortheils rückten wir vorwärts.

Endlich erreichen wir die Zinne einer hohen Eiswand, die uns einen Ueberblick nach vor- und rückwärts gestattet. Erstaunt entdecken wir zwei der rothen Fähnchen hinter uns. Vielleicht hatten wir also die Gesuchte schon überholt. Wir lugen scharf aus, ob wir nicht in irgend einer der Einschartungen im Eise ihr Gewand sehen. Nirgends läßt sich eine Spur nur entdecken.

Da plötzlich – fast direkt unter uns – werden wir sie gewahr. In einer äußerst steil geneigten Eisrinne, deren Boden offenbar fußtief von Schnee bedeckt war, denn bei jedem Schritt sank sie bis an das Knie ein, schritt sie langsam vorwärts. Mein Führer wollte sie gerade anrufen, als ich ihm stumm bedeutete, zu schweigen. Mich gelüstete es, dem kühnen Weibe zuvorzukommen, das offenbar im Geiste schon den Triumph genoß, ohne jegliche Manneshilfe das schwierige Unternehmen durchgeführt zu haben. Wir kletterten leise über die steile Neigung des Eisbergs nach Osten hinab, fanden hier günstiges Terrain zum Vordringen in die Rinne und waren gerade in einer braten Kluft zwischen zwei Eiswänden angelangt, welche in diese mündete, als ein prickelndes Geräusch in dieser uns still stehen heißt. Entsetzen macht unser Blut für einen Moment erstarren: die Schneedecke in der steilen Eisrinne vor uns bewegt sich. Durch das Gewicht der Tritte eines der anderen Führer, der auch die Einsame entdeckt hatte und von oben her in die Rinne, halb rutschend, eilte, war, so erfuhren wir später, die auf dem Eise lagernde, von der Sonne erweichte Schneedecke ins Gleiten gekommen. Schon war die Bewegung und das von ihr erzeugte Geräusch ein Sausen. Es war kein Zweifel, die tollkühne Frau mußte von dem Sturze mit fortgerissen und auf die an die hundert Meter unter dem Ausgang der Rinne lagernde Pasterzenmoräne mit rasender Wucht geschleudert werden. Ohne uns zu besinnen, stürzten wir vor nach dem Rand, an welchem jeden Augenblick die Unglückliche vorbeitreiben mußte.

Noch rechtzeitig gelange ich, als der vordere, zu dem wilden Schneesturz, und vom Instinkt getrieben, stürze ich, als die halben Leibs im Schnee noch aufgerichtet Stehende, mit starren Augen dem Tod Entgegensehende herantreibt, mich ihr entgegen, indem ich dem Führer hinter mir zurufe, das Seil fest anzuziehen, das mich und ihn verband. Mit dem Unterkörper tief in den Schnee gesunken, mit dem rechten Arm die vom Schreck Erstarrte um die Hüfte fassend, während die Linke fest das Seil umklammert hält, gelingt es mir, für einen Moment die Bewegung zu hemmen. Der treue Führer hat Stand hinter einem Eisvorsprung genommen und hält unverrückbar den gewaltigen Ruck aus, der das Seil um seine Brust furchtbar anzieht, so daß ihm, dem Starken, fast der Athem vergeht, der aber auch uns beide aus der Todesgefahr hinauf auf festen Boden bringt. Auch der nachstürzende Führer hatte von dem Stillstand der Bewegung profitirt. Ihm war es gelungen, sich mit Hilfe seines Bergstocks ans Ufer der Rinne zu schnellen. Es war eine Rettung aus höchster Todesgefahr.

Schon aus diesem Grunde steht dieser verhängnißvolle Tag als der Bringer meines schönsten Reiseerlebnisses mir im Gedächtniß. Es giebt kein beseligenderes Gefühl, als einem anderen das Leben zu retten, indem man das seine preisgiebt. Die That als solche war kaum etwas Besonderes; der Antheil des Führers an derselben war gleich stark wie der meine, und jeder Bergführer der Alpen ist jeden Tag bereit, ähnliches zu tun, und thut es ohne Aufhebens. Mir aber war zudem in jenem Momente klar geworden, welch ein Verlust gerade der Tod dieser Frau für mich sein würde. Sie verkörperte das Ideal einer Lebensgenossin für mich, so schön, so bewundernswerth, wie ich es bis dahin für unmöglich gehalten hatte, es im Leben finden zu können. Und nun lag sie vor mir, doppelt schön in ihrer Todesblässe, lebend, weil ich sie gerettet! Sie war nicht die unnahbare, unbesiegbare Gletscherkönigin mehr, sondern ein gebrochenes Weib, das der furchtbaren Gewalt des Königs, der im ewigen Eise regiert, in Schwachheit erlegen war. Sie war ein Weib wie ein anderes auch, das einer Stütze bedurfte – diese Stütze wollte ich ihr sein.

Und ich war ihr, der Ohnmächtigen, zunächst auch die nöthige Stütze. Ich ließ es mir, nachdem wir ihr Wein eingeflößt und den Blutumlauf durch Reiben gefördert hatten, nicht nehmen, sie selbst herniederzutragen auf dem Wege, welchen die inzwischen vereinigten Führer für uns über das Gletschereis gehauen. Und mir wurde das Glück zu theil, daß die aus ihrer Ohnmacht Erwachende sich in meinen Armen fand ohne Zeichen des Mißmuths oder des Mißbehagens, vielmehr den sanften Druck meiner Arme dankbar erwidernd.

Unten über die Pasterze trugen wir die wieder Entschlummerte zu viert und in der Hofmanns-Hütte zimmerten wir eine Bahre, auf der wir sie wohlgebettet ins Glocknerhaus brachten. Leider verfiel die geliebte Frau in ein schweres Fieber. So lange bis eine ihr besonders befreundete, von mir telegraphisch herbeigerufene Cousine herbeikam, ließ ich mir, im Bunde mit der Wirthin in Heiligenblut und unter Hinzuziehung des Dölsacher Arztes, ihre Pflege angelegen sein. Dann mußte ich dringender Geschäfte halber fort. Auf mein Landgut in Surrey ließ ich mir Nachrichten über ihren Zustand nachsenden. Als ich vernahm, daß sie wieder genesen sei, hielt ich brieflich um ihre Hand an. Nach einigen Tagen empfing ich die Antwort. Sie war ablehnend, aber die Ablehnung hat mich nicht gedemüthigt.

Sie schrieb mir, daß sie meine Neigung bis zu einem gewissen Grade herzlich erwidere. Und zwar nicht bloß von dem tiefen Dankgefühl getrieben, das sie mir als Retter aus Todesgefahr schulde. Sie verehre in mir den muthigsten und unerschrockensten Mann, der ihr im Leben begegnet sei, aber der Mann, dem sie ihr Leben ganz anvertrauen möchte, müsse ihr auch das Vertrauen einflößen, daß er das seine wie das ihre nie verwegen aufs Spiel setze. Das hätte ich gethan, als ich sie zu einer Art Wettkampf im Reiche des ewigen Eises herausgefordert. Durch mein Beispiel sei sie damals sich selber untreu geworden und ihre Buße solle sein, daß sie hinfort nur sich, sich ganz allein treu sein wolle.

So bin ich ledig geblieben und sie auch. Aber eine treue Freundschaft verbindet uns. Es ist wahr, ein Alpinist, wie ich, taugt nicht zur Ehe. Aber wenn ich zur Winterszeit in meinem Arbeitszimmer daheim zwischen den hohen Regalen mit meinen alpinen Sammlungen das Bild, das sie mir damals schenkte, heruntergrüßen sehe, – ich muß gestehen, daß ich dann recht melancholisch werden kann.“

Heimkehr.

Ob die entthronte Gletscherkönigin des melancholischen Engländers, wie sie die Herzenskönigin des kühnen Alpinisten geworden, nicht schließlich doch noch seine Frau werden würde: diese für ihr echt weibliches Gemüth gar wichtige Frage wollte eben Frau Kurz zum Ausgangspunkt einer allgemeinen Betrachtung über die wunderthätige Macht des ehestiftenden Gottes machen, als sie von ihrem Gatten mild beschwichtigend unterbrochen wurde:

„Du hast ganz recht, Mutting , es ist oft wunderbar, auf wie gewundenen, auseinanderlaufenden Wegen das Schicksal die Menschen, die es für einander bestimmt hat, bis zur endgültigen Vereinigung führt; die theoretischen Erörterungen aber wollen wir lassen, da ja auch meine Geschichte und die erfreuliche Thatsache, daß wir hier sozusagen als Jubelpaar voll Heiterkeit neben einander sitzen, die Sache genugsam veranschaulichen. Es ist ohnehin spät geworden und für die Herrschaften daher schon eine Zumuthung, nach all den geistigen Genüssen, die sie gehabt, nun noch meine Geschichte mit anzuhören, und ich dächte, liebe Alte, ein Glas gut gebrauter Grog wird allen eine willkommene Aufmunterung sein. Wir haben ja dort in unserer Handtasche noch eine unangebrochene Flasche alten Cognac und heißes Wasser giebt's in der Küche – nicht wahr, Bärbeli, Du holst uns welches herauf, auch Gläser und Löffel, wenn's giebt – Zucker haben wir auch… also man zu! Ich muß gestehen, bei Ihrer packenden Erzählung, Herr Whitfield, mit ihren grausigen Gletscherabenteuern ist's mir ganz eisig durch die Glieder gefahren und da muß ich schon ein bißchen nachheizen.“

Bald hatte ein jeder sein dampfendes Glas Grog vor sich stehen und alle rückten in angeregter Stimmung dichter an den Tisch, als Herr Kurz in behaglichem Tone begann:

„Wenn ich Ihnen leider auch nicht in Aussicht stellen kann, daß das Sprichwort ‚Wer zuletzt lacht, lacht am besten‘ sich an dem bewahrheiten werde, womit ich unser Quodlibet von Erzählungen nun beschließen will, so habe ich als letzter sicher den einen Vorzug, daß ich in einer wahrhaft gehobenen, durch das Vorangegangene erst erzeugten Stimmung das Wort ergreife. Wollte ich aus der Fülle meiner Reiseerlebnisse nur das ins Auge fassen, was in letzter Zeit mir begegnet, so hätte ich leichte Arbeit; ich hätte dann eben nur schlankweg zu erklären, daß der hier mit Ihnen in so anregender Weise verbrachte Abend mein schönstes Reiseerlebniß seit langer Zeit war. Dies ist kein leeres Kompliment für die Vorredner. Bunt zusammengewürfelt, vom Zufall in Gestalt widrigen Wetters hier in einer nur dürftig ausgestatteten, wenn auch gastlichen Herberge zusammengebracht, hat unser kleiner Kreis ohne Verabredung und künstlich ersonnenen Plan und nur von der Absicht geleitet, mit Hilfe schöner Erinnerungen die Langeweile zu vertreiben, etwas wie eine wohlgegliederte Symphonie hervorgebracht, deren Thema lautet: welch‘ köstlich Ding ist doch das Reisen! Welche Fülle an heiteren und großartigen Eindrücken es vermittelt, wie es beglückend, befreiend, veredelnd und stärkend wirkt, wie es die Kunst und die Wissenschaft fördert, wie es Herzen in Freundschaft und Liebe zusammenführt, Vorurtheile überbrückend und dem rein Menschlichen Geltung verschaffend, all dies haben uns die so verschiedenen Geschichten einiger weniger grundverschiedener Menschen eindringlich zu Gemüthe geführt. Ob die Musik des einen Stückes **allegro** oder **andante** klang oder sich als **scherzo** entfaltete, alle Melodien vereinigten sich zu einem Lobgesang auf das Reisen. Ich soll nun das Finale liefern. Es hieße, das Spiel verderben, wollte ich jetzt absichtsvoll und so gut ich's vermöchte die bisherigen Melodien in einander zu weben versuchen zu einem kunstgerechten Schlusse. Mich drängt es, eine einzige herauszugreifen und an dieselbe eine neue anzuknüpfen; vielleicht daß dabei auch die anderen gelegentlich mit aufklingen.

Ein Gemeinsames hatten aste Ihre Geschichten: Ihre Thüringerwald-Pfingstidylle, Herr Doktor Helbig, so gut wie Ihr Abenteuer im ewigen Eise, Herr Whitfield, sie alle haben bezeugt, daß das Reiseglück die Menschen nicht nach dem Reisepaß fragt, sondern unbekümmert nur Unterschiede und Vorurtheile, die aus der Abstammung und Herkunft der einzelnen sich herleiten, seine Segnungen spendet. Was Schiller von der Freude singt:

> ‚Ihre Zauber binden wieder,
> Was die Mode streng getheilt –‘

haben Sie alle unwillkürlich dem Reisen nachgerühmt. Der Münchener Maler, Herr Breitinger, führte, vom Reiseglück gesegnet, die holländische Kunstgenossin als Braut heim; der radikale Rheinländer knüpfte in der Freiheit der Berge sein Lebensglück an das der Tochter einer österreichische Aristokratenfamilie; das brave Bärbeli hat bekannt, daß sie die glückliche Wendung in ihrem kleinen Liebesromane der Wirkung des Fremdenverkehrs verdankt, und Herr Whitfield kümmerte sich ebenso wenig um die Angaben des ,Passes' seiner Gletscherkönigin, da sich sein Herz ihr in Liebe zuwandte, wie Herr Doktor Helbig um denjenigen der kleinen Waldnymphe, deren Herz er so schnell eroberte und so schnell vergaß."

„Doch nicht, verehrter Herr Kurz. Vergessen hab' ich sie nicht."

„Um so besser paßt auch Ihr Beispiel zu dem, was ich ausführe. Dieses in unserer Zeit der Nationalitätenverhetzung besonders erhebende Vorkommniß einer Uebereinstimmung grundverschiedener Menschen in der Bethätigung echter, freier Humanität hat mich im Innersten erquickt. Denn ein Deutscher in meinen Jahren, der von Jugend auf gleich vieltausend anderen an sich selbst es erfahren hat, daß kein einzelner, kein Stamm, keine Nation für sich und durch sich existiren, sie vielmehr nur Dank dem wechselseitigen befruchtenden Verkehr mit ihrer Mitwelt leben, wachsen und gedeihen können, der muß mit tiefem Ingrimm wahrnehmen, wie die an Bildung reichsten Völker, die doch nur kraft dieses Zusammenhangs zwischen Nationen und Generationen aus Barbaren zu Kulturvölkern geworden sind, ihr höchstes Gut, eben die Humanität, mit Füßen treten und verleugnen! Man kann ja heutzutage kein Zeitungsblatt zur Hand nehmen, ohne Symptomen davon oder Klagen darüber zu begegnen. Daß das nur eine vorübergehende Krankheit ist, für die uns Deutschen, wie der verstorbene Kaiser Friedrich als Kronprinz sagte, glücklicherweise sogar die Bezeichnung fehlt, in dieser Zuversicht bestärkt mich vor allem das Bewußtsein, daß der sicherste Talisman gegen dies Uebel eben das Reisen ist und daß das Reisen, die Reiselust und das Reisebedürfniß, das Reisen zur Erholung wie im Dienst von Handel und Wandel, bei seiner steten Wechselwirkung mit der glänzenden Entwickelung der Verkehrsmittel, nur immer mehr zunehmen kann und selbst die Unbemitteltsten und am entlegensten Wohnenden mit seinen Wohlthaten berühren muß. Mein ganzer Lebenslauf, auf dessen unruhige wechselvolle Gestaltung ich jetzt aus bemoostem Schwabenalter heiter zurückblicke, war in ganz ungewöhnlicher Weise dazu angethan, diese Erkenntniß in mir zu nähren und zu befestigen. Wohl hat es lange gedauert, bis ich dazu kam, unter die Vergnügungsreisenden zu gehen. Unsere schönen Alpen kann ich mir z. B. erst jetzt mit rechter Muße betrachten. Und doch war von Jugend an mein Sinnen und Trachten dem Reisen zugewandt und die Reiselust hat sich frühe in mir geregt. Aber sie trieb mich nicht in die Höhe, sondern in die Weite. Und weit – weit herum in der Welt – bin ich gekommen.

Wenn es eine gute und eine schlimme Fee gäbe, eigens um für Glück und Unglück der Menschen auf Reisen zu sorgen, so müßte ich annehmen, daß an meiner Wiege beide gestanden haben. Die eine gab mir den leidenschaftlichen Reisetrieb und eine vorzügliche Gesundheit mit auf den Weg; die andere versah mich mit Eigenschaften, welche gar leicht den ersteren mir zum Verhängniß hätten werden lassen können. Viele Umstände kamen zusammen, um denselben verfrüht zum Ausbruch zu bringen. Mein Vater war ein wohlhabender Holzhändler in Stettin. Als fünfjähriger Knabe schon durfte ich ihn auf einer Seereise nach Schweden begleiten. Um Schifffahrt, Flößerei, Fluß und Meer drehten sich die Lieblingsgespräche meines Vaters bei Tisch. Ferner hatte ich einen Onkel in Amerika, der nach bewegter Vergangenheit Kapitän auf einem Mississippidampfer geworden war. Was ich von ihm hörte, wenn es auch selten Günstiges war, erregte mächtig meine Phantasie. In noch höherem Grade thaten dies einige Bücher, welche mir bald, nachdem ich lesen gelernt hatte, in die Hände kamen, Campes ,Robinson' und populäre Bearbeitungen einiger Romane von Cooper, dem Lederstrumpf-Autor , und Marryat, dessen ,Peter Simpel' ich in jener Zeit wohl mehr als ein Dutzendmal gelesen habe. Wie dieser englische Midshipman auf See zu gehen, auch auf die Gefahr hin, gleich Robinson auf einer wüsten Insel zu stranden, oder wie Lederstrumpf in den amerikanischen Hinterwäldern als Bundesgenosse eines Chingachgook gegen Apachen oder Siouxindianer zu kämpfen und den Büffel zu jagen, dies wurden meine Knabenideale.

Das war an sich gewiß nichts Besonderes. Als ich aber über diesen und ähnlichen Büchern dann meine Schulaufgaben zu vernachlässigen begann, als ich – so oft und so lang ich konnte – mich von Hause wegstahl, um mit einigen gleichgestimmten Kameraden mich am Hafen, ja bald auch auf den dort lagernden Schiffen herumzutreiben, und mein Vater mit der herben Strenge seines Charakters dagegen seine Autorität geltend machte, wurde aus jenen Träumen allmählich der Plan, mich dem strengen Regimente und dem Schulzwang durch die Flucht zu entziehen und bei meinem Onkel auf dem Mississippi, dem ich, wie sie zu Hause sagte, ‚leider‘ nachschlug, mein Heil zu suchen. In irgend einer schwüle Gewitterstunde, in welcher das Donnerwetter von meines Vaters Munde grollte, ließ ich mich dann hinreißen, in störriger Knabenweise mit der Ausführung dieses Plans den Eltern zu drohen, und diese nahmen die Drohung ernster, als es damals nöthig gewesen wäre; ich wurde, um jedem bei der Nähe des Meeres sehr leicht auszuführende Fluchtversuch vorzubeugen, von Stettin fort in ein Knabenpensionat nach Heidelberg gethan, das wegen der in ihm herrschenden strengen Zucht wohlverdienten Rufes genoß. Ja, die Zucht war streng dort, zu streng für mein nach freier Uebung der besonderen Anlage lechzendes Naturell. Dort lernte ich zuerst den Werth der Heimath schätzen; die Welt meiner Knabenträume und Knabenspiele wurde zum Gegenstand sehnsüchtigen Heimwehs.

Als ich aber zu Weihnachten in die Ferien kam, mußte ich erkennen, daß diese Sehnsucht einem verlorenen Paradiese galt. Mein Vater hatte sich in den Kopf gesetzt, daß ich studiren sollte; sein Ehrgeiz wollte den einzigen Sohn in Amt und Würden sehen, die nur ein staatsgeprüfter Jurist erlangen kann; meine Natur aber war auf realere, praktischere Dinge gerichtet als die griechische Syntax und das Uebersetzen von Ciceros Reden, und meine Censuren, die ich heimgebracht hatte, lauteten nicht günstig. Ein Uebermaß von Nachhilfestunden, das mir nun in Heidelberg aufgebürdet wurde, machte die Sache nicht besser. Der alte Plan, nach Amerika durchzugehen, genährt durch die heimliche Lektüre von allerlei Reiseabenteuer- und Entdeckergeschichte, genährt auch durch das Gefühl, in mir schlummernde Gaben draußen in der Welt bewähren zu können, die jetzt mit aller Macht unterdrückt wurden, nahm immer mehr feste Gestalt an. Als die großen Ferien herannahten, war mein Entschluß reif. Das Geld zur Fahrt nach Stettin, das mir bei Beginn derselbe ausgehändigt werden würde, wollte ich an mich nehmen und als Zehrpfennig benutzen auf der Flucht in die weite Welt.

Wie sehr mein Geist dem Zuge nach der Fremde damals erlegen war, wurde mir erst klar, als ich viel später einmal das schöne Heidelberg wieder betrat. Für die Fülle anmuthigen erhabenen Schönheitsreizes, die das Neckarthal hier umfaßt, hatte ich damals kein Auge. Nur der Neckar selbst, der flinke Geselle, der mit brausendem Ungestüm an der Stadt vorbeieilt, dem Rheine zu, hatte mir's angethan. Er auch bot mir das Mittel zu einer ebenso sicheren wie wohlfeilen Flucht. Wie oft hatte ich den langen mächtige Flöße nachgeschaut, welche die schnelle Fluthen des Neckars, sobald nur der Fluß vom Eise befreit war, dem Rheine alltäglich zutragen. Mit dem Vorgeben, ein armer Handwerksbursch zu sein – mit entsprechender Kleidung hatt' ich mich vorher versehen –, der nach Holland wolle, stellte ich mich in Mannheim auf einem der großen Floßfahrzeuge ein, die dort zur Abreise bereit lagen, und gelangte so, wenn auch auf langsamem Wege, nach Rotterdam. Gerade diese Langsamkeit hielt mich den Nachforschungen der ebenso erzürnten wie erschreckten Eltern entzogen. Ich hatte ihnen einen Brief geschrieben, worin ich ihnen Mittheilung von meinem Entschluß machte und mein aufrichtiges Bedauern aussprach, ihnen Schmerz und Enttäuschung zu bereiten; um Verzeihung wolle ich sie erst bitten, wenn ich auf dem selbstgewählten Wege ein Mann geworden sei, der ohne Erröthen der Scham werde vor sie hintreten können.

Wie tief ich meine Eltern kränkte, wie groß der Kummer war, den ich ihnen bereitete, davon hatte ich damals keine Vorstellung. Ich glaubte mich an sich im Rechte; in meinem Vater sah ich den starren Gegner meines Lebensglücks; das Gefühl, einen Akt der Selbsterhaltung in allerdings sehr eigenmächtiger und waghalsiger Weise zu vollziehen, begleitete mich auf der abenteuerlichen Fahrt. Daß ich nicht aus Arbeitsscheu oder Sucht nach materiellen Genüssen dem Ort strenger Schulzucht entflohen, bethätigte ich von Beginn an. Als einer der Ruderknechte des Floßes erkrankte und in Köln ans Land gesetzt werden mußte, trat ich an seine Stelle und zeigte mich, trotz meiner halbwüchsigen Jugend, der körperlichen Anstrengung gewachsen. In Rotterdam verdingte ich mich auf ein Kauffahrteischiff, das zunächst nach Nordamerika ging, als Schiffsjunge. Trotz der Entbehrungen und Anstrengungen, ja auch Mißhandlungen, denen ich hier ausgesetzt war, fühlte ich mich auf dem Schiffe glücklicher als seit langem. Der Gedanke an meinen Onkel in Amerika gab mir Halt. Der war ja Schiffskapitän auf dem Mississippi, der werde mich schon besser zu verwenden wissen. Daß ich demselben kaum bekannt war und als Sohn meines Vaters schwerlich besonders willkommen sein konnte, diese Bedenken störten mich nicht.

Die Suche nach meinem Onkel gehört zu den romanhaftesten Kapiteln meines Lebens. Unser Familienname, so stolz mein Vater als Chef des alten Hauses Jakob Kurz und Sohn auf denselben auch war, ist nicht nur kurz, sondern auch sehr häufig. Der Mississippi aber ist länger und breiter, als ich mir selbst in meinen verwegensten Träumen vorgestellt hatte, und die Schiffe jeden Kalibers, die ihn befahren, zählen nach Tausenden. Eine nähere Adresse aber wußte ich nicht; war Onkel Richard doch nach einer heftigen Entzweiung mit meinem Vater außer alle Berührung mit der Familie gekommen. Nur daß er Kapitän auf dem Mississippi geworden war, hatte die Eltern vor Jahren zufällig von einem gemeinsamen Bekannten erfahren. Lange dauerte es denn auch, bis ich überhaupt in Erfahrung brachte, daß er zur Zeit gar nicht mehr diesem Berufe oblag. Wohl stand mein Dichten und Trachten nach den großen Uferstädten des genannten Stromes, wo ich am ehesten hoffen konnte, den Aufenthalt des Onkels auszukundschaften; aber wie hingelangen? Im Verhältniß zu heute war es ja freilich damals für eine junge kräftigen Mann von aufgeweckten Sinnen, der sich nicht scheute, da zuzugreifen, wo sich Arbeit bot, noch leicht, in Amerika sich durchzuschlagen und bei einigem Glück zu geordnetem Wohlstand zu gelangen; aber der Weg, den ich bis zu diesem Ziel zu machen hatte, war recht lang und oft recht steil, führte mich kreuz und quer und ein paar Mal auch an den Rand der Verzweiflung.

Das Erste, was mir blühte, war eine Anstellung als Hafenarbeiter. Saures Brot war's, das ich hier erwarb, aber die Zeit doch nicht verloren, denn während des Lastentragens beim Laden und Löschen der Seeschiffe wurde ich mir bewußt, wie viel natürliche Begabung für das Erfassen der Struktur jeder Art von Maschinenwerk in mir schlummere und nach Bethätigung ringe. Dies veranlaßte mich dann, eine Stelle als Werftarbeiter zu suchen, die ich endlich fand. Der Direktor des Bauplatzes wurde auf mich aufmerksam und engagirte mich für sein Bureau, wo ich allmählich Einblick in die Pläne und Berechnungen gewann, auf denen der Schiffsbau beruht, und mir theoretische Kenntnisse auf dem Gebiete der Statik und Mechanik erwarb, die ich dann abends in der kleinen Mansardenstube, die ich bewohnte, eifrig vervollständigte.

Dann aber regte sich aufs neue der Reisetrieb mächtig in mir. Ich machte das Steuermannsexamen und wurde nach einigem Suchen Steuermann auf einem Kauffahrer, der zwischen Kalifornien und New-York regelmäßig verkehrte. Jetzt hatte ich oft Gelegenheit, mich nach einem Kapitän Richard Kurz, der auf dem Mississippi fahren solle, zu erkundigen; doch niemand wußte von ihm. Auch als ich selbst an das Steuer eines sein Stromgebiet befahrenden Dampfers kam, konnte ich lange Zeit nichts von ihm erfahren, bis ich eines Tages in New-Orleans einen älteren Kapitän im Bureau einer Dampfschifffahrts-Gesellschaft traf, der den Onkel gar wohl gekannt hatte und mir mittheilte, daß derselbe schon vor mehr als zehn Jahren den Dienst quittirt habe und aus der Gegend geschieden sei. Das war ein schwerer Tag für mich damals. Den Onkel zu finden, war im Laufe der Jahre das feste Ziel meines Strebens und Hoffens geworden; aus einmal fühlte ich mich im Meere des Lebens plan- und ziellos, und was ist ein Steuermann ohne Reiseziel!

Ein Zufall war es, der mich schließlich dem Manne meiner Sehnsucht zuführte. An der Maschine unseres Dampfers waren einige Reparaturen nöthig geworden, und einige Besonderheiten in der Konstruktion veranlaßten mich, an die Schiffsbauerfirma zu schreiben, aus deren Werft die ‚Minerva‘ entstanden war. Die Antwort, die ich erhielt, trug unter dem Namen der Brooklyner Firma John Cowley u. Co. denjenigen, der mir so oft auf den Lippen schwebte: ‚Richard Kurz‘ stand in fester Handschrift darunter. Ich schrieb nun sofort einen persönlich an diesen Richard Kurz sich wendenden Brief, um die Identität mit dem gesuchten Onkel festzustellen, und richtig, er war es. Meine briefliche Darstellung, wie er in meiner Knabenzeit schon mich beeinflußt, wie der Gedanke an ihn mich nach Amerika begleitet und wie ich ihn dann so unverdrossen gesucht habe, rührten den alten wackeren Herrn, wie er mir schrieb, aufs tiefste: er lud mich ein, zu ihm zu kommen, und sobald ich meinen Steuermannsposten verlassen konnte, eilte ich nach Brooklyn. Mit Freuden stellte er fest, daß meine Eltern in der That ganz recht gehabt, als sie schon bei meinen Knabenstreichen geklagt hätten, daß ich dem schlimmen Onkel Richard nachschlüge, und daß dies nicht nur in Bezug aus den abenteuerlichen Trieb in die Ferne, sondern auch auf das Talent, das ihn nach langer Irrfahrt schließlich zum Betriebsdirektor einer der größten Schiffswerften am New-Yorker Hafen hatte werden lassen, der Fall sei. Unter Freudenthränen lachend, küßte und umarmte mich der auf den ersten Blick rauh erscheinende gute Mann; er bot mir zunächst eine Stelle als sein Privatsekretär an, damit unser Verhältniß auch Ordnung und einen Namen habe, und verschaffte mir bald einen schönen Posten im Bureau des gewaltigen Instituts, dem er als am Gewinn betheiligter Chef vorstand.

Nur in einem fand ich mich in meinen Erwartungen getäuscht, wenn auch nur auf angenehme Art. Ich hatte erwartet, den Onkel voller Antipathien gegen die Heimath und unsere Familie zu finden, die ihm ohne genügenden Grund schlimm mitgespielt hatte. Das Gegentheil war aber der Fall: meinem Vater hatte er in der Stille des Herzens das Unrecht, das ihm dieser gethan, längst verziehen. Und daß er sich so völlig entwurzelt vom Heimathboden wisse, bezeichnete er als Ursache eines tiefen Kummers, der an ihm zehre.

‚Ja, ja, mein Junge,‘ sagte er gleich am ersten Abend unseres Beisammenseins zu mir, ‚verlassen soll man das warme und bequeme Bett, das einem die Heimath bietet, bei Zeiten, in der Jugend und hinausgehen in die Welt, um die Kräfte zu stählen und mit eigener Hand sich sein Glück zu schmieden; aber man soll sie doch nur verlassen, um wieder zurückzukehren. Wenn ich nur ein wenig besser zu unserer Familie passen würde, ich wäre schon längst einmal wieder hinüber und hätte mich nach einem hübschen Platze umgeschaut an unserem Ostseestrand, am Rande der alten Buchenwälder, die so schön doch nirgends wieder zu finden sind, um mir für die Tage des Alters ein gemüthliches Nest da zu bauen Du bist erstaunt, daß Dein see- und landfahrender Onkel so spricht? Es ist aber doch mein voller Ernst. Ganz sich loslösen von seiner Heimath kann und darf niemand, wenn er nicht an den teuersten Besitzthümern des Herzens Verlust erleiden soll. Ich bin auch hier in Amerika ein Deutscher geblieben, und wenn meine Gedanken gelegentlich nach Stettin ziehen und Einkehr im alten Vaterhaus halten, so geht auch unser guter alter plattdeutscher Sprach durch meine Seele:

> ‚Nord, Ost, Süd, West –
> To Hus is’ best.‘

Und darum müsse er es bedauern, wenn sein Beispiel dazu beigetragen, mich auf die Dauer der Heimath zu entfremden. Daß ich fortgelaufen und auf meine Manier ein tüchtiger Mann der Arbeit geworden sei, darüber wolle er nicht mit mir rechten; daß ich aber auch wieder zurückkehre und mit den Meinen noch rechtzeitig meinen Frieden mache als vernünftiger Sohn, wie es sich gehöre, das erwarte er von mir, und es mir zu erleichtern, solle seine Sorge sein. Ich erwiderte zwar, daß ich nicht eher zurückkehren könne, als bis ich fest auf eigenen Füßen stehen werde, drückte aber dem braven Onkel, der so viel Herz sich hinter der wetterharten Brust bewahrt hatte, gerührt die Hand.

In der That fühlte sich das meine auch keineswegs von der Heimath losgelöst. In den Zeitungen verfolgte ich die politischen Wandlungen im großen deutschen Vaterlande wie irgend ein anderer stimmberechtigter Bürger. Mit Genugthuung nahm ich den Prozeß wahr des allmählichen Erstarkens und der Rückwirkung desselben auf das Ausland, das dem deutschen Namen mit wachsendem Respekt zu begegnen begann. Dann bestand aber auch noch eine direkte Beziehung zwischen mir und der Heimat. Um meinen Fluchtplan hatte ein einziges Wesen gewußt, dem ich auch den Abschiedsbrief an die Eltern anvertraut hatte, welcher erst drei Tage nach meinem Aufbruch der Post übergeben werden sollte. Dieses Wesen war ein Mädchen, das gleich mir damals in dem grünen Alter von sechzehn Jahren gestanden hatte und durch die zwischen uns in aller Stille erblühte Neigung in mehr als einen schweren Konflikt gerathen war. Denn dies treue Lining, so hieß sie und heißt sie – nicht wahr, Alte? – war die älteste Tochter des gestrengen Scholarchen, dessen allzu drückender Schulzucht ich mich so freventlich entzog. Auch sie fühlte sich nicht glücklich in einer Umgebung, die, bei aller gegenseitigen Liebe zwischen den Eltern und ihr, nicht geeignet war, frohe Stunden und heitere Eindrücke, wie sie einem jungen Mädchenherzen Bedürfniß sind, ihr zu bereiten. Der klösterliche Ton im Knabeninstitut beherrschte auch das Familienleben, andererseits war der Vater vom Stundengeben und anderen pädagogischen Geschäften und die Mutter von der Führung des großen Haushalts viel zu sehr in Anspruch genommen, als daß die Erziehung der Tochter eine gleichmäßige hätte sein können. Lina hatte schon überall mit anzugreifen, namentlich die Gartenarbeiten lagen ihr ob, und in einer von rothblühenden Bohnenranken umsponnenen Laube hatten wir uns unsere junge Liebe gestanden. Ohne die Billigung meines Fluchtplans von ihrer Seite würde ich schwerlich aufgebrochen sein. Das Vertrauen in meinen Charakter war aber in dem braven, frühreifen und über die Jahre ernsten Kinde stark genug, um mir nach längerer Ueberlegung, wenn auch unter Thränen, ihren Reisesegen zu geben. Ihr hatte ich die Sorge um den Brief an meine Eltern übergeben und sie übernahm freiwillig, an meine Mutter zu meinen Gunsten oder wenigstens zur Aufklärung über die Motive meines Handelns bald nach meiner Abreise zu schreiben.

Unsere beiden Mütter waren nämlich Freundinnen von der Schule her, und bei einem Besuche der meinen im Heidelberger Institutshaus hatte dieselbe eine warme Sympathie für das junge Mädchen bezeigt und sie eingeladen, später, wenn ich Student sei, einmal während der Ferienzeit auf unser Gut am Ostseestrand zu längerem Besuche zu kommen. Meine gute Mutter, die, wie sie in Bezug auf meine Herzenswahl denselben Geschmack mit mir theilte, auch sonst weit mehr Verständniß für meine Eigenart und den Kern meines Wesens hatte, als sie unter dem Druck der Autorität meines Vaters zu erkennen gab, meine gute Mutter hatte diese Herzensregung der kleinen Freundin ihres Sohnes hoch aufgenommen und freundlich beantwortet. Dies Verhältniß hatte Dauer gewonnen, nachdem Lining einer Einladung gefolgt war, ihr an ihrer Einsamkeit Gesellschaft zu leisten. So strömten mir durch den geheimen Briefwechsel mit meinem treuen Schatz immer auch Nachrichten aus dem Vaterhaus zu, ohne daß die Eltern, die sich gewöhnten, mich gleich einem Todten zu betrauern, davon eine Ahnung hatten. Und auch sie erhielten Nachrichten auf diesem Wege von mir. Denn das schlaue Mädchen that so, als erfahre sie durch die Schwester eines meiner Schulkameraden, was ich ihr an Tatsächlichkeiten schrieb. Nur von meinem endlichen Zusammentreffen mit dem langgesuchten Onkel und allem, was damit zusammenhing, erfuhren sie auf meinen besonderen Wunsch nichts.

Meine Braut, von dem festen Vertrauen beseelt, daß ich schon rechtzeitig heimkehren werde, wenn ich's zu etwas Tüchtigem gebracht hätte, und daß auch dies keine Ewigkeit währen könne, verschonte mich ihrerseits in rührender Weise mit naheliegenden Vorstellungen und Bitten, doch schon vorher als reuiges Kind ins Vaterhaus zurückzukehren. Aber als das dritte Weihnachten kam, das ich im fernen Auslande zuzubringen hatte, da sandte sie mir als Geschenk eine Brieftasche, in welcher vorn auf einem Seidenblatt mit seiner Perlenschrift die Worte aus Goethes ‚Iphigenie‘ eingestickt waren:

> ‚Der ist am glücklichsten, er sei
> Ein König oder ein Geringer, dem
> In seinem Hause Wohl bereitet ist.‘

Unter meines Onkels Leitung ging es nunmehr mit mir trefflich vorwärts. Bald erhielt ich im Laboratorium der Fabrik, das ausschließlich dem Zwecke diente, zur Vervollkommnung des Dampfbetriebs von Fahrzeugen Experimente zu machen, eine besonders gut bezahlte Stelle. Ich hatte auch hier Glück. Nach einigen Jahren gelang es mir, einige Verbesserungen zu erfinden und durchzuführen, welche die Gefahrlosigkeit hoher Fahrgeschwindigkeit bis zu einem gewissen Grad so gut wie garantirten. Die Firma nahm Patente darauf und betheiligte mich am Gewinn der Verwerthung. Der Vortheil der Neuerung war so einleuchtend, daß fast jede

Maschinenfabrik sich gedrungen fühlte, ihn sich zu nutze zu machen. Das Geschäft war ein glänzendes. Unser Haus war mit mir höchlich zufrieden. Ich erhielt den Auftrag, meine Erfindung auch in Europa bekannt zu machen und patentiren zu lassen, sowie zur Einführung derselben in die dortige Fabrikation selbst hinüber zu reisen. Der Tag der Rückkehr in die Heimath war gekommen. Wie klopfte mein Herz, als ich zum ersten Mal seit langer Zeit wieder ein Schiff bestieg, ein Schiff, das das erste war, welches mich, wie Goethe in seiner ‚Italienischen Reise‘ so schön es ausgedrückt hat, ‚heimathwärts, *liebe*wärts‘ tragen sollte!

Und ich kam nach Stettin. Ich trat ein in mein Vaterhaus. Aber nicht als Sohn klopfte ich an seine Thür. Der Vertreter der großen Brooklyner Maschinen- und Dampfschifffabrik John Cowley u. Co. forderte Einlaß im Bureau des gestrengen Herrn Jakob Kurz und wurde mit Zuvorkommenheit willkommen geheißen. Mein Vater hatte schon in den Fachzeitschrift von den Erfindungen gelesen, und dieselben für seine Schleppdampfer zu verwerthen war bereits sein Entschluß, ehe ich kam. Ich hatte mich mündlich als Vertreter meines Hauses anmelden lassen, natürlich ohne meinen Namen zu sagen. Ich wollte ohne jede Beziehung zu dem, was ich diesem theuren, trotz allem innig geliebten Manne durch die Geburt war, ihm entgegentreten, so wie ich geworden war. Mit warmem Interesse hörte er meine Auseinandersetzungen über Wesen und Werth der Erfindungen an und legte großes Verständniß für beides an den Tag.

‚Der ganze Weltverkehr gewinnt ja durch diese an sich kleinen Aenderungen, die verhältnißmäßig wenig Kosten verursachen¡

‚Das Ei des Columbus,‘ sagte ich lächelnd.

‚Ei, nur ein Erfinder selber darf so geringschätzend von seinen Verdiensten sprechen. Ich wollte Sie schon immer fragen, habe ich denn die Ehre, den Erfinder selbst vor mir zu haben¿

‚Freilich, verehrter Herr Kurz.‘

Der Vater erhob sich und drückte mir die Hand. ‚Und Sie besorgen persönlich die Einführung in Europa,‘ fuhr er fort. ‚So wird die Sache überall schnell Eingang finden. Die ganze Handelswelt ist Ihnen Dank schuldig, ja, jedermann, der reist, und wer reiste heutzutage nicht! Das Reisen ist ja das eigentliche Ferment der modernen Kultur. Nun, das Haus Cowley kann sich gratuliren, eine so frische aufstrebende Kraft sein nennen zu können.‘

‚Sie ahnen nicht, wie sehr mich Ihre Worte erfreuen. Da ich von Geburt ein Deutscher bin, möchte ich nicht ewig im Dienste des in der That bedeutenden amerikanischen Hauses bleiben. Ich würde dabei selbstverständlich nicht gleich eine ähnliche Position hier beanspruchen, wie ich sie dort aufgeben würde. Zum Beispiel, wenn Sie in Ihrem großen Holzimportgeschäft...‘

‚Aber, lieber junger Mann,‘ unterbrach mich der Vater, ‚ich falle aus den Wolken. Wie sollten Sie Ihr ganz besonderes Talent für Maschinenbau bei mir vortheilhaft verwerthen können¿ Ein Schatten flog über sein Gesicht. ‚Sonst, ach ja, ich könnte wohl eine frische, ausgiebige Persönlichkeit voll Welterfahrung und Unternehmungsgeist auch in meinem Geschäfte brauchen. So ein ganzer Mann ist ja überall von Nutzen und Herr der Situation.‘

‚Nun denn, wenn Sie mich für einen solchen Mann halten und ihn brauchen können, so wäre ja uns beiden geholfen,‘ rief ich, ‚mein Name ist...‘

In diesem Augenblicke ging die Thür von der Wohnung zum Bureau auf und - unwillkürlich trieb es mich, der eintretenden Dame mit den trotz der grauen Haare mir gar innig vertrauten Zügen entgegenzueilen, so daß ich mich nur schwer beherrschen konnte.

Sie aber hatte diese Bewegung bemerkt, und obgleich ich bei meinem Wanderleben ein ganz anderes Aussehen wohl bekommen, als mein Knabengesicht einst hatte ahnen lassen, erkannte das treue, scharfe Auge der Mutter mich sofort und: ‚Guter Himmel, das ist ja unser Ernst‘ rufend, stürzte sie auf mich zu, dann lag sie, von einem Weinkrampf durchschüttert, mich zärtlich umfassend, in meinen Armen.

Ich küßte ihr Haar, ihre Stirn. ‚Ja, ich bin’s,‘ sagte ich und blickte zum Vater auf. ‚Du hast mich eben um meiner Persönlichkeit willen willkommen geheißen, Vater: bin ich es auch weiter, da ich Dein Sohn bin? Kannst Du dem Ausreißer vergeben, nun er auf Reisen und durch seine Begeisterung für das Reisen und die Mittel desselben das geworden ist, was Du eben einen ganzen Mann genannt hast? Bilde Dir ein, ich sei aus Deinen Wunsch fort gewesen, und nimm mich nun auf in Dein Haus und Dein Geschäft – nicht als verlornen, sondern als pünktlich wiedergekehrten Sohn;

Mein Vater hatte keine Worte für sein Empfinden. Er sagte nur: ‚Das unser Ernst? – Ja, Du bist es!… Gottes Wege sind wunderbar,‘ und reichte mir feierlich aufs neue seine Rechte. Nachdem er sie geschüttelt, murmelte er: ‚Es sei so, wie Du es sagtest,‘ und ging hinaus, mit dem Arm sich über die Augen fahrend, und ließ mich mit der Mutter allein.

Draußen hielt eine Droschke. Es war meine Lining, die kam. Ich hatte gleich nach meiner Ankunft in Hamburg an ihren Vater geschrieben, meine Lage ihm dargelegt und um die Hand seiner Tochter angehalten. Als Antwort im günstigen Falle solle er diese zu meinen Eltern reisen lassen, wo ich sie treffen wolle. Die Treue seiner Tochter hatte den strengen Herrn doch gerührt, zumal ihr Vertrauen zu mir sich bewährt hatte. Die Mutter war schon lange vorher von ihr eingeweiht worden in unser Geheimniß und gab nun selig der Tochter ihren Segen mit auf die Reise nach Stettin… Das war ein Wiedersehen!…“

Herr Kurz ergriff unwillkürlich sein Glas: „Nicht wahr, Mutting, das war unser schönstes Reiseerlebniß? Darauf müssen wir anstoßen!“

Mit einem verschämten Ausdruck stillen Glückes stieß die treue Gattin des Erzählers mit ihm an. Aber auch den übrigen Zuhörern, die sich erhoben, mußten sie und er Bescheid thun.

„Ja, Lining, das ist nun schon lange her… Aber es ist uns auch weiter meist recht gut gegangen… Das Reisen, meine Herrschaften, haben wir zwei in unserer gesegneten Ehe immer nach Gebühr geschätzt. Deshalb kraxeln wir in unsern alten Tagen auch noch so hoch in die Alpen hinauf, und unsern Sohn haben wir ohne Widerstreben als Freiwillige in die Marine eintreten lassen. Aber nicht minder hoch halten wir unser Heim. Und nun es Schlafenszeit ist und wir für heute auseinander gehen, lassen Sie mich diesen Abend beschließen um dem herzlichen Wunsche. Allen eine glückliche Reise –

    ‚Nord, Ost, Süd, West‘–

aber allen auch eine glückliche Heimkehr, denn –

    ‚To Hus is’ best‘.“

„Recht so! Das war ein braver Schluß! Und nun, in der That, ist es auch Zeit, die Sitzung zu schließen,“ rief mit Wärme Professor Schröder. „Mit bestem Dank gegen Sie alle lege ich mein Präsidentenamt nieder.“

„Ihnen unseren Dank! “… „Aus Wiedersehen!“ und „Glückliche Reisen!“ – klang es noch einmal fröhlich durcheinander. Dann suchten die Ehepaare und Junggesellen ihr Lager auf. Das Bärbeli löschte die Lichter.

„Gute Nacht – Gute Nacht!“

Im Sonnenschein.

Das Wetterprophezeien müssen wir Astronomen doch auch weiter noch den Astrologen überlassen; das sind ja wirkliche Sonnenstrahlen, und ich meinte gestern Abend bestimmt, es werde
nun so einige Tage weiter regnen." Mit diesem stillen Selbstvorwurf erhob sich Herr Doktor
Helbig, die Augen nochmals reibend, von dem Lager, dessen Härte nicht hatte verhindern können, daß er bis eben fest und tief geschlafen hatte. Freilich nicht ohne Träume, die von den am
Abend vorher gehörten Geschichten stark beeinflußt waren. Eben noch hatte sein Traum den
dramatischen Höhepunkt erreicht. Er hatte sich mitten in einer von blauem Licht durchflu-
theten Gletscherspalte befunden, um seine Brust ein Seil, an welchem ihn ein Führer in der
Schwebe hielt, in seinen Armen ein Mädchen, in dessen holdem bleichen Angesicht die Augen
geschlossen waren... Wer war es nur gewesen? Die Züge waren ihm nicht fremd. Vergeblich! Er
konnte sich nicht besinnen, wo im Leben er sie schon gesehen... Da war die Sonne von oben in
die Gletscherspalte, nein in die schmale Kammer, die er mit Herr Whitfield als Schlafgemach
theilte, gefallen und hatte ihn geweckt. „Neckender Traumgott, läßt Du Dir von der Wirklichkeit so direkt ins Handwerk pfuschen? Hast Du mir nun den Traum gesandt oder ist nicht hier
mein noch schlummernder Stubengenosse der Uebelthäter, dessen Gletscherabenteuer meine
erregte Phantasie in ihrer Weise weiter gesponnen?"

Leise war er ans Fenster getreten und hatte den linnenen Vorhang zurückgeschoben. Da
aber brach es mit Entzücken von seinen Lippen: „Herrlich, wunderbar! Hollah, Herr Whitfield,
aufgewacht, es ist über Nacht das schönste Wetter geworden und nun sehen Sie einmal, welch
ein Schauspiel!"

Der Engländer war sofort aufgefahren, hatte sich schnell am Waschtisch mit kaltem Wasser
die Augen genetzt und trat mit einem freundlichen **Good morning, Sir!** neben den enthusiasmir-
ten Astronomen an das Fenster. Und auch sein verwöhnter Sinn mußte eingestehen, daß der
sich darbietende Anblick ein außerordentlicher war.

Dicht vor ihnen und in der tiefen Schlucht, die sich vom Seealpthal zu den Schneefeldern
des Hohen Säntis und seiner Nachbarn heraufzog, wallte und wogte es von weißschimmernden
Dämpfen und Wolken, klar und scharf aber über dieser vom Licht durchflossenen Nebelmasse
hoben sich die zackigen Formen der Bergspitzen selbst empor ins Blau des wolkenlosen Himmels, auf der einen Seite noch tief in Schatten, auf der andern aber vom Licht der siegreichen
Morgensonne leuchtend überfluthet. Immer mächtiger wurde ihr Walten, immer mehr ver-
flüchtigten sich die Wolken, gleich fliehenden Spukgestalten, hinunter ins Thal, dessen Um-
risse allmählich auch sichtbar wurden.

„Das wird ein Tag," rief befriedigt der Deutsche, der sich von dem Anblick nicht hatte trennen können, als der Engländer bereits mit einem **Splendid indeed** daran gegangen war, seine
einfache Toilette zu vollenden: „Nun aber auch keine Zeit verloren; ich gehe nach dem Frühstück sofort auf die Spitze!"

„**All right**, ich werde Sie begleiten. Die Aussicht war gestern zu dunstig. Ein so frisch geklärter
Morgen wie heute ist selten."

Auch in den anderen Räumen der Meglisalpe war es inzwischen lebendig geworden. In Plaids
und wollene Bettdecken gehüllt zum Schutz gegen die noch herrschende Kälte, erschienen fast
gleichzeitig mit den beiden Junggesellen die Kurzschen Eheleute und Professor Schröder auf
dem hofartigen Platz vor den beiden Unterkunftshäusern, einander in frohester Stimmung wie
alte Bekannte begrüßend. Aus der Küche tönte der Appenzeller Kuhreigen und der Führer
Doktor Helbigs, der eine kleine felsige Anhöhe in der Nähe bestiegen hatte, ließ einen Juch-
zer ertönen, so laut und kräftig, daß der in den Bergen geweckte Widerhall wie Donnerklang
dröhnte. Das Bärbeli, das bereits blitzsauber angekleidet war und eben den aufgestandenen Gästen auf einem Tisch im Freien den Kaffee auftrug, sagte mit stolzem Lächeln: „Das ist mein
Schmied-Jakob, gelt, der kann's!"

Mit warmem Interesse wurde der kräftige Bursche, der lachend herantrat, um seinen Herrn
zu fragen, ob er die Sachen zum Aufbruch herunterholen solle, von allen bewillkommnet; er

war ihnen ja durch die Geschichte vom Bötzler, wie sie das Bärbeli gestern Abend erzählt, allen aufs beste bekannt.

Jetzt traten auch Herr Breitinger und seine Frau aus dem Nebengebäude, fix und fertig zum Abmarsch. Die fröhlichen Malersleute sahen heiter aus wie der Sonnenschein, der das Bild rings umfluthete.

„Da sind einmal wirklich die Rechten zu einander gekommen," flüsterte mit einem fast mütterlich zärtlichen Blick auf das schöne Menschenpaar Frau Kurz ihrem Gatten zu; dann rief sie den Nahenden mit freundlichem Gruße entgegen: „Schon reisefertig?"

„Versteht sich, an solchem Morgen ist jede Minute kostbar," entgegnete die Malerin. „Und zwei Stunden braucht auch ein rüstiger Bergsteiger zum Hinaufstieg," fügte ihr getreuer Mann und Kollege hinzu.

„Die Herrschaften haben recht, Lina. Gefrühstückt hätten wir – so kann's denn losgehen. Aber warten dürfen Sie nicht auf uns. Wir nehmen uns Zeit. Das Alter hat etwas überflüssigen Ballast angesetzt und da ,örteln' wir uns so langsam hinauf. Das eine große Schneefeld dort wird uns ohnehin Mühsal bereiten."

Doch dem widersprach ihr Führer. Ein wenig strapaziren würden sich die Herrschaften schon, aber besonders schlimm wäre der Weg nicht. Nicht einmal für Damen beschwerlich, bei so schönem Wetter wie heute.

Auch Professor Schröder hatte sich reisefertig gemacht und kam, mit seinem Alpenstock bewaffnet, gerade auf die im Gespräch begriffene Gruppe zu, um Adieu und Auf Wiedersehen zu sagen, denn er wollte sich den eben aufbrechenden jüngeren Männern anschließen. Er kam gerade zurecht, um die letzte Versicherung des Führers zu vernehmen, und diese bewirkte eine Aenderung seines Entschlusses. Er drehte sich um, winkte den seiner Harrenden Lebewohl zu und rief „Auf Wiedersehen, meine Herren, heut Mittag! Ich bleibe hier und erwarte meine Damen, um dann gegen Abend mit ihnen den Aufstieg zu unternehmen. Das Barometer ist so bedeutend gestiegen, daß das schöne Wetter gewiß anhält. Da wär's eine Sünde, wenn ich meine Frau, die unserer Verabredung gemäß nun sicher den Weg bis hierher macht, nicht animiren wollte, ganz mit hinauf zu kraxeln…Sie hat sich die Sache offenbar schwieriger vorgestellt als sie ist, und wird sicher nicht hinter Ihnen, verehrte Frau Kurz, an Unternehmungsmuth zurückstehen wollen. Ich habe nämlich," erklärte er weiter den Damen, „mit meiner Frau verabredet, falls es sich über Nacht aufhelle, möchten sie und meine Nichte mir bis hierher entgegenkommen. Nach meinem Plane wollte ich ja gestern Abend noch auf den Säntis und dort übernachten. Nun werden die Damen bereits unterwegs sein und ich müßte mich übermäßig abhetzen, wenn ich bis zu ihrer Ankunft hier den An- und Abstieg zur Spitze erledigen wollte. Da ist mir noch zur rechten Zeit eingefallen, daß die Damen sich bei dem schönen Wetter, und nun der Reiseplan doch einmal geändert werden muß, ganz gern entschließen werden, in der Kühle des Abends mich hinauf zur Spitze zu begleiten. Der Sonnenuntergang muß, nach dem Aufgang zu schließen, heute ja wundervoll werden."

Fröhlich klang dann das „Auf Wiedersehen!" von Mund zu Munde. Der Professor blickte den drei Gruppen noch eine Weile nach. Dann ging er hinein ins Gastzimmer, wo gestern Abend der Geist Frau Aventiures die Tafelrunde der Eingeregneten von Mißmuth und Trübsinn befreit hatte, setzte sich an ein Fenster, dessen Ausblick zum Säntis hinausging, und nahm sein Taschenbuch heraus, um einiges niederzuschreiben; doch bald ließ er es sinken und schaute träumerisch ins Freie hinaus, auf die firnumpanzerten Berge und den weiten blauen Himmel über ihnen. Sonnig heitere Erinnerungen woben in seine Träume liebliche Bilder; die Erzählung, welche er gestern Abend hier vorgetragen, ging noch einmal durch seine Seele mit der Frische selbsterlebter Poesie.

Um diese Zeit etwa bog auf dem vom Weißbad ins Gebirge führenden Wege, da, wo er sich in der Nähe des Itterbachfalls nach dem Seealpsee und nach der Höhe links gabelt, in den letzteren steilaufsteigenden Saumpfad eine kleine Karawane ein, bestehend aus zwei Damen, einem Herrn, drei Maulthieren und zwei diese führenden Treibern. Die jüngere der beiden Damen, in deren braunem Gelock der frische Morgenwind spielte, so daß bald dieses bald jenes Löckchen luftig aufflatterte, war mit leichten Schritten vorangegangen, als die auffallend hohe Stimme des Stadtherrn, der etwas hinter der älteren Dame herankam, dem Zuge Halt gebot.

„Meine Damen, meine Damen, darf ich bitten, Fräulein Marie! Hier geht es ja ganz steil hinauf – ah – und da möchte ich die Gnädigen doch gehorsamst bitten, sich endlich der beiden Reitthiere zu bedienen, die ich – so frei war, für Sie zu bestellen."

Während er diese Sätze mit der Hast eines Kurzathmigen hervorstieß, war er stehen geblieben und trocknete sich mit einem rothseidenen Taschentuch den Schweiß von der Stirn und dem bereits ziemlich kahlen Schädel, welchen er zu diesem Zwecke entblößt hatte.

„Es thut mir leid, ein so freundliches Anerbieten ablehnen zu müssen, aber ich sagte Ihnen unten in Weißbad schon, daß ich auf steilen und vielleicht schwindelerregenden Bergpfaden von jeher lieber gehe als reite, ja gegen das Reiten ist solchem Falle geradezu eine Antipathie habe," antwortete in sanftem Tone die ältere Dame auf diese Einladung. Minder sanft, ja fast erzürnt klang es dagegen von der Höhe zu dem in einen eleganten schwarzest Anzug mit weißer Weste, die für seinen Leibesumfang viel zu eng war, eingezwängten, bereits jetzt unter der Sonnenwärme schwer leidenden Kavalier hernieder. „Aber Herr von Tümpling, wollen Sie mir denn die ganze Partie verderben? Ich habe zwei gesunde Füße und das Bergsteigen ist mir eine wahre Lust. Schicken Sie doch die zwei für uns bestimmten höchst unnöthigen Muli wieder zurück und besteigen Sie selbst das dritte, wenn Ihnen das Zuberg-Reiten ein solches Vergnügen macht."

„Ich bedaure sehr, meine Damen, Ihren Geschmack nicht getroffen zu haben. Was mich betrifft, – eh – so hab' ich von Kleinauf gern im Sattel gesessen und verschmähe dies auch nicht auf – Bergeshöhen. Auch bin ich für so beschwerliche Touren nicht mit dem passenden Schuhwerk eingerichtet," fuhr er seufzend fort, mit einem halb kläglichen, halb selbstgefälligen Blick auf seine enganliegenden glänzenden Lackstiefeletten. „Ja, wir armen unpraktischen Junggesellen sind übel dran. Eine so gute Hausfrau, wie Frau Professor, bedenken freilich alles und haben sogar Fräulein Marie veranlaßt, über ihre zierlichen Füße die plumpen schweren Nagelschuhe zu stülpen. Auf meine bescheidene Weise lassen Sie mich aber gleichfalls vorsorgen. So pressant ist es auch mir nicht, den Mulo zu besteigen. Aber mitgehen sollen er und seine beiden Kameraden; die Damen könntest denn doch ihre Kräfte überschätzen. Es wird warm werden, sehr warm, ah, – und ich fühle schon den Triumph voraus, welchen es mir machen wird, wenn Fräulein Marie mir eingestehen wird, daß es ihr doch recht angenehm sei, sich von einem so sicheren Reitthier – bis zur Meglisalpe weiter tragen zu lassen."

„Das wird niemals geschehen," rief es trutzig von oben herab. „Wenn mein Wunsch einigen Werth für Sie hat, so schicken Sie, bitte ich nochmals, die Thiere zurück. Sie so leer mit hinaufziehen zu lassen, erinnert gar zu sehr an die Stücklein der Herren von Schilda. Nichts für ungut, Herr von Tümpling; aber Sie zwingen einen ja zum Spott."

Damit wandte sich das Fräulein, welches sah, daß auch ihre Tante den Anstieg begonnen, und kletterte vergnügt über den steinigen Boden empor, den für eine Gebirgsreise so wenig geeigneten Herrn sammt seinen drei Maulthieren seinem Schicksal überlassend.

Der also Verhöhnte mußte nun wohl oder übel sich wieder in Bewegung setzen und seine schönen Lackstiefel dem spitzigen Steingeröll preisgeben. Er sah sehr verdrießlich und mißmuthig aus. Mehr noch als die Gefahr, in die er sich begeben, ärgerte und kränkte ihn der verletzende Uebermuth der jungen Dame. Ihretwegen hatte er eigens seine Reiseroute geändert, hatte er ganz gegen seinen Grundsatz, die Riesen des Hochgebirges nur von unten aus schön zu finden, die verrückte Idee gefaßt, die Damen auf dieser verwünschten Tour zu begleiten. Mit größter Sorgfalt hatte er alles bedacht und angeschafft, was denselben die Mühseligkeit irgend erleichtern könnte, und statt Dank zu ernten, erfuhr er nun solche Behandlung. Als er das Fräulein im vorigen Winter in Berlin im Hause dortiger Verwandten kennengelernt hatte, war sie ihm gerade durch ihr gesetztes Wesen und die gediegenen Eigenschaften ihres Charakters, die sie ohne Abbruch ihrer jugendlichen Anmuth zu entfalten gewußt hatte, so besonders angenehm aufgefallen. Was hatte sie nur so umgewandelt? Sollte sie jetzt, da sie sah, daß er sich ernstlich um sie bemühe, etwa gar an seinem Alter Anstoß nehmen? Er war doch noch lange nicht fünfzig wie sein Freund, der Oekonomierath von Bellwitz, der erst kürzlich einen blühenden Backfisch heimgeführt hatte. Und gar so groß war der Altersunterschied überhaupt nicht. Wenn man sie so vor sich sah, wie er eben, da sollte man freilich nicht meinen, daß sie schon längst die Zwanzig überschritten. Dies aber hatte er von ihrer Tante selbst gehört. Dagegen wurde dieser Unterschied ja durch weit schwerer wiegende mehr als aufgehoben; war er doch bereit, ein simples Fräulein Müller, deren Vater allerdings ein wohlhabender Architekt und Baurath war, zu einer von Tümpling zu machen. Einen von Tümpling behandelt man aber nicht ungestraft so, mein Fräulein wie es Ihnen soeben beliebte. Ein von Tümpling läßt sich dergleichen nicht bieten...

So schwer ihm bei dem anhaltenden Steigen der Versuch fiel, laut zu sprechen, seine innere Entrüstung drängte nach diesem Selbstgespräche danach, sich laut zu äußerst. Natürlich nur in der feinen Weise eines Kavaliers von Geburt.

Da er den Gegenstand seines Zornes nicht erreichen konnte, wandte er sich an deren Tante:

„Fräulein Nichte haben bisweilen recht eigenthümliche – Launen Scheine mich doch in der Beurtheilung ihres Charakters – ausnahmsweise geirrt zu haben. Bei meiner Menschenkenntniß passirt mir das – sonst nicht. Muß – problematische Natur sein.“

„Ei, lieber Herr von Tümpling, Sie müssen, was sie sagte, nicht aus die Goldwage legen. Sie sprach unüberlegt; die frische Gebirgsluft, die Lust des Wanderns haben sie berauscht. Sie werden sich aber auch schwerlich vorstellen können, wie sehr sie sich auf diese erste wirkliche Hochtour gefreut hatte, die beinahe zu Wasser geworden wäre.“

Frau Professor Schröder war bei diesen Worten stehen geblieben, um Athem zu schöpfen. Sie wandte sich dabei um.

„Aber lieber Freund,“ rief sie fast erschrocken „wie echauffirt Sie aussehen! Das Steigen greift Sie wirklich an; da ist der Aerger ein um so schlimmerer Gast. Söhnen Sie sich aus mit der so ganz gegen Ihre Absicht, vielmehr durch Ihre überquellende Liebenswürdigkeit herbeigeführten ärgerlichen Situation. Machen Sie gute Miene zum bösen Spiel, das sicher nicht bös gemeint ist, und plagen Sie sich nicht mehr mit dem Steigen ab. Setzen Sie sich auf eines der Thiere, und wenn der Weg oben wieder ebener wird, will ich Ihrem Beispiel folgen.“

Ein Zug von Rührung ging über das erhitzte Antlitz des an ein behagliches Schlendern durch die Lustgärten des Lebens gewöhnten Rittergutsbesitzers. Von dieser Dame, die ihre aristokratische Abkunft so schön bewährte, fühlte er sich verstanden. Und warum sollte er nicht das Maulthier besteigen? Er machte zu Pferd eine gute Figur, das wußte er. Einige Schritte weiter fing der Weg an breiter und ebener zu werden. Er ließ die Treiber mit ihren Thieren dort halten und bestieg das vordere derselben.

Frau Professor Schröder machte ihm ein Kompliment über die dabei entwickelte Gewandtheit. Es war ihr wirklich drückend, den auf seine Weise stets aufmerksamen und galanten Reisegenossen verstimmt zu sehen.

Ihr Zuspruch hatte auch die gewünschte Wirkung. Herr von Tümpling richtete sich, soweit es sein Embonpoint erlaubte, elegant im Sattel empor und machte dabei mit den Füßen eine Bewegung, als gälte es, einem gelernten Reitpferd die Sporen in die Weichen zu drücken. In dieser Beziehung aber verstand das in der Freiheit der Berge nur mangelhaft dressirte Maulthier keinen Spaß. Im Nu bäumte es auf, stellte sich auf die Hinterbeine, bockte nach vorn, und dann jagte es auf dem schmalen Bergpfad, ohne der Zügel seines Reiters zu achten, vorwärts. Und als ob die zwei unbenutzt bleibenden Muli nur auf dies Beispiel gewartet hätten, stürzten sie dem Durchgänger nach. Die überraschten Treiber suchten sie unter Schreien und Drohen einzuholen. So ging es wie die wilde Jagd an der erschreckten Dame vorbei. Zum Glück war das Terrain gerade an dieser Stelle nicht besonders gefährlich, und als der Pfad wieder steiler bergan zog, mußten die Thiere von selbst wieder in eine ruhige Gangart zurückfallen. Während die Frau Professorin in dieser Betrachtung beruhigenden Trost fand, kam Herr von Tümpling, dem der aufgespannte Sonnenschirm bei dem schnellen Ritt entfallen war und der sich nun krampfhaft an der Mähne des wilden Thieres festhielt, an jene Stelle, wo die Steigung wieder begann. Von demselben Trostgedanken geleitet, daß hier die Sache ein Ende haben müsse, ließ er die Mähne fahren, um wieder die Zügel zu ergreifen, denn er hatte Geistesgegenwart genug, darauf bedacht zu sein, daß er in seiner peinlichen Lage auf das vorausgeeilte übermüthige Fräulein keinen komischen Eindruck mache. Ja, die Sache hatte ihr Ende erreicht, aber dasselbe kam anders, als er gehofft hatte. In dem Momente, als das Terrain das Muli wieder zum Steigen zwang und der Reiter sich wieder emporrichtete, bäumte dasselbe von neuem und schleuderte dabei den Aermsten rücklings auf den Rasenabhang, so zwar, daß er vor einem weiteren Absturz geschützt war, dafür aber auf einen stachligen Stechpalmenstrauch zu liegen kam, aus dessen Zweigen er sich ganz fassungslos und wie ein Wahnsinniger schreiend mühsam freimachte. Als er zu sich kam, sah er Fräulein Müller mit einem trotz aller Anstrengung nicht zu unterdrückenden Lächeln auf den Lippen dicht über sich stehen und das nun wieder ruhig gewordene Maulthier beim Zügel halten.

„Sie haben sich doch nicht weh gethan?“ fragte sie, das Lächeln nun doch besiegend, im Tone aufrichtiger Theilnahme.

Er aber hatte das Lächeln gesehen und las aus der Frage nur Spott und Hohn. Es wurde ihm trotz alles Herumtastens klar, daß er in der That keine Blessur davongetragen, die einigermaßen dem Hilfegeschrei entsprochen hätte, das er im ersten Schrecken ausgestoßen. An allem war das bösartige Vieh schuld, das nun da lammfromm neben der Spötterin stand, als habe es an dem ganzen Malheur keinen Antheil. Nun hatte er wenigstens einen Gegenstand, an dem er seinen Zorn auslassen konnte.

„Verwünschte Bestie,“ schrie er, „rädern sollte man Dich. Hals und Beine hätte ich brechen können, wenn’s nach Dir gegangen wäre. Zerschmettert würden meine Gebeine im Abgrund liegen, wenn ich nicht rechtzeitig Deiner Herr geworden wäre! Recht so, schlagt nur zu!“ spornte er die Treiber an, die inzwischen herbeigekommen waren und nun unter Flüchen auf die Thiere eindraschen.

„Genug!“ rief aber nun auch Fräulein Müller. „Ein Glück, Herr von Tümpling, daß der Sturz so gut abgelaufen ist. Ich gratulire Ihnen herzlich. Was aber soll jetzt das nachträgliche Schlagen der Thiere nützen? Von meinem Standpunkte sah die Sache übrigens nicht so gefährlich aus; die Stelle hier war für den Unfall ungemein günstig. Auch warf Sie das Muli ziemlich sanft ab. Wenn Sie von Anfang an geritten wären, würde das Thier gewiß nicht plötzlich solche Launen bekommen haben.“

„Aber Marie!“ mahnte die herzugekommene Tante.

„Nun, ist es nicht wahr, daß dieses vierbeinige Trio uns die ganze Partie verdirbt? Herr von Tümpling thut mir ja leid –“

„Ich aber danke für Ihr Mitleid, in dem sich nur Spott und Hohn verbirgt. Theilnahme hätte ich allerdings von Ihnen erwartet nach solchem Unglücksfall. Ihr Benehmen aber belehrt mich, daß es in der That eine Dummheit von mir war, Ihnen auf dieser Fahrt mich zum Ritter anzubieten. Dem kann man ja abhelfen. Habe die Ehre, meine Damen!“

Sich verbeugend, wandte er sich ab zu den Treibern. Mit Würde wies er einen derselben an, die Damen als Führer mit einem der Muli zu begleiten. Dann schritt er dem anderen und den zwei übrigen Thieren auf dem Wege voran, den er wenige Minuten vorher in so verhängnißvoller Weise hatte zurücklegen müssen.

„Sprach’s und schlug sich seitwärts in die Büsche,“ recitirte das nunmehr doch recht ernst dreinblickende Mädchen mit gewaltsamem Humor, der ihre Verlegenheit verbergen sollte.

„Ein recht unangenehmer Auftritt, an dem, wie er jetzt verlaufen, auch gar nichts mehr komisch ist,“ sagte dagegen im Tone sanften Vorwurfs die Tante.

„Sei mir nicht böse, Tantchen,“ schmeichelte aber das Mädchen, indem es auf die mütterliche Freundin zueilte. Es barg den krausen Lockenkopf an deren Brust und küßte sie dann innig auf den Mund. „Nicht böse sein, Muttel! Ich konnte nicht anders.“

Frau Professor Schröder hatte die Tochter ihrer liebsten Schwägerin viel zu lieb, um ihr ernstlich böse sein zu können. Sie küßte das erregte Mädchen, das so jäh ihre Stimmung gewechselt, auf die Stirn, blieb aber ernst, indem sie sagte:

„Da hast Du wieder einen Freund weniger. Ich will Dein Urtheil in Herzenssachen nicht beeinflussen, aber Du erscheinst wirklich zu anspruchsvoll gegenüber der Männerwelt.“

„Herr von Tümpling – mein Freund?"

„Nun, er bewarb sich sichtlich am Dich und nannte sich Deinen Verehrer."

„Den aber zum Beispiel die Frage, ob ich eine Gänseleberpastete auf Straßburger Art zuzubereiten verstehe, bei weitem mehr interessirte, als irgend eine meiner feineren Empfindungen."

„Du übertreibst."

„Nein! Drin in der Stadt, in den Gesellschaften des vorigen Winters war es mir nicht so aufgefallen, in welchem Grade dieser selbstgefällige Modejunker vom rohesten Materialismus und Egoismus beherrscht war. Hier aber in der freien Natur ist es mir klar geworden, wie ihm alle gesunde Natürlichkeit und natürliche Empfindung abgeht. Und nun gar heute. Mit Lackstiefeln auf den Säntis! Und diese alberne Komödie mit den drei Mulis. Weil er mit seinen bereits vom Zipperlein geschwächten Gliedern nicht steigen kann und deshalb reiten will, sollen auch wir es, so sehr wir von Beginn an dagegen protestirten. Ihn hat nur die gerechte Strafe ereilt. Und ich danke Gott, daß wir ihn los sind."

Die beiden Damen waren langsam vorwärts gegangen. Nun gelangten sie an eine offene Stelle, welche einen Ausblick in das Seealpthal gewährte. Ein entzückter Ausruf drängte sich auf die Lippen der Sprecherin. Sie machte eine Bewegung mit der Hand, als wische sie etwas Häßliches aus.

„O Tante, welche Aussicht! Sieh, da steht eine Bank! Setzen wir uns; die Schönheit der Natur mag das unangenehme Erlebniß aus der Seele verdrängen. Wie still und verschwiegen dort in der Tiefe der dunkle Bergsee ruht, ganz umrahmt von rauschendem Wald und ragenden Felswänden. Da muß es schön sein, zu träumen."

„Immer gleich träumen, Du närrisches Kind. Warum nicht wachen Auges dem Schönen ins Angesicht schauen?"

„Sind denn die Träume nicht schöner noch als die Wirklichkeit? Vervollständigen sie doch die Eindrücke der Natur und des Lebens zu Stimmungsbildern, welche sich unverlöschlich der Seele einprägen." „Du liebe Träumerin! Finde Du nur erst das Glück, das Dein reines Herz im Träumen ersehnt, so wirst Du schon auch an der Wirklichkeit ein Genüge finden."

„Ich bin eben jetzt ganz glücklich. Und doch ist mir gar träumerisch zu Muthe."

„Weil Dir das Märchenhafte dieses Sees, dieser Umgebung heimlich den Glauben nährt, daß auch theure Märchenträume Deiner Seele sich noch erfüllen könnten."

Das Mädchen wurde roth und sah wie verschämt zu ihrer Tante auf.

„Märchenträume? Wie kommst Du zu dem Wort?"

„Ei nun. Prinzen, die verzauberte Prinzessinnen erlösen, die brave Mägdlein aus Einsamkeit und Vergessenheit befreien, bevölkern die nicht schon die Traumwelt unserer Kinder? Wenn ich Dein sprödes Verhalten allen bisherigen Heirathsanträgen gegenüber betrachte – ich will dabei von diesem, ich gebe es zu, nicht sehr verlockenden Tümpling ganz absehen – so muß ich glauben, ein solcher Traum aus der Kinderzeit stehe bei Dir einem realen Erfassen ehelichen Glückes im Wege." Sie umschlang bei diesen Worten ihre junge Nachbarin, welche, ihren Kopf an ihre Schulter legend, die Augen schloß und schwieg, während ein seliges Lächeln um ihre Lippen schwebte. „Ich habe also recht," fuhr sie fort. „Willst Du mir nicht einmal den Kindertraum erzählen?"

Marie schüttelte mit dem Kopf.

„Er läßt sich nur träumen!"

„Und gar nicht zur Wirklichkeit machen?" frug sanft und mit besorgtem Blick die mütterliche Freundin.

„Doch, doch! Noch hoffe und glaube ich's."

„Aber sage, Kind, Dein Prinz, Dein Märchenprinz muß dann doch auf Erden wandeln, von Fleisch und Blut sein wie Du? Man muß ihn doch auffinden können, ihn darauf aufmerksam machen, daß Du seiner harrst."

„Er muß von selbst kommen!"

„Ja, aber sag' mir nur wenigstens, wo er lebt. Kenn' ich ihn?"

„Das weiß ich nicht." „Aber wie er heißt?"

„Das weiß ich nicht."

„Du sprichst in Räthseln, Kind. Was er ist, mußt Du aber doch wissen?"

„Ach, auch das ist mir unbekannt. Aber" – und das Mädchen erhob sich plötzlich – „jetzt habe ich genug verrathen. Wir versäumen die Zeit. Der Onkel wird droben schon auf uns warten. Das Märchenerzählen langt für die Winterabende, aber nicht für gefährliche Bergpartien. Siehst Du, Tantchen, dort geht's schon wieder recht scharf in die Höhe." Und damit schritt sie mit dem ihr eigentümlichen leichten Gange voran.

In der That war inzwischen oben auf seinem Warteposten Professor Schröder ungeduldig geworden. Er hatte mit einem Fernrohr von geeigneter Stelle aus die Nahenden verfolgt und auch ein paarmal an Punkten, wo der Weg sichtbar wurde, sie erkannt; anfangs in Begleitung von dem geschniegeltem Aristokraten, der seit einigen Tagen aus sichtlichem Interesse für seine Nichte Marie ihr Reisegenosse geworden war, dann ohne ihn. Was konnte vorgefallen sein und die Trennung bewirkt haben? Im Grunde that es ihm wohl, den ihm unsympathischen Menschen aus dem Gesichtsfeld schwinden zu sehen. Er hatte zwar von Anfang an das Vertrauen gehabt, das kluge Mädchen werde die Hohlheit und Oberflächlichkeit seines Wesens bald genug durchschauen und seine Bewerbung zurückweisen. Aber wer ist vor Irrthum geschützt, wenn es sich um Vorausberechnungen handelt in Bezug auf Neigung und Liebe? Auch kannte er die Schwäche seiner sonst so vernünftigen Frau sowie der Mutter Mariens, das eigenthümliche Mädchen, dessen Herz so lange Zeit zur Entknospung brauchte, durchaus unter die Haube bringen zu wollen. Natürlich, um es später nur zu bereuen! ... Unter solchen Betrachtungen war er den Damen entgegen gegangen, begierig auf die Lösung des Räthsels, denn etwas Besonderes mußte den Herrn doch zum Rückzug veranlaßt haben.

Mit warmem Interesse hörte er dann, als er die Damen, die er gestern bei unsicherem Wetter verlassen und jetzt bei leuchtendem Sonnenschein wiedergefunden hatte, die Mittheilungen seiner Frau an, während Marie, die ihn mit inniger Herzlichkeit begrüßt hatte, vorausschritt.

„Ein seltsames Mädchen," sagte er, nachdem er den Hergang erfahren hatte. „In diesem Falle kann ich ihr ja nicht unrecht geben, im Gegentheil; aber ihr Verhalten ist allerdings auch ein neues Symptom jener ablehnenden kühlen Art, mit der sie bisher allen sie umwerbenden Männern begegnet ist. Weißt Du denn gar nicht, was diese verursacht?"

„Eben vorhin erst hat mir das Kind einen, jedoch auch nur schmalen Einblick in diese Welt ihres Herzens gewährt. Und das fragmentarische Bekenntniß klingt so seltsam, so märchenhaft, daß es mich recht mit Sorge erfüllt hat. Der Mann, den sie liebt, ist nicht viel mehr als ein Hirngespinst, kaum daß er mehr Wirklichkeit hat als die Gestalt eines Traumes. Denke Dir: sie weiß nicht, wo er lebt, nicht was er ist, nicht einmal wie er heißt. Und dabei hofft sie mit einem Glauben, der an den des Käthchens von Heilbronn gemahnt, dennoch auf ein Wiedersehen, ja auf eine dauernde glückliche Vereinigung mit ihm. Welche romantische Schwärmerei!"

Der Professor war nachdenklich geworden. Er strich sich über den weißen Vollbart, zog dann die Stirn nach oben und blickte in die Ferne, als ob es dort geheime Inschriften zu enträthseln gäbe, dann aber ging ein feines Lächeln über seine Züge und er sagte schmunzelnd: „Vielleicht handelt es sich doch hier nur um ein neckisches Spiel des launigen Gesellen, den Gott Amor so gern zum Regisseur wählt, wenn er eines seiner Lustspiele aufführt, des Zufalls. Ja, lausche nur auf! – Marie!" rief er dann der vor ihnen in Sinnen einher Schreitenden zu , und als diese dem Rufe entsprochen hatte, fuhr er in herzlichem Tone fort: „Wir reden eben vom Thüringer Wald, in dem ich meine ersten kleinen Bergtouren als Knabe vollführt habe; sag' mal, warst Du auch einmal in Thüringen?"

„Freilich, Onkel. Papa hatte dort einen reichen Verwandten, der leider bald, nachdem ich einmal mit Mama und Großmama einen Monat lang auf feinem Gut zu Besuch gewesen war, verstorben ist. So bin ich später nur noch einmal flüchtig auf einer Rundreise durch das schöne Stück Land gekommen."

„Es hat Dir also damals sehr gut dort gefallen?"

„Ach, Onkel; ich kam damals gerade, kaum sechzehnjährig, aus der Pension von Lausanne; es war mein Eintritt aus der Schule ins Leben. Und was für ein Eintritt! Ein herrlicher Mai, blühender Frühling ringsum, freundliche, liebe Menschen, Freiheit und Jugendluft – nie vergessen kann ich den Tag meiner Hinfahrt, meiner Ankunft; es war, als stände der Himmel offen! O Gott – es war eben zu schön, als daß es hätte so bleiben können!“ Eine plötzliche Ueberwallung des Gefühls erstickte die Stimme des Mädchens, sie mußte schluchzen, weinen. Doch bald fand sie wieder die Herrschaft über sich. „Verzeiht,“ sagte sie leise, „ich bin heute so aufgeregt und reizbar trotz all der Schönheit, die mich umgiebt; weiß selber nicht warum.“

„Die Scene mit Herrn von Tümpling hat Dich mehr alterirt, als Du zugeben wolltest,“ tröstete teilnehmend die Tante, welche ihren Mann fragend von der Seite ansah, was er denn mit seinem Verhör über Thüringen beabsichtigte. Dieser aber fuhr fort, indem er seinen Arm aus dem der treuen Gattin löste und ihn um die Schultern des geliebten Pflegekindes legte:

„Ich gebe nichts auf Ahnungen und die spiritistischen Auslegungen des Zufalls sind mir verhaßt. Und doch möchte ich sagen, es liegt etwas in diesem Sonnenschein, der schimmernd dort die Spitze des Säntis umspielt und von Fels zu Fels und Firnfeld zu Firnfeld seine goldenen Netze spinnt, was wie Sympathie auf Deine Nerven wirken könnte. Ob nicht auch der so fröhlich veranlagte und doch melancholische Herr Doktor Helbig, der mir gestern Abend ein Erlebniß, das er zu Pfingsten vor acht Jahren zwischen Schwarzburg und Ilmenau hatte und als das schönste seines Lebens bezeichnete, eben etwas Aehnliches aus diesem Sonnenlicht auf sich einwirken fühlt?“

„Onkel, wer – was sagst Du?“

Ein Beben ging durch die Stimme des Mädchens, und doch hielt sie ihren Onkel fest, daß er nicht weiter schreiten solle und ihr kein Wort von dem, was er da sagte, verloren gehe.

„Fassung, Kind! Nur eine Vermutung. Mehrere Herren und Damen, die gestern Abend gleich mir in der Meglisalpe eingeregnet waren, beschlossen auf meine Anregung, sich die Zeit durch Geschichtenerzählen zu vertreiben. Jeder sollte sein schönstes Reiseerlebniß zum Besten geben. Darunter ein junger Mann, ein Astronom, Observator an einer deutschen Universitätssternwarte, Doktor Helbig mit Namen, der sich mir als ein einstiger Zuhörer vorgesteckt hatte, und dieser erzählte uns ein romantisches Liebesabenteuer, das er auf fröhlicher Studentenfahrt durch den Thüringer Wald einst erlebt hatte, mit einem Mädchen, an das er sichtlich noch heute mit Zärtlichkeit dachte, doch wußte er weder wie sie hieß, noch wer sie war, noch wo sie dauernd wohnte. Doch halt, den Vornamen hatte er erfahren. Der Name lautete – Marie…“

„Onkel, Onkel! Und wie sah er aus, der Erzähler?“

„Ei, recht hübsch, Kind. Gescheit und dabei ganz unternehmend. Doch wozu da viel Worte machen! Wir sind ja zur Stelle und wenn ich mich nicht irre, so ist der dort auf dem Felsen mitten im Alpenrosenhag sitzende junge Mann, der eben seinen Feldstecher auf uns richtet, der, den ich meine. Siehst Du, er hat Dich betrachtet, er zuckt zusammen, er blickt wieder her, nun läßt er das Glas sinken, sinnt und sinnt, nein, springt auf – er kommt uns entgegen! Da frag ihn selber, ob er Dir außer seiner Geschichte von gestern noch etwas Besonderes zu erzählen hat.“

* * *

Die Sonne stand im Zenith. Da oben auf der Meglisalp ließ sie ihre Strahlen frei und lustig spielen. Sie ließ sich genügen, hier nur als Lichtspenderin zu walten – hei, wie funkelte es! –; Wärme gab es schon genug ohne sie. Wärme echter Festesfreude, theilnehmender Freundschaft, seliger Liebe. Auch durch die Stube, in der gestern Abend die Eingeregneten beim trüben Schein der Lampe gesessen, fluthete hell ihr Licht und vergoldete das schlichte Tafelgeräth auf dem Tisch, um welchen eine fröhliche Festversammlung bei der Mahlzeit saß. Die Mahlzeit war sehr einfach; aber nicht das glänzendste Festessen kann gleichzeitig so fröhlich und so weihevoll verlaufen. Eben erhob sich Herr Kurz: „Meine Damen und Herren,“ sagte er in seiner behaglichen Weise. „Gestern Abend schlossen wir unser Symposion in der Alpenhütte mit dem Rufe ‚Glückliche Reise‘ und ‚Gute Heimkehr‘ und heute früh trennten wir uns mit dem Wunsche ‚Auf Wiedersehen‘ – Welches Glück aber noch diese Säntisfahrt zur Reife bringen und welche Heimkehr sie zweien der Bergfahrer zusichern werde, ahnten wir alle wohl gleich wenig. Und welch ein Wiedersehen uns hier so bald bevorstehen würde, uns allen, aber vor uns allen dem wackeren Doktor Helbig und seiner nunmehrigen Braut, wer hätte dies voraussage wollen? Nun schmähe noch einer die Wirklichkeit: sie sei aller Poesie, aller Schönheit bar! Die schönsten Märchen erdichtet das Leben selbst. Reist nur hinein in die Welt, und ihr erlebt auch heute noch in unseren Tagen der Nüchternheit wundersame und abenteuerliche Geschichten die Menge. Da seht unser Brautpaar an! Die beiden werden das Reisen, sein Glück, seine Wunderkraft für alle Zeiten segnen. Möge ihnen auch daheim am häuslichen Herd nicht weniger Segen erblühen! Das wünschen und hoffen und glauben wir. Darauf lassen Sie uns mit ihnen anstoßen und nochmals rufen: ‚Glückliche Reise‘ – und ‚Gute Heimkehr‘ und – ‚Auf Wiedersehen!‘“…

Zur Jubelfeier des weimarischen Hoftheaters

Die Woche des 7. Mai bringt für Weimar wieder einmal eines jener Jubiläumsfeste, denen die Erinnerung an die klassische Karl Augusteische Zeit Anlaß und Weihe giebt.

Am. 7. Mai 1791 wurde das bereits sieben Jahre zuvor erbaute „Redouten- und Komödienhaus" der Herzogin Anna Amalie in den ausschließlichen Dienst, der dramatischen Muse gestellt und als herzogliches Hoftheater, feierlich eingeweiht. Vorher war das Bühnenhaus – wie früher schon der Theatersaal im Schlosse bis zu dessen Brande an die Kochsche, dann die Seylersche Wandertruppe – an die Bellomosche Schauspielgesellschaft vermiethet gewesen; jetzt hatte Karl August die Absicht, nach dem Vorgange anderer Fürsten, die Bewirtschaftung des Theaters auf eigene Kosten bei öffentlichem Charakter desselben zu übernehmen.

Der Theaterzettel jenes denkwürdigen Abends, den wir auf Seite 316 abbilden, vereinigt in sich eine Reihe klangvoller Künstlernamen der damaligen Zeit. Was aber dem neuen Unternehmen seine Bedeutung verlieh und dem heutigen Jubelfest die geistige Antheilnahme der ganzen Nation zuwendet, ist der Name des auf dem Zettel nicht genannten Direktors, der im Auftrag des Herzogs die Leitung des neuen Theaters in die Hand genommen hatte. Jener Abend war der Anfang von *Goethes* Theaterleitung, die – epochemachend in der Geschichte des deutschen Theaters – über sechsundzwanzig Jahre, bis 1817, gedauert hat und deren buntbewegtes Vorspiel, das geniale Treiben des Liebhabertheaters am Hofe gewesen war, auf welchem der Dichter, wie sein Wilhelm Meister die Kunst des Schauspielers selbst geübt hatte.

Kein anderes der deutschen Theater, deren Anfänge mit der Blüthezeit unserer klassischen Litteraturperiode verflochten sind, hat die Ueberlieferung in gleichem Maße mit so überirdischem Glanz ausgestattet wie das Hoftheater von Weimar. Einem Zauberwort gleich weiß sein bloßer Name eine sonnige Welt hochgestimmter Kunstpflege von fast hellenischem Charakter heraufzubeschwören.

Der Duft der Orangenhaine von Belrigardo, in denen Tasso mit der Prinzessin lustwandelt, strömt uns aus derselben entgegen und durch die Zweige klingt lockend das schelmische Lachen der Philhie. Fürsten und Fürstinnen, die, dem Genius huldigend, ihn bewirthen; bezaubernde Frauen und Mädchen, welche die würdigen Hofgewänder mit lustig bunten Bühnenkostümen vertauschen; ein romanhaft bewegtes Theaterleben, das nach Lust und Gelegenheit bald im Freien, bald im Prunksaale, bald in Wirthshausstuben seine Bühne aufschlägt:

> „In engen Hütten und im reichen Saal,
> Auf Höhen Ettersburgs, in Tieffurts Thal,
> Im leichten Zelt, auf Teppichen der Pracht,
> Und unter dem Gewölb der hohen Nacht."

So steht das Bild dieser quellenden Ursprungszeit vor uns, und das Lachen Philinens wird übertönt vom süßergreifenden Gesange Mignons und der erschütternden Wohllautrede, wie sie der Goetheschen Iphigenie von den Lippen strömt – „das Land der Griechen mit der Seele suchend." Und so hat Wilhelm Mülbach das Bild seiner Goethe-Galerie eingefügt: Goethe im Kostüm des Orest auf der offenen Gartenbühne im Ettersburger Park, von Karl August, der den Pylades gespielt, den beifallspendenden Zuschauern vorgeführt, während Corona Schröter, noch Iphigenie, auf der anderen Seite die apollinischen Locken des Dichters mit Lorbeer krönt. Vor der Bühne im Kreise, sitzend und stehend, die Mitglieder des Musenhofes: Anna Amalie in frohem Entzücken neben der still sinnenden Herzogin Luise; Charlotte von Stein und Amalie von Kotzebue, Lorbeer und Blumen dem bewunderten Dichter darbringend; voll Sympathie sich des Schauspiels freuend: Wieland, Musäus, Herder, Knebel und Merck.

Doch wie mächtig auch die goldene Legende von „Weimars goldenen Tagen", vom „Musenhof" zu „Ilm-Athen" in unserer Zeit noch fortwirkt, die kritische Goetheforschung, welche auf den romantischen Kultus folgte, hat jene Zeit inzwischen doch des überirdischen Glanzes entkleidet und den schimmernden Schleier entfernt, welchen das dankbare Dichterwort und der verklärende Nachruhm um ihre „Wirklichkeiten" gewoben. Wir wissen heute, wie viel Sterbliches jenem genialen Treiben der „Unsterblichen" anhaftete, mit wie viel Entsagung diese „Huldigung der Künste" für die großen freien Geister verknüpft war, welche irdischen Leidenschaften in das Kunstwalten jener Musen ihre Fäden wirkten, auf wie kargem Boden und mit wie dürftigen Mitteln sich der schöne Schein der Kunst dem Sein vermählte in dem Weimar Karl Augusts, das keineswegs oft von einem griechisch wolkenlosen Himmel überwölbt war und aus dessen engen Verhältnissen sich auch Goethe mehr als einmal hinweggesehnt hat – „das Land der Griechen mit der Seele suchend". „Ein Mittelding zwischen Dorf und Hofstadt" hat es Herder in einer Stunde offener Aussprache genannt. Und in der herrlichen Apotheose auf die Tage des Liebhabertheaters, welche Miedings, des Theatermeisters, Tod in Goethe anregte, verglich es dieser mit – Bethlehem.

Aber wie jede Erkenntniß der Wahrheit, so bringt auch diese ernüchternde einen Gewinn. Ist der Triumph nicht um so größer, wenn wir die hinreißende Wirkung des Genius, die Empfänglichkeit der Phantasie, das Hochgefühl der Seele als die eigentlichen Triebfedern jener Götterfeststimmungen erkennen? Erscheinen uns die schließlichen Erfolge von Goethes Theaterlust und Theatetleitung nicht um so bewundernswerther, je mehr wir die Schwierigkeiten ermessen, unter denen er aus dürftigen Anfängen die Bühne Weimars hinanführte zu ihrer späteren weithin herrschenden Höhe? Wir werden billiger in unserem Urtheil gegen die Gegenwart, wenn wir sehen, daß auch das vereinigte Genie eines Goethe und Schiller bei der Heranentwickelung des weimarischen Hoftheaters zu einem wahrhaften Tempel der Kunst gezwungen war, mit den realen Bedingungen seines geschäftlichen Gedeihens zu rechnen und der Schau- und Unterhaltungslust der Menge die Zugeständnisse zu machen, welche deren Bildung und deren Geschmack verlangten. Das unten mitgetheilte Programm der Eröffnungsvorstellung hat dafür symbolische Bedeutung. Der große Dichter hatte die Amtsführung, die Regiearbeit, er übernahm es auch, den Prolog zu dichten, was aber das Stück selber betraf, so rieth ihm die Vorsicht, nicht eines der Dramen von Shakespeare von sich, von Schiller, von Lessing zu wählen, er gab ein volksbeliebtes Rührstück von Iffland, der, so groß auch als Schauspieler, als Bühnenschriftsteller doch nur ein Handwerker war, welcher mit kluger Berechnung seine genaue Kenntniß der Bühnenwirkung und des Geschmackes der Menge verwertete? Und Goethes Prolog verwies auf den alten Erfahrungssatz: „Der Anfang ist in allen Sachen schwer." Wie der Landmann im Frühling den Samen in die Erde senken müsse, um im Herbste Frucht zu ernten, wie der Baumeister den Grund um so tiefer grabe, je höher er die Mauern führen wolle, so sei auch hier es geboten.

In einer Zeit, wo es deutsche Stadttheater giebt, deren jährlicher Betrieb über eine Million kostet und die, über zwei glanzvoll ausgestattete Häuser verfügend, an Sonntagen oft drei Aufführungen darbieten, ist es schwer, von der Dürftigkeit jener von Goethes Namen gedeckten Anfänge des weimarischen Hoftheaters einen richtigen Begriff sich zu bilden. Weimar, mit kaum 6000 Einwohnern, war arm, die Kassen des Hofs erschöpft; fehlte es doch sogar zum nöthigen Neubau des 1774 abgebrannten Schlosses an flüssigen Mitteln. Vom 7. Mai bis 25. September 1791 bestand Goethes Theaterbudget, das der Hof als Vorschuß gewährte, in 1098 Thalern. Seine meist aus jüngeren Kräften zusammengesetzte Gesellschaft umfaßte 16 Personen, von denen die Mehrzahl sowohl Sänger als Schauspieler waren; einen Theil derselben übernahm er aus der Bellomoschen Truppe, und auch sein Repertoire fußte im ersten Jahr auf dem seines Vorgängers: Lustspiele von Kotzebue, Jünger, Schröder, Schauspiele von Iffland, Spieß und Vulpius, Singspiele von Martini, Paisiello und Dittersdorf. So glänzend uns die Namen seiner Hauptkräfte – Malcolmi und seine älteste Tochter Amalie, Genast, Vohs, Oels, die Durands, Frau Neumann und deren „Christel" – heute noch erscheinen, so wenig glänzend waren die Verhältnisse dieser ersten weimarischen Hofschauspieler bei einer wöchentlichen Gage von 5 bis 8 Thalern – ohne Garderobegeld, ohne Spielhonorare. Für die Comparserie und die Chöre gewann Goethe die Seminaristen, die mit der Ehre zufrieden waren, und ließ es auf den Zorn Herders über solchen Mißbrauch ankommen. Dafür ließ er nur alle zwei, oft nur alle drei Tage spielen. Und auch so hätte er die Pforten der Bühne nur zu bald ganz schließen müssen infolge Ausbleibens der unumgänglich nöthigen Einnahmen, hätte er nicht mit Erfolg schon im ersten Sommer einen Ausweg beschritten, der sich trefflich bewährte, den längerer Gastspiele in dem damals vielbesuchten Badeort Lauchstädt bei Halle, sowie in dem reicheren Erfurt. Der Erfolg dieser Gastspiele, die sich später auch auf Naumburg, Rudolstadt, Halle und Leipzig erstreckten und stets das Beste des weimarischen Repertoires mit Sorgfalt zur Aufführung brachten, war von vornherein ein so günstiger, daß ihr Erträgniß Jahr für Jahr den Fehlbetrag der heimathlichen Kasse deckte, welche freilich auch die Kosten fast aller Neueinstudierungen zu tragen hatte.

Und viel und vielerlei mußte einstudiert werden! Die kleine Zahl des Publikums vertrug keine öfteren Wiederholungen und aus Goethes eigener Erfahrung als Theaterdirektor stammt der Wahrspruch des Direktors im Bühnenvorspiel zum „Faust": „Wer vieles bringt, wird manchem etwas bringen!" Ueberhaupt ist jedes Wort dieser Dichtung, aus der so viele Stellen in Volkes Mund übergegangen sind, der Fülle seiner eigenen Erfahrung entnommen und sie selbst ein Spiegelbild der getheilten Empfindungen, mit denen er die materiellen Interessen der Verwaltung, die idealen der Kunst und die realen der Unterhaltungslust nebeneinander zu wahren suchte als Lenker seines Theaters. Wie er als Dichter im höchsten Aufschwunge der Phantasie nie den Boden der Wirklichkeit unter den Füßen verlor, so war auch hier seine Pflege der Kunst festgewurzelt in dem Boden der gegebenen Verhältnisse. Er theilte Schillers Ansicht nicht, daß das Theater geradezu eine hohe Schule der Moral und Sittlichkeit zu sein habe, ihm genügte es, wenn es durch Poesie, Musik und Humor hohe Gefühle, vor allem Freude erwecke. Und darum gab er auch der „lustigen Person" ihr Recht. So hatte er es schon in seinen poetischen Anfängen aus eigenem Antrieb gehalten und neben dem Götz satirische Schwänke in Hans Sachsens Weise gedichtet, so hatte er sich in seinen Maskenzügen und Festspielen, in seinen Singspielen für die Liebhaberbühne dem Geschmack der Herzogin Amalie anzupassen gewußt. Der Geschmack des Hofs wie des größeren Publikums ging auf Singspiele und Opern; Goethe kam diesem Geschmack entgegen, nur ließ er die beliebtesten Stücke durch Vulpius, Baron Einsiedel und den Konzertmeister Kranz in Text und in Musik veredeln. Allmählich führte er dann ohne Widerstand Mozarts alles verdrängendes Genie zum Sieg. So hielt er es mit Shakespeare, mit Schiller: erst hielt er sie zurück und ließ Iffland und Kotzebue regieren. Mit „König Johann" und „Don Carlos" lieferte er die ersten siegreichen Treffen. Von sich gab er lange Zeit nur Prosa: „Götz", „Geschwister", „Clavigo" – „Tasso" wurde von seinen Schauspielern unter Pius Alexander Wolff heimlich zu seiner Ueberraschung vorbereitet. Schließlich aber verlangte das Publikum mit Begierde nach dem, was er nur zögernd ihm als vorhanden gezeigt hatte. Doch noch im Jahre 1811, wo das klassische Drama in seinem Repertoire längst sich die herrschende Stellung erobert hatte, leitete er das Gastspiel in Halle mit einem Prolog ein, in dessen Anfang die Quintessenz der Gedanken im Faustvorspiel als ein Zugeständniß ans Publikum erscheint.

> „Das Mannigfalt'ge vorzutragen ist uns Pflicht,
> Damit ein jeder finden möge, was behagt.
> Was einfach, rein natürlich und gefällig wirkt,
> Was allgemein zu jedem frohen Herzen spricht.
> Doch auch das Possenhafte werde nicht verschmäht,
> Der Haufe fordert, was der ernste Mann verzeiht.
> Und diesen zu Vergnügen sind wir auch bedacht:
> Denn manches, was zu stiller Ueberlegung euch,
> Zu tieferm Antheil rührend, anlockt, bringen wir,
> Entsprossen vaterländ'schem Boden, fremdem auch,
> Anmuthig Großes; dann das große Schreckliche."

Als er im Februar 1802 seine bisherigen Erfahrungen als Theaterleiter in einem Aufsatz kurz zusammenfaßte, schrieb er im gleichen Sinne: „Das Theater ist eins der Geschäfte, die am wenigsten planmäßig behandelt werden können; man hängt durchaus von Zeit und Zeitgenossen in jedem Augenblick ab; was der Autor schreiben, der Schauspieler spielen, das Publikum sehen und hören will, dieses ist's, was die Direktoren tyrannisirt und wogegen ihnen fast kein eigener Wille bleibt. Indessen versagen in diesem Strome und Strudel des Augenblicks wohlbedachte Maximen nicht ihre Hilfe, sobald man fest auf denselben beharret und die Gelegenheit zu nutzen weiß, sie in Ausübung zu setzen." Nur allmählich und ohne viel Aufhebens hatte er inzwischen seine eigenen Maximen geltend gemacht, die zuerst auf Veredelung des Spiels seiner Schauspieler und des Geschmacks seines Publikums gerichtet waren, um so den unentbehrlichen Boden zu schaffen für eine Blüthe der Kunst nach seinem Ideale auch in Bezug auf Auswahl des Besten unter den vorhandenen Bühnenstücken. Als Mittel bediente er sich desselben Kunstgesetzes, das später mit gleichem Erfolg die „Meininger" aufnahmen: er suchte ein lebensvolles Zusammenspiel heranzubilden, bei welchem der erste wie der letzte sich verbunden fühle im gemeinsamen Werk der Hervorbringung eines Kunstganzen.

Während die Meininger aber dabei auf malerischbewegte Gesammtwirkungen ausgingen, schwebte dem Dichter der „Iphigenie" in jener Zeit ein Ideal *plastisch-rhythmischer* Art vor, wie es unter dem Einfluß der Antike in ihm gereist war und – was nie vergessen werden sollte – unter dem Eindruck einer Künstlerin Form gewonnen hatte, einer Sängerin, die zugleich eine Sprecherin und Darstellerin von ureinziger Wirkungsmacht war, dieselbe, an welche denkend er seiner Iphigenie Leben und Gluth einhauchte, und welche, 1778 von Leipzig nach Weimar als Kammersängerin berufen, auch die erste Darstellerin derselben im Liebhabertheater des weimarischen Hofes wurde: Corona Schröter.

> „Zum Muster wuchs das schöne Bild empor,
> Vollendet nun, sie ist's und stellt es vor.
> Es gönnen ihr die Musen jede Gunst
> Und die Natur erschuf in ihr die Kunst.
> So häuft sie willig jeden Reiz auf sich,
> Und selbst dein Name ziert, Corona, dich.
> Sie tritt herbei. Seht sie gefällig stehn,
> Nur absichtslos, die wie mit Absicht schön!
> Und hocherstaunt seht ihr in ihr vereint
> Ein Ideal, das Künstlern nur erscheint."

So wie in diesen Zeilen, dem Ausdruck höchster Begeisterung, hat Goethe Corona Schröter wiederholt gepriesen als die Verkörperung, ja Offenbarung seines Ideals reiner Natürlichkeit und edler Formvollendung in der Bühnenkunst; sie war ihm die hohe Priesterin der Musen, wie Iphigenie diejenige Dianens ; sie stellte er seiner Künstlerschar als Muster vor und sie gewann er zur Lehrerin der begabtesten unter den jüngeren Talenten. Nach ihr bildete sich Amalie Malcolmi und ihr Gatte Pius Alexander Wolff, welche die „weimarische Schule" 1816 nach Berlin verpflanzten. Und die, wie Mignon, früh verlöschende Christiane Neumann, Goethes „Euphrosyne", bekam von ihr die Rolle der Marianne in Goethes „Geschwistern" einstudiert wie Shakespeares Ophelia, die letzte Rolle, in welcher dieser Liebling Goethes vor seinem frühen Tode auftrat. Auch sie hat Goethe in Versen gefeiert, wie vor ihr nur Corona Schröter und nach ihr keine andere Bühnenkünstlerin besungen worden ist. Beide, Urbilder an Schönheit und Anmuth entgegengesetzter Art, Christiane ein Kind der heiteren wie Corona der ernsten Muse, haben Goethe geliebt und mit ihrer Liebe ihre Kunst beseelt und geadelt; er hat beiden dafür durch seine Liederhuldigung Unsterblichkeit verliehen. Wie sehr die rhythmisch-plastische Schule von Weimar, als noch Goethes Geist lebendig in ihren Schülern wirkte, als die Corona Schrötersche Darstellungsweise noch von solchen Nachahmung fand, die sie selbst gesehen und gehört hatten, frei gewesen, sein muß von der späteren Manieriertheit, wie sie hinreißend und überzeugend gewirkt haben muß auf ein ganzes Geschlecht von Künstlern und Kunstfreunden, davon ist ihr damaliger allgemeiner Sieg über den aus den Bühnen herrschenden Naturalismus ein erschöpfender Beweis. Auch Schiller, als er nach Vollendung des „Wallenstein" und dem großen Erfolg seiner Erstausführung in Weimar (1799) ganz dahin übersiedelte und bis zu seinem Tod als Dramaturg eifrig an der Leitung des Theaters theilnahm, beugte sich ihrer Macht und fühlte sich zu Zugeständnissen gedrungen. Das außerordentlich erfolgreiche Gastspiel der Weimaraner in Leipzig 1807, deren dichtbesetzte, laut bejubelte Abende fast nur Aufführungen der besten Dramen von Lessing Schiller, Goethe, Shakespeare brachten, entschied jenen Sieg. Als letzter mächtigster Vertreter derselben ragte in unsere Zeit am längsten Emil Devrient, der ewig junge, herein.

Auch in der Katastrophe, welche dann Goethe 1817 zur Niederlegung des Bühnenscepters zwang, spielte die treibende Rolle ein durch Schönheit und Talent hervorragendes Weib. Nicht als guter Genius, sondern als Dämon der Intrigue. Wie Corona Schröter in Goethe das Interesse fürs Theater zur Leidenschaft gesteigert hatte, so gelang es Karoline Jagemann, dem Dichter das Theater für alle weitere Zeit zu verleiden, Daß der äußere Anlaß dazu ein dressirter Pudel war, als habe sich der Teufel dafür rächen wollen, daß Goethe ihn im „Faust" als Pudel auf die Bühne gebracht, ist weltbekannt. Der Wiener Schauspieler Karsten hatte um die Erlaubniß nachgesucht, seinen vielbesprochenen, überaus geschickten Hund in dem Drama „Der Hund des Aubry de Mont Didier" auch auf der weimarischen Hofbühne auftreten zu lassen. Goethe lehnte es ab, weil dieses Gastspiel der Würde der Kunst widerspräche, aber Karl August, der davon erfuhr, bestand darauf. Dieser würde dem Konflikt gewiß aus dem Wege gegangen sein, wenn er nicht schon längst vorher durch Karoline Jagemann, die seine Gunst in hohem Grade genoß, gegen Goethes Oberherrschaft am Theater aufgehetzt gewesen wäre. Die Jagemann die Tochter eines weimarischen Hofbeamten, war auf Kosten der Herzogin Amalie am Mannheimer Hoftheater zur Sängerin und Schauspielerin ausgebildet worden und hätte sich nach ihrem 1797 erfolgten Uebertritt auf die weimarische Bühne, schön und reizend wie sie war und ein Landeskind obendrein, schnell zum Liebling des Hofs und des Publikums emporgeschwungen. Dem Landesfürsten wurde sie mehr – „die Gesellschafterin seiner Erholungsstunden", und erhielt als solche später den Titel einer Freifrau von Heygendorf und ein Rittergut. Auf diesen Rückhalt gestützt, hatte sie schon 1801 dem Kapellmeister Kranz peinliche Unannehmlichkeiten bereitet und auch früh schon begonnen, die ihr lästige Macht des gewaltigen Dichterministers zu unterwühlen, Goethes Frau, die als Schwester des „Theaterdichters" Vulpius von klein auf mit dem Theater verwachsen war und große Neigung besaß, sich in diesen Theil der Geschäfte ihres Gatten zu mischen, dürfte ihr dies erleichtert haben. Kurzum, nachdem sie schon 1808 dem Dichter seine Stellung, so weit verleidet hatte, daß er ein Entlassungsgesuch einreichte, gab ihr 1817 der „Hund des Aubry" und seine Ablehnung durch Goethe die lang gesuchte Handhabe, einen Zwiespalt zwischen Karl August und Goethe herbeizuführen, der dessen unwiderruflichen Austritt aus der Direktion des Theaters zur Folge hatte. Seine Nachfolger wurden – wenn auch nicht Äußerlich – sie und ein Schützling von ihr, der Bassist Stromeyer. In wie weit Frau Jagemann als Künstlerin das Erbe der Goetheschen Kunstübung würdig zu verwalten gewußt hat, können wir nicht mehr feststellen: daß ihr anmaßlich eitles Eingreifen in die Regiegeschäfte, ihre Umtriebe gegen Goethe und ihr wahnwitziges Unterfangen, in der Direktion an seine Stelle zu trejen, das Theater schnell von seiner vielbewunderten Höhe heruntergebracht haben, dies ist dagegen zweifellos. Das Drama, wurde zurückgedrängt, die Oper, und zwar vom Virtuosenstandpunkt aus, bevorzugt. Erst mit dem Eingreifen Hummels als Hofkapellmeister, der 1820 von Stuttgart nach Weimar kam, nahm wenigstens die Oper einen künstlerischen Aufschwung, der die Musikfreunde einigermaßen schadlos hielt. Die Jagemann ist später – als Freifrau und Rittergutsbesitzerin – in Vergessenheit und Einsamkeit gestorben. In der Zeit ihrer Theaterleitung war auch – 1825 – das Theater abgebrannt, das die Stätte unwiederbringlich weihevoller Stunden höchster Kunstpflege gewesen, das Goethe und Schiller in herrlichen Prologen und Vorspielen gefeiert hatten, das der Schauplatz geworden war einer ganzen.

Zur Jubelfeier des weimarischen Hoftheaters.

Nach einer Zeichnung von *Peter Schnorr.*

Liszt. Goethe. Hummel.

Christiane Amalie Luise Becker (Neumann), Goethes "Enphrosyne". Amalie Wolff
(Malcolmi) als Königin Elisabeth in Kenilworth. Corona Schröter.
Franz Dingelstedt. Pins Alexander Wolff. August von Loën.
Das alte Theater. Hans Bronsart von Schellendorff. Das letztge Theatergedäude.

Reihe von Erstaufführungen klassischer Meisterdramen, des „Wallenstein", des „Tell", des
„Tasso" und vieler anderer, bei denen die Lichter selber als Regisseure und Direktoren gewaltet
hatten. Vor dem Neubau ist am 3. September 1857, an einem der großen Erinnerungsfeste
Neu-Weimars, ein Denkmal erstanden, das Goethe und Schiller nebeneinander zeigt, *einen*
Ruhmeskranz in den Händen. Und der Geist ihres gemeinsamen Wirkens ist denn auch bis
ist unsere Tage der segnende Schutzgeist des weimarischen Hoftheaters geblieben, so wechsel-
voll seine Schicksalen so verschiedenwerthig die Nachfolger Goethes in der Oberleitung auch
gewesen sind.

Was auch die Hoftheaterintendanten von Weimar, Hofmarschall von Spiegel (1828-1827),
von Ziegesar, von Beaulieu-Marconnay, und die besonders erfolgreichen Generalintendanten
Franz von Dingelstedt (1857-1867) und August von Loën (bis 1887) versucht und ausgeführt
haben, um den alten Ruhm dieser Bühne durch neue Thaten aufzufrischen, das Besten was sie
boten, war immer auch eine Neubelebung des Goetheschen Theatergeistes, ob nun ein kühnes
Eintreten für neue Talente, ob eine mustergültige Pflege des klassischen Erbes dabei als Zweck
wirkte. Und nur in diesem Sinne kann auch der neue Generalintendant Freiherr von Bronsart
den alten Ruhm der ihm unterstellten Bühne wahren. Für die vielfältigen Bemühungen des
Großherzogs Karl Alexander, dem Beispiel Karl Augusts als Förderer der Künste in zeitgemäßer
Weise nachzueifern, blieb das Theater immer ein Mittelpunkt. Ob unter seinem Schutze nun
der „jungdeutsche" Aufschwung des deutschen Bühnenlebens oder die „neudeutsche" Oper Richard Wagners in Weimars Hoftheater bevorzugte Förderung fand, ob Shakespeare-Cyklen oder
Musterausführungen klassischer Opern veranstaltet wurden, immer hing die neue Gegenwart
die eigenen Ruhmeskränze an den Sarkophagen des klassischen Weimars auf.

Als in Franz Liszts Hand der Kapellmeisterstock zum Feldherrnstab wurde, der die Wagner-
sche Muse zum Siege leitete, knüpfte er klug die neue Aera an den alten Ruhm dieser Kunststät-
te; die erste Aufführung des „Lohengrin" im Jahre 18..0 beraumte er auf den Tag von Goethes
Geburtstag an und ein Prolog von Dingelstedt schlug die Brücke über beide Welten. So war es
unter Loën in der großen Wagner-Woche von 1870 und bei der Aufführung des „ganzen Faust"
in der Bearbeitung des weimarischen Regisseurs Otto Devrient mit Musik von Ed. Lassen, dem
verdienstvollen Hofkapellmeister der Bühne seit Liszts Abgange.

Die Festspiele, welche neuere Dichter eigens für die weimarische Bühne geschaffen haben,
Dingelstedts „Erntekranz", Gutzkows „Shakespearefeier an der Ilm", Scheffels „Linde von Et-
tersburg" etc., sie brachten immer aufs neue zum Ausdruck, daß alles neuere deutsche Kunst-
streben auf der Bühne, vor allem aber auf der des weimarischen Hoftheaters das Wirken und
Schaffen unserer großen klassischen Dichter zur Voraussetzung hat.

Biografie

Scheffel

Als in der großen sturmbewegten Zeit, die uns Deutschen das neue Reich schuf, Scheffel zum Lieblingsdichter der deutschen Jugend wurde und sein kraftfroher, echt süddeutscher Humor auch im deutschen Norden sich tausend und abertausend Herzen gewann, wußten nur wenige von dem innigen Zusammenhang, den später die biographische Forschung zwischen den Vorfahren des Dichters und seinen Werken festgestellt hat. Aber schon in meiner grundlegenden Scheffel-Biographie »Scheffels Leben und Dichten« (1887) habe ich eingehend nachweisen können, wie die wunderbare poetische Anschauungskraft Scheffels für die deutsche Kulturwelt früherer Zeiten ein geistiges Erbe aus der Anschauungswelt seiner eignen Ahnen war.

Am 16. Februar 1826 kam *Joseph Victor Scheffel* in *Karlsruhe*, der Haupt- und Residenzstadt des Großherzogtums Baden, zur Welt. Er war der älteste Sohn des Regierungsingenieurs Jakob

Scheffel, welcher der badischen Wasser- und Straßenbaudirektion als Oberbaurat und dem badischen Geniekorps als Hauptmann **à la suite** angehörte. Mit seiner jungen Frau *Josephine*, geborenen Krederer, bewohnte er damals den zweiten Stock des dreistöckigen Wohnhauses Steinstraße Nr. 25. Gebürtig waren aber beide Eltern aus dem *südlichen Schwarzwald*, der Vater vom alemannischen Westrand, die Mutter vom schwäbischen Ostrand, und des Sohnes Ahnenbewußtsein lernte früh als seine Heimat im weiteren Sinne das ganze historisch so bedeutsame, landschaftlich so schöne Gebiet zwischen der jungen Donau, dem jungen Rhein und dem unteren Neckar betrachten, das sich dann in seinen Hauptwerken so farbenfrisch und anmutend spiegeln sollte.

Schon als Knabe ist das Karlsruher Stadtkind an der Hand seines Vaters durch die Gänge, Hallen und ehemaligen Schulraume der säkularisierten Benediktinerabtei *Gengenbach* im Kinzigtal geschritten, in der sein Urgroßoheim, Prälat *Jakob Trautwein*, der vorletzte Abt gewesen war, während sein Großvater *Magnus Scheffel* als Oberschaffner (Klosterrezeptor) die Hand über den reichen Weingütern und Kellereien des alten reichsunmittelbaren, von der Reichsstadt Gengenbach umschirmten Benediktinerstifts hatte. Der Name Magnus wies auf den heiligen Magnus zurück, dessen Gebeine in der Stiftskirche zu Füssen am Lech, dem alten Hochsitz der Augsburger Bischöfe, ruhen, und vom *Lechfeld* bei Augsburg, wo Otto der Große die wilden Ungarn schlug und Herzog Burkhard II. von Schwaben die tapfere Seele aushauchte, stammte Magnus Scheffel. Von ihm hatte Scheffels Vater einige Zeit nach Begründung des eignen Herds in Karlsruhe neben mancherlei altertümlichem Hausrat auch manch ein Stückfaß alten guten Gengenbacher und Ortenberger Weines geerbt, und er wußte von ihm auch manchen hübschen Charakterzug zu erzählen, der von einem, uns Heutige echt »Scheffelisch« anmutenden urwüchsig-schlagfertigen Humor zeugt. Als die Stelle des Oberschaffners im Stift neu besetzt werden sollte, hatte Prälat Jakob den Sohn seiner Schwester Veronika, die an den Landwirt *Joseph Scheffel* in Langen-Erringen im Lechfeld verheiratet war, nach Gengenbach kommen lassen, damit er sich neben den fremden Anwärtern um die Stelle bewerbe. Wer die Wahl hatte der Fürstbischof von Speyer, der aus Bruchsal im Stift erschien, zu entscheiden. Der Bischof und der Abt waren joviale Herren und den Freuden der Tafel in keiner Weise abhold. So wurde denn ein feines Mahl veranstaltet, an welchem auf besondere Einladung auch sämtliche Bewerber um die betreffende Stelle teilnahmen. Einem guten Witz bei diesem Mahle hatte Magnus Scheffel es zu danken, daß er zum Oberstiftsschaffner gewählt ward. Ein Aufwärter hatte beim Servieren des Fischs das Mißgeschick, die violette Soutane des Fürstbischofs mit der Sauce zu übergießen, was peinliche Verlegenheit schuf. Da rief hellauflachend Magnus Scheffel: »Ich hab doch mein Lebtag schon viel Schönes anrichten sehen, aber noch nie einen Reichsprälaten in einer Forellensauce!« Der Bischof stimmte in das Lachen ein. »Er ist ein origineller Kauz,« gab er zurück. »Er soll Oberstiftsschaffner sein!« Wie Magnus Scheffel es aber auch verstanden hat, das so gewonnene Vertrauen zu rechtfertigen, ist durch das Schreiben bestätigt, in dem bei der Säkularisierung des Stiftes im Jahre 1803 der Landvogt v. Roggenbach dem Markgrafen Karl Friedrich von Baden den Oberstiftsschaffner Scheffel zu weiterer Verwendung empfahl. Der seit 1788 mit *Johanna Läuble* verheiratete, nunmehrige badische »Amtskeller« behielt denn auch seine Stellung, bis er 1809 pensioniert wurde. Doch blieb er in Gengenbach wohnen bis zu seinem 1832 erfolgenden Tod. Seine Frau war schon im Jahre der Geburt ihres Enkels gestorben. Der einzige Sohn des Paares, des Dichters Vater, war am 29. Juni 1789 in Gengenbach zur Welt gekommen; neben Jakob wuchs noch eine Schwester, die zwei Jahre jüngere Genovefa Scheffel, heran. Diese wurde die Frau des Apothekers Zimmermann in Gengenbach, mit dessen zweiter Tochter Johanna sich 1829 der Apotheker Karl Heim aus der badischen Stadt Renchen verheiratete, der bald danach im nahen Zell am Harmersbach eine eigne Apotheke auftat.

Scheffels Großmutter *Katharina Krederer* aber stammte aus der Gegend des *Hohentwiel*. Sie war die Tochter des Löwenwirts und Posthalters Balthasar *Eggstein* in *Rielasingen*, einem der Stadt Singen gegenüber liegenden Ort an der alten Straße, die von Rottweil her über Tuttlingen nach Stein am Rhein in die Schweiz führt. Als sie am 17. Februar 1800 in Düggingen bei Donaueschingen den Kaufmann Franz Joseph Krederer in Oberndorf am Neckar heiratete, war dieser bereits Präsenzschaffner, d. h. Verwalter der Kirchenpflege daselbst. Ein Bruder von ihr, der ihre Trauung vollzog, war Stadtpfarrer in Offenburg. (Vgl. Brinzinger im Jahrbuch des Scheffelbundes 1905/6.)

Die Herrschaft *Oberndorf* hatte im frühen Mittelalter zum Besitz des Klosters *Sankt Gallen* gehört und war im 16. Jahrhundert, nachdem es eine Weile schon zu Württemberg gehört hatte, an *Österreich* gekommen, dessen Regiment ein erzherzoglicher Statthalter vertrat. Die Lage der Stadt in der Nähe des Salz ausführenden Sulz und der Straße, in die hinter Rottweil von Wien her die große Donaustraße mündet, machte sie zum Ausgangspunkt der quer durch den Schwarzwald führenden Straße zum Rhein, nach Straßburg; sie zieht durchs Kinzigtal, wo sie im Mittelalter den Wohlstand der Reichsstädte Gengenbach und Offenburg gründen half. Bald nachdem das Reichsstift Gengenbach an *Baden* gekommen war, fiel die Herrschaft Oberndorf (1805) an *Württemberg*. Seiner günstigen Lage, die es um die Mitte des vorigen Jahrhunderts auch zum Erscheinungsort des »Schwarzwälder Boten« gemacht hat, hatte Oberndorf es zu danken, daß in der kriegsbewegten Zeit von 1811 die württembergische Armeeverwaltung ihre Waffenfabrik hierher verlegte, wo ihr die Räume des säkularisierten Augustinerklosters zugewiesen wurden, in denen später die Mausersche Waffenfabrik zu ihrer außerordentlichen Blüte gelangt ist.

Hier also kam am 22. Oktober 1805 die Mutter des Dichters, *Josepha Krederer*, zur Welt. Ihr Vater, einer der angesehensten Männer im Ort, war bei fünfunddreißig Jahren bereits Stadtschultheiß, welche Würde auch sein Vater und sein Großvater in Oberndorf bekleidet hatten. Schon sein Vater Karl Krederer hatte das ansehnliche alte »Freihaus« am oberen Stadttor bewohnt. Aus freiherrlichem Besitz war es an Josephas Großvater übergegangen, »Doch behielt es,« so heißt es in den Aufzeichnungen der Dichtermutter, die Alberta von Freydorf 1902 in der »Deutschen Monatsschrift« veröffentlicht hat, »unter seinem bürgerlichen Eigentümer seinen mittelalterlichen Ernst wie den geheimnisvollen Hauch, der durch alle Räume ging und ganz geeignet war, die Gemüter seiner Bewohner zu Schwärmerei und träumerischem Wesen zu stimmen.« Josephinische Aufklärung herrschte in der Familie, der auch ein Geistlicher im Ort angehörte. Die freie Lage des Hauses auf der Höhe und nahe dem Walde begünstigte den poetischen Hang des reich beanlagten Mädchens, der sich früh in eigenen kunstlosen Gedichten aussprach. Die Waffentransporte, Truppendurchmärsche und Einquartierungslasten, die während der Freiheitskriege den Vater Josephas sehr in Anspruch nahmen, richteten ihren Blick auf die großen patriotischen Ziele, als deren Propheten sie bald *Schiller* verehren lernte und deren Bedeutung ihr Arndts, Körners, Rückerts und Uhlands patriotische Lyrik noch näher brachte. Schon 1816 verlor Josepha den geliebten Vater; er starb während eines Kuraufenthalts in Baden-Baden; von sieben Kindern war sie dem früh Kränkelnden als einziges am Leben geblieben. Als die Mutter sich nach drei Jahren wieder verheiratete, gab sie die Tochter in ein feines französisches Pensionat in *Straßburg*, in dem viele Töchter der angeseheneren Familien aus den Fürstenbergischen und angrenzenden Landen ihre letzte Ausbildung erhielten. Ein gutes Französisch, reiche Kenntnisse anderer Art neben besten gesellschaftlichen Formen nahmen die Schülerinnen von hier mit ins Leben.

Josephine Krederer war in zierlicher Anmut herangeblüht, als sie bei ihrer Tante Anna Stolz, der Frau des Kaufmanns Joseph Stolz in Gengenbach, den ihr schon von früher bekannten Hauptmann und Baurat Scheffel, welcher in Urlaub bei seinen Eltern weilte, wieder entgegentrat und so gefiel, daß er um sie warb. Er war mit seinen fünfunddreißig Jahren beträchtlich älter als das muntere Schwabenmädle vom Neckar, aber dafür ein noch recht jugendlicher Veteran der Freiheitskriege. 1814 und 1815 hatte er als freiwilliger Landwehroffizier unter Markgraf Wilhelm von Baden im Nieder-Elsaß mit gegen Napoleon gefochten und wegen besonderer Tapferkeit war ihm vor Straßburg der badische Militärverdienstorden verliehen worden. Auch einen russischen Orden besaß er aus jener Zeit für ersprießliche Dienstleistung als Dolmetsch und den Orden der Ehrenlegion für seine Mitwirkung in der nach dem Kriege eingesetzten Grenzregulierungskommission, Jetzt war er in Karlsruhe an dem großen Werk der Rheinkorrektion von Basel bis Mannheim unter Oberst Tulla beteiligt. Sein in sich abgeschlossener Charakter von energischem straffen Wesen war gemildert durch einen behaglichen trockenen

Humor, Unter seinen Bekannten war er ein geschätzter Anekdotenerzähler. Ein freundlicher Ausdruck, erhöht durch die beim Lachen aufblitzenden dunklen Augen, belebte oft den Ernst seiner Züge, Um Pfingsten 1824, am 8. Juni, wurden er und Josephine ein Paar. Deren Mutter richtete die Hochzeit in Gengenbach aus, und da sie ihre nicht glückliche zweite Ehe durch Scheidung gelöst hatte, zog sie bald der einzigen Tochter in die badische Hauptstadt nach. Es war ihr Werk, daß schon im Jahre 1826 bald nach Josephs Geburt die junge Familie das schöne Anwesen Stephanienstraße 18 (jetzt 16), dessen Garten noch an den Hardtwald grenzte, als Eigentum beziehen konnte.

Wie viel unvergeßliche Erinnerungen sind damals mit der alten Frau und dem altertümlichen Familienhausrat aus dem Oberndorfer »Freihaus« eingezogen in dies neue Heim! Der Sagenschatz des Schwarzwalds, der Baar und des Hegau und hundert Überlieferungen aus der Familiengeschichte des Kredererschen Geschlechts! Die Großmutter war eine vortreffliche Erzählerin sowohl von Märchen wie von Selbsterlebtem. Die Herzogin Hadwig von Schwaben, die als Witwe auf dem Hohentwiel des Herzogsamts kraftvoll gewaltet hatte, war ihr eine vertraute Gestalt; als Rielasinger Kind, im Anblick des Bergs aufgewachsen, hatte es sie in Oberndorf gewiß nicht wenig angemutet, zu hören, daß im nahen *Epfendorf* noch immer für das Seelenheil der Herzogin Hadwig ein »Jahrtag« gehalten werde, und daß diese einst auf der ihr gehörigen benachbarten Schenkenburg gern geweilt hatte. (Vgl. Brinzingers Forschungen im Scheffel-Jahrbuch 1893 und meinen Aufsatz »Scheffels schwäbische Vorfahren« im Scheffel-Jahrbuch 1905/6). Die Erinnerung an die eigne Hochzeit war mit dem Hohentwiel verknüpft. In jenem Frühjahr 1800 wurde der alte württembergische Festungsberg im Hegau von den Franzosen unter Vandamme belagert, und die Feste, deren Kern im 10. Jahrhundert die Hofburg der Herzoge von Schwaben, dem alten Alemannien, gewesen, die später der Kommandant Wiederhold so standhaft verteidigt hatte, legten noch im Mai des Jahres die Belagerer in Trümmer! Was diese »schlichte deutsche Hausfrau, die bis an ihren letzten Lebensabend noch tätig war, zu Nutz und Frommen ihrer Angehörigen« dem heranwachsenden Enkel in rein menschlicher Beziehung wurde, hat dieser selbst nach ihrem Tod im Jahre 1851 mit warmen Worten ausgesprochen: »Sie ist an meiner Wiege gestanden und hat mich durchs tolle Leben bis seither als ihren liebsten Sohn Benjamin gehegt und gepflegt.« In Begleitung von Vater, Mutter und wohl auch der Großmutter wurde Scheffel schon als Knabe in Oberndorf wie im ganzen Schwarzwald, in der Landschaft zwischen den Quellen von Neckar und Donau und dem Bodensee heimisch. Die Freundschaft der Mutter zu der Familie ihres Vetters, des Schultheißen und württembergischen Landstands Ivo Frueth in Oberndorf, ging auf ihn über. Die verwandtschaftlichen Beziehungen der Familien reichten nach Horb, Gengenbach, Biberach, Zell a. H., Bühl, Offenburg, Freiburg, Donaueschingen, wo der badische Landstand Ludwig Kirsner zur Verwandtschaft zählte, und die Vetternstraße des Knaben Joseph Scheffel hatte im Schwarzwald viele Stationen. Auch in *Säckingen* war Major Scheffel heimisch; er hatte von dort aus in jüngeren Jahren den Bau der badischen Staatsstraße am rechten Rheinufer geleitet. Gewiß hat sein Sohn von den Aussichtswarten des Eggbergs wie vom Hohentwiel schon sehr früh das lockende Grüßen der firnbedeckten Schweizer Alpenhäupter vom Säntis bis zum Finsteraarhorn empfunden.

Eine ganz besondere Bedeutung erlangte für den historischen Sinn des Knaben und sein Ahnenbewußtsein aber ein literarischer Fund, den der badische Archivar Joseph *Bader*, ein Freund seiner Eltern, in einem Kloster des südlichen Schwarzwalds machte und aus welchem hervorging, daß ein Georg Balthasar *Krederer* im 16. Jahrhundert auf der Küssachburg am Oberrhein bei Thiengen, unweit Säckingen, als Schloßhauptmann der Grafen von Sulz gewaltet hatte. Das stattliche Hochschloß, dessen Ruinen noch stehen, erhob sich am Einfluß der Wutach in den Rhein. Im Jahrgang 1839 der »Badenia« berichtete Bader über dies »Stamm- und Gesellenbuch« des Schloßhauptmanns Balthasar Krederer, in das dieser die Besucher der Burg sich nach Leerung des Willekommtrunks mit einem Gedenkspruch eintragen ließ, und in Bezug auf den Schloßhauptmann Krederer schrieb der gelehrte Geschichtsforscher: »Anstatt der Waffen erklangen die Pokale munterer Zecher auf der Beste. Mancher fremde Junker trank nach der Sitte der Zeit auf das Wohl des gastlichen Schloßhauptmanns einen frohen Willkomm.« Dies

Stammbuch des lebenslustigen Vorfahren, der einst Herr auf einer Burg am Rhein gewesen, machte der Frau Major Scheffel, als sie es kennen lernte, so viel Spaß, daß sie es erwarb, und wenn wir hören, daß das Eröffnungsgedicht in dem von ihr seit 1840 geführten »Reimbuch« die »alten Ritter am Rhein« pries, die es ebenso verstanden, mit ihrem Schwert zehn Franken in den Grund zu strecken, wie mit ihren Humpen zehn Franken in den Grund zu trinken, so ist leicht zu erkennen, daß Scheffels vielverkannte Freude an deutscher »Humpenpoesie« zu dem geistigen Familienerbe gehörte, das er als Kind in spielender Harmlosigkeit in sich aufnahm.

Seit 1891 des Dichters Sohn, Victor v. Scheffel, aus dem literarischen Nachlaß des Vaters den Band »Gedichte von Josephine Scheffel« herausgegeben hat, ist für jedermann klargestellt, daß diese deutsche Frau von Natur eine echte Dichterin war, deren Herzensfrische, deren Heimatsinn, deren Vaterlandsliebe, Freiheitsbegeisterung und Humor in der Poesie ihres Sohnes eine Wiedergeburt im Elemente abgeklärter, aus männlichem Kraftbewußtsein entsprossener Kunst erlebte, während sie selbst eine Dilettantin blieb. Hervorzuheben ist, daß sie sich auch in der Zeit ihres öffentlichen Auftretens als Dichterin darauf beschränkte, die Muse ihres gastlichen Hauses oder einer Gemeinschaft zu sein, zu der sie als Frau ihres Mannes gehörte. Als am 1. Febr. 1839 zu Offenburg das »Erinnerungsfest der Großherzoglich Badischen Landwehrbataillone und freiwilligen Jäger zu Pferde« unter dem Protektorate des Großherzogs *Leopold* und der persönlichen Teilnahme des Markgrafen Wilhelm gefeiert wurde, befand sich unter den zum Vortrag gelangenden Festliedern eines von Frau Major Scheffel (»Kennt ihr den Strom? Ein Silberstreif dem Blicke, Bewacht er treu dies gottgeliebte Land etc.«), und in der Festschrift des Offenburger Gymnasialdirektors Franz Weißgerber fand sich das Gedicht an erster Stelle abgedruckt, ohne Nennung ihres Namens zwar, aber mit der Bemerkung: »Dieses schöne Dichtwerk verdanken wir, dem Vernehmen nach, der Gemahlin des Majors Sch., eines der tapfersten vormaligen Landwehroffiziere. Ehre den Frauen, die so edle Gefühle für Freiheit und Vaterland in ihrer Brust beherbergen und in so wunderlieblichen Klängen sie kundzugeben durch der Götter Huld berufen sind. Der Ref.« (Vgl. Obser, Denkwürdigkeiten des Markgrafen Wilhelm von Baden, Bd. 1. 1906.) Wie damals trat die Frau Major, auch auf Wunsch ihres Mannes oder seiner Freunde, noch öfter als Festdichterin auf, so bei Eröffnung der Schiffsbrücke, die das Karlsruher Rheinufer mit der pfälzischen Maximiliansau verband, bei der Probefahrt auf der Eisenbahn von Offenburg nach Freiburg, bei der Silbernen Hochzeit des Fürsten Karl Egon von Fürstenberg und seiner Gemahlin Amalie, einer geborenen Prinzessin von Baden, in Donaueschingen. Solche und ähnliche Gelegenheitsgedichte der Frau Major, wie dasjenige »zur Feier der Wiedergenesung S. K. Hoheit des Prinzen und Markgrafen Friedrich von Baden« (des späteren Großherzogs Friedrich) im März 1843, eine Ode an Karl Friedrich zur Denkmalsenthüllung 1844, erschienen als Einzeldrucke. Der Erlös war stets zu wohltätigen Zwecken bestimmt.

Ihre »Veteranengedichte« lassen uns erkennen, wie sie aus ihren ganz persönlichen Verhältnissen dazu gelangte, in die politische Lyrik der Epoche 1840-48 einzustimmen, als Karlsruhe mit seiner Ständekammer ein Hauptherd aller auf »deutsche Freiheit und Einheit« gerichteten politischen Bestrebungen war. Es war die Zeit, da die badischen Volksvertreter v. Rotteck, v. Itzstein, Karl Welcker, Karl Mittermaier, Bassermann, Mathy, die Württemberger Albert Schott, Uhland, Römer, Tafel, Paul Pfizer, die Hessen Heinrich v. Gagern, Jaup u. a. im Einklang mit sächsischen und preußischen Liberalen den Kampf um Preßfreiheit, Versammlungsfreiheit, Wahlfreiheit, Öffentlichkeit und Mündlichkeit der Justiz in ihren engeren Heimatländern mit der großen Forderung eines deutschen Parlaments am Sitz des Bundestags, in Frankfurt a. M., in Einklang brachten, jene Zeit, da der schwäbische Dichter Georg Herwegh im Königsschloß zu Berlin vor dem neuen König Friedrich Wilhelm IV. Schillers Posaideal zu verwirklichen suchte, in der Beckers Rheinlied an Volkstümlichkeit wetteiferte mit dem 1842 auf Helgoland entstandenen »Deutschland, Deutschland über alles« Hoffmanns von Fallersleben. Frau Josephine Scheffel hatte ja schon 1839 ein »Rheinlied« gesungen; nun wandte sie sich an den Kölner Niclas Becker mit einem andern: ehe vom »freien deutschen« Rhein mit Recht gesungen werden dürfe, müßten die deutschen Fürsten und Völker selber erst frei und deutsch gesinnt sein, war der führende Gedanke darin. Der Schluß aber lautete:

»So wird's erreicht! Und wenn in künft'gen Tagen
Das stolze Frankreich unsern Rhein begehrt,
Wir werden es mit Lächeln dann ertragen,
Dann ohne Lieder und die Hand am Schwert!«

In dieser Tonart hat die Frau Major u. a. auch den »Geisterruf« aus dem Straßburger Münster gedichtet; nie aber ließ sie sich in ihrer patriotischen Lyrik zu Schmähungen gegen die Franzosen hinreißen. Besaß sie doch in Paris Verwandte; zwei Geschwister. Stolz hatten sich dort mit Franzosen verheiratet, und von der Straßburger Pension her pflegte sie eine innige Freundschaft mit Pauline Piccard, die an den Großindustriellen Goldenberg in Saverne (Zabern) im Elsaß verheiratet war. Aus den Zeiten der Grenzregulierung bestand auch dauernde Freundschaft zwischen Scheffels und den damaligen Kommissären Graf von Guilleminot und Immelin. Letzterer Offizier gehörte zu Josephs Paten.

Unter den deutschen Freiheitsdichtern jener denkwürdigen Epoche war seiner Mutter nächst *Uhland* der Österreicher Anastasius *Grün*, Graf Anton Auersperg, ganz besonders sympathisch, wohl auch deshalb, weil sein Freisinn sich mit Pietät gegen das historisch Gewordene in Glaubenssachen vertrug. In ihren eignen religiösen Gedichten findet sich diese Pietät mit der Erkenntnis vereinigt, daß die Poesie des früheren Klosterwesens dem Geist der Neuzeit habe erliegen müssen. Die Tragik des Zölibats hat sie verschiedentlich behandelt. Ihre Romanze »Der Kapuziner von Salzburg« läßt einen Jüngling, dem »in Nacht die Liebe sank« und der darum Mönch ward, durch den Zauber der schönen Natur von dem ihn beherrschenden Trübsinn geheilt werden und in einer regen Wirksamkeit für Darbende und Leidende Trost finden. Sie selbst war auf dem Gebiete sozialer Hilfstätigkeit eine Bahnbrecherin; in dem Kanzleirat Bingner, dessen Frau ihr unverwandt war, besaß sie in dieser Richtung einen treuen Freund und Berater. Die Gründung des Elisabethenvereins in Karlsruhe im Jahre 1848 ging von ihr aus.

Reise- und Wanderlust war eine weitere hervorragende Eigenschaft der Dichtermutter. In Zürich lebte ihr in Frau Karoline Meyer-Ott eine Jugendfreundin, die sie öfters mit den Kindern besuchte; der Komponist Ignaz Heim, Dirigent des Züricher Sängervereins »Harmonie« gehörte zur Verwandtschaft; der lockende Anblick der leuchtenden Alpenfirnen ist schon dem Knaben Joseph Scheffel auch aus der Nähe zuteil geworden. Als er neun Jahre alt war, wurde er von den Eltern rheinab von Leopoldshafen bis Bonn mitgenommen, und in einer humoristischen Beschreibung dieser Fahrt, welche die Mutter zum Vorlesen im Freundeskreis niederschrieb, spielt der kleine Schmetterlingsjäger, der stets der erste auf den zu erklimmenden Burgen war, eine muntere Rolle. Ein kleines Gedicht von ihr bekennt, daß sie die Männer um nichts mehr beneide als um das Recht, sich ohne Begleitung in der freien Natur zu ergehen.

Allmählich wurde das Scheffelsche Haus zum Mittelpunkt des geselligen Verkehrs unter den Künstlern Karlsruhes, zu denen zeitweilig die in München ansässigen Maler Moritz v. *Schwind*, Jean Baptist *Kirner* und Feodor *Dietz* gehörten. Es war die Zeit, in der Oberbaurat *Hübsch* das Neue Akademiegebäude vollendete und jene Maler ihre Aufträge für die »Kunsthalle« ausführten. Von den nächsten Freunden des Hauses seien hier noch der Generalstäbler *Klose*, dessen Söhne Karl und Wilhelm Josephs früheste Gespielen waren, und der auch als Kupferstecher hervorragende Landschaftsmaler und Galeriedirektor Karl *Frommel* genannt. Seine Kupferstiche mit Land- und Stadtansichten aus Italien und Süddeutschland genossen damals weite Verbreitung. Von hervorragenden Mitgliedern des Hoftheaters wurde die Heroine Wilhelmine Thöne, als Frau v. *Cornberg*, eine intime Freundin des Hauses, Frommel und andere Maler brachten gern ihre Mappen mit Skizzen und Studien mit und erzählten von ihren Reisen. Die Kinder Joseph und Marie durften, als sie größer waren, an dieser Geselligkeit teilnehmen. Eine stille Welt für sich hatte der jüngere Bruder Josephs, Karl, der infolge eines Hirndefekts dauernd gelähmt war und im Parterre, unter der besonderen Hut der Großmutter, gewartet vom »treuen Anton«, umhegt von der Liebe seiner Eltern und Geschwister, ein Gartenzimmer bewohnte.

Hoch in Ehren stand im Scheffelschen Hause bei alt und jung der Dichter des badischen Oberlandes, Johann Peter *Hebel*, der als Direktor des Karlsruher »Lyzeums« im gleichen Jahre starb, in dem Joseph Scheffel zur Welt kam. Major Scheffel las gerne selbst aus den so gemütvollen »Alemannischen Gedichten« vor. Hebels Einfluß verrieten auch die für die Kinder verfaßten humoristischlehrhaften Märchen der Mutter, wie »Strikkrikkel« (vgl. »In der Geißblattlaube«, herausgegeben von A. v. Freydorf) und die kleinen schalkhaften Schwankgedichte in alemannischer oder schwäbischer Mundart, die sie, wie »Die Zopfmilizenbraut«, für die heranwachsende Tochter zum Deklamieren bei festlichen Gelegenheiten verfaßte. Auch dramatische Szenen dichtete sie für die Kinder und ihre Gespielen. 1835 fand die feierliche Enthüllung des Hebel-Denkmals im Karlsruher Schloßgarten statt; das war Josephs bedeutsamstes Erlebnis in seiner ersten Schulzeit.

Der Hebelkultus im Elternhaus, der Künstlerverkehr in demselben, mußten in die Vorliebe Josephs für die ländliche Ahnenheimat früh ein künstlerisches Element bringen. Hebel war aber auch in rein geistiger Beziehung von bedeutsamem Einfluß auf den reichbegabten Knaben, der im Lyzeum, wie das Karlsruher Gymnasium noch genannt ward, »von der untersten bis zur obersten Klasse entweder der Erste oder der Zweite, unbestritten aber immer der Erste war, was seine Fähigkeiten anbelangt.« Als auf Grund der 1818 dem Großherzogtum Baden vom Großherzog Karl Ludwig auf Anraten v. Marschalls verliehenen Verfassung ein Ausgleich der konfessionellen Gegensätze in dem starkvergrößerten Lande erstrebt ward, geschah dies im Geiste der Aufklärung und Parität, und die leitenden Männer dabei waren Heinrich *v. Wessenberg*, der Verweser des Bistums Konstanz, »die verkörperte Toleranz im römischen Bischofsornat«, und der protestantische »Prälat« Hebel. Die wiedererstarkende kirchliche Reaktion beseitigte leider bald das milde Kirchenregiment Wessenbergs, der den deutschen Kirchengesang und teilweise die deutsche Rede in den Gottesdienst der Katholiken seines Bistums eingeführt hatte, aber der Geist, der von Wessenbergs Beispiel ausging, wirkte noch lange nach in den badischen Landen.

War Hebel der Lieblingsdichter der Eltern Scheffels – im Geiste Wessenbergs hingen sie ihrem Bekenntnis an. Der Religionsunterricht, den Joseph im Lyzeum, das Hebel neu organisiert hatte, erhielt, atmete Wessenbergs Geist. Der Unterricht in den klassischen Sprachen war ein vortrefflicher, und Josephs hervorragendes Sprachtalent fand hier die günstigste Ausbildung. Als er eintrat, stand an der Spitze der Schule Direktor Zandt, doch wurde sehr bald Professor Kaercher sein Nachfolger, der bei der Lektüre der griechischen und lateinischen Klassiker gern auf die Sprachentwicklung hinwies. Im Deutschen war Scheffels Hauptlehrer Hofrat Gockel, ein Mann von frischem heiteren Geiste und aufmunternder Methode. Privater Lerneifer legte den Grund zu Josephs späterem umfassenden literarhistorischen Wissen. Schon als halbwüchsiger Bub zeigte er eine leidenschaftliche Vorliebe für jene alten Volksbücher, die auch auf den jungen Goethe und Heinrich v. Kleist so tief eingewirkt haben. Sein Taschengeld verwendete er oft für den Einkauf solcher Bücher. Als könne die Mutter an dem einen Sohn wettmachen, was die Natur an dem zweiten versäumt hatte, ging sie mit freudigem Anteil auf alle Neigungen ihres Ältesten ein. Nach der Konfirmation bekam er im oberen Stock ein eigenes Zimmer, dessen Fenster nach dem Garten und dem Hardtwald hinausgingen. Unter den Büchern, mit denen die Mutterhand seine kleine Bibliothek ausstattete, werden neben Goethe die großen schwäbischen Dichter Schiller und Uhland mit Hebel den Ehrenplatz geteilt haben. Neben Gustav *Schwab* und Justinus *Kerner* fehlte gewiß nicht Mörike. Anast. Grüns »Der letzte Ritter« und »Wiener Spaziergänge«, die Sänger der Wald- und Wanderromantik, *Eichendorff, Brentano*, Wilhelm *Müller* schlossen sich gewiß ihnen an. Der »Taugenichts« des ersteren, Brentanos »Lied von eines Studenten Ankunft in Heidelberg«, W. Müllers »Lieder eines reisenden Waldhornisten« erscheinen uns heute wie Vorläufer von Scheffels »Trompeter«. Auch *Heines* »Buch der Lieder«, *Herweghs, Freiligraths* und *Geibels* Jugendlyrik machten früh auf Josephs Gemüt ihren Einfluß geltend und »Des Knaben Wunderhorn« erschloß ihm zugleich den »Jungbrunnen« des deutschen Volkslieds. Neben den Romanen Walter *Scotts*, die damals in Deutschland so recht in Mode kamen, dürfen wir mit Sicherheit unter den Lieblingsbüchern des Knaben den »Lichtenstein« Wilhelm *Hauffs* vermuten, des 1827 im blühenden Jünglingsalter jählings dahingeschiedenen Stuttgarter Dichters. Berthold *Auerbach*, gebürtig aus der Nähe von Oberndorf, gab den 1. Band seiner »Schwarzwälder Dorfgeschichten« 1843 heraus. Als Primaner hat Joseph mit einigen seiner Freunde unter Leitung der Mutter eine Aufführung von *Goethes »Götz von Berlichingen«* ins Werk gesetzt. Die alte humpenfreudige Ritterromantik gab gleich den ersten Kneipabenden des Freundeskreises eine humoristische Form und Stimmung. König Artus Tafelrunde wurde nachgeahmt. Scheffel, der mit seinem über den Kopf zurückgekämmten langen Blondhaar nach Erscheinung und Wesen damals etwas Mädchenhaftes hatte, war als Königin Ginevra mit Schleier und Stirnband kostümiert. Schon als Primaner fand er übrigens an den Sonntagsausflügen mit Freunden in die Umgebung Karlsruhes mehr Gefallen als an der Geselligkeit im Salon seiner Mutter.

Bei einem so oft prämiierten Schüler, der als **Primus omnium** vom Gymnasium abging, war es nur natürlich, daß der Vater die Zukunft desselben in einer wissenschaftlichen Laufbahn suchte, und, da er selbst zufrieden war mit dem, was er im badischen Staatsdienst erreicht hatte, schmeichelte es seinem Ehrgeiz, sich eine glänzende Beamtenlaufbahn als Zukunft des Sohnes auszumalen. Joseph aber wollte *Maler* werden. Der Sinn für die bildende Kunst war vom Vater, der selbst gut zeichnete, auf den Sohn und die Tochter übergegangen – *Marie*, geboren am 27. Juni 1829, war drei Jahre jünger als Joseph. Beide erhielten im Zeichnen Privatunterricht durch den Tiermaler Rudolf Kuntz, den Sohn des berühmten Karl Kuntz. Das unter Großherzog Leopold damals zu erster Entfaltung gelangende Karlsruher Kunstleben, das einen so lebhaften Widerhall im Elternhaus fand, hatte der Jugend dieses Kreises Anregungen die Fülle gebracht. Auch der zweite der »Klosesbuben«, Wilhelm Klose, wurde Maler und bei Frommels schlug nicht nur der Sohn Otto, sondern auch der Adoptivsohn Karl Lindemann-Frommel dem Vater nach.

Nur dem bestimmten Wunsche des Vaters folgend, wählte der nach so verschiedenen Richtungen begabte Abiturient das Studium der Rechte. Seiner Neigung zur Kunst kam entgegen, daß er der Kunststadt *München* unter den Universitäten den Vorzug geben durfte. Dorthin zog Joseph im Herbst 1843, und auch im zweiten Semester hat er in Isarathen studiert. Dieses erste Studienjahr in München, in welchem er nicht allein juristische Fachkollegien (bei Arndts, Phillips, v. Moy) besuchte, sondern auch bei dem berühmten Hellenisten Friedrich *Thiersch* Ästhetik und Kunstgeschichte, bei Prantl Geschichte der griechischen und römischen Philosophie hörte, hat er viel Anregungen erhalten, die ihn in seiner Vorliebe für die bildenden Künste und besonders auch für den romantischen Reiz des Künstlerlebens bestärkten. Noch war in »Isarathen« vieles im Werden, was wir heute als Schöpfung Ludwigs I. bewundern. Peter v. Cornelius war freilich schon dem Rufe Friedrich Wilhelms IV. nach Berlin gefolgt, aber seine Wandgemälde in der Glyptothek, der alten Pinakothek und der Ludwigskirche prangten, wetteifernd mit Schwanthalers Statuen und Reliefwerken, in aller Frische. Noch baute Klenze an der neuen Pinakothek und am Siegestor. Die Beziehungen der Eltern und ihrer Freunde zu den Münchner Malern Schwind, Dietz, Kirner verschafften dem jungen kunstbegeisterten Studenten Zutritt in manch berühmte Künstlerwertstatt. Gerade damals entstand Schwinds Allegorie des Rheins und der Zyklus humoristischer Radierungen zur Verherrlichung der Tabakspfeife und des Bechers. 1844 erhielt er auch den Auftrag, für das Städelsche Kunstinstitut in Frankfurt a. M. den Sängerkrieg auf der Wartburg zu malen.

Ganz der Richtung, die Scheffels Bildungstrieb gleich im ersten Münchener Semester einschlug, entsprach es, daß derjenige Kommilitone, an den er sich hier am innigsten anschloß, kein Studiosus der Rechte, sondern der um mehrere Jahre ältere Mecklenburger Friedrich *Eggers* aus Rostock war, der sich für die akademische Laufbahn eines Kunsthistorikers vorbereitete; er ward später Professor an der Berliner Kunstakademie und Biograph des großen norddeutschen Bildhauers Rauch, Sie hörten beide bei Thiersch und waren gleich begeistert für das überall sich regende Werden einer neuen deutschen Kunst, der sie jedoch nicht ohne Kritik gegenüberstanden. Die Nachahmung der *Antike* hatte in der Malerei zum Kultus der »schönen Linie« auf Kosten der Farbe geführt; die *Romantik* hatte mit ihrer Lust an Symbolik und Allegorie, mit ihrer einseitigen Überschätzung von altdeutscher Kunst und Art die Poesie vielfach der Wirklichkeit entfremdet. »Stilvolle Wiedergabe der natürlichen Erscheinung« hat Eggers später von der modernen Bildhauerkunst gefordert, und schon jetzt fühlte sich Scheffel, eine so starke Vorliebe für die echten Poeten unter den Romantikern und für die alte deutsche Märchen- und Sagenwelt er auch hegte, lebhaft angezogen von dem wieder sich emporringenden künstlerischen *Realismus.* Schwinds realistisch empfindender und die Märchenwelt als Wirklichkeit darstellender, anmutig stilisierender Humor war ihm besonders sympathisch. Als er nach dem Abschluß des 2. Semesters vor der Heimkehr ins Elternhaus eine Reise ins obere Lechtal machte, nach Füssen, *Hohenschwangau,* begegneten ihm in dem herrlichen Bergschloß, das der damalige Kronprinz Maximilian hatte neu aufbauen lassen, unter den Fresken aus der deutschen Sage und Geschichte auch solche von Schwind. Das ganze Schloß über den zwei Seen, auf dem historischen Boden, der einst den jungen Konradin von Schwaben von seiner Mutter Abschied nehmen sah vor seiner Fahrt nach Neapel, mit dem herrlichen Blick aufs Gebirge, machte einen tiefen Eindruck auf ihn. »Man möchte wirklich fragen«, schrieb er an Eggers, »ob der Natur oder der Kunst der Preis gebührt, das Meiste zu des Schlosses Schmuck beigetragen zu haben.« Mit Eggers hatte er manche Fahrt ins Gebirg, bis nach Innsbruck hinein, unternommen. An der derbkräftigen Manier, mit der Künstlerhände in den eben in München gegründeten » *Fliegenden Blättern«* den Holzschnitt benutzten, um in Ernst und Scherz deutsches Volksleben kernig und ungeschminkt wiederzugeben, den romantischen Kultus mit dem mittelalterlichen Rittertum aber in Form der Balladenparodie zu verspotten, hatten beide ihre helle Freude. Das vertrug sich bei ihnen ganz gut, wie ihre Vorliebe für Volkspoesie jeder Art, mit ihrer Begeisterung für die antike Kunst und der Bewunderung für die formale Schönheit der Poesie *Platens.* In München hatte Graf Platen seine Dichterjugend verbracht, und in der Familie eines seiner Jugendfreunde, des Historikers v., *Schlichtegroll,* der über Platens Jugend ein Buch geschrieben hat, verkehrten die beiden Studenten. Schlichtegrolls Tochter *Julia* wurde Joseph Scheffels »Schwarm«, und noch in Heidelberg und Berlin sah er öfter ihr Bild über den Büchern vor sich auftauchen mit schelmischem Lächeln »wie so ein Engelein auf Guido Renis herrlicher Himmelfahrt Mariens«; so schrieb er aus Heidelberg an Eggers.

Dem Studium der Rechtswissenschaft blieb er übrigens nicht dauernd abgeneigt. Wohl hat er später seinen Werner Kirchhof im »Trompeter von Säckingen« mit grimmigem Humor gegen das »römische Recht« eifern lassen, aber er fand auf dem Gebiete seines »öden« Brotstudiums auch Oasen; studierte er doch in einer Zeit, wo die von Jakob *Grimm* u. a. enthüllten deutschen Rechtsaltertümer in der juristischen Welt allgemeines Interesse erregten. Der ultramontan-romantische Geist, in welchem der greise *Görres,* einst ein Heerrufer der Vaterlandsliebe vor dem Ausbruch der Freiheitskriege, »Universalgeschichte« und *Phillips* »Deutsche Reichs- und Rechtsgeschichte« vortrugen, vermochte ihn freilich dauernd nicht zu fesseln; eine freiere Auffassung bekundete aber *Höfler,* bei dem er »Geschichte des Mittelalters« hörte. Im Hause des Professors v. *Moy,* an den er empfohlen war, trat er einem seiner juristischen Mitstudenten, dem Münchener August v. *Eisenhart,* näher, mit dem er an einer sehr feudalen Tanzstunde im Salon der Ministerswitwe v. Wirschinger teilnahm und im Sommer auf gemeinsamen Ausflügen ins bayrische Oberland sich, wie mit Eggers, innigst für die Dauer seines Lebens befreundete. Das ganze Studium machte ihm im Grunde wenig Mühe; Fleiß lag ihm im Blute. Seine Hauptlehrer in Heidelberg, wo er das dritte und vierte Semester und dann das siebente studierte, waren Vangerow, Roßhirt, Mittermaier und Zöpfl, und in Berlin, wo er sein drittes Studienjahr verbrachte, Puchta, Stahl, Heffter, Homeier und Gneist. In Heidelberg und Berlin trieb er neben dem Jus gleichfalls kunst- und literarhistorische Studien, So hörte er in letzterer Stadt mit seinen Freunden Eggers und Julius Braun neuere Kunstgeschichte bei Waagen und bei dem *Shakespeare*-Forscher Werder dessen Hauptkolleg, in Heidelberg bei Ruths über *Dante* und bei *Gervinus* ein Colleg über die literarischen und sozialen Zustände Deutschlands im 18. Jahrhundert. Privatim trieb er italienisch und las neben Dante auch Tasso und Ariost.

Unersprießliche Mühe bereitete ihm dagegen der Versuch, in der *Hegel*schen Philosophie Ersatz für den erschütterten Kirchenglauben zu finden, den er schon vergeblich in Ludwig *Feuerbachs* geistvoller Kritik des Christentums gesucht hatte. Von großer Wirkung auf seine pietätvolle Auffassung des Christentums wie auf sein deutsches Sprach- und Stilgefühl wurde es, daß er in diesen Nöten die Bibel in Martin *Luthers* Verdeutschung las. Die » *deutschkatho-*

lische« Bewegung, die um die Mitte der vierziger Jahre in Heidelberg einen Hauptsitz hatte, erregte natürlich sein Interesse; doch konnte er sich ihr ebenso wenig anschließen wie denen, die den im Sommer 1846 gewählten neuen Papst, *Pio Nono*, als Messias einer freiheitlichen Umgestaltung der katholischen Kirche begrüßten. In *Berlin* bildeten mit Eggers zwei ihm vom Karlsruher Lyzeum her sehr nahestehende Freunde seinen nächsten Umgang, von denen der eine, *Julius Braun*, Protestant, der andre, *Rudolf Braun*, Katholik war. Er durchlebte mit ihnen die Gewissenskämpfe, die bei dem einen mit der Absage an die Theologie zugunsten der Archäologie, bei dem andern schließlich mit dem Eintritt in den Jesuitenorden endeten. Er selbst suchte sein Heil in der persönlichen Freiheit von jedem bindenden Verhältnis in Glaubensfragen. Dem in Heidelberg als dritten Herzensfreund fürs Leben gewonnenen Mitjuristen *Karl Schwanitz* aus Eisenach, einem Protestanten, schrieb er im Frühling 1846 ein Bekenntnis ins Album, in dem es heißt: »Wie nach dem Verlust des religiösen Glaubens das Sittengesetz noch unveräußerlich fest fortbesteht und auch ohne Glockenklang und Gebet und Kultus aller Art festgehalten werden kann: so auch das, was den Kern jedes studentischen Strebens bilden muh, der Zug nach Wahrheit – nach wahrer Tüchtigkeit in allen Gestalten des Wirkens ... Auf die Übereinstimmung mit der äußeren Welt kommt nichts an, aber in der Übereinstimmung mit uns selbst liegt die Wahrheit unsres Daseins.« (Vgl. »Scheffels Briefe an Schwanitz«, 1906.) Einen festen Halt im Ringen nach einer befriedigenden Weltanschauung boten ihm das ruhige Urteil und harmonische Wesen seines »Mentors« Eggers, der mit ihm wie in München auch in Berlin die Wohnung teilte. Im Verkehr mit diesem setzte er sich auch mit den reaktionären Tendenzen der Romantik in Poesie, Kunst und Staat wie mit den radikalen Tendenzen der Junghegelianer und »Jungdeutschen« im Sinne des organischen Fortschritts auseinander.

Vor dieser Periode innerer Klärung aber ging ihm in *Heidelberg*, der von Reben- und Waldbergen traut umhegten, von der schönsten Schloßruine der Welt gekrönten, vom Neckar frisch durchrauschten Musenstadt, deren berufenster Verherrlicher er werden sollte, das Burschenleben in seiner ganzen Pracht auf. Im Herbst 1844 war das studentische Leben daselbst von der deutschen Freiheitsbewegung schon mächtig ergriffen. Der letzte siegreiche Vorstoß der Metternichschen Bundestagspolitik gegen das Verfassungsleben in Baden hatte den Hauptführer der nationalen Richtung Karl *Welcker* um seine Professur in Freiburg i. B. gebracht und er war nach Heidelberg, und damit in die Nähe von Mannheim, übergesiedelt, wo die anderen badischen Führer der Bewegung lebten. Fast das ganze junge Geschlecht, das damals auf deutschen Hochschulen studierte, erwartete von der nächsten Zukunft einen Wandel der deutschen Verhältnisse zur Herstellung eines national geeinten Verfassungslebens in allen deutschen Staaten. Dieser Geist hatte in Heidelberg auch die Korps ergriffen. Die übrige Studentenschaft, voran die burschenschaftlichen Verbindungen, strebte nach Einigung. Es ist erstaunlich, wie viele von den Männern, die seit 1871 am Ausbau der neuen Reichsverfassung mitwirkten, in jenen Jahren vor 1848 als Heidelberger Studenten an jenen Bestrebungen beteiligt waren; Ägidi, Bamberger, Bennigsen, Miquel, der »rote« Becker, der Hamburger Versmann sind Beispiele. Ich verweise auf Kußmauls »Jugenderinnerungen« (1898) und Ed. Dietz' »Die Deutsche Burschenschaft in Heidelberg« (1895).

Diejenige Verbindung, die sich im besondern aus Scheffels Badner Landsleuten rekrutierte, das Korps der Schwaben, befand sich auch in einem Zersetzungsprozeß. Eine Reihe älterer Mitglieder, darunter der später als Professor der Medizin berühmt gewordene Adolf *Kußmaul*, traten aus und gründeten mit Leuten aus der »Albingia« die »Allemania«, eine Reformverbindung mit burschenschaftlichen Grundsätzen, der sich Scheffel anschloß. Die Kneipe war im »Horn« bei der Neckarbrücke; man paukte in der Hirschgasse; größere Kommerse wurden im Gasthaus zum Weinberg, dem alten »Hirschen«, abgehalten. Als Farben trug man Goldblaugold, Die Hauptmitarbeiter der Kneipzeitung waren neben Scheffel und Kußmaul drei Karlsruher Füchse, Moritz Ellstätter, der spätere badische Finanzminister, Karl *Blind*, der schon jetzt ein eifriger Anhänger der vom Hofgerichtsadvokaten Gustav v. Struve in Mannheim geschürten revolutionären Richtung in der deutschen Bewegung war, und Ludwig *Eichrodt*, später als Oberamtsrichter in Lahr Mitarbeiter am Schauenburgschen Kommersbuch, ein jovialer genußfroher

Gesell, dessen mit schnell wachsender Meisterschaft geübte Neigung für parodistische Scherz-gedichte auf Scheffel überging. Bereits Ende Januar 1845 trat in der »Allemania« eine Spaltung ein. Mehrere der radikalen Richtung angehörende Mitglieder, darunter Blind und Eichrodt, traten aus und bildeten den »Neckarbund«. Ein andrer Teil der ursprünglichen »Allemania«, mit ihm der Tübinger »Germane« Adolf *Bonz* (der spätere Verleger der Werke Scheffels), nann-te sich den »Schloßbund«. Scheffel und der obengenannte Schwanitz arbeiteten die Statuten für eine neue »Allemannia« aus, die aber bald durch Verschmelzung mit der »Palatia« in die »Teutonia« überging, der Scheffel weiter angehörte, als er mit Julius Braun und v. Stetten nach Berlin zog. Alle Heidelberger Reformverbindungen, die radikalen wie die gemäßigten, fanden sich in der »allgemeinen Studentenschaft« zusammen, in dessen Ausschuß *Ägidi* den Vorsitz führte. Das Streben der Radikalen, unter denen Blind und Miquel hervorragten, ging auf Besei-tigung aller Verbindungen, Aufgehen der Studentenschaft in das Bürgertum zum gemeinsamen Kampf gegen die Gewalthaber. Scheffel fand ein Genüge, für die Wiederherstellung der alten langverpönten schwarzrotgoldenen Burschenschaft zu kämpfen, und sein Ideal war neben dem patriotischen Ziel ein rein studentisches Verbindungsleben mit wissenschaftlichen Kränzchen, Pflege der Wehrhaftigkeit der Mitglieder durch Turnen, Turnfahrten, Fechten, Schwimmen, und zum Genuß jenes freien »Burschenlebens«, das Wilhelm Hauff, der Tübinger »Germane«, in seinen »Phantasien aus dem Bremer Ratskeller« so schwungvoll gepriesen hat. Auch in der Berliner »Germania« drang er auf Durchführung dieser Prinzipien, und als er bei der Rückkehr nach Heidelberg die »Teutonen« ihnen abgeneigt fand, bildete er mit seinen Anhängern und einigen »alten Häusern« auswärtiger Burschenschaften die »Franconia«, für die er am Schluß seines siebenten Semesters den bekannten »Schwanengesang« anstimmte, ehe er nach Karlsru-he zog, um sich dort fürs Examen vorzubereiten. Die »Frankonen« trugen braune Mützen mit Goldstreifen, über der Brust aber schon heimlich das noch immer verpönte schwarzrotgoldene Band. Sie kneipten in der »Stadt Düsseldorf«. Treue Gesinnungsgenossen als Burschenschafter hatte Scheffel in Schwanitz, der bei den »Teutonen« in Jena Sprecher ward, in seinen engeren Landsleuten Leo v. Stetten, E. Kamm und Lepique, dem Schlesier Rahn, dem Hamburger Eberstein, dem Sachsen Elsner.

In den vier Jahren seines eigentlichen Studiums wurde Scheffel aus einem fast schüchternen, braven Muttersohn ein flotter und forscher Bruder Studio. Über sein Wesen in der ersten »Alle-mannia« hat Kußmaul berichtet: »Kein Mensch konnte ahnen, daß in Gestalt des blonden, be-scheidenen und heiteren, fast mädchenhaft dreinschauenden **stud. jur.** Joseph Scheffel ein Prinz aus Genieland bei den Allemannen eingekehrt war. Die Gedichte, womit er die Kneipzeitung bedachte, dufteten noch allzustark nach der Karlsruher Schullampe.« Auch die vielstrophigen lyrischen Ergüsse, die uns Kußmaul und Schwanitz aus seiner Feder erhalten haben und die bei-de das Auseinandergehen der Freunde nach genußreichen Zeiten froher Gemeinschaft beklagen, haben keinen Kunstwert; doch ist es bezeichnend, daß er schon hier das Thema »Zum Schlusse kommt das Voneinandergehn« anschlug. Auf einen gleichen, mehr ans Volkslied anklingenden Ton sind die zärtlichen Gedichte gestimmt, die er an Eggers nach der ersten Trennung richtete. Gleich zu seiner vollen Eigenart entpuppte der Dichter in Scheffel sich aber nach dem in Berlin hinter den Büchern verbrachten Sommersemester 1846 auf einer größeren Ferienreise, die ihn nach der Eisenbahnfahrt bis Stettin meist auf einsamer Fußwanderung mit Ränzel und Stab an die *Ostsee*, auf die Insel *Rügen*, in die *Wesergegend* und den *Harz*, durch den *Thüringer Wald* auf die *Wartburg* brachte, auf der er damals schon ganz heimisch wurde; eine Woche lang blieb er zu *Eisenach* Gast im Elternhaus seines Schwanitz. Auf dieser langen »Burschenfahrt« beglei-tete ihn sein Skizzenbuch, wie schon vorher auf ähnlichen Fahrten durch Lechtal und Algäu zum Bodensee, durch Odenwald und Schwarzwald, Rheinpfalz und Rheingau, Hardtwald und Vogesen mit ihren alten Burgen und Klöstern und auf der Reise nach Berlin, als er mit Julius Braun und v. Stetten von Nürnberg aus über Bamberg Oberfranken und das Saaletal bis *Jena*, ein echter »fahrender Schüler«, durchwandert hatte. Und wie er damals bei Jena die Kunitzburg, bei Kösen die Rudelsburg u. s. w. skizziert hatte, so zeichnete er jetzt Hünengräber und Fischer-hütten auf der Insel Rügen, die Reste der Kaiserpfalz auf dem *Kyffhäuser* u. s. w., und während des Zeichnens und Wanderns auf immer neuen Pfaden, während des behaglichen Rastens bei freundlichen Wirten überkam ihn die Stimmung zum Dichten. Die » *Lieder eines fahrenden Schülers*«, von denen ein Teil in den Jahrgängen 1847 und 1848 der »Fliegenden Blätter« erschienen ist, freilich ohne seinen Namen und nur zur Hälfte mit J. S. unterzeichnet, sind der poetische Niederschlag jener Wanderfahrt (s. »Nachgelassene Dichtungen«).

Der lyrische Ausdruck der Wanderlust ist gewiß eines der ältesten und beliebtesten Motive der deutschen Volkspoesie, und Eichendorff, Justinus Kerner, Emanuel Geibel haben vor Scheffel ihrem romantischen Reiz hinreißend schönen, kunstvollen Ausdruck verliehen. Aber Scheffel hat es später allerdings in ganz einziger Weise verstanden, der Lust am Wandern in wiederum neuer, ihm aus der Seele kommender Weise klingende Sprache zu geben, wobei er ihr das reizvolle Element anschaulicher Landschaftsschilderung ganz bestimmten Charakters zuführte. Von jenen »Bummelliedern« des Studenten zeigen einige schon den Keim hierzu. So tritt in »Verständigung mit dem Wirt« die durchstreifte Landschaft auf Rügen deutlich hervor, und die Kreidefelsen der Insel liefern das Motiv für einen witzigen Einfall, welcher der Größe des Studentendurstes einen riesenhaften Ausdruck verleiht. Auch der »grüne Hügel Dubberworth« am Meeresstrand, dessen Hünengrab dem fahrenden Schüler zur Lagerstatt wird, bis der Geist des Hünen dem »erklaffenden« Grabe entsteigt, wird anmutend veranschaulicht, ehe das Gespräch zwischen dem Schüler und dem Geist über die Zustände im Vaterland sich entfaltet, das letzteren veranlaßt, sich schleunigst ins Grab zurückzubegeben. Ein besonders frisches Lied stellt der weltflüchtigen Askese die Freude an Gottes schöner Welt gegenüber. Einem »unterm Fenster« liegenden Pfarrherrn ruft der Fahrende zu: »Ich bin kein Heid'« –

> »Jedoch nicht in der Kirch' allein
> Erkenn' ich Gottes Haus.
> Mir ist's, so weit der Himmelsdom
> Seine Wölbung breitet aus;
> Allüberall, wo sich das Herz
> In freud'ger Regung schwingt,
> Allüberall, wo in der Luft
> Ein frisches Lied erklingt.«

Was ihm die Hegelsche Philosophie mit ihren schwer verständlichen Abstraktionen nicht hatte bieten können, die ersehnte Harmonie zwischen sich und der äußeren Welt, das fand er im Genuß der landschaftlich schönen Natur. Auch in die politische Stimmungswelt des idealgestimmten Burschenschafters gewähren einige der Lieder Einblick. Zu Pfingsten 1846 war auf dem Kyffhäuser ein deutscher Burschentag abgehalten worden. Auf der Heimreise von der Wartburg hatte Scheffel ferner in *Frankfurt* a. M. Halt gemacht und im Kaisersaal des Römers die neuen Kaiserbilder besichtigt; die Germanisten, mit Uhland und Jakob Grimm an der Spitze, hatten gerade in Frankfurt getagt und aus Uhlands Mund war hier das prophetische Wort, das ein neues deutsches Reich heraufbeschwor, hinaus in die deutschen Lande geklungen. Unter solchen Einflüssen entstand Scheffels Gedicht »Frommer Wunsch«. Es erzählt von seinem Besuch auf dem Kyffhäuser. Wie sehnlich er dort nach dem schlafenden Kaiser gerufen habe, er sei stumm geblieben. Da wünscht er sich »ein Wunderhorn«, um den Schlafenden und alle die Schläfer im Reich aufzuschrecken.

> »Und wären sie versammelt all,
> Die Schläfer ringsumher,
> Dann wollt' ich, daß ich Flügel hätt'
> Und eine Lerche wär'.
> Dann flög' mit schmetterndem Gesang
> Dem Zuge ich voran
> Und kündete dem Vaterland
> Des Tags Erwachen an!«

Er war mit solcher Lyrik ein Epigone Uhlands, Rückerts, Heines und – seiner Mutter; was den Liedern des Einundzwanzigjährigen aber Frische gab, war, daß sich in ihnen das *persönliche Erleben* eines Studenten, der beim Dichten wirklich ein fahrender Schüler war, fröhlich und ungezwungen aussprach. Was seiner Mutter unerfüllbarer Wunsch hatte bleiben müssen, der Genuß ungestörten Wanderns in der freien Natur, wurde jetzt sogleich das Grundelement in ihres Sohnes Jugendpoesie! Als Landschaftsmaler und Dichter zugleich die schöne Welt zu durchziehen, dieses Ideal hatte im Sommer vorher sein Bekanntwerden mit Adalbert *Stifters* »Studien« wachgerufen. Eine Ferienwanderung durch Schwaben an der Seite des Vaters, mit dem er in Weinsberg Justinus *Kerner* besuchte, hatte ihm dessen Lied von der »wandernden Welt« (»Wohlauf noch getrunken den funkelnden Wein!«) ganz besonders in die Seele geprägt.

Wir müssen hier aber auch des Einflusses gedenken, den in Berlin auf Scheffel sein schon wiederholt genannter Jugendfreund Julius Braun ausgeübt hat. Der »Lange« überragte damals an poetischem Talent alle, die seinen Umgang bildeten. Er hatte in Heidelberg als eifriger Burschenschafter einen politisch-satirischen Märchenzyklus entworfen; im Schoße des Kyffhäusers werden die Märchen dem erwachten Barbarossa von den dort seine Hilfe Suchenden erzählt. Scheffel erlebte nicht nur die Vollendung dieser Dichtung seines Freundes, sondern auch ihren Druck in Lewalds »Europa« und das glänzende »Frühstück«, das »der Lange« den Freunden nach dem Eintreffen des Honorars zum besten gab. Dieser hatte sich inzwischen, durch Goethes Aussprüche über die Mission der »Weltliteratur« angeregt, dem Studium der poetischen Meisterwerke der verschiedenen Kulturvölker nach bestimmtem Plane zugewandt und war dabei auf *Hafis* geraten, von dessen Poesie eben Friedrich Daumer seine schöne Auswahl in guter Verdeutschung hatte erscheinen lassen. Durch Braun, mit dem Scheffel damals gleichzeitig auch Goethe und Shakespeare las und sich von Heine und Börne vielfach anregen ließ, wurde nun dieser noch in Berlin mit der weltfrohen Poesie des Persers bekannt, über den er im November 1847 aus seiner grünen Stube im Elternhaus an Schwanitz schrieb: »Wenn Du einmal wieder einen recht frischen Ton, wie von Pokalanstoßen und Sang und Klang, in Dir ertönen lassen willst, so nimm die Lieder dieses Biedermannes zur Hand, der schon vor fünfhundert Jahren so vernünftig war, Dogmatik und Askese mit der Weintaberne und dem Kultus des Schönen zu vertauschen.«

Die neuere Goethe-Forschung in bezug auf die Entstehung des »Westöstlichen Diwan« hat nachgewiesen, wie auf *Goethe* in der Epoche der Freiheitskriege die Bekanntschaft mit Hafis in Hammer-Purgstalls Übersetzung eine befreiende und verjüngende Wirkung ausgeübt hat, die sich nicht nur im »Buch Suleika« und im »Schenkenbuch« des Diwan mit seinem Preis von Liebe und Wein, sondern auch bis in die erst neuerdings bekannt gewordenen Fragmente der Reformationskantate verfolgen läßt, worin es wie des Parsen Wort klingt: »Wenn wir in das Freie schreiten, Auf den Höhen da ist der Gott.« (Vgl. K. Burdach in Band 5 der Cottaschen Jubiläumsausgabe von Goethes Werken und v. d. Hellen in den Anmerkungen zu »Wilhelm Tischbeins Idyllen« im 2. Band dieser Goethe-Ausgabe.) Bei einem Studenten wie Scheffel mußte natürlich die Begeisterung für Hafis am stärksten die in Goethes »Schenkenbuch« klingenden Saiten zum Schwingen bringen. Aber die oben zitierte Strophe aus des fahrenden Schülers Lied »Entschuldigung« spricht in naiver Weise den Gedanken des Gottsuchers aus. Der fahrende Schüler Scheffel dichtete auch ein Lied von einem Einsiedelmann, der auf waldiger Höhe Gott verehrt, dabei aber (ein Vorläufer des Einsiedelmanns im späteren Lied vom Staffelstein) über einen guten Weinkeller verfügt. »Gott will, sprach er, daß jeder sich Des Lebens soll erfreun, Drum ließ er uns den Lenz erstehn, Drum schuf er uns den Wein.« Dem großen Sonnenanbeter des Ostens, in dessen Poesie sich mit leuchtendem Lokalkolorit die Gartenwelt von Schiras spiegelt, direkt nachzuahmen, wie dies etwas später mit großem Glück Friedrich Bodenstedt in den »Liedern des Mirza Schaffy« tat, reizte unsern wanderfrohen Burschenschafter nicht. Es blieb bei ein paar schwachen Versuchen. Dagegen entstand unter der Einwirkung seiner Begeisterung für Hafis das erste der lyrisch-humoristischen Meisterwerke Scheffels, die ihm der *Genius Loci Heidelbergs* eingab, das Lied vom Zwerg *Perkeo* »im Heidelberger Schloß, An Wuchse klein und winzig, an Durste riesengroß«. Der fidele Geist, der in der Karlsruher

Kandidatenkolonie herrschte, die sich im Sommer 1847 zum *Falstaff-Klub* kristallisierte, in dem sich Julius Braun, Scheffel, Kamm, Lepique, v. Stetten, Max und Franz Wirth, Heinr. Goll im »Prinz Karl« nach dem Muster der lustigen Tafelrunde des Prinzen Heinz in Shakespeares »Heinrich IV.« in »allen Humoren« ergingen, hat auch seinen Anteil an dem tragikomischen Zecherheldentum des Zwergs Perkeo gehabt, wie es Scheffel noch in diesem Jahre samt dem Worte »feuchtfröhlich« schuf. Heinrich *Goll*, der »Sir John Falstaff« des Kreises, der später das alemannische Dialektstück »Vrenele« schrieb, war ein fideles Kneipgenie, das sich damals auch in hafisischer Dichtung erging. Scheffel, sein Liebling, hieß wegen seiner Neigung zum Zitieren von Dichterstellen »Fähnrich Pistol« oder kurz »der Fähnrich«.

Mit »Perkeo« aber spielte Scheffels poetische Eigenart bewußt oder unbewußt einen Trumpf gegen zwei andere junge Dichter aus, die unter seinen Heidelberger Freunden jetzt von sich reden machten. Im Winter 1847/48 studierte sein Münchner Freund Eisenhart in Heidelberg mit andern »Neuathenern«, wie Otto v. Völderndorff, während im nahen Speyer deren Freund Oskar v. *Redwitz*, der schon Rechtspraktikant, an seiner » *Amaranth*« dichtete. Die Lieder, die Redwitz in diesen überspannt romantischen Rittersang verschmolz, wie »Es muß ein Wunderbares sein«, kannte der für sie begeisterte Völderndorff alle auswendig; und als Redwitz mit seiner Dichtung fertig war, kam er nach Heidelberg herüber und las den Freunden dieselbe vor. (Vgl. v. Völderndorff, Harmlose Plaudereien eines alten Münchners, 1892.) Bei den »Teutonen« aber, die den »Frankonen« so nahe standen, war um Ostern 1847 Otto *Roquette* aktiv geworden, ein auch musikalisch hochbegabter junger Poet aus der Brandenburger Mark. Roquette, Abkömmling einer zur Berliner französischen Kolonie zählenden Emigrantenfamilie, hatte sich in Bérangers Liederwelt mit Erfolg eingelebt. An dessen und Geibels Vorbild sich haltend, schuf er schon damals eine Reihe der schwungvollen Wanderlieder, die er ein paar Jahr später mit dem »Rhein-, Wein- und Wandermärchen« » *Waldmeisters Brautfahrt*« verschmolz. Lieder von ähnlichem Schwung und Klang wie Roquettes »Noch ist die blühende goldene Zeit«, »Ihr Wandervögel in der Luft« hatte Scheffel in seinen viel unreiferen »Liedern eines fahrenden Schülers« nicht aufzuweisen. Aber wo in Roquettes Liedern von Zechlust die Rede war, kam von dem, was die Studenten auf der Kneipe wirklich ergötzt, nichts zum Ausdruck, und seinen Wanderliedern fehlte, wie auch der Wanderpoesie der teilweis im Schwarzwald spielenden Dichtung von Redwitz, die lokale Gegenständlichkeit, mit der jetzt Scheffel den Zwerg Perkeo zum Helden echten Zechhumors zu machen unternahm. Auch zu seinem Freunde Eggers, der nunmehr bei dem Berliner Kunsthistoriker Kugler Anschluß gefunden hatte und auch schon als Kunstkritiker tätig war, fühlte sich Scheffel mit seiner Forderung, daß echte Poesie im Geiste des Hafis oder des Anakreon ebenso im Goetheschen Sinn »erlebt« sein müsse wie echte Liebeslyrik, in einem gewissen Gegensatz. Eggers, der jetzt als Dichter in Anakreon, dem Hafis der alten Griechen, sein Vorbild verehrte, war in die Berliner Dichtergesellschaft »Tunnel über der Spree« aufgenommen worden und hatte dort den Namen »Anakreon« erhalten. Das forderte Scheffels Kritik heraus.

Sein »Perkeo« war aus einem *Erlebnis*, aus einem Reiseerlebnis, erwachsen. Im September hatte er Alt-Heidelberg, wohin er öfter zum Besuche seiner Frankonen und Eisenharts fuhr, in der Stimmung eines Reisenden wiedergesehen. Er schrieb darüber an Schwanitz etwas später aus Karlsruhe: »Im September benützte ich die Durchreise eines Münchener Hofrats von Schlichtegroll, in dessen Hause ich in München sehr freundlich aufgenommen war, und der nun mit seinen Töchtern eine Rheinreise machte, mich ihm als Mentor für Heidelberg und umliegende Dörfer anzubieten, und brachte ein paar Tage auf dem alten klassischen Boden zu; des Tags über ging ich mit ihnen herum und abends fand ich auf der Frankonenkneipe, die sich unterdessen recht flott gemacht hatte, eine alte Garde von Leuten …an mancherlei Ulk hat's auch nicht gefehlt…« Natürlich hat er mit seinen Gästen im Heidelberger Schloß auch den Keller besucht, wo dem leeren Riesenfaß gegenüber das hölzerne Standbild des winzigen Hofnarren des Pfalzgrafen Karl Philipp steht. So war er selber der »Kellergruft« Perkeos des Morgens »als frommer Pilger« genaht und in der folgenden Nacht erging es ihm gleichfalls der Schlußstrophe des Liedes gemäß.

Dieses Wiedersehen mit Julie v. Schlichtegroll in Heidelberg hat aber dem jungen Dichter auch die Klage »Das ist im Leben häßlich eingerichtet, daß bei den Rosen gleich die Dornen stehn« entlockt. v. Völderndorff hat in den oben genannten Memoiren erzählt, Scheffel habe ihm und Eisenhart während des Wintersemesters 1847/48 in Heidelberg schon ein Lied dieses Anfangs vorgetragen. Das stimmt mit der folgenden Beichte, die Scheffel Mitte Oktober seinem intimsten Freund, Eggers, abstattete: »Du wirst Dich erinnern, daß mir in der letzten Zeit in München die schöne kleine Julie Schlichtegroll merklich gefallen hat, und das kleine Engelsköpfchen hat mich in der Erinnerung durch allen Saus und Braus des Studentenlebens begleitet und mehrfach in meinen Herzkammern herumgespukt. In der Brachzeit des Kandidatenlebens, wo man oft Veranlassung hat, über Kompendien und Heften noch an dies und das zu denken, ist mir's auch oft in den Sinn gekommen – ich habe auch meinen Eltern schon davon gesprochen. Wie ich nun am 2. September (**NB**. In meinem Notizbuch steht unter diesem Datum: ›Heut hab' ich **Giulietta**, wiedergesehen – Herz krach und brich nicht!‹) gerade über meinem Landrecht sitze, erhalte ich ein paar Zeilen, Hr. v. Schl. mit seinen zwei Töchtern sei hier. Ich gehe gleich hin, war freundlich empfangen und die kleine Julia war unterdeß gar stattlich aufgeblüht, ohne daß sich aber das Zarte, Mignonartige in ihrem Wesen verwischt hatte. Ich zog mit ihnen in der Kunsthalle herum – führte sie alsbald im elterlichen Hause ein und veranlaßte sie, einen Tag länger hier zu bleiben, – während welcher Zeit ich natürlich Aug und Herz nur an einen Fleck gerichtet hatte. Dann gingen sie nach Baden und von da nach Heidelberg. Ich bat um Erlaubnis, sie nach Heidelberg begleiten zu dürfen, um in meiner alten Musenstadt als Mentor zu dienen. Dies ward angenommen, und ich verlebte vier Tage mit ihnen in Heidelberg, die ich nie vergessen werde! Es war wahrhaftig viel Poesie darin, an Juliens Seite an all den prachtvollen Orten auf dem Schloß und in den Bergen, wie an den Neckarufern herumzustreifen – und Zeuge ihrer naiv anmutigen Freude über all das Schöne, das ihr, die noch nie aus München weggekommen war, doppelt schön schien, zu sein. Ich schmeichelte mir, als Staffage in der Heidelberger Landschaft in ihrer Erinnerung auch nicht ganz vergessen zu werden; – aber als schüchterner Bursche war mir's genug, in ihrer Nähe zu sein, und ich sprach über das **punctum saliens**, was mich mit ihnen nach Heidelberg geführt hatte, kein Wort. Der alte Schlichtegroll schien auch nicht übel mit mir zufrieden, wenigstens umarmte er mich väterlich beim Abschied.

»Nach freundlicher Trennung reisten sie nach Köln, ich zu meinem Landrecht zurück nach Hause. Daß das Engelsköpfchen itzt erst recht in mir zu spuken anfing, kannst Du Dir denken; meinen Eltern, mit denen ich ganz offen darüber sprach, hatte Julia auch sehr gut gefallen, und ich redete schon mit meinem Vater darüber, daß er, wenn ich, sein Sohn, dermaleinst, was man so nennt, eine Existenz, d. h. eine sichere sociale Stellung hätte, er mit Hut und Frack nach München reisen und für mich werben solle. Nun sind kaum vier Wochen seitdem verflossen, da kommt die Nachricht, daß während der Reise der Tochter mit ihrem Vater ein Biedermann, der schon eine solide Stellung hat, ein Rath St..., ein alter Hausfreund ..., bei der Mutter, die in München geblieben war, um die kleine Julie angehalten und sie ihm ihre Hand zugesagt und daß die Geschichte itzt schon im Reinen ist. Das arme 17jährige Kind wird natürlich den Vorstellungen der Alten wenig eigenen Willen entgegensetzen, und da ist eben das End vom Lied eine solide bürgerliche Heirat. Hätte ich in Heidelberg oder hier nur ein Wort gesprochen, so wäre es vielleicht ganz anders! – Ich war wie vom Donner gerührt; es soll itzt das Engelsköpfchen für mich nichts weiter als ein Traum sein – ich kann itzt erst mit Grund sagen ›Herz krach und brich nicht!!‹«

Über diese herbe Herzenserfahrung, die sich mit dem Bewußtsein seines Berufs zum humoristischen Dichter im Geiste des Hafis so tragisch kreuzte, half ihm sein frischer Jugendhumor zunächst leicht genug hinweg. »Übrigens als ein **à la** Heine Zerrissener wandle ich darum nicht umher«, mit diesem Trutzwort schloß er seinen Bericht an Eggers, und bald entstand zum Gaudium seiner Freunde im Fallstaff-Klub und bei den Frankonen, die von seiner Liebe nichts wußten, die Katerfrühstücks-Parodie auf *Heines* wehmutsvolles Lied »Ein Jüngling liebt' ein Mädchen«, die von der unglücklichen Liebe eines Härings zu einer Auster handelt. Aber wirklich verwinden konnte er den Schmerz doch keineswegs und viel poetischen Gewinn trug ihm derselbe jetzt nicht ein. Zum Dichter im großen Sinne des Wortes hielt sich Scheffel noch längst nicht berufen.

Es bestärkten ihn viele Einflüsse in seiner Zurückhaltung. Als die »Fliegenden Blätter« jetzt seinen Barbarossa-Anruf herausbrachten, war er bereits zu einem überzeugten Gegner »aller Romantik in der Politik« geworden. In seinem letzten Heidelberger Semester hatte er bei *Gervinus*, der jetzt mit Bassermann und Mathy an die Gründung der »Deutschen Zeitung« ging, die damals von mehr als sechshundert Zuhörern besuchten Vorlesungen *über Politik* gehört. Gervinus warnte darin vor der modischen Vermischung von Politik und Poesie. Die Zeit brauche ernste politische Arbeit. Die Poesie habe im politischen Leben der Nation ihre Mission erfüllt. Und in der Tat hatte die politische Lyrik über Freiligraths gewitterschwangeres »Glaubensbekenntnis« hinaus vor 1848 nichts mehr zu sagen. Auf Scheffel machten Gervinus' Lehren tiefen Eindruck. Noch als er den »Trompeter« geschaffen hatte, blieb er von dem Gefühle bedrückt, ein »Epigone« zu sein, für den es sich, mit den großen Dichtern der literarischen Blütezeit zu wetteifern, eigentlich nicht lohne. In dem schönen Brief, den er damals an Uhland schrieb, hat er es direkt ausgesprochen. Auch von der Scheu, als Nachahmer in die Fußtapfen seiner Mutter zu treten, war er nicht frei. Es blieb für lange bei der einen, klassisch schönen Ballade, die den Geist des Rodensteiners mit patriotischer Tendenz vorführt, »Es regt sich was im Odenwald«, mit der er ernstlich einen Wettkampf mit seiner Mutter aufnahm, die dasselbe Thema (»Horch auf! Was klirrt an Riegel und Gruft?«) auf ihre Weise behandelt hat. Die Einwände Th. Lorentzens (»Die Sage vom Rodensteiner«, 1903) konnten meine Ansicht nicht entkräften, daß Scheffel diese Ballade ein Jahr nach seinem ersten Besuche der Geisterburg Rodenstein bei Reichelsheim im Odenwald gedichtet hat, den er mit Kamm, Rahn und zwei Frankonenfüchsen im Februar 1847 bei stürmischem Winterwetter ausführte, um auf eine natürliche Erklärung der Sage von der wilden Jagd des Rodensteiners zu kommen. Einen aktuellen Anlaß für die Ballade bot im Februar 1848 die von dem revolutionären Frankreich drohende, in Baden stark empfundene Kriegsgefahr. Damals stimmte Scheffel das kurze Zeit später in den »Fliegenden Blättern« erschienene »Reiterlied« an: »Viel lieber zu sein ein Reitersmann Und jung zu sterben im Gefecht, Als achtzig Jahr und ewig sodann Ein buckliger Schreibersknecht.« Auf die Kriegsgefahr aus Frankreich deutet in der Rodenstein-Ballade der Vers: »Vom Rhein her streicht ein scharfer Luft, Der treibt den Alten aus der Gruft.« Der Schluß mit der Beschwörung eines »Manns«, der den Flammberg des Rodensteiners schwingen könne, ist der Höhepunkt von Scheffels patriotischer Jugendpoesie der ernsten Art, wie dies »Die Teutoburger Schlacht« in der von humoristischer Stimmung ist. Der kräftig-derbe Hinweis auf die Niederlage der »frech« gewordenen Römer im Teutoburger Wald hat auch 1870 als poetische Aktualität tausendfach zündende Wirkung getan!

Scheffel war 1847 mit seinen Interessen tief in die Politik hineingeraten. Das Ausarbeiten einer dicken Abhandlung über das Surrogat nach französischem und römischen Recht, mit der er die Zulassung zum Staatsexamen zu bewirken hatte, hinderte ihn nicht am fleißigen Besuch der Karlsruher Landtagskammer. Seine Freunde Max und Franz Wirth brachten ihn in Beziehung zu ihrem Vater, dem alten Freiheitskämpen aus der Zeit des »Hambacher Festes«. Hochbewegt schrieb Scheffel am 26. Februar 1848 an Schwanitz: »Seitdem gestern die Nachrichten von Paris eintrafen, ist man hier in einer so gewaltigen Spannung und Aufregung, daß der Sinn für alles andere aufhört.« Er glaubt an die Möglichkeit, daß die Franzosen »sich auf den Pariser Schrecken hin einen Krieg mit Deutschland als Aderlaß verordnen«, und auf diesen Krieg freut er sich. »Dann tritt an die Stelle von unserm schauderhaft papiernem Leben, Akten- und Zeitungsschmiererreien, die frische Tat ... Und wenn das Volk aufsteht mit der Garantie und dem Bewußtsein, daß es für Zustände kämpft, deren Erringung und Sicherung ein paar Tropfen Herzblut wert ist, dann gibt's einen heiligen Krieg, an dessen Erfolg kein Zweifel sein kann.«

Aber der Pariser Februarrevolution folgte die *deutsche Märzerhebung*! Und kaum war im Karlsruher Ständehaus von der Regierung die geforderte Volksbewaffnung bewilligt, da trat Scheffel mit seinen Freunden in die Reihen der Bürgerwehr. Baden war der Herd der großen deutschen Volkserhebung, die damals mit verhältnismäßig geringen Opfern die Herrschaft Metternichs in Österreich und am Bundestag stürzte und in allen deutschen Staaten wirklich ein Verfassungsleben durchsetzte. Am 5. März tagten die einundfünfzig »Vertrauensmänner des deutschen Volkes« in Heidelberg unter dem Vorsitz von Itzstein und Welcker. Die Einberufung des »Vorparlaments« nach Frankfurt a. M. wurde beschlossen, und kaum hatte dieses getagt, entzündete die revolutionäre Ungeduld von Hecker und Struve den bewaffneten Aufstand im badischen Oberland, den Scheffel mit seinen Freunden nur mißbilligen konnte, denn die aussichtslose kleine Sonderrevolution mußte die Verwirklichung der Märzerrungenschaften in ganz Deutschland nur gefährden. Das Auftreten seiner alten Gegner vom »Neckarbund«, wie Karl Blind, als Agitatoren der Revolution gleich in den ersten Märztagen hatte ihn in dieser Gegnerschaft befestigt. Mit rückhaltloser Hoffnung begrüßte er aber das Zusammentreten der Deutschen Nationalversammlung in der Frankfurter Paulskirche.

Auch seine Eltern waren überzeugt, daß diese, die namhaftesten Patrioten umfassende Versammlung die ihr gestellte Aufgabe, eine deutsche Reichsverfassung festzustellen, glücklich lösen werde. Sie ließen den Sohn nach der alten Kaiserkrönungsstadt ziehen, damit er die dort zu beratenden deutschen Grundrechte gleich an der Quelle studiere. In *Frankfurt* hatte der junge Rechtskandidat das Glück, von Welcker, dem jetzt triumphierenden Organisator der »deutschen Bewegung«, der mit Dahlmann, Uhland u. a. den Bundestag zeitgemäß umgestalten sollte und Abgeordneter der Freien Stadt Frankfurt in der Paulskirche ward, als Sekretär angenommen zu werden. Zu Pfingsten nahm er dann als »Frankone« auf der *Wartburg* am Deutschen Burschentag teil, wo er mit vielen alten Freunden, auch mit Schwanitz und Eggers, zusammentraf.

Ende Juni fuhr Welcker als Bevollmächtigter der Frankfurter Zentralgewalt in das Herzogtum *Lauenburg*, um die dortigen Landstände für den Befreiungskampf der Schleswig-Holsteiner umzustimmen, und Scheffel ging als »Legationssekretär« mit und empfing in Ratzeburg, Lauenburg, Rendsburg buntbewegte und erhebende Eindrücke. Schon winkten ihm nach der genußreichen Rückfahrt über Hamburg, Bonn, Köln ähnliche Aufgaben, da erhielt er Ende Juli plötzlich die Aufforderung, sich in *Karlsruhe* zum Staatsexamen zu stellen. Er hatte auch im Sinn gehabt, als Freiwilliger mit dem badischen Kontingent gleich andern seiner Freunde nach Schleswig zu ziehen. Nach gut bestandenem Staatsexamen ging er zunächst wieder nach Frankfurt, doch der große Krach im Parlament infolge des Friedens zu Malmö trieb ihn nach Heidelberg, wo er sein Doktorexamen am 11. Januar 1849 **summa cum laude** bestand. Um diese Zeit schrieb er an Schwanitz, mit dem er zu Pfingsten auf der Wartburg die vermeintlich schon errungene deutsche Einheit mit Reden und Liedern schwungvoll gefeiert hatte: »Seit ich am 16. September zu Frankfurt den Waffenstillstand von Malmö verwerfen hörte und am 18. oben auf dem Dom zu Frankfurt stand und die Barrikaden aus der Erde wachsen und den Sturm und Kampf um dieselben herum gesehen habe, da habe ich den Glauben an das Volk auf beiden Seiten und die Poesie der Revolution verloren, und was im Oktober zu Wien und im November zu Berlin vorging, hat mir ihn nicht wiedergegeben ... Ich habe freilich die Gewißheit, daß unser Reichsadler dereinst noch mit Ehren über Altdeutschland flattern kann, aber erst, wenn wir Jungen auf den Schlachtfeldern mit unserm Herzblut das Vaterland gerettet haben.« Wie schwer es dem jugendlichen Idealisten geworden ist, sich in all die bitteren Enttäuschungen der Zeit zu finden, wie er im Mai 1849 vor dem Ausbruch der zweiten badischen Revolution für das Zustandekommen einer großen Aktion der achtundzwanzig verfassungstreuen deutschen Regierungen gegen die Wiederherstellung des Absolutismus als Redner und Journalist gewirkt hat, davon geben die gleichzeitigen Freundschaftsbriefe an Schwanitz und Eisenhart ergreifende Kunde.

Zwischen die beiden Examina fielen die ersten Versuche Scheffels, sich in die Sphäre der Amtsstube, in die regelmäßige Bureauarbeit eines richterlichen Beamten einzuarbeiten. Am 2. November 1848 zum Rechtspraktikanten ernannt, trat er sofort den Dienst in *Heidelberg* auf dem Kriminalbureau des Oberamts an; sein Vorgesetzter, den er gegen Schwanitz als sehr fidel und freundlich rühmte, war der Rechtspraktikant Friedrich v. *Preen*, der damals die Funktionen eines Untersuchungsrichters in Heidelberg ausübte. Scheffel wohnte diesmal jenseits der Neckarbrücke, wo Welcker und Gervinus ihre Häuser hatten, und teilte die Wohnung mit dem

»langen Braun«, der als Privatdozent an seinen ersten frischen Vorlesungen über die griechische Poesie arbeitete, die er mit Scheffel durchsprach. »Wenn ich aufstehe, sehe ich das Schloß in seiner alten Pracht vor mir liegen, das ist auch etwas wert,« schrieb er nach Eisenach. »Außerdem ist Heidelberg doch nicht außer der Welt; das Museum ist ein literarischer, politischer und geselliger Mittelpunkt.«

Hier im Museum hatten bis zur Volkserhebung im März 1848 Welcker und die Männer der »Deutschen Zeitung« ihren Stammtisch gehabt; hier trafen sich unter dem Vorsitz eines derselben, des Historikers Professor Ludwig *Häusser*, jeden Mittwoch abend die Mitglieder einer fröhlichen Kneipgesellschaft, die sich »Der engere Ausschuß« oder kurz » *Der Engere*« nannte, und in dieser erschien in jenen Wintermonaten mit Braun und v. Preen, zunächst als Gast, herzlichst von allen begrüßt, der Sänger des »Perkeo«. Das Gedicht »Hesiod« und die Übung im »Neugriechischen« im »Gaudeamus« – Braun bereitete sich für seine große Reise nach Griechenland, Ägypten und Kleinasien vor, aus der sich dann sein Hauptwerk »Geschichte der Kunst in ihrem Entwicklungsgang durch alle Völker der alten Welt« ergab – sind Früchte dieses Verkehrs. Im »Engeren« war es Häusser, der ihn zunächst am mächtigsten anzog. Vieles vereinigte sich in diesem geistreichen Historiker, der acht Jahre älter als unser Dichter und von Herkunft ein Pfälzer war, was den Verkehr mit diesem äußerst anziehend machte. Als Historiker hatte er gerade diejenigen Stoffgebiete mit gründlichem Eifer erforscht, die den jungen Juristen mehr interessierten als sein gesamtes Fachwissen, die ältere Geschichte Deutschlands und im besondern die der badischen und rheinpfälzischen Heimat. Dazu kam Häussers außerordentliche Begabung für die gesprächsweise Entfaltung der reichen Schätze seines geschichtlichen Wissens unter Bezugnahme auf lustige Anekdoten und Reminiszenzen, eine Kunst, für welche Scheffel auch seinerseits ein ganz besonderes Talent mitbrachte. Schließlich war aber auch Häusser ein leidenschaftlicher Freund jener burschikos übermütigen Geselligkeit, wie sie in der ganzen Welt nur auf deutschen Hochschulen heimisch ist und an welcher auch Scheffel eine unverwüstliche Freude behalten sollte.

Da Scheffel, der Anfang 1849 als Bürgerwehrmann nach *Karlsruhe* einberufen war, dort über freie Zeit verfügte, ließ er sich, als die Aussichten des Frankfurter Verfassungswerks immer unsicherer wurden, von Häusser überreden, die Redaktion der in Karlsruhe erscheinenden »Vaterländischen Blätter« zu übernehmen, des Organs der konstitutionellen nationalen Fortschrittspartei. Gegenüber den partikularistischen Tendenzen der badischen Volksvereine suchte er in dem Blatt den deutschen Gesichtspunkt noch einmal zur Geltung zu bringen. Dies tat er auch am 12. und 13. Mai auf der großen Volksversammlung in Offenburg, die den deutschen Großmächten zum Trotz die Durchführung der Reichsverfassung in Baden beschloß. Auf den Rat des Märzministers Bekk ließ Großherzog Leopold am 13. Mai die Reichsverfassung sowohl von den Soldaten wie von der Bürgerwehr feierlich beschwören. Dennoch kam es noch am Abend zu der Militärrevolte, die den Großherzog veranlaßte, sofort die Flucht zu ergreifen. Als die zur Verteidigung der Bürgerschaft und der Stadt aufgerufene Bürgerwehr in der Nacht das Zeughaus gegen die stürmenden Tumultuanten zu verteidigen hatte, war auch Scheffel dabei beteiligt. Sein Freund und Kamerad Kamm hat ihm die Betätigung hervorragenden Mutes nachgerühmt.

Nach dem Siege der Revolution war seines Bleibens nicht länger in Baden. Er folgte dem Beispiel Häussers und v. Preens, die sich gleich anderen Heidelberger Familien über die hessische Grenze nach *Auerbach* an der Bergstraße begeben hatten. Es waren meist Männer der Gagernschen Partei, die mehr oder weniger Anteil an der deutschen Bewegung genommen, der republikanischen Propaganda aber als Gegner gegenübergestanden hatten, darunter mancher alte Burschenschafter. Einzelne der Flüchtlinge, Franz v. Roggenbach, Aug. Lamey, Julius Jolly haben später als Minister ihre Prinzipien zur Durchführung bringen können. Scheffel verbrachte die schönen Maitage meist zeichnend in der romantischen Umgebung der zwischen Heidelberg und Darmstadt gelegenen Sommerfrische am Fuße des Melibokus, des Abends aber fand er sich zur Maibowle ein, die nach seinem späteren Urteil ja »kein Mann in Europa« so gut zu brauen verstand wie Häusser. Mit Spannung und Bedauern erlebte man das Heranrücken der preußischen Truppen unter dem Prinzen von Preußen gegen die badische Grenze und sehr zwiespältig war die Genugtuung über die Siege dieser Truppen, obgleich sie Ordnung ins Land brachten. Vom 13. Juni an befand sich das Hauptquartier des Generals v. Peucker für eine Weile ganz in der Nähe, in Zwingenberg. Aber der leuchtende Mai und die lachende Natur der Bergstraße dämpften den Unmut. Auf gemeinsamen Ausflügen ergötzte Scheffel die Gesellschaft durch die Mitteilung seiner humoristischen Lieder. So gelangte das Lied »Als die Römer frech geworden« eines Abends von dem Riesenaltar des »Felsenmeers« herab zu wirkungsvollem Vortrag. Es ist sehr wahrscheinlich, daß damals in Auerbach zu Füßen des »Chattenbergs«, wie ein alter Name den Melibokus bezeichnet, der famose Festbardit der Chatten »Ha'– Hamm'– Hammer dich emol, emol, emol« in der Ballade »Am Grenzwall« (s. Bd. 6 »Gaudeamus«) erstmals erklungen ist.

Der Flüchtlingskolonie in Auerbach hatte sich auch der humorvolle Gesangssolist des »Engern«, der Pfarrer der Gemeinde Ziegelhausen bei Heidelberg, Christoph *Schmezer*, angeschlossen.

Schmezer war ein Franke, am 29. April 1800 zu Wertheim am Main geboren. Studiert hatte er als Burschenschafter in Halle und Heidelberg; von besonderem Einfluß auf ihn waren namentlich Daub und der Rationalist Paulus gewesen, der sich bekanntlich durch seine natürliche Erklärung der Wunder Jesu einen Namen gemacht hat. 1830-39 war Schmezer Pfarrer in Baden-Baden, wo der geistreiche Kanzelredner eine große Welterfahrung erwarb, und seit 1840 stand er der Gemeinde von Ziegelhausen vor, die Nähe Heidelbergs auch zur Vertiefung seiner naturwissenschaftlichen Kenntnisse benutzend. Schmezers Spezialität im »Engeren« war der melodramatische Vortrag humoristischer Gedichte und Lieder. Wie sein Bruder, der Braunschweiger Opernsänger, war er im Besitze einer Stimme von seltener Kraft und Fülle. Nicht nur seine Kenntnis der humoristischen Musikliteratur, sondern auch eigene Begabung setzten ihn in den Stand, für neue Texte dieser Art wirksame Melodien zu finden. In Schmezers Gesellschaft ist Scheffel auf die schwungvollsten und kraftvollsten seiner komischen Lieder für den »Engeren« gekommen.

Sechs Wochen dauerte der Aufenthalt in Auerbach, aber der Humor, den Scheffel dort entfaltete, war nach seinem eigenen Bekenntnis nur die umgekehrte Form der Melancholie, die ihn im Innern beherrschte. Am 15. und 16. Juni fanden die Gefechte bei Käfertal unweit Mannheim und bei Ladenburg statt. Am 25. zogen die siegreichen Preußen in Karlsruhe ein. Am 29. wurde die halbaufgelöste Insurgentenarmee hinter der Murglinie bei Gernsbach nach verzweifelter Gegenwehr geschlagen. Die Festung Rastatt, die sich unter Tiedemanns und Corvins Kommando noch drei Wochen hielt, mußte sich am 23. Juli ergeben. Als nach dem Gefechte bei Gernsbach die Reichstruppen *Weinheim* besetzten, wurde v. Preen an Stelle des von dort vertriebenen zweiten Beamten als Amtsverwalter angestellt. Auf v. Preens Bitte kam Scheffel als Volontär zu ihm, blieb aber nicht lange. Er wurde dann »mehr aus Interesse an der Situation als an dem Geschäft« Aktuar bei dem Zivilkommissar Geh. Rat Schaaf, dem er ins preußische Hauptquartier Kuppenheim vor *Rastatt* zu folgen hatte. Als aber die Zumutung an ihn herantrat, in den Untersuchungskommissionen für die politischen Gefangenen verwendet zu werden, hielt er das mit seiner ganzen Stellung zur Revolution und mit seiner Ehre für unvereinbar. Er wurde damals »wegen seiner kurzen journalistischen Tätigkeit und einer Rede aus den Märztagen« seiner Stelle plötzlich enthoben.

Mitte August unternahm er dann mit Häusser eine längere Reise in die *Schweiz*, vom Bodensee zu den Quellen des Rheins, in die Graubündner Alpen und über den *Splügen* bis zum *Comosee*, »um in frischer Luft auch wieder frische Gedanken zu holen«. Über sein erstes Betreten *Italiens* schrieb er an Eggers: »An Italiens Grenze habe ich auch ein Weniges in das Land meiner Jugendwünsche hineingeschaut; wir stiegen über den Splügen nach Chiavenna herab und siedelten uns eine Woche lang am **Lago di Como** fest. Da hab' ich gewohnt, am wundergrünen See, am Fuß der Villa Sommariva, wo Thorwaldsens Alexanderzug und Canovas Statuen einen Vorschmack antiker Plastik geben, und hab' das Lorbeergezweig und die Olivenbäume um mich rauschen lassen und in italischer Luft und in italischem **dolce far niente** wieder meinen alten Menschen, d. h. den kunst- und natursinnigen, der seit 1848 unter einem Trümmerhaufen

politischer Pflastersteine begraben lag, zur Auferstehung gebracht; und hab' in der Schifferbarke
die Odyssee gelesen, und die hat besser getönt als alles Broschürengequicke über allgemeines
oder besonderes Wahlrecht oder über den Erbkaiser und weiß der Teufel was noch. Da hab' ich
auch viel Deiner gedacht; lieber Fritz, Du mußt auch nächstens nach Italien ... Dem alten Goethe ist auch bei seiner italienischen Reise ein Licht aufgegangen wie eine Pechfackel ... Ich hab
freilich diesmal nur hineingeschaut, denn weiter zu gehen, lag nicht in meinem Plan und Rom
hab' ich mir für bessere Zeiten als Winterstation ohnedies vorbehalten.« Die Rückreise hatte
ihn über *München* geführt und dort hatte er auch bei Schlichtegrolls vorgesprochen. »Im Hause
Schlichtegroll war ich mit alter Freundlichkeit aufgenommen. Die trefflichen Leute haben freilich nicht geahnt, was für Gedanken in mir heraufdämmerten, als ich an der Seite der Frau Julia
saß und sie mit unbefangener Heiterkeit – und schöner als je – sich mit mir unterhielt.« Auch
diesmal hatte ihn sein Skizzenbuch begleitet, und nach der Rückkehr fand er Muße daheim und
in Heidelberg, manch flüchtige Skizze künstlerisch auszuführen. Studien über die Geschichte
Graubündens, zu denen ihn die dort empfangenen Reiseeindrücke veranlaßten, befriedigten seinen historischen Sinn und lenkten ihn ab von der peinlichen Gegenwart. In dieser Stimmung
bewarb er sich Ende des Jahres um die freigewordene Stelle eines besoldeten Rechtspraktikanten
beim Bezirksamt in *Säckingen*, und er hatte Erfolg.

Anfang 1850, also mitten im Winter, traf Scheffel in der altersschönen »Waldstadt« am Oberrhein ein, und bis zum 1. September 1851 dauerte sein Aufenthalt. Hier empfing er den Stoff für
seinen »Sang vom Oberrhein« *»Der Trompeter von Säckingen«* (s. Bd. 5), und es gewährt einen
eignen Genuß, bei der Lektüre der *»Säckinger Episteln«* (s. Bd. 4), einer Reihe humorsprühender,
eingehender Berichte über seine Erlebnisse aus dem Anfang und dem Schluß dieser Zeit an die
Seinen daheim sich klarzumachen, wie viel von persönlich Erlebtem in die Dichtung überging.

Die badische Amtsstadt, die so stattlich von dem ehrwürdigen Fridolinsmünster überragt
wird, war früher eine der vier österreichischen »Waldstädte am Rhein« (neben Rheinfelden,
Laufenburg und Waldshut) und eine Zeitlang auch Sitz des Waldvogts, der im Hauensteiner
Land zwischen Rhein, Wehra und Wutach das kaiserliche Schirmrecht gegenüber den Freihei-
ten des Volks und den Rechten der Abtei St. Blasien ausübte. Zwischen Basel und Konstanz,
am rechten Ufer des jugendlich dahinrauschenden Rheines, etwa gleich weit vom Rheinfall
bei Schaffhausen und der Spitze des Feldbergs, zu Füßen des Eggbergs und gegenüber dem
schweizerischen Bötzberg und dem Frikktal gelegen, teilt sie mit den meisten Stiftungen welt-
erfahrener Heidenapostel das angenehme Schicksal einer ebenso günstigen wie schönen Lage.

Als der junge **Doctor juris** Scheffel nach langer Postfahrt – die Eisenbahn ging erst bis zum
Isteiner Klotz – in Säckingen einzog, hatte das schmucke Schloß der einstigen Großmeyer des
Fürstlichen Frauenstifts für ihn noch keine Bedeutung, waren die Namen Werner Kirchhof,
Hiddigeigei u. s. w. ihm völlig unbekannte Klänge. Und als er am nächsten Tag auf der gedeckten alten Holzbrücke stand, die Säckingen mit Stein am Schweizer Ufer verbindet, und aus
einer der Fensterluken hinab auf den Fridolinsacker im Strom und hinüber zu den Zinnen des
»Herrenschlößleins« lugte, da ahnte er nicht, daß er jene Insel drei Jahre später als Dichter mit
einem unternehmenden Spielmann beleben werde, der sie benutzt, um unbemerkt vom Rhein
her einem im Giebelzimmer des Schlosses lauschenden Edelfräulein das Geständnis seiner Liebe
in sehnsuchtsvollen Trompetentönen zuzuhauchen. Noch war »des Herrenschlößleins schlank-
betürmter Bau« keineswegs so stattlich wieder hergestellt und herrschaftlich eingerichtet, wie es
später durch den Seidenfabrikanten Th. *Bally* geschah, und die unteren Räume dienten sogar
samt dem Garten mit seinen hohen Wildkastanienbäumen den Zwecken einer Brauerei und
Gastwirtschaft. Dafür drängten sich aber auch noch nicht wie heute in das Bild der Stadt die
Wahrzeichen der seitdem zur Blüte gekommenen Industrie; der ganze Ort war noch inniger
verwachsen mit seiner ländlichen Umgebung und den Tannenwaldbergen im Hintergrund, die
den stillen, heute »Scheffelsee« genannten Bergsee umhegen. Der ganze erste Eindruck heimelte
den Dichter an; auch die Lage seiner Amtsstube in dem hohen Staffelgiebelhaus, dem früheren
Stiftsgebäude, war seinem historischen Sinn sympathisch.

Zudem kam er nicht als Fremdling, sondern wohlvertraut mit den Vorzügen und Reizen der Waldstadt hierher; war doch sein Vater als junger Regierungsingenieur längere Zeit in der Gegend tätig gewesen, hatte ihm dieser doch im Knabenalter schon Ort und Gegend gezeigt. Ein paar Stunden von Säckingen rheinaufwärts aber, in Großlaufenburg auf der Schweizer Seite, wohnte der Fürsprech und Großrat Wilhelm *Heim*, der Onkel von Josephs Schwarzwaldbäschen in Zell, ein jovialer, gastfreier Mann. Und war es nicht *Hebels* Heimat, die ihn ringsum grüßte, das Quellgebiet der Poesie, die ihm in der Kinderzeit die vertrauteste war? Im Tal der Wiese und der Wehra wie auf dem Hauensteiner Wald fand er den unverfälschten alemannischen Volksschlag, den Hebel mit ebenso viel Liebe wie Naturtreue in der Mundart des Landes geschildert hat!

Gleich in der ersten Epistel an daheim, die seinen Eintritt ins Amt als »Respizient für Kriminal- und Polizeisachen« vermeldete und auch schon des Honoratiorenstammtischs im »Goldenen Knopf« beim Gastwirt *Broglie* und des Posthalters *Malzacher*, bei dem einst der Vater gewohnt, Erwähnung tat, rühmte er das Interesse, das für Hebels Poesie und Prosa in diesem Kreise bestand. In der nächsten Epistel, »Wie der Doktor Scheffel seine erste Ausfahrt in den Wald gehalten und dabei den Balthes Nicker, mehrere Schneelandschaften und andere Hauensteiner Biedermänner sowie den ›Meysenharts Joggele‹ kennen gelernt hat«, kam Hebel ebenso zu Wort wie im März in der Schilderung des »Sankt Fridolinifests«, zu dem Tausende von Teilnehmern aus dem Rheintal und vom »Wald« auf dem Säckinger Markt vor dem Münster zusammengeströmt kamen. Die Zundelfrieder- und Zirkelschmiedsgeschichten des »Rheinischen Hausfreunds« mögen das Ihrige dazu beigetragen haben, daß Scheffel dann mit so köstlichem Humor in der »sechsten Epistel« seine bisherigen Erfahrungen als Polizeirespizient für den Nachweis ins Feld führte, daß gerade das, was die Poesie verherrliche, von der Polizei oft verpönt werde. Wohl klagte er dabei über die Ironie des Schicksals, daß er »antipolizeiliches Gemüt« sich jetzt mit der Besorgung von Polizeigeschäften befassen müsse, aber sein Bericht klang heiter aus in dem Bekenntnis, daß es Momente gäbe, wo der Polizeirespizient sich lediglich in Poesie auflöse und sich höchst polizeiwidrig aufführe.

Aber nur im ersten halben Jahr hat Scheffel mit solchem Humor sich über den Konflikt seiner Dichternatur mit seinen Dienstobliegenheiten ergangen. Schon sehr bald nach seiner Ankunft in Säckingen hatte er an Schwanitz geschrieben: »Leider hab ich den Schmerz um Altdeutschland auch hierher mitgenommen und kann ihn immer noch nicht los werden!« Und am 13. Juli 1850 schrieb er, tieferregt über das Schicksal, von dem Schleswig-Holstein nach Abschluß des Friedens zwischen Preußen und Dänemark bedroht war: »An alte Hoffnungen und Träume und an mein liebes Altdeutschland denk ich freilich leider nicht mehr viel – da schwimmt täglich viel Wasser den Rhein herunter und der Schmerz bleibt doch der nämliche – und was nützt's, wenn Einer auch dran denkt? Es gibt höchstens ein Gefühl, wie das des alten Capulet, der im Randal der Straße, wo die Seinigen und die Montagues sich herumschlugen, ans Schwert greifen wollte und merkte, daß er nur seinen Schlafrock anhatte. 'S Dunner und 's Wetter! sagen unsre Wälder. Und was nützt's, wenn Einer dran denkt, wie voriges Jahr unterm Banner der schwarzrotgoldenen Farben die Dänen gehauen und ihre Schiffe zusammengeschossen worden sind ... Heut bin ich in unserm famosen Bierkeller am Rhein gesessen, und während all das Volk kegelte und trank, hab' ich in Rhein hinuntergeschaut und aus den Wellen hat der alte Traum von 1848 heraufgeklungen und ich hab' an meine liebe mütterliche Freundin gedacht, die Frau Etatsrat Esmarch in Schleswig, die jetzt auch wohl samt ihrem blonden Töchterlein Mimi von Haus und Herd fort muß –.« Im vierten Stück des »Trompeter«, »Jung Werners Rheinfahrt«, findet sich in den Trostworten, mit denen der Genius des Rheins Wernern tröstet, ein Nachklang dieser Stimmung: »Und ich kenn Euch, deutsche Träumer ... Und des deutschen Volks Geschichte, Sturm und Drang und bittres Ende Steht in meinem Lauf geschrieben.« Mit der Familie des Schleswiger Patrioten *Esmarch*, der 1848 Abgeordneter in der Paulskirche war, war Scheffel in Frankfurt näher befreundet worden. »Die unbefangene Weiblichkeit der Tochter Mimi,« schrieb er an Eggers, »der ich, gerade weil sie Braut ist, mich harmlos und heiter nähern konnte, hat mir einen tiefen und früher ungekannten Eindruck gemacht.« Jetzt wurde sie Frau Hauptmann v. Wartenberg in Berlin.

Einen Monat später, nach dem unglücklichen Ausgang der Schlacht bei Idstedt, schrieb Scheffel an den Etatsrat Heinrich Karl Esmarch selber: »Wenn ein guter Wille und ein heiliger Zorn über unser deutsches Elend hinreichten, um mich armen Schreiber an den Platz hinzustellen, wo jetzt Jeder hingehört, der noch Herz und Ehr im Leibe hat, so stünde ich längst als Wehrmann bei einem ihrer tapferen Bataillone und hörte die dänischen Kugeln pfeifen. Verhältnisse, Umstände, Rücksichten, und wie all die nichtigen Motive heißen, die den edlen Trieb im Menschen abtöten, wollen es anders, und so bleibt mir nur der miserable, leider Gottes echt deutsche Trost, Ihnen, teurer Herr, mit der Feder meine Teilnahme auszudrücken... Und wenn's unser Geschick nicht ist, daß wir als altersschwaches Kulturvolk uns zu Grabe legen sollen, und wenn unser Deutschland durch eiserne Tat mal wieder jung geworden ist, dann wird sich's noch dankbar an seine besten Söhne in Schleswig-Holstein erinnern und wird zu den Kämpfern von Idstedt sagen: Ihr seid die einzigen, die's verstanden und mir den Weg zur Gesundheit zeigten.«

Ein großer Teil seiner Tätigkeit als »Amtspraktikant« war aber auch ein wahrer Hohn auf die »Märzerrungenschaften« und die deutsche Reichsverfassung, die er vor Jahresfrist so hoffnungsfroh jubelnd begrüßt hatte. Die Trennung der Verwaltung von der Justiz, diese alte Forderung des deutschen Liberalismus, hatte wohl die Frankfurter Nationalversammlung zum deutschen Grundrecht erhoben und Scheffel selbst war auf die Reichsverfassung beeidigt worden. Aber die Reaktion hatte die so schwer errungene Reichsverfassung samt den Grundrechten vernichtet. In Säckingen herrschte seit Unterdrückung der badischen Revolution das Kriegsrecht, und bis in den Herbst 1850 stand hier das 4. preußische Jägerbataillon als Okkupationstruppe. Mit Strenge wachte der preußische Stationskommandant darüber, daß die verschärften Ordnungsgesetze von der Bevölkerung auch gehörig befolgt wurden, und wenn das auch nicht hinderte, daß zwischen einzelnen der Offiziere, zumal dem Bataillonsarzt Dr. Korff, einem gemütlichen Westfalen, und dem im »Knopf« verkehrenden badischen Beamten ein angenehmer Verkehr bestand, so hatten gerade die Herren vom Kriminal- und Polizeidienst, Dr. Scheffel, der Aktuar *Steinmann* und der Untersuchungsrichter *Göring*, letztere beiden gleich ihm lebenslustige, für Humor empfängliche Naturen, infolge der Zumutungen des Stationskommandos viel Ärger und unnütze Arbeit. War man doch im Jahre vorher in Säckingen den flüchtigen Insurgenten, die hier Unterschlupf und Entkommen gesucht hatten, vielfach hilfreich gewesen, und noch waren über diese Fluchtbegünstigungen Untersuchungen im Gange. Der Polizei lag es aber auch ob, mit Eifer darüber zu wachen, daß kein politisch Anrüchiger aus der Schweiz sich über die Säckinger Brücke ins Land zurückstehle.

In jener Epistel von der Poesie und Polizei hatte Scheffel über den Eifer des preußischen Stationskommandanten noch scherzen können. Auch sein vermutlich im Beginn der Ferien nach einer Besteigung der Scesaplana gedichtetes Wanderlied mit dem Refrain: »Naus aus dem Haus! Naus aus der Stadt! Naus aus dem Staat! Nix wie naus!« atmet auftrutzenden Humor. Als aber im Frühjahr 1851, längst nach dem Abzug der preußischen Okkupationstruppe, ein Übergriff des badischen Platzkommandanten, Hauptmann Schwarz, ihn persönlich traf, da entlud sich der in ihm aufgespeicherte Groll in aller Schärfe, und es wäre zwischen ihm und jenem Hauptmann zum Duell gekommen, wenn die oberen Behörden es nicht verhindert hätten. Während sich Scheffel bereits am Schweizer Ufer im Pistolenschießen übte – er hatte den Fürsprech Heim zum Sekundanten gewählt –, wurde der ganze Vorgang amtlich an das Ministerium des Innern und an das Kriegsministerium sowie an Scheffels Vater gemeldet. Hauptmann Schwarz mußte erklären, er habe keine Ehrenkränkung des Doktor Scheffel beabsichtigt, dieser aber erhielt einen Verweis wegen Widersetzlichkeit gegen den militärischen Befehl. Und was war die Veranlassung des Konfliktes? Scheffel und einige seiner Freunde hatten sich in einem Zimmer des Lesevereins im »Goldenen Knopf« ein wenig über die Polizeistunde hinaus mit lustigem Singsang unterhalten. Vielleicht waren es ein paar der humoristischen Lieder, wie er sie in Heidelberg für den »Engeren« gedichtet hatte, welche das Ohr des rigorosen Hauptmanns so empfindlich verletzt hatten. Und der Poesie Scheffels ist glücklicherweise auch die Verstimmung zugute gekommen, die ihn nach jenem Konflikt befiel. Am »11. Mayen 1851« ist jene letzte (7.) seiner Säckinger Episteln, und zwar an sein »lieb und frumm Schwesterlein Maria« verfaßt worden, die in altväterischem Märchenton von seinem Besuch der Erdmännleinshöhle bei Hasel erzählt und uns erkennen läßt, wie Scheffel zur Erfindung des »Stillen Mannes« im »Trompeter« gelangt ist. Da berichtet er von einer Tropfsteinbildung, die beim Kienspanschein einem alten Kriegsmann glich, »so sich auf sein Schwert stützete und das Haupt zum ewigen Schlaf an den Felsen neigete«, und weiter erzählt er, das von ihm durch eine Frage unabsichtlich gekränkte Erdmännlein habe ihm gedroht, ihn in eine Tropfsteinsäule zu verwandeln.

Ein Teil der Lieder des »Stillen Mannes« ist sicher noch in Säckingen entstanden. Man findet in ihnen den Niederschlag jener melancholischen Resignation des an der Gegenwart verzweifelnden früheren Freiheitsschwärmers. »Die Blicke scharf wie der junge Aar, Das Herz von Hoffnung umflogen, So bin ich dereinst mit reisiger Schar In den Kampf der Geister gezogen...« Auch die kirchliche Reaktion, die sich in Säckingen recht bemerkbar machte, bedrückte ihn. Auf Ausflügen geriet er mit jüngeren Hetzkaplänen in Streit, so gemütlich er sich mit den älteren Dorfgeistlichen aus Wessenbergs Schule zu stellen wußte. Die ganze Gestalt des dem Leben entflohenen, versteinerten Träumers in der Haselmannshöhle ist eine allegorische Personifikation der Weltflucht des Dichters, die sich am 21. Juli 1851, kurz nach dem Tode seiner inniggeliebten Großmutter Krederer in einem Brief an Schwanitz dahin aussprach: »Mein äußeres Leben ist seit langen Monaten so monoton, daß es keinen Stoff zum Schreiben abgibt, und die verschiedenen Disharmonien tief im Herzen, die von anno 1848 her datieren, mag ich nicht auf dem Papier auskramen ...Ich habe mich an die alte Mutter Natur zurückgewendet und pflege im Tannenwald und auf den Bergeshöhen einen still innerlichen Kultus.« Dazu stimmt völlig, was der Stille Mann von der Zauberkraft des Waldes singt und der Wunderquelle, die dort dem Schoß der Erde frisch und hell entströmt. Es ist sehr wahrscheinlich, daß Scheffel, der damals auch vermutlich das einfach innige Gedicht »Im Schwarzwald« (s. »Nachgelassene Dichtungen«) verfaßte, ursprünglich eine Gedichtsammlung plante, die den Titel »Lieder des stillen Mannes« erhalten sollte; der Plan wurde dann verdrängt durch den neuen, die Geschichte des Werner Kirchhofer zum Gegenstand einer Dichtung zu machen, wobei er zunächst, so scheint es, an eine Erzählung dachte.

Wie uns der Dichter selbst in den schönen, aufschlußreichen Widmungsgedichten zur ersten und vierten Auflage des »Trompeter von Säckingen« erzählt hat, ist ihm die erste Anregung zu dem Epos durch das Grabmal gegeben worden, das damals noch einen hervorragenden Schmuck des Säckinger Friedhofs bildete und dessen lateinische Grabschrift dem Sinne nach lautet: »Ewige Ruhe für die Seele, wie es sie im Leben auch für den Leib erstrebte, fand durch einen sehr glücklichen sanften Tod das an gegenseitiger Liebe unvergleichliche Ehepaar: Herr Franz Werner Kirchhofer und Frau Maria Ursula von Schönau, jener am letzten Mai 1690, diese am 21. März 1691. Mögen sie in Gott leben.«

An dieses Grabmal, dessen Platte neuerdings der Außenwand der Säckinger Stiftskirche eingefügt worden ist, knüpfte sich eine damals schon halb verschollene Überlieferung. Jener Werner Kirchhofer war nach dieser Sage ein geborener Säckinger Bürgerssohn, der als begabter Musiker Mitglied der Musikkapelle des Großmeyers vom Säckinger Frauenstift, des Freiherrn von Schönau, war. Als dieser erfuhr, daß sich zwischen dem kecken Musiker und seinem Töchterlein ein Liebesverhältnis angesponnen hatte, entließ er denselben aus seinem Dienst, während er die Tochter als Hoffräulein nach Wien zu bringen beschloß. Vor dem Aufbruch ließ Maria jedoch den Geliebten dies Vorhaben wissen. Bald nach ihr schied auch Werner von Säckingen, um im Wandern Trost für der Liebe Leid zu suchen. Da er mit Glücksgütern nicht gesegnet war, schloß er sich einer Musikbande an und veranstaltete es, daß diese sich zur Kaiserstadt an der Donau wandte. Hier erregte er als Musiker Aufsehen. Er fand Gönner, die sein Talent weiter ausbilden ließen, und ward Hof- und Domkapellmeister. So kam es zum Wiedersehen auf ganz ähnliche Weise, wie es Scheffel im »Trompeter« geschildert hat, nur daß der Stephansdom in Wien statt des Petersdomes zu Rom die Stätte des Wiedersehens war und nicht der Papst, sondern der Kaiser, zum Fürsprecher für die Liebe des jungen Paares beim alten Freiherrn wurde.

Diese Sage war, als Scheffel nach Säckingen kam, nur noch bei wenigen in Erinnerung. Aber gerade der Bürgermeister Leo, der von den Honoratioren des Städtchens dem geist- und gemütvollen Rechtspraktikanten aus Karlsruhe besonders nahetrat, war mit der Überlieferung vertraut. Seine Mutter war Kammerdienerin der letzten Fürstäbtissin gewesen. Scheffel, der anfangs bei den Eltern des Bürgermeisters Leo am Markt gewohnt hatte, aber dann in den altertümlichen Kommenderhof an der Rheinbrücke zum Färber Hermann Leo gezogen war, konnte von diesem Näheres über die Sage erfahren. Wie P. A. Streicher nachgewiesen hat, ließ sich auch aus den Akten der Stiftsschaffnei ersehen, daß der historische Kirchhofer, ein »Symphoniacus«, von 1686-1690 Dirigent des Säckinger Domchors gewesen ist. Nun studierte Scheffel auch die Werke über die Geschichte des Stifts und der Stadt Säckingen, Balthers **Vita S. Fridolini** in Mones Quellensammlung zur badischen Geschichte, vielleicht auch die nur handschriftlich vorhandene, erst 1852 gedruckt erschienene Geschichte des Frauenstifts von Van der Meer und was in Baders »Badenia« zu finden war. So kam er auch zur eingehenderen Beschäftigung mit den merkwürdigen Rebellionen der Hauensteiner »Wälder«, von deren rotwamsiger Tracht und naiv kräftiger, dreinschlagfroher Eigenart er schon in der Epistel über die Poesie und Polizei mit besonderem Behagen geschrieben hatte, denn ihre Streitsucht brachte nicht wenige Wälder als Angeklagte, Zeugen und Kläger nach Säckingen aufs Amt. In jener Epistel hat er auch schon der »Salpeterer« gedacht, der Anhänger eines seit 1725 bestehenden politischen Geheimbunds unter den, nach ihren faltigen Pumphosen auch »Hotzen« genannten, zäh am Althergebrachten hängenden Hauensteiner Waldbauern. Die Rechtsanschauungen dieser Geheimbündler gingen auf die Traditionen der reichsunmittelbaren Grafschaft Hauenstein und der den »Wäldern« vom Grafen Hans von Hauenstein bestätigten freien Gemeindeverfassung zurück, die auch ein kaiserlicher Waldvogt bestätigt hatte; sie erkannten die badische Staatsgewalt, Amt und Pfarrer, nicht an und hatten dafür unter strengen Strafordnungen zu leiden.

Im März 1851 hatte Scheffel noch die »Ziviljustiz für den hinteren Wald« zugeteilt bekommen. In einigen ärmlichen Dörfern bei *Herrischried* war Hungersnot ausgebrochen. Mehrere hundert Personen waren vom Säckinger Amt auf Staatskosten zur Auswanderung nach Amerika auszurüsten. Josephs Mutter schrieb darüber an Schwanitz, der im Jahre vorher in Karlsruhe und in Säckingen zu Besuch gewesen war, bald nach Josephs Konflikt mit dem Stationskommandanten Schwarz: »Joseph ist in wehmütiger Stimmung nach Rickenbach hinauf auf den Wald, um nun dort in diesen Tagen den Auswanderern fortzuhelfen. Der Pfarrer hat eine Suppenanstalt im Hause, und da holen sie ihre Suppe in Kübeln. Dort, wo Hunger und Elend hausen, amtet jetzt Ihr Freund mit seinem weichen, mitleidigen Herzen! Doch ich will Ihnen nicht auch das Herz schwer machen. Wir könnten durch diese Auswanderung auch noch auf die deutschen Zustände geraten – und das wäre vollends zum Verzweifeln!«

Beim Pfarrer *Riesterer* in *Rickenbach* hat unser Dichter die gastlichste Aufnahme gefunden. Das war ein gar jovialer alter Herr, ebenso bewandert in der Geschichte des Hauensteiner Landes wie in den alten Klassikern und in seinem Hebel, bei aller ländlichen Schlichtheit beseelt von edlen humanen Gesinnungen. Das Loblied, das Scheffel später im »Trompeter« zu Ehren des »Pfarrherrn auf dem Lande« angestimmt hat, war der Dank für so manche behagliche Stunde, die er in dem Pfarrhaus zu Rickenbach wie auch in dem von Herrischried verlebt hatte. Im Rickenbacher Pfarrhaus bekam er aber auch die wichtigsten Quellen zur Geschichte der Salpetererkriege zu lesen, nicht nur die gedruckten, sondern auch Handschriftliches in alten Pfarrbüchern. Diese Studien weckten in Scheffel die Lust, in einem geschichtlichen Kulturbild »nach dem Vorbild W. H. *Riehl's*«, dessen den Zusammenhang zwischen Volkstum und Landesart nachweisende, deutsche Wanderstudien damals in der Beilage der Augsburger »Allgemeinen Zeitung« Aufsehen erregten, die Geschichte und Art des Hauensteiner Volkstums auf Grund seiner »auf dem Wald« und in der Säckinger Amtsstube gemachten Erfahrungen darzustellen. Nach der Heimkehr fand er im Elternhaus Muße zur Ausarbeitung des farbenfrischen, bisweilen auch von feuchtfröhlichem Humor durchblitzten Aufsatzes » *Aus dem Hauensteiner Schwarzwald*«, der die Ahnenheimat am Oberrhein feiert, auf Hebel und Wessenberg Bezug nimmt und auch des Malers Kirner in Liebe gedenkt (s. Bd. 3 »Reisebilder«).

Scheffel, der von Säckingen aus auch die *Küssachburg*, auf der einst sein Ahne Balthasar Krederer Schloßhauptmann war, wiederholt besucht hat, erkannte in den »reinen Alemannen« auf dem Hotzenwald ein noch nicht untergegangenes Stück altdeutschen Volkstums. Jener Aufsatz ist nicht nur die literarische Vorstufe für den »Hauensteiner Rummel« im »Trompeter«, sondern auch für das ethnographische Element im »Ekkehard«. Nach den Modellen der rauhbeinigten, hartstirnigen, und doch im Grunde gutmütigen Kernmenschen auf dem Wald, die ja durchaus nicht alle nach dem Grundsatz des »füürigen Alexander« im Einödgasthaus »zum dürren Ast« bei Hogschür »G'soffe muß doch sy« oder dem des »Streitpeterle« in Hogschür »'s muß usprobyrt sy« lebten, hat der Dichter drei Jahre später die derbsten seiner Mönche im »Ekkehard«, wie den jagdfreudigen Pförtner Romeias, aber auch die reckenhaften alemannischen Landleute, die im 15. Kapitel den siegreichen Überfall des Hunnenlagers im Frikktal unter dem alten Irminger vollführen, gestaltet. In jenem Aufsatz sind auch die Salpetererkriege ausführlich besprochen. Mit großer Freiheit hat sich Scheffel im »Trompeter« des Hauptführers im letzten dieser gegen die Abtei St. Blasien gerichteten Rebellionen des Hans Fridolin Gersbach von Bergalingen im »Bergalinger Fridli« bemächtigt. Er versetzte die Figur in den sogenannten »Rappenkrieg«, den die Hauensteiner im 17. Jahrhundert wegen einer vom Sankt Blasischen Waldpropst ausgeschriebenen Weinsteuer führten und damit ungefähr in die gleiche Zeit, die durch die Grabschrift auf dem Denkstein des Kirchhoferschen Ehepaars für die Handlung des »Trompeter« gegeben war. Es kam Scheffel, als die Dichtung in Fluß geriet, allein darauf an, das dramatische Element eines der »Hauensteiner Rummel« in Gegensatz zu der Liebesidylle zu bringen und den Charakter des Spielmanns Werner mit einem heroischen Zug auszustatten. Im Kampf mit den den Schönauer Hof stürmenden Revoluzzern wird Jung Werner zum wunden Mann, den das Freifräulein Margaretha von Schönau (dieser Vorname paßte besser in das Versmaß der Trochäen als Maria) pflegen und heilen darf. Bei der Erfindung dieses Zugs wird Scheffel an seine eigenen Waffentaten bei der Verteidigung des Karlsruher Zeughauses im Mai 1849 gedacht haben, wie sich ihm manch ein Oberländer Volksaufwiegler jener Zeit als lebendes Modell für den Bergalinger Fridli auch darbot.

Noch ehe er die poetische Ausgestaltung der Sage vom Säkkinger Trompeter vornahm, hatte er einen anderen Kampf, von seelischer Art, zu bestehen. Als er am 1. September 1851 Säckingen verließ, stand in ihm der Entschluß fest, sich sobald als möglich der Beamtenlaufbahn ganz zu entschlagen. Das war nur möglich unter dem Widerstande der Eltern. Seine Episteln aus Säckingen hatten bei diesen wie bei den Freunden des Hauses wegen ihres Humors freilich viel Beifall gefunden; schon war ihm manches Lied gelungen, das in frohgestimmtem Zecherkreise sich als zündend erwiesen; er hatte den Kopf voll von poetischen Plänen und Entwürfen. Andrerseits war er noch immer des Glaubens, daß er zum Maler berufen sei. Auch nach Säckingen hatten ihn Zeichenmappe und Farbenkasten begleitet. In Breitners Scheffelmuseum zu Mattsee befinden sich größere Zeichnungen Scheffels aus dem Jahr 1850, die den Bergsee bei Säckingen, die alte Holzbrücke bei Rheinfelden, das Harpolinger Schloß darstellen. Mit besonderer Liebe ist eine gleichfalls erhaltene Zeichnung vom Wieladinger »Strahlbrusch« ausgeführt, dem düster umklüfteten Wasserfall, den ein bei Rickenbach entspringender, unfern der Harpolinger Schloßruine in die Murg sich ergießender Bergbach bildet. Hier ließ der Dichter später im »Ekkehard«, Kap. 15, die tapfere Hadumoth auf ihrer kühnen Wanderung ins Hunnenlager kurze Rast halten. Auch den Schönauer Hof, das »Herrenschlößlein«, hat Scheffel vor seinem Weggang von Säckingen gezeichnet.

Zunächst machte er im September mit Ludwig *Häusser* eine dritte Ferienreise nach *Graubünden* und ins *Engadin*. Auch im Sommer 1850 war er mit diesem »engeren« Freunde, der ihm an Jahren und an Welterfahrung weit voraus war, in die Alpenreviere gezogen, welche die Quellgewässer des Rheins durchrauschen. Zum Dichter des *Oberrheins* zu werden, war wohl schon sein Sehnen. Häusser, dem Scheffel in der freien Luft der rhätischen Alpen seine Kümmernisse und Zweifel anvertraute, schätzte jedoch an dem jungen Freund neben dem Humor und dem treuherzig frischen Naturell vornehmlich den Sinn für sein eigenes Fach, die Erforschung der deutschen *Geschichte*. Er interessierte sich lebhaft für Josephs Hauensteiner Eindrücke und Studien, deren

Resultate sich vielfach mit den Ergebnissen neuerer Forschung über die Geschichte Graubündens berührten. Schon im Jahre vorher hatte Scheffel dem »Engeren« eine humoristische Epistel über die mit Häusser ausgeführte Besteigung des Sankt Gotthard unter Entfaltung originellen Reisehumors geschrieben (s. Bd. 4). Jetzt ward zwischen beiden verabredet, das zwischen den Quellen des Rheins und den Gletschern des Bernina gemeinsam Erlebte für die Beilage der Augsburger » *Allgemeinen Zeitung*« zu schildern, Scheffel übernahm die Touren von Dissentis nach Chur, über den Albula ins Engadin und von Samaden zum Roseggiogletscher. Häusser und er arbeiteten, aus reichen, schon vor der Reise gesammelten Kenntnissen über die herrliche, bis dahin noch wenig geschilderte rhätische Alpennatur schöpfend, mit journalistischer Schnelligkeit. Anregend wirkte auf sie auch das Vorbild des Münchners Ludwig *Steub*, der in seinem 1845 zuerst erschienenen Buche »Drei Sommer in Tirol« für eine poetisch-stimmungsvolle Darstellung wissenschaftlicher Reisebeobachtungen in den Alpen ein Muster aufgestellt hatte. Auch über die »Urbewohner Rhätiens« gab es von Steub ein Buch, und Scheffel nahm das Thema, noch erfüllt von seinem Studium der echten Alemannen auf dem Wald in seiner frischen, humoristisch sich gebenden und doch im Forschen gründlichen Weise auf. Die Rückreise ging über Salzburg und München, wo Steub, gleich ihm ein dichtender Jurist, besucht ward, und dann über Augsburg heim.

Mit den Briefen » *Aus den rhätischen Alpen*« (s. Bd. 3, Reisebilder), welche den deutschen Alpenfreunden zum erstenmal in so eingehender Besprechung die Alpenherrlichkeit des Engadin empfahlen, trat Scheffel unter die Pioniere, die damals der erst im Aufschwung begriffenen Freude am Besuch der Alpen in der Literatur zum Ausdruck verhalfen und über die er sich bald genug als sprachgewaltigster Verherrlicher der Alpennatur hoch erheben sollte. Die Briefe erschienen in den Nummern vom 10. bis zum 25. Oktober 1851 der genannten Zeitung. »Josephs Feder werden Sie an seinem Humor erkennen,« schrieb seine Mutter, hochbefriedigt von diesem Debüt, an Schwanitz. Gleich im ersten der Briefe schuf die wachsende Gestaltungskraft dieses Humors in der Figur des Kutschers Joseph Anthony von Trons ein Meisterstück. Der komische Grundgedanke des Lieds »Der letzte Postillon« (s. Bd. 6, Gaudeamus) ist hier angeklungen.

Scheffel hatte nach dem Tode der innig betrauerten Großmutter Krederer seinen Eltern versprochen, eine Weile ohne Amt bei ihnen in Karlsruhe zu leben – es gab mancherlei für den rechtskundigen Sohn zu helfen –, und nun arbeitete er auch den Aufsatz »Aus dem Hauensteiner Schwarzwald« aus. Das Erscheinen dieser Arbeit verzögerte sich indes; im Frühjahr 1853 erschien sie in Cottas » *Morgenblatt* für die gebildeten Stände«. Als er jetzt in Heidelberg im »Engeren« das Ganze vorlas, neckten ihn die Freunde als den »Fahrenden Schüler Josephus vom dürren Ast« nach dem Einödwirtshaus »zum dürren Ast« bei Hogschür, von dessen Betrieb der Aufsatz eine drollige Beschreibung enthält. Am Schluß der Widmung des »Trompeter« ist auf den Namen Bezug genommen. Jene Zeit des Ausruhens und Schriftstellerns im Elternhaus benutzte er aber auch, um mit Schwester und Mutter über seine geheimen Wünsche zu sprechen. Marie hatte jetzt Malstunden beim Meister Frommel und war voll Anerkennung der Fortschritte ihres geliebten Bruders im Zeichnen. Dieser schrieb damals an Eggers, die Zerrissenheit seiner geistigen Interessen beklagend, »mein bester Kern ist immer noch der Zug zur Kunst, den werde ich diesen Winter pflegen und bei Lindemann-Frommel, dessen Skizzen aus Rom Du oder vielmehr Kugler in dem »Kunstblatt« neulich günstig rezensiert habt, in die Lehre gehen.« Auch dem Vater ward zugesetzt, und der widerstrebende Herr Major bewilligte schließlich Josephs Bitte, ihn die größere italienische Reise, die ihm schon längst zugesagt war und für die ein Legat der verstorbenen Großmutter die Mittel bereitgestellt hatte, jetzt antreten zu lassen. Diese Reise, das war Josephs Entschluß, sollte seinen Beruf zur Kunst auf die Probe stellen. Schon war alles für einen »Winter in Rom« vorbereitet, da zwang die kriegerische Lage, in die ganz Europa durch den Staatsstreich *Louis Napoleons* versetzt ward, zum Aufschub.

Joseph bewarb sich um den freigewordenen Posten eines Sekretärs am mittelrheinischen Hofgericht in *Bruchsal*; der Präsident desselben, der frühere Märzminister Bekk, war den Eltern befreundet. Die Bewerbung fand sofortige Annahme. Kaum aber hatte er sich in Bruchsal und sein neues Amt etwas eingelebt, da überkam ihn die Reue, und als der Frühling seinen Lockruf ertönen ließ, wurde der Ärger über die versäumte Reise ihm zur unerträglichen Qual. Die Nachricht, daß der »lange Braun« jetzt auch in Rom sei, von seiner großen Forschungsreise durch Ägypten und Griechenland zurückgekehrt, steigerte noch seine Sehnsucht. Wohl fand er in dem literarischen Kränzchen des Hofgerichtsrats *Preuschen*, seines Kollegen als Mitarbeiter der »Fliegenden Blätter«, Aufnahme; aber der einzige bleibende Gewinn aus diesem Verkehr ist wohl nur die Idee zum Kater » *Hiddigeigei*« gewesen. Hiddigeigei hieß der höchst intelligente Kater des Hofgerichtsrats, und Scheffel, von klein auf an den Verkehr mit den wohlerzogenen Angorakatzen seiner Großmama Krederer gewöhnt, hatte seine Freude an dem klugen Tiere, und wenn ihn jetzt die Stimmung überkam, ans Gestalten der von ihm geplanten Dichtung vom Säkkinger Trompeter zu denken, sann er auch der Möglichkeit nach, den philosophischen Kater in das Schloßidyll des Freiherrn von Schönau zu versetzen. Der Zwerg Perkeo meldete sich auch und bat um Berücksichtigung. Durch öfteres Hinüberfahren nach Heidelberg zu den Sitzungen des »Engeren« entschädigte sich Scheffel für das, was ihn Bruchsal entbehren ließ. Die Anhänglichkeit an die »fröhlichen Gesellen« in Heidelberg, die Häusser, Schmezer, Ludwig Knapp, die, »von Weisheit schwer und Wein«, ihn um seines Humors willen liebten, gab ihm den Schluß des wundersam innigen Lieds »Alt-Heidelberg, du feine« ein:

»Und stechen mich die Dornen,
Und wird mir's drauß zu kahl,
Geb ich dem Roß die Spornen
Und reit' ins Neckartal.«

Ludwig *Knapp*, auch ein Dichter und Jurist dazu, der 1848 als hessischer Akzessist in Darmstadt den Dienst quittiert hatte und jetzt in Heidelberg als Privatdozent der Rechtsphilosophie an einem Werk über diese Wissenschaft schrieb, hat durch seine Sarkasmen über die bestehende Rechtspflege nicht wenig dazu beigetragen, dem jungen Freund den Justizdienst noch mehr zu verleiden. Jene Sarkasmen fanden in Jung Werners Ergüssen über das römische Recht einen Nachklang. Es fehlt auch sonst nicht an Spuren, daß Scheffel schon in Bruchsal die epische Form für die Dichtung ins Auge faßte. Er hörte viel reden von den großen Erfolgen, die Oskar *v. Redwitz* und Otto *Roquette* in den letzten Jahren mit ihren romantischen Epen gefunden hatten; »Amaranth« spielte teils in Italien, teils im Schwarzwald, Roquette ließ in »Waldmeisters Brautfahrt« Blumengeister und Heidelberger Studenten den Rheingau durchziehen, beiden Dichtungen fehlte es an Lokalkolorit und kräftiger Menschendarstellung; nun reizte es ihn, in seiner Dichtung vom Oberrhein bei gleichen poetischen Formen, unter Inanspruchnahme der romantischen Allegorie, gerade das zur Geltung zu bringen, was er in jenen Dichtungen, dem ihm sympathischen Waldmeistermärchen und der ihm unsympathischen »Amaranth« vermißte.

Im »Trompeter von Säkkingen« findet sich das Lied auf Alt Heidelberg dem Spielmann Werner auf die Lippen gelegt, der auf der Fahrt von der Neckarstadt, wo er studiert hat, beim Schwarzwälder Pfarrherrn eingekehrt ist. Wenn Scheffel in dem Lied das geliebte Heidelberg mit einer Braut vergleicht – »Es klingt wie junges Lieben Dein Name mir so traut« –, so war dies aber nicht nur in dem Zurückdenken an *Julie v. Schlichtegroll*, sondern auch darin begründet, daß jetzt eine junge Liebe ihm wiederum mit frischer Hoffnung das Herz bewegte.

In Säckingen, als er die Grabschrift von Werner Kirchhofer und der Maria von Schönau las, war sein Herz noch frei. Er wird dabei wehmütig an jene nun bereits verheiratete »Giulietta« gedacht haben. Als er auf der letzten Heimreise aus dem Engadin durch München kam, wo er seinen Freund August Eisenhart wieder sah, da ging ihm, wie er diesem dann schrieb, das Lenausche Lied »Weinend muß mein Blick sich senken« immer durch den Sinn und der Gedanke, daß ein anderes Mädchen seines Münchener Tanzstundenkreises, *Elise v. Moy*, ins Kloster gegangen sei, erfüllte ihn auch mit schmerzlicher Wehmut. (Vgl. Louise von Kobell-Eisenhart in: »I. V. v. Scheffel und seine Familie«, 1901.) Was er für *Mimi Esmarch* empfunden haben kann, ist oben angedeutet. Das Gedenken an eins dieser Mädchen mag ihm beim ersten Gestalten des Ideals für Werners Margareta geholfen haben; für die Poetische Beseelung einer Liebe, wie sie das »an Liebe unvergleichliche Paar« beglückt haben mußte, reichte diese platonische

Gefühlswelt kaum aus. In Karlsruhe aber hatte sich inzwischen seiner eine leidenschaftlichere Liebe bemächtigt.

Es war die jüngere der Zeller Cousinen, *Emma Heim*, die, in schlanker Anmut frisch herangeblüht, aus dem Pensionat des protestantischen Pfarrers Pauli zu Kettenheim bei Alzey heimkehrend, beim Onkel Major in Karlsruhe zu Besuch erschien, an die er sein Herz verlor. Der plötzliche, unerwartete Anblick des schönen sechzehnjährigen Mädchens, dessen dunkle Augen unter den braunen Flechten warm aufleuchteten, wirkte so bezaubernd auf Joseph, daß er jählings erlebte, was seine Dichtung von Jung Werner berichtet, als er die holde Margareta am Fridolinstag in der Prozession gewahr wird. Daß die bezaubernde Wirkung, die Emma in Karlsruhe auf den Vetter ausgeübt hatte, ihr nicht unklar blieb, dafür sorgten seine Huldigungen in jener Woche des Zusammenseins bei Spaziergängen, Theaterbesuchen u. s. w. Noch vor seiner Übersiedelung nach Bruchsal, vier Wochen nach Emmas Vorsprechen in Karlsruhe bei Scheffels, erschien Joseph zwischen den Schwarzwaldbergen in *Zell*. Es war keine große oder ihm ungewohnte Reise. Schon manchen Ferientag hatte er in dem waldumhegten Städtlein und im dortigen Apothekerhaus bei Heims verbracht. Was der junge Dichter bei diesem Besuche in Zell und dessen Umgebung mit Emma erlebt und seinerseits hinzugeträumt hat, das spiegelt in märchenduftiger Anmut eine Meister Schwinds zarte Weise etwas unbeholfen nachahmende Zeichnung, die er dem Bäsle bald danach als Vielliebchen mit der Unterschrift » **J'y pense**« sandte. Zwei Hirtenkinder sind auf einem Bergabhang gelagert; das Mädchen, auf einem Stein sitzend, mit einem Kranz im Haar, sticht einen zweiten; ihr zu Füßen im Gras schaut treuherzig und erwartungsvoll der Bub zu ihr auf, und hinter diesen reckt aus der Tiefe kampflustig ein Ziegenbock das Gehörn empor – dieser Bock sollte den hessischen Rechtspraktikanten Pauli, den Sohn des Pfarrers von Kettenheim, vorstellen, seinen Rivalen, von dessen Existenz er in Zell erfahren hatte. Mit dem Bilde erkor er sich die geliebte Base zur Schutzpatronin für die ersehnte Laufbahn als Künstler. (Vgl. die Briefe in E. Boerschels sonst viel Falsches enthaltendem Buch »I. V. v. Scheffel und Emma Heim.« 1905.)

Es scheint aber, daß die Sechzehnjährige die Symbolik des Bildes nicht verstanden hat, wie sie auch nicht imstande war, das humoristische Versteckspiel ihres Vetters mit seinem Gefühl verständnisvoll zu durchschauen. Die in Scheffel damals bereits zur Entwicklung gelangte Melancholie machte ihn vorsichtig in der Äußerung seines Empfindens für Emma. Selbst in der köstlichen Epistel vom 14. Februar des nächsten Jahres aus Bruchsal, »Wie der Vetter Joseph einen rechtsgelehrten hofgerichtlichen Vortrag anfertigen wollte und wie daraus schließlich dieser Brief an seine Cousine Emma geworden ist«, findet sich ein Zwiespalt des Empfindens. Denn die Mitteilung, er habe beim Gedenken an sie immer wieder Geibels »Spielmanns Lied« vor sich hin gepfiffen – singen könne er nicht, sonst hätt' er's wahrscheinlich gesungen, enthielt außer dem Bekenntnis seiner Liebe ja auch das Geständnis seiner Sehnsucht ins Weite, um selbst als Spielmann in die Welt zu ziehen. Ein Wiedersehen, durch Emmas Erscheinen in Bruchsal herbeigeführt, das von Scheffel konventionellen Gesellschaftston forderte, endete für beide mit einer ernstlichen Verstimmung. Ohne von ihr in Zell Abschied zu nehmen, reiste er am 23. Mai nach Süden. Er *mußte* fort! Der Boden brannte ihm unter den Füßen! Er wanderte über den Gemmi, den Simplon, zum Comer See, da und dort ein jauchzend Wanderlied anstimmend oder sich niederlassend zum Zeichnen. »Mag lauern und trauern Wer will hinter Mauern – Ich fahr in die Welt!« Es drängte ihn, wie er an Schwanitz schrieb, »auf italischem Boden einen Schluck Lethe zu trinken, in dem alle Erinnerungen seit 1848 ausgetilgt würden.« »Lethe,« Vergessenheit, hat er auch in Bezug auf seine Liebe zu Emma in Italien gesucht, und vom Mai bis in den November hinein sich den neuen großen Eindrücken, dem Genuß der Kunstschätze von *Florenz* und *Rom*, und dann in den *Albaner* und *Sabiner Bergen* dem ernsten Studium und frohen Künstlertreiben als Schüler des Landschaftsmalers *Willers*, als guter Kamerad von Wilhelm Klose, Eduard Engerth, Otto Donner, Cäsar Metz, Julius Zielcke, Varoni und anderen jüngeren Künstlern so hingegeben, daß das Vergessen ihm auch gelang. Sein von Schönheitsfreude und Lebenslust glühendes Gedicht *»Abschied von Olevano«* im »Gaudeamus« (s. Bd. 6), seine »römischen Episteln« an den »Engeren« (s. Bd. 4) quellen über von Gegenwartsfreude.

Erst als die Söhne des Malers Frommel, die Theologen Emil und Max Frommel mit Grüßen aus Karlsruhe in Olevano eintrafen, als der Winter in Rom manch trüben Tag brachte, als dort Briefe aus der Heimat ihn zur Selbstprüfung mahnten, und der Verkehr mit dem jugendlichen Dichter Paul *Heyse* aus München, dem schwäbischen Archivforscher Wilhelm *Heyd* sein Interesse wieder den Fragen des poetischen Schaffens zuwandte, da vollzog sich in seinem Geiste der Prozeß, den die Zueignung des Trompeters so reizvoll geschildert hat...»Da stieg wie ein Traum der Schwarzwald Vor mir auf und die Geschichte Von dem jungen Spielmann Werner Und der schönen Margareta.« In engeren Verkehr mit Paul Heyse, der damals auch seine für die eigene Laufbahn als Dichter so bedeutsame erste Reise durch Italien machte, hatte ihn die gemeinsame Beziehung zu Eggers gebracht.

Mit dem Malen in Öl, wie überhaupt mit dem Versuche, unter Meister Willers zu studieren, hatte sich Scheffel auf die Dauer nicht befreunden können. Er hat später 8 Blatt seiner besten in Italien gefertigten Zeichnungen photographieren lassen und in einer Mappe unter dem Titel »Landschaftsstudien von I. V. Scheffel, Erinnerungsblätter für Freunde« erscheinen lassen. Sie lassen die fein stilisierende Führung des Stifts erkennen, die ihm unter Willers Leitung zu eigen wurde, ermangeln aber eines persönlichen, an seine poetische kraftvolle Art gemahnenden Zuges. Die Lust, Kräftiges und Zartes in Harmonie zu setzen, aus verblüffenden Kontrasten lichtheitere oder düstere Stimmungsbilder zu erzeugen, hat keinen Anteil an ihnen.

Er hat sich dann in Rom auch kein Atelier gemietet; er bewohnte **Via quattro fontane** in dem Hause, wo Klose und Cäsar Metz ihre Ateliers hatten, ein hübsches sonniges Zimmer nach der Straße. Hier schilderte er für den »Engeren«, wie er es auf der Herreise in Mailand (2. Juni 1852) mit Bezug auf seine Reiseerlebnisse in der Schweiz getan, seine Abenteuer in Florenz, auf der Reise nach Rom, im Albaner und Sabinergebirge (s. Bd. 4), studierte aber auch Gibbons großes Werk vom Zerfall des römischen Weltreichs, las viel im Dante, Tasso und was deutsche Dichter über Italien geschrieben, Goethe, Platen, Waiblinger, Reinick und Kopisch. Oft strich er allein durch die trümmerreiche Campagna. Selbst beim perlenden Orvieto im »Facchino«, in der »Palombella«, im »Ponte Molle« sowie in der heiteren Geselligkeit, welche die Häuslichkeit des Ehepaars *Engerth* darbot, konnte er oft in auffallendes Schweigen verfallen. Die traulichen Eindrücke einer jungen glücklichen Künstlerehe, dann auch die Tatsache, daß sich seine Schwester inzwischen zu seiner Überraschung verlobt hatte, all dies hatte die alten Träume von einem mit Emma Heim zu erobernden gemeinsamen Glück in ihm belebt. Wenn er in der Einsamkeit diesen Träumen nachhing, da überkam ihn die Sehnsucht mit leidenschaftlicher Allgewalt, bis sie ausgeklungen war im Lied. Und wie er jetzt der Phantasiegestalt des Spielmanns Werner die eigenen Charakterzüge verlieh, so legte er ihr auch die Lieder, die das eigene Schwarzwaldlieb besangen, auf die Lippen. Die Dichtung, die beim Abschied von Säckingen nach seinem Ausdruck »im Blei« war, kam in Fluß. Im Spielmann Werner, der in Heidelberg das Corpus juris an den Nagel hängt und auf der Fahrt durch den Schwarzwald nach Säckingen gerät, spiegelte er sein eignes Wanderleben. Nicht nach Wien, gleich sich selber ließ er seinen Helden nach Rom ziehen, und die Vereinigung Werners mit der Geliebten in Rom träumte er sich als Trost für das eigene Liebesleid – ein heiteres Zukunftsbild – zurecht! Die Margareta der Dichtung ließ er denn auch sich grämen und sehnen nach dem »frischen Spielmann«, der »keinen Abschied genommen«, und als ihr Vater sie mit dem Sohn seines alten Kriegskameraden verloben will, schickt sie den unwillkommenen Freier heim.

Seinen letzten Brief aus Bruchsal hatte ihm Emma sehr freundlich beantwortet. Am 3. Dezember schrieb er ihr nun aus Rom: »Rom und Bruchsal sind in vieler Beziehung verschieden; ich glaube sogar, daß ich der einzige Mensch bin, der eine Ähnlichkeit zwischen beiden gefunden hat. Die Ähnlichkeit besteht aber darin, daß man, d. h. dein Vetter Josephus, zu Bruchsal wie zu Rom vielfach, ohne zu wissen warum, ernst und heiter, bitter und süß, gescheiter und dummer Weise an seine Cousine Emma denkt.« In dem an dieses Bekenntnis geknüpften Bericht über seine bisherige Reise verschwieg er nicht, wie er »gemeinsam mit einer deutschen Künstlerin« (das war Amalie Bensinger, die zur Künstlerkolonie in Albano gehörte) manches erlebt und »zu Olevano durch Vermittlung einiger ländlicher Damen« (das waren die Wirtinnen in der urgemütlichen Casa Baldi) den »sonderbaren italienischen Tanz **saltarello**« tanzen gelernt habe.

Auch der zweite Brief, den Emma von dem Vetter aus Rom erhielt, zeigte den Ernst seines Empfindens in humoristischer Verbrämung. Emma hatte ihm die erste Epistel, wie er in diesem Brief bestätigt, »liebenswürdig« beantwortet. Jetzt im Februar 1853 bot er ihr und Ida eine heitere Schilderung des Karnevals, an dem er mit seinen Freunden herzhaft teilgenommen hatte. Am Schluß scherzte er: »Viel tausend Grüße an die Eltern und Ida – den Kuß an des Papsts Pantoffel habe ich in feierlicher Audienz abgegeben; der heilige Vater sprach: ›Gib ihr zwei zurück und ihrer holden Schwester auch zwei, aber nicht auf den Pantoffel, und zittre nicht, mein Sohn.‹ Ich werde trotz meines Unglaubens dem Papste hierin treuen Gehorsam leisten.«

Anfang März reiste er nach Neapel und von hier ging es sehr bald hinüber nach *Capri*. Auf der einzig schönen, vom blauen Südmeer umbrandeten Insel schrieb er im Palmenschatten von Don Paganos Albergo in sechs Wochen die Dichtung nieder, in die er die schönsten Erinnerungen an seine Heidelberger und Säckinger Zeit verwob, während die in ihm wieder erstarkte Liebe zu Emma ihm die Farben für die Stimmungen lieh, die er seinen Spielmann Werner und die blonde Margareta bis zur glücklichen Vereinigung durch den Segen des guten Papstes Innozenz durchleben ließ. Wie der Humor jetzt in ihm wieder vorherrschte, das bezeugen verschiedene Neckereien, die er in die Dichtung hineingeheimnißte. (Vgl. die beiden Ausgaben meiner größeren Scheffel-Biographie.)

Es gibt keine andere Dichtung modernen Ursprungs, welche dem Stoffe nach einen so *romantischen* Charakter hat, dem Wesen nach aber so unmittelbar aus dem persönlichen Erleben des Dichters erwachsen ist, und die in ihrer Ausführung so *realistisch* wäre. Die Besonderheit von Scheffels Gemüt machte, daß ihm vergangene Zeiten sympathischer und der poetischen Darstellung würdiger erschienen als die eigne Zeit. Aber es trieb ihn zugleich, in seiner Dichtung sich und die eigne Zeit zu spiegeln. Und seine Phantasie erschaute das Vergangene so farbenecht und lebensfrisch, so frei von jeder nebelhaften Unklarheit und Verschwommenheit, als sei es Wirklichkeit. Noch verschmäht er als echter Sohn seiner Mutter das Allegorische nicht. Der Rhein wird ihm zum menschlichen Wesen, sein Kater Hiddigeigei und das Erdmännlein denken und sprechen wie kluge Menschen. Aber die Darstellungsweise dieser Romantik ist streng realistisch, verletzt nirgends die Natürlichkeit und innere Wahrheit; sinnenfällig und charakterecht sind auch diese allegorischen Gestalten. Das war der Segen jener Kraft, die er für Talent zur Malerei gehalten hatte, der Segen seines auf gestaltende, bildende Tätigkeit gerichteten Wirtlichkeitssinns. Der Schweizer Dichter Gottfried Keller unterlag fast um die gleiche Zeit dem gleichen Irrtum. Auch jetzt wurde sich Scheffel noch nicht seines Irrtums bewußt. Doch als er den »Trompeter« nach der Vollendung auf Capri in Sorrent dem in Rom gewonnenen Freunde Paul Heyse, der dort sein Fischeridyll »L'Arrabiata« schrieb, vorlas, als er die schöne »Zueignung« der Dichtung an die Eltern schrieb, da war er sich der realistischen Vorzüge derselben voll bewußt. Auf Heines hohnlächelnde Satire in den epischen Gedichten »Atta Troll« und »Deutschland, ein Wintermärchen« wie auf Redwitz' »Amaranth« und Lenaus melancholische Epik anspielend, schrieb er von seinem Sang: »Fehlt ihm der Tendenz Verpfeff'rung, Fehlt ihm auch der amaranthne Weihrauchduft der frommen Seele Und die anspruchsvolle Blässe, Nehmt ihn, wie er ist, rotwangig Ungeschliffner Sohn der Berge, Tannzweig auf dem schlichten Strohhut.«

Die Nachricht von der schweren Erkrankung seiner Schwester, die ihre Verlobung kurz vor der Hochzeit aufgelöst hatte, rief ihn, als er in Sorrent das schöne, in den Liedern »Der Hut im Meer«, »Der Delphin«, »Graziella« (s. Bd. 6, Gaudeamus) von ihm besungene Poetenidyll genoß, dringend nach Hause. (Vgl. mein Buch »Deutsch Capri in Kunst, Dichtung, Leben.« 1902.) Konnte er unter solchen Umständen daheim nicht gleich für seinen »Sang am Oberrhein« das Echo finden, auf das er während des Dichtens gespannt hatte, so ward für die Eltern diese Schöpfung des Sohns zum Preise der geliebten Ahnenheimat doch sogleich, als sie sie kennen lernten, zur Quelle großer Freude und Genugtuung. Nachdem das Werk in Adolf Bonz, dem Chef der Metzlerschen Verlagsbuchhandlung in Stuttgart, einen Verleger gefunden hatte, schrieb Frau Scheffel voll Stolz an Schwanitz, der inzwischen zweiter Bürgermeister in Eisenach geworden war: »Auf die Wartburg und ins Bürgermeisterhaus wird ein Büchlein kommen, – heißt ›Der Trompeter von Säkkingen‹ ... sollte eher heißen ›Schwarzwald und Italien‹, glüht von Lebensfrische und Humor.«

Der geliebten Cousine hatte der Dichter aus Italien einen silbernen Pfeil »in ihre kastanienbraunen Haarflechten« mitgebracht und diesen ihr am 11. Juni aus Karlsruhe übersandt, wobei er die Hoffnung aussprach, »womöglich noch im Sommer persönlich die Aufträge, die ihm der Papst für Zell am Harmersbach mitgab, zu überbringen«. Die Enttäuschung, die sein Herz dann im darauffolgenden Monat traf, mußte daher alles Maß übersteigen. Von einer gutmütigen Tante in *Offenburg*, die um Josephs Liebe wußte, dorthin eingeladen, traf er Emma Heim. Er fand sie sehr zurückhaltend, so daß er erst bei einem gemeinsamen Spaziergang in den Wald den Mut fand, Worte für seine Werbung zu suchen. Ein ausbrechendes Gewitter setzte dem Gestammel ein Ende. Emma ihrerseits hatte nicht den Mut, zu bekennen, daß sie schon heimlich verlobt sei, »Willst du auf mich warten?« fragte Joseph vor dem Abschied. Keine Antwort. Die öffentliche Verlobung von Emma Heim mit Hektor *Mackenrodt*, einem energischen, weltgewandten, jüngeren Kaufmann, der die Lenz & Schnitzlersche Porzellanfabrik in Zell im Ausland vertrat, erfolgte wenige Wochen später. Bald nach der Heimkehr hat Scheffel der abtrünnigen Geliebten ein Gedicht gesandt, das mit bitterem Humor über den in Offenburg erhaltenen Korb quittierte und seinem verwundeten Selbstgefühl eine Genugtuung gab (s. Nachgelassene Dichtungen). Aber damit war der Schlag noch lange nicht verwunden. Scheffel war bald nach seiner Heimkehr schwer erkrankt. Eine starke Blutkongestion nach dem Kopf, die ihn niederwarf, führte zu einer Augenentzündung, die sich lange hinzog und ihn erst gegen Ende des Jahres nach einer sehr schmerzhaften Kur verließ. Er war nach Heidelberg gegangen, um im Einverständnis mit seinem Vater sich für die Laufbahn eines Dozenten der Rechtswissenschaft an der dortigen Universität vorzubereiten. Aber es kam anders. Der » *Ekkehard*« entstand.

Wie und wo der »Ekkehard« von Scheffel ersonnen und geschrieben wurde, hat er in Kürze selber in der bekenntnisfrohen Vorrede sowie im Schlußkapitel dieses poesiereichsten aller historischen Romane berichtet. In der Vorrede ist erzählt, daß er bei Gelegenheit »andrer Studien« mit den **Casus Sancti Galli**, den sanktgallischen Klostergeschichten, vertraut worden sei, welche der Mönch Ratpert begonnen und Ekkehard der Vierte bis ans Ende des zehnten Jahrhunderts fortgeführt hat; in der großen Sammlung älterer deutscher Geschichtsquellen, der von G. Pertz herausgegebenen **Monumenta Germaniae historica**, waren sie längst der Forschung leicht zugänglich. Welcher Art diese Studien waren, geht aus einem Briefe Scheffels an *Otto Müller*, den Verfasser des historischen Romans »Charlotte Ackermann«, hervor, mit dem er während dieser Zeit in Heidelberg durch Ludwig Knapp, dessen engeren Landsmann, näher bekannt geworden war. Müller hatte für den Meidingerschen Verlag in Frankfurt a. M. die Herausgabe einer »Sammlung auserlesener Originalromane« mit dem Titel »*Deutsche Bibliothek*« übernommen und Scheffel um einen Beitrag zu derselben ersucht, nachdem er sich mit dem »Trompeter« als Kritiker freundlich befaßt hatte.

An Otto Müller schrieb Scheffel am 20. April 1854 aus dem schwäbischen Schulzenhof am Abhang des *Hohen Twiel* bei Singen: »Ich habe vergangenen Winter Studien gemacht aus den Anfängen deutscher Geschichte, es hat eine *rechtshistorische* Abhandlung geben sollen ... Was draus hervorgeht – kann ich des Näheren selbst noch nicht bestimmen, der Bodenseeluft, den Alpen im Hintergrund, dem Wehen des Frühlings muß überlassen werden, was aus dem Ei herausschlüpft. Wenn's ein genießbarer Vogel wird, so bin ich im Verlauf des Sommers bei Ihnen, um ihn unter annehmbaren Bedingungen der Einschlachtung im Hans Meidinger zu überliefern. Das zehnte Jahrhundert liegt freilich etwas seitab von den Pfaden unsrer Novellen, Romane u. s. w., aber ich gedenke aus jener rohen, werdenden, starken Zeit ein paar Bursche herauszufischen, die sich ganz natürlich und wohlkonserviert ausnehmen sollen. *Romantik* wird jedenfalls nicht getrieben, dafür ist mein gegenwärtiges Leben in der Atmosphäre des Kuhstalls Garantie.«

Der Gegenstand der erst geplanten rechtshistorischen Abhandlung, auf Grund welcher sich Scheffel gewiß um die Zulassung als Privatdozent für Rechtsgeschichte in Heidelberg, dem Wunsch seines Vaters gemäß, bewerben wollte, war natürlich das altalemannische Volksrecht, das ihn schon in seinem Aufsatz über die Hauensteiner beschäftigt hatte. Der Kampf, den Ekkehard im Roman zwischen Pflicht und Neigung führt, ist aufs engste mit den Rechts- und Machtverhältnissen in Altalemannien verknüpft. Wo nur immer die künstlerische Ökonomie es gestattet, ist im Roman Bezug genommen auf die feineren Unterschiede zwischen dem alemannischen Landrecht und den andern deutschen Volksrechten wie den Sonderrechten, die am Fürstenhof und in den Abteien Schwabens im zehnten Jahrhundert bestanden.

Die Lektüre der sanktgallischen Klosterchroniken hatte aber auch in Scheffel sein von der Schulzeit her in ihm reges, dann von Gervinus stark gefördertes Interesse für die altdeutsche Dichtung frisch belebt. Kritisches Nachdenken über das Wesen der epischen Dichtung und seinen »Trompeter« wandte zudem sein Interesse dem altdeutschen Epos zu. Gerade in jener Zeit war der Lehrstuhl für deutsche Sprache und Literatur in Heidelberg durch einen Forscher neu besetzt, der ihm als Freund seiner Eltern längst nahestand, den Germanisten Adolf *Holtzmann*. Dieser hatte neuerdings durch seine »Untersuchungen über das Nibelungenlied« die germanistische Welt durch die Hypothese erregt, das uns erhaltene deutsche Nibelungenlied sei die Bearbeitung eines älteren, zusammenhängenden, uns aber verloren gegangenen lateinischen Epos, das der »Schreiber Konrad von Alzey« für den Bischof Pilgrim von Passau verfaßt haben müsse. Als das schönste Beispiel eines alten germanischen Heldengedichts, das in lateinischer Sprache gedichtet wurde, gilt das Waltharilied, das Epos vom **Waltharius manu fortis**, das zuerst Jakob Grimm 1838 zum Druck brachte. Dies Gedicht nun, in Hexametern verfaßt, hatte eben durch San Marte eine recht ungenügende Übersetzung erfahren; der Franzose M. Fauriel hatte es ferner in seiner Geschichte der provenzalischen Literatur seinem Ursprung nach für diese in Anspruch genommen. Wie es vorliegt, ist es das Werk eines der Ekkeharde von St. Gallen. Ekkehard IV., der 1036 starb, bemerkt in den **Casus Sancti Galli**, daß er Ekkehards I. Jugendgedicht über Waltharius verbessert habe. Dieses Waltharilied, das den Kampf Walthers von Aquitainen am Wasgenstein schildert, wo der mit Hiltgund von Etzels Hof unter Mitnahme reicher Schätze Entflohene, vom Burgunderkönig Günther und seinen Recken überfallen, sich dieser Angreifer erwehrt, ist ein Muster jener mittelalterlichen lateinischen Poesie deutscher Herkunft, in der sich ein durchaus deutsches Fühlen und Denken in das Gewand eines keineswegs immer klassisch reinen Lateins im Stile Virgils verbirgt. Die geistlichen Dichter standen noch zu sehr im Banne naiver Verehrung ihrer lateinischen Muster, um sich der poetischen Vorzüge ihrer eignen Sprache, die sie barbarisch nannten, zu freuen.

In Scheffel weckte der Eindruck dieser Poesie die Frage: wie kam ein gelehrter Mönch des zehnten Jahrhunderts dazu, für die Schilderung des rauhen germanischen Heldentums, wie es im Zeitalter der Völkerwanderung waltete, so entsprechende kraftvolle Bilder und Worte zu finden? Die Antwort auf diese Frage war eine Dichtervision: jener Ekkehard, der auf Geheiß der Herzogin Hadwig aus dem St. Galler Klosterfrieden auf den Hohentwiel kam und ihr in Virgils »Aneïde« Latein lesen lehrte, verschmolz sich in seinem Geist mit dem andern, der im Latein des Virgil das Waltharilied dichtete, zu einer Person. Gerade diesem Mönch, der, dem Kloster entrückt, zum Burggenossen der noch jugendlichen Witwe des Schwabenherzogs Burkhard wird, der ihr die lateinische Heldendichtung erklärt, während das Schwabenland ringsum Heldenkraft zur Abwehr der wilden Ungarn, der »Hunnen«, fordert, diesem jungen Gelehrten, der mit in den Kampf zieht gleich den andern Mönchen von Sankt Gallen und Reichenau, war die Abfassung eines solchen Heldengedichts zuzutrauen. Die Phantasie des Dichters trat in ihre Rechte und mit ihr sein Empfindungsleben. Es flutete hinüber in die Gestalt dieses Ekkehard, und sie wurde Fleisch von seinem Fleisch, füllte sich mit Blut von seinem Blut, fing an zu fühlen und zu denken wie er.

Was er im letzten Jahre durchlebt, die Resignation einer Liebe, die er erwidert geglaubt hatte, wurde nun das Schicksal seines Helden. Was er selbst unternehmen wollte, um die in ihm noch immer fortglimmende Leidenschaft für ein Weib, das jetzt zu begehren Frevel war, kraftvoll zu überwinden, eine Tat der Selbstbefreiung vermittelst der Dichtkunst, das sollte sein Ekkehard vollbringen. Auch für die besondere Art dieses geistigen Heldentums, daß den Ekkehard die Reue, in kriegerischer Zeit kein Kriegsmann zu sein, zum Sänger vorzeitlichen Heldentums macht, hatte er – wir erinnern an Scheffels Klagen über den Frieden von Malmö, bei der Katastrophe von Schleswig! – verwandte Empfindungen in der eignen Brust. Und so kam es, daß der angesammelte Stoff kulturhistorischen Wissens sich nunmehr zum Hintergrund eines Seelengemäldes gruppierte, das uns einen jungen, gelehrtem Studium in edlem Streben zugewandten Mann zeigt, der durch eine verschwiegene, langverhaltene, zur Unzeit hervorbrechende Leidenschaft schier um Glück und Seelenheil gebracht wird, darüber aber zu einem Dichter reift, der erlöst von sich sagen kann: »Selig der Mann, der die Prüfung bestanden!«

Zunächst übersetzte er in seiner Freude an der markigen urdeutschen Poesie des Waltharius »an langen Winterabenden« dies Lied von kühner Reckenkraft und »ehrlicher, frommer, schweigender Liebe«, wobei er die virgilianischen Flitter, die Ekkehard IV. in den Text seines Vorgängers gefügt, mit keckem Griff abstreifte und als Versmaß die gereimte Nibelungenstrophe benutzte. Mit dieser Arbeit konnte er sich, wie er nunmehr plante, die Zulassung zu einem Lehrstuhl für deutsche Literaturgeschichte erwirken. Denn was ihm im »Engeren« Ludwig Knapp von seinen eignen Erfahrungen und Aussichten als Privatdozent der Rechtswissenschaft mit sarkastischem Hohn auf das gesamte Rechtsleben der Zeit erzählte, hatte ihm das Projekt, in ähnlicher Form sich die Zukunft zu gestalten, gründlich verleidet. Zum Dozenten der Literaturgeschichte hatte er weit mehr Neigung, und als er sich dann im November dieses Jahres, nach der Vollendung des »Ekkehard«, um den Lehrstuhl in Zürich bewarb, reichte er seine Übersetzung des Waltharilieds bei der Schweizer Oberschulbehörde ein, wohl mit einer Einleitung versehen, wie er eine solche viel später (1874) bei der mit Dr. Alfred Holder veranstalteten Ausgabe des »Waltharius, mit deutscher Übertragung und Erläuterungen« eingehender geschrieben hat, (Vgl. »Briefe J. V. v. Scheffels an Schweizer Freunde«, herausgegeben von Adolf Frey, 1898.)

Damals aber, als er die Übersetzung beendet hatte, während ihm der Plan zum »Ekkehard« in Kopf und Herzen wuchs und wuchs, da trieb es ihn fort nach *Sankt Gallen*, um die Örtlichkeiten mit eignen Augen zu sehen, die seines Helden Jugendheimat gewesen, und in der noch bestehenden weltberühmten Bibliothek der damals schon seit einem halben Jahrhundert säkularisierten Abtei mit eignen Augen die alten Urkunden, Chroniken, Gedichte und Gebete zu lesen, von denen ihm die Quellenwerke von Pertz, Hattemer, Ildefons v. Arx, und Wiedemanns Geschichte der Bibliothek Kunde gegeben hatten.

Es war noch März, als er zunächst nach Karlsruhe reiste, um den Eltern sein Vorhaben anzuvertrauen und sich von seiner Mutter die alten Geschichten der seligen Großmutter aus dem Sagenschatze des Hegau auffrischen zu lassen. In Sankt Gallen focht es ihn nicht an, daß seit den Tagen Cralos und Notker Labeos das Bild der Abtei ein ganz andres geworden war. Die umfangreichen Gebäude, die sich um den großen Klosterhof ziehen, gemahnten nur wenig an die kastellartige Abtei in Rundbogenstil, in der die Ekkeharde gelebt und geschrieben hatten, und die zur Zeit Abt Cralos von den »Hunnen« gestürmt worden war. Die jetzigen Gebäude stammten aus dem achtzehnten Jahrhundert und dienten zum Teil ganz weltlichen Zwecken. Nur das Stiftsarchiv und die Stiftsbibliothek vermittelten einen direkten Zusammenhang mit der altehrwürdigen Kulturwelt, die der junge Forscher, der jetzt dort über den Pergamenten saß, zu neuem Leben heraufbeschwören wollte. Poetische Anschauung von dem Zustand der alten Abtei, zu deren Turmwächter sich Scheffels Phantasie den lied- und jagdkundigen Romeias erfand, schöpfte er aus dem auch noch vorhandenen großen Bauriß, den der Architekt Gerung in der Zeit Ludwigs des Frommen auf geglätteter Tierhaut angefertigt hat. Daß er diese Bauten, Höfe und Gärten aber mit so leibhaftig geschauten Mönchen und Klosterschülern jener alten Zeit beleben konnte, hatte er dem Zusammenwirken der alten Gengenbacher Familienerinnerungen, der ihm ureignen Vorstellungsgabe für altgermanisches Wesen und dem in langer geistiger Arbeit erworbenen freien Verhältnis zu den ihm doch innig vertrauten Einrichtungen und Anschauungen der katholischen Kirche zu danken.

Wie seine Dichterphantasie auch jetzt wieder darauf ausging, Selbsterlebtem den Reiz des Lebens für seine Dichtung abzugewinnen, dafür ist besonders bezeichnend, was mir der Frankfurter Maler Otto Donner in bezug auf die Szene im 2. Kapitel des Romans, wo der jugendschöne Ekkehard als Pförtner der Abtei die stolze Herzogin Hadwig über die Schwelle des Eingangs trägt, erzählt hat. Das lustige Begegnis, das Scheffel, als er in Albano war, mit der Malerin Amalie Bensinger vor dem Augustinerkloster **Ara coeli** bei Palazzuola am Monte Cavo erlebte, gab – ich muß den Leser für das Nähere auf meine Scheffelbiographie verweisen – dem Dichter das Motiv für den glücklichen Einfall, der jene Umgehung des Gesetzes, das Frauen den Eintritt in Mönchsklöster verbietet, zur Folge hat.

In reichster Fülle strömte ihm dann das eigene Erleben die Motive für seine Dichtung zu, als er Mitte April von Sankt Gallen aufbrach und auf der Höhe des Freudenbergs, von der Stätte seiner Studien Abschied nehmend, hinausblickte in die Landschaft, die er zu schildern vorhatte, rückwärts auf das Alpsteingebirge mit der lichten Spitze des *Säntis*, vorwärts auf den blinkenden Spiegel des *Bodensees* und die fernen Berge des *Hegau*.

Es sind nur drei Stunden von Sankt Gallen nach Arbon ans Bodenseeufer. Wie Scheffel es wenige Wochen später in seiner Arbeitsstube auf dem Schulzenhof am Twiel seinen Ekkehard tun ließ, fuhr er nun selbst von Arbon auf dem See nach *Konstanz*, wo einst Bischof Salomo sein strenges Regiment führte. Und wie sein Ekkehard hielt er sich in Konstanz nicht auf, weil es ihn nach dem Hohentwiel drängte. Mit zwei ihm befreundeten Rechtspraktikanten am Hofgericht, G. v. Stoesser aus Karlsruhe und Grohe aus Mannheim, die er besuchte, ging er gleich am nächsten Tag auf der badischen Seite des Untersees, die *Reichenau* links liegen lassend, nach *Radolfzell*. Er hatte jetzt kein bewunderndes Auge für die waldumhegten Bergschlösser am Thurgauer Ufer, für Schloß Arenaberg, das gerade damals viel Neugierige anzog. War doch Napoleon III., der dort einen Teil seiner Jugend verbracht hatte, seit dem Ausbruch des Krimkriegs in ganz Europa hoch zu Ansehen gelangt, und gar viele Damen in Deutschland schwärmten für seine Gemahlin, die Beherrscherin der Mode, Eugenie. Scheffels Blick ruhte mit Freude auf der stolzen Wölbung des *Hohentwiel*, dem Burggemäuer auf deren Spitze. Seine Seele war erfüllt von dem Wunsche, diesen *deutschen* Berg, der einst die Hofburg der Herzöge von Alemannien, von Schwaben getragen, zu dem ihm gebührenden Ruhm zu verhelfen! Wer wußte von den nach den Alpen verlangenden Touristen, die damals vom Rheinfall bei Schaffhausen mit der Eilpost auf dem Thurgauer Ufer nach Konstanz fuhren, etwas Rechtes von den alten Zeiten, die er nun im Bild der Dichtung heraufbeschwüren wollte?

Sein Weg von Radolfzell nach *Singen* führte ihn über *Rielafingen*; den Manen seiner Großmutter mußte er huldigen, die hier als junges Mädchen aufgewachsen war und die im Jahr ihrer Hochzeit den Zusammensturz der Burgveste erlebt hatte. Dann ging's durch Singen zum Schultheiß Pfizer und er »nistete« sich ein.

Während der folgenden sechs Wochen, die er dann im Hegau und am Bodensee verbrachte, entfaltete der Frühling allmählich seine ganze Herrlichkeit. Und es geschah, was er bald nach der Ankunft auf dem Twiel an Otto Müller nach Frankfurt als Wunsch geschrieben, »die Bodenseeluft, die Alpen im Hintergrund, das Wehen des Frühlings,« die sorgten dafür, daß von ihrem Wesen Kraft und Frische und Schönheit in das Werk übergingen, das er nun begann und für das ihm die Landschaft und ihr Volksleben ringsum, sein Wandern und Forschen auf dem Heimatboden der Großmutter Motiv auf Motiv bot. Die Fahrten, die Ekkehard von *Ermatingen* über die Reichenau nach Radolfzell, dann als Gesandter der Herzogin vom Twiel aus nach den, damals noch nicht durch die Landstraße beschnittenen Heidenlöchern *bei Überlingen* und auf den Hohenkrähen unternimmt, wurden vom Dichter vor dem Schildern derselben ähnlich erst selbst unternommen! Wohl mehr im Gedenken an die Kyffhäusersage und an die Haseler Erdmännleinshöhle, in der er den Stillen Mann »entdeckt« hatte, als an Herzog Ulrichs Höhlenversteck in Hauffs »Lichtenstein« schuf er unter dem Lokaleindruck der Sipplinger Höhlen die Gestalt des für die Welt verschollenen kaiserlichen Einsiedlers, den das Kopfweh ebenso peinigt wie die Reue über den schimpflichen, den Nordmännern von ihm eingeräumten Frieden. In den Gefilden zwischen Singen und Radolfzell sich ergehend, entwarf er den Plan zur »Hunnenschlacht«. Die *alte* Herzogsburg auf dem Hohentwiel sich aus den Trümmern im Geiste neu zu erbauen, erleichterte ihm seine genaue Kenntnis der Wartburg! Zwischen den Klingsteinblöcken am Abhang m Grase liegend, der Weide von Ziegen und Gänsen, mußte der Dichter des Hirtenidylls gedenken, das er für Emma Heim nach dem verhängnisvollen Besuche in Zell als Vielliebchen gezeichnet hatte. Aus dieser Erinnerung gestaltete sich in seiner Phantasie das märchenduftige Hirtenidyll Audifax, und Hadumoth, berufen, mit seiner heroischen Wendung, der Flucht der beiden treuen Gespielen aus dem Hunnenlager mit dem Goldschatz der »Hunnen«, im Roman für *Ekkehards* Dichterphantasie ein Vorbild zu schaffen, das *dessen* Interesse für die Sage von Walthari und Hiltgunde und deren Flucht aus dem Hoflager Etzels mit dessen Goldschatz belebt. Im Kapitel »Auf der Ebenalp« hat Scheffel deutlich ausgesprochen, daß er diese Absicht gehabt hat. Da hat Ekkehard in seiner Bergeinsamkeit eine Vision. »Die Gedanken flogen hinüber ins ferne Hegau und weiter, es war ihm, als säße er wieder bei Frau Hadwig auf dem Hohenstoffeln, als käme Audifax mit Hadumoth aus der Hunnennot heimgeritten, als sah er das Glück in Gestalt jener zwei verkörpert, und aus dem Schutt vergangener Zeit tauchte auf, was der sinnige Konrad von Alzey ihm dereinst von Walthari und Hiltgunde erzählt...« Gewiß ist Scheffel auch den Rhein hinauf, am Laufener Strudel und dem Wieladinger Strahl vorbei gen Säckingen gewandert, um Hadumoths Wanderung ins Hunnenlager mit allen Sinnen selbst zu erleben.

Die meiste Mühe machte dem Dichter die Darstellung des Herzenskonflikts zwischen Mönch und Herzogin. Mit genialer Finderkraft hatte er in Virgils Heldengedicht Stellen über Didos Liebe zu Äneas aufgespürt, die sich in seiner Dichtung für die Beziehungen Hadwigs zu Ekkehard in ähnlicher Weise verwenden ließen, wie Dante in der Göttlichen Komödie für die Episode von Malatestas Leidenschaft für Franzeska da Rimini den Ritterroman »Lanzelot« verwertet hat. Er hielt sich in der Charakteristik der Herzogin an die Überlieferung; ein Vorbild des wirklichen Lebens fehlte ihm. In seiner Mutter wie in seiner Schwester war der Zug zu höherem geistigen Leben, der die Herzogin Hadwig beseelt, ja auch lebendig, aber in ganz anderer Weise; freilich, der tapfere Sinn der Frau Major lebte in der Herzogin auf. Seit 1846 war ihm der Kommandant der Wartburg, der kunstsinnige Major v. *Arnswald* bekannt, und durch die Mutter, die diesem inzwischen eine vertraute Freundin geworden war, wußte er von der stillen Liebe desselben zu der die Bildhauerkunst übenden Herzogin Helene von Orleans, einer geborenen Prinzessin von Mecklenburg-Schwerin, die seit Louis Philipps Sturz in Eisenach lebte. Aber diese Toggenburgliebe des edlen Schloßhauptmanns zu der musterhaft lebenden Fürstin bot wenig Analogien. So war er für Hadwig auf seine Phantasie angewiesen, der aus der Literatur der »jungdeutschen« Dichter jener Epoche, den Dramen Heinrich Laubes z. B., manche Anregung zufloß. Für das Charakterbild Ekkehards schöpfte er dagegen die Hauptzüge aus seinem eigenen Wesen. Die Saumseligkeit und Zaghaftigkeit im Liebeswerben, die ihn so unglücklich gemacht, hatte auch Ekkehard zu bereuen. Es war dem Dichter überhaupt damals noch dem schönen Geschlecht gegenüber große Schüchternheit eigen. Wir wissen aus Briefen der Frau Major Scheffel, daß ihren Sohn in jenem Jahre die zärtliche Umarmung seitens der zu Besuch in Karlsruhe erschienenen Pariser Cousine Adele *Stolz* in die größte Verlegenheit brachte. Es ist dieselbe Cousine, von der er in der fünften Säckinger Epistel erzählt hat, daß sie bei einem Besuche in Heidelberg, als er selbst noch Student war, am Wolfsbrunnen »in, Rauschen des Quells und der Linden« ihm auf seine Erklärung, was das germanische Gemüt unter Träumen verstehe, geantwortet habe: **»Oh! que je puisse rêver toujours avec vous!«** Zwei Hauptszenen seines Romans lassen Hadwig und Ekkehard auf einer Anhöhe am Waldesrand stehen und ins Land hinaus träumen. An der gefällten heiligen Eiche auf dem Gipfel des Hohenkrähen unterbricht den zärtlichen Liebestraum der Herzogin Ekkehards zage Sündenfurcht. Unter der Riesentanne am Abhang des Hohenstoffeln, wo die Hochzeit der langen Friderun mit Cappan stattfindet, läßt sich dann Ekkehard von dem verlockenden Zukunftstraum des stolzen Weibes bezaubern. Der alte Ahorn im Burggärtlein des Hohentwiel, das Scheffel dem der Wartburg nachgebildet, hatte im Garten von Scheffels Elternhaus sein Vorbild; das Unternehmen des Erzählens unter dem Ahorn von deutscher Heldensage auf Geheiß Frau Hadwigs war so recht nach dem Geschmack der Frau Majorin, die unter ihrem Ahorn so manchen poetischen Wettkampf ähnlicher Art veranstaltet hat. Wir wissen von poetischen »Gartengesprächen«, die sie für sich und Wilhelmine *v. Cornberg* gedichtet und poetischen Stegreiftournieren, die sie mit dem Münzrat *Kachel* ausgefochten hat.

Durch Gleichnisse und Anspielungen dieser Art seinen Angehörigen und Freunden eine besondere Freude zu machen, war überhaupt eine Hauptquelle des Humors in Scheffels Werken. Der Weinhandel, den der unter die Hunnen geratene Wanderschwab Snewelin aus Ellwangen nach Pommern betreibt, die auf den Bodensee angewandten Vergleiche mit Eindrücken, die Scheffel als Student auf Rügen empfing, sollten seinen Freund Eggers gaudieren. Für den »Engeren« gemünzt war der dem studentischen Salamanderreiben nachgebildete gottesdienstliche Akt der »schlecht getauften« Sonnenanbeter am Felsblock unter der heiligen Eiche des Hohenkrähen. Der Dichter, der in den folgenden Sommermonaten seinen Roman in Karlsruhe und Heidelberg bis zur Katastrophe beendete, befand sich während des Schaffens in herrlichster Laune; er fühlte sich ganz Herr seines Stoffes und seiner Stimmungen. Sein Humor fügte sich willig dem künstlerischen Takt. In der Kunst, mit der er es vermocht hat, die ernsten Motive und Konflikte, Personen und Begebenheiten im »Ekkehard« mit ähnlichen von humoristischer Färbung harmonisch zu kontrastieren, reicht Scheffel an Shakespeare. Das asketische Hexentum der Wiborad beim Kloster Sankt Gallen, des Kellermeisters Rudimann genußfröhlich Treiben auf der Reichenau, das naturfrohe Waldläufertum des Leutpriesters von Radolfzell, die dem roten Meersburger schließlich doch einmal erliegende Trinkerkraft des Kämmerers Spazzo, des blöden Heribald sorglose Tapferkeit, die täppische Zärtlichkeit des Liebespaars Friderun und Cappan, das Verhältnis des braven Wächters Romeias zur lieblich weitheiteren, stets hilfsbereiten und unverlegenen Zofe Praxedis, die kleinlichen Intriguen der pfäffischen Gegner des Ekkehard gegenüber der strengen Tugend und dem einen Leidenschaftsausbruch desselben: wie sind diese Figuren und Beziehungen alle zu rein künstlerischer komischer Wirkung gebracht!

Als einen Akt der Selbstbefreiung von quälender, hoffnungsloser Leidenschaft hatte Scheffel den Roman unternommen; und als er in der Gestaltung desselben soweit gelangt war, daß er seinen Helden gleiche Leidenschaft nachzuempfinden hatte, da fügte es sein Schicksal, daß er selbst vom Leben wiederum in diese Stimmung versetzt ward. Für den 10. August 1854 war Emma Heims Hochzeit anberaumt. Sie sollte in *Freiburg* stattfinden, wo der Apotheker Heim sich als Rentner angekauft hatte. Es ergingen dringende Einladungen an den Major Scheffel und die Seinen zur Teilnahme. Der alte Herr wollte bei dem Familienfeste nicht fehlen, und er forderte den Sohn auf, ihn zu begleiten. Joseph fuhr mit, in desperatester Stimmung, wie von einem Dämon getrieben. Das Haus der alten Heims in der Neuen Vorstadt war von Gästen überfüllt. Die Braut, so hat die Cousine als Greisin dem Herausgeber der Briefe Scheffels an sie erzählt, hatte zur Großmutter, des Apothekers Mutter, in den obersten Stock ziehen müssen. Am 9. August spät abends kam der Major mit Joseph an. Emma war schon zur Ruhe gegangen. Am nächsten Morgen versammelte sich alles im unteren Stock in dem großen Zimmer, um zur Kirche zu fahren. Nur Joseph Scheffel fehlte. Er suchte Emma im Hause und traf sie auf der Treppe, die vom obersten Stock herabführt, von Schleier und Brautkleid umwallt. Von seiner Empfindung überwältigt, kniete Scheffel auf den Stufen nieder und bedeckte Emmas Hände mit Küssen. Dann erhob er sich, drückte ihr die Myrten in die Haarflechten und küßte sie. Darauf schritten sie herunter zu den Gasten. Der Dichter blieb während des Hochzeitsfestes schweigsam; der Aufforderung, einen Toast auszubringen, kam er nicht nach. Längst vor dem Ende brach er ohne Abschied auf. Der aufregenden Nachwirkung dieses Erlebnisses verdankt wohl das Kapitel »Verstoßung und Flucht« seine innere Glut. Was er dann den Ekkehard altem Plane gemäß nach seiner Flucht vom Twiel tun ließ, unternahm nun auch er. Er reiste über Singen, Konstanz, Sankt Gallen, Appenzell ins Weißbad, das zu Füßen der Herrlichkeit des Säntis liegt, und vom 1. bis zum 7. September wohnte er hoch oben, 4000 Fuß überm Meer, neben der Höhle des *Wildkirchli* unter der Ebenalp beim Uscherwirt. Dort dichtete er, umfriedet von den Bergriesen, die sich im Seealpsee spiegeln, von dem »alten Leid« neugenesend, was die Schlußkapitel des Romans von Ekkehards Genesung bis zur Vollendung des Waltharilieds und von seinem Abschiedsgruß an die Herzogin von Schwaben erzählen. Einige Zeit später hat Scheffel dem Züricher Maler und Dichter August *Corrodi* geschrieben: »Und wenn Ihr auf die Ebenalp kommt, grüßet mir meine alten lieben Bergwände, denen ich die beste Sommerfrische und den ungequälten Schluß des Büchleins zu danken habe – und grüßet mir auch die Babe Sefi Uhlmann, deren Sennhüttlein neben dem Äscherwirtshaus steht, die ich als Benedicta in die letzten Kapitel versetzt, und saget dem kleinen braunen Geschöpf, wenn ich wiederkomme, woll' ich auch in stiller Mondnacht in Grubenmanns Einsiedelhöhle zum gedämpften Schall der Maultrommel mit ihr tanzen und kein so finster Gesicht machen...« Ins Fremdenbuch des Äscherwirts aber schrieb er (s. Nachgelassene Dichtungen) ein Abschiedslied; in ihm bekannte er von sich: »Er schleppte auf den Berg herauf Viel alte Sorg' und Qual; – Als wie ein Geisbub' jodelnd fährt Er fröhlich jetzt zu Tal.«

Nach alledem erklärt es sich leicht, was Adolf Stern in seiner »Geschichte der neueren Literatur« von Scheffels »Ekkehard« gesagt hat, daß die Art, wie hier der Dichter eine Fülle historischen Materials mit unmerklichem Zug in Fleisch und Blut verwandelt und für sich und den Leser ein Empfindungsverhältnis gewonnen hat, sich der Nachahmung entzieht. Und was Scheffel über das Waltharilied als Werk seines Ekkehard so treffend gesagt hat: »Wer von der alten Mutter Natur seine Offenbarung schöpft, dessen Dichtung ist wahr und echt,« das gilt auch von diesem Roman. Er ist die höchste Leistung des *künstlerischen Realismus* in seiner Gattung. Was der junge Goethe so begeistert im »Werther« geschildert, was Schiller in seinem letzten Drama, im »Tell« als poetischer Landschaftsmaler gezeigt hat, das findet sich im »Ekkehard« innigst verschmolzen: der ursprünglich empfindende Mensch in seinem Zusammenhang mit der Natur und ein Volk als Produkt seiner Bodenständigkeit in der heimatlichen Landschaft. Alle die geistigen Neigungen und Kräfte, deren Widerstreit unsern Dichter vor seiner Romreise beunruhigt hatten, seine Liebe für die Ahnenheimat und ihre Vorzeit, seine Wanderlust mit dem Ziele der Alpenherrlichkeit, seine Freude an Burgen- und Höhlenromantik, sein historischer Sinn, der gleich sehr der Welt der Antike wie der deutschen Altertumskunde zugewandt war, seine rechtshistorischen Studien, sein Interesse für die altdeutschen Legenden, Sagen und Bräuche und sein starker Wirklichkeitssinn, der ihn sowohl zum Landschaftsmaler wie zum naturwissenschaftlichen Beobachter der Landschaft gemacht hatte, sein mit den alten Überlieferungen spielender Humor und sein großdeutscher Patriotismus, der schon vor 1848 »realpolitisch« zu denken gelernt hatte: dies alles hatte sich hier harmonisch vereinigt, um etwas Neues, Schönes, Großes im Reich der Poesie hervorzubringen! »Heimatkunst« im höchsten Sinn des Worts hatte er hier geboten, aber eine solche, die aufs ganze deutsche Vaterland hinauswies, die wohl den alemannischen Heimatboden deutscher Kultur feierte, aber nicht dem engherzig eitlen Partikularismus das Wort redete! Ekkehard, deutet der Schluß an, wird Kanzler beim Sachsenkaiser, dem er zu mannhaftem Auftreten gegenüber dem Landesfeind rät. Und nirgends schließlich hat Scheffels Naturandacht auf Bergeshöhen großartigeren Ausdruck gefunden als in dem Kapitel, das den freigewordenen Mönch als Bergbruder der Sennen auf der Ebenalp schildert.

Im Februar 1855 schrieb Scheffel im Bewußtfein einer vollbrachten Großtat dichterischen Schaffens das Vorwort zum »Ekkehard«, das so stolzbescheiden mit dem Satz der geistlichen Komödiendichterin Hroswitha von Gandersheim ausklingt: »Wofern nun jemand an meiner bescheidenen Arbeit Wohlgefallen findet, so wird mir dies sehr angenehm sein; sollte sie aber wegen der Verleugnung meiner selbst oder der Rauheit eines unvollkommenen Stils niemandem gefallen, so hab' ich doch selber meine Freude an dem, was ich geschaffen.«

Er war nach *Heidelberg* gegangen, um hier, am Orte seiner vorbereitenden Quellenstudien, dem Roman noch den Anhang von historischen Nachweisungen anzufügen zur Erhärtung des geschichtlichen Charakters der Erzählung. Er behielt dabei die Möglichkeit im Auge, daß er sich auf Grund dieser Quellenstudien um die Zulassung zur Dozentenlaufbahn an einer Hochschule bewerben könne, wie er es im Herbst des vergangenen Jahres unter Einreichung seiner Übersetzung des Waltharilieds am Züricher Polytechnikum getan hatte, vergeblich, weil der übrigens auch von ihm hochgeschätzte Tübinger Ästhetiker Friedrich Theodor Vischer den Vorzug erhielt.

Zu der mühsamen Arbeit holte er sich Erfrischung im »Engeren« sowie an dem Schmezerschen Stammtisch im »Holländer Hof«, wo ein junger Sprachgelehrter aus Frankreich, L. Filliard, Scheffels Interesse für die Entstehung des Waltharilieds teilte.

Die Jahre 1853 bis 1855 waren des »Engeren« Blütezeit. Jugendfrische Vertreter aller Wissenschaften verkehrten hier in kordialer Form miteinander. Schmezer hielt im Museum seine Vorträge über Humboldts Kosmos und die neuere geologische Forschung, wie über die Fortschritte der Astronomie. Den Scherzgesprächen, die sich unter den Freunden daran knüpften, entkeimten in der Zeit vor und nach der Schöpfung des »Ekkehard« die »naturwissenschaftlichen« Kommerslieder Scheffels, die seinen tiefen ernsten Anteil an den geistigen Errungenschaften jener Epoche zur Voraussetzung haben, welche durch Forscher vom Range Liebigs, R. Bunsens, Agassiz', Karl Vogts, A. Brehms u. a. ein naturwissenschaftliches Gepräge erhielten. In jener fröhlichen Zeit nach Beendigung des Romans erklang auch im »Engeren« zuerst das Lied von der wilden Jagd des *Rodensteiners*, dessen Klage »Gibt's nirgends mehr 'nen Tropfen Wein des Nachts um halber Zwölf« den Protest des Schmezerschen Kreises gegen die frühe Polizeistunde des noch herrschenden reaktionären Polizeiregiments zu drastischem Ausdruck brachte. Ein Gespräch über Wagners »Fliegenden Holländer« weckte in dem Rechtsanwalt Mays die Erinnerung an die pfälzische Sage vom »Dick Enderlein von Ketsch«, und Scheffels Ballade vom »Enderle« mit ihrem klirrenden »Remplem« gab dem Pfarrherrn von Ziegelhausen, der als »Augur von Tegelinum« im »Pumpus von Perusia« zu ewigem Leben erstand, den Stoff zu einer neuen Prachtleistung seiner Gesangskomik. Besonders intim verkehrte Scheffel mit Ludwig Knapp, dessen Schicksale als andauernder Privatdozent der Jurisprudenz ihn abgehalten hatten, sich auf gleiche Bahn zu wagen, und dessen kaustischer Witz von ihm als stets wirksames Heilmittel gegen die Anfälle seiner Melancholie empfunden wurde.

Seine Wohnung hatte er diesmal droben im Brückenhäuschen des Heidelberger Schlosses mit einem entzückenden Blick in den Schloßhof und auf die prächtige Schloßfassade, beim Kastellan, wo schon Otto Müller, der Herausgeber der »Deutschen Bibliothek«, vor ihm gewohnt hatte. Beim Frühlingsfest des »Engeren« am 25. April 1855 konnte dann ein neues Lied vom Meister Josephus gesungen werden, in dem das freudige Aufatmen seiner Seele jubelnden Ausdruck gewann: »Des Engeren Maiwein- und Frühlingslied« (s. Nachgelassene Dichtungen).

Mit solchen Eindrücken verließ der Dichter, noch ehe der »Ekkehard« erschienen war, nach Empfang des Honorars von 1200 Gulden, die ihm Meidinger für eine erste Auflage von 10000 Exemplaren und das Verlagsrecht auf 15 Jahre zahlte, die Heimat wieder, im Kopf und Herzen bereits den Plan zu einer neuen Dichtung. Sein Ziel war *Venedig* und sein Begleiter *Anselm Feuerbach*. Dieser junge reichbegabte Maler, ein Sohn des Archäologen, Neffe des Philosophen und Enkel des Kriminalisten Feuerbach, war drei Jahre jünger als Scheffel, und um die Zeit der Entstehung des »Trompeter« aus der Schule Coutures in Paris als neuerungskühner Kolorist nach Karlsruhe gekommen. Während Scheffel dort am »Ekkehard« schrieb, vollendete Feuerbach sein Gemälde » *Pietro Aretino*«, das den merkwürdigen Tod des geistreichen Satirikers inmitten der Freuden eines Gastmahls bei *Tizian* darstellt. Der Spötter war an einem Lachkrampf erstickt. Dieses Bild tat es Scheffel an. Er suchte des Malers nähere Bekanntschaft. In Heidelberg, wo Anselms Mutter lebte, wurde die Freundschaft befestigt. Als der Maler vom Großherzog *Friedrich* von Baden den Auftrag erhielt, für ihn Tizians »Assunta« (»Mariä Himmelfahrt«) in der **Accademia dell' arte** von Venedig zu kopieren, faßte der Dichter den Plan zu einem neuen Roman, der das venezianische Kulturleben zur Zeit Pietro Aretinos und Tizians zum Gegenstand haben sollte. Wie im »Ekkehard« die Herzogin Hadwig als Freundin humanistischer Studien dargestellt ist, so sollte die Heldin des neuen Romans eine jener kunstbegeisterten Frauen sein, deren die italienische Renaissance eine ganze Anzahl hervorgebracht hat: die jugendschöne Schülerin Tizians, *Irene di Spilimbergo*, welche Tasso und andere hervorragende Dichter Italiens nach ihrem frühen Tode in Gedichten verherrlicht haben. Als Vorbild für diese Gestalt schwebte dem Dichter seine Schwester Marie vor, die als Meister Frommels Schülerin große Fortschritte gemacht und neuerdings manche Bewerbung ausgeschlagen hatte, um ihrer Kunst treu zu bleiben. Emil Frommel, der Sohn, hat in seinem Buch »Aus goldnen Jugendtagen« ihr Bild entworfen als das Ideal eines jungen Mädchens, deren schöne Gestalt der ganze Reiz der Jungfräulichkeit übergoß. »Dazu strahlte eine Reinheit des Gemüts aus ihren blauen Augen, die keinen bösen Gedanken in ihr aufkommen ließ. Sie war eine echte, reichbegabte Künstlernatur.«

Wie die märchenhafte Schönheit der Lagunenstadt mit ihrer Stimmungsfülle und Farbenpracht zunächst auf Scheffels Schönheitssinn wirkte, das spiegelt getreulich der längere *Brief aus Venedig* an die Seinen, der in die »Reisebilder« (s. Bd. 3) Aufnahme gefunden hat; die ganze Reise schilderte er *humoristisch* in der *»Venetianischen Epistel«* zur Belustigung für den »Engeren« (s. Bd. 4). Aber diese Epistel vermerkt auch schon die feindliche Macht, welche den historischen Vorstudien für den Tizian-Roman, die Scheffel inzwischen in der Markusbibliothek begonnen hatte, ein frühes Ende bereitete. Die furchtbare Choleraepidemie, welche damals ganz Oberitalien verheerend überzog, setzte sich in Venedig fest. Eine Zeitlang trotzten die beiden Künstler, jener hinter der Staffelei, dieser hinter seinen Büchern und Exzerpten der Panik, während in ihrer nächsten Umgebung die Opfer der Cholera »wegstarben wie die Fliegen.« Da, eines Abends, brach Feuerbach, wie er im »Vermächtnis« erzählt, »buchstäblich vor Elend und Müdigkeit vor der Staffelei zusammen.« Das war eine Mahnung in letzter Stunde. »Scheffel war zum Schatten geworden und konnte nicht mehr arbeiten. Ich hielt etwas länger stand. Endlich ging es aber auch nicht mehr.« So beschlossen sie Ende Juli, die Stadt zu verlassen.

Auf der Herfahrt durch das Sarcatal war den beiden das gar malerisch in einem kleinen blauen See hineingebaute, von alten riesigen Zypressen bewachte *Castell Toblino* ungemein einladend erschienen; dorthin flüchteten die beiden Künstler, ohne bestimmt auf Unterkunft rechnen zu können. In diesem alten echt italienischen Schlößchen, auf dessen Weinbergen der köstliche **Vino santo** gedeiht, verlebten sie dann das äußerst romantische Sommeridyll, das Scheffel in wechselnder Stimmung für den »Engeren« schilderte in dem » *Gedenkbuch über stattgehabte Einlagerung auf Castell Toblino im Tridentinischen*«, das in seiner ursprünglichen Fassung erst 1901 aus dem Nachlaß des Dichters veröffentlicht worden ist (s. Bd. 4). Große Abschnitte aus diesem »Gedenkbuch« bearbeitete er aber nach seiner Heimkehr auf Otto Müllers Bitte für das von diesem und Theodor Creizenach herausgegebene » *Frankfurter Museum*«, und diese Kapitel erschienen mit einer besonderen stimmungsvollen Einleitung im Jahrgang 1856 (Nr. 11-13) dieser neugegründeten vornehmen Zeitschrift unter dem Titel » *Aus den Tridentinischen Alpen*«, von wo sie nach Scheffels Tod in den Band seiner »Reisebilder« übergingen.

Das »Tobliner Gedenkbuch« ist das bedeutendste Prosawerk von Scheffels für den »Engeren« entfalteten Humor. Manchmal an Sternes »Empfindsame Reise« anklingend, offenbart es den ganzen Stimmungsreichtum von Scheffels Gemüt und die Meisterschaft seiner komischen Darstellungskunst. Von dem dunklen Hintergrund des furchtbaren Waltens der Cholera in Venedig heben sich Bilder voll Glanz und Pracht italienischer Tal- und Tiroler Hochgebirgslandschaft, liebliche und heitere Abenteuer ab, die den Charakter ganz persönlichen Erlebnisses tragen. Das Phantasiestück »Der See von Toblino«, das 14. der Miniaturkapitel, ist den schönsten Stimmungsmalereien in Heines Reisebildern ebenbürtig. Ein Schleier von Wehmut liegt über dem Stilleben, das doch die Schönheit des Lebens feiert ...»Lebet schön, denn die Welt ist schön!« ... Und am Schluß des Kapitels preist er, was den See so frisch und erquickend mache und vor allem Stagnieren bewahre: » **l'aria tedesca, sorpassata dall'aria italiana**«, die deutsche Luft überflutet von der Italiens.

Das Gedenkbuch ist jedoch ein Fragment und das letzte (20.) der Kapitelchen hat die Überschrift »Von vielem was noch zu erzählen wäre, aber was nicht mehr erzählt werden kann.« Und drinnen steht verzeichnet: »Von dem Poetenwinkel, wo der Meister Josephus die Geschichte von der Irene von Spielberg zuweg bringen wollte. Wie der Meister Josephus stecken blieb und den Herrn Dietrich von Rodenstein nicht einmal bis nach Venedig brachte, wo er die Irene erst kennen lernen sollte.« Und so weiter! So scherzte er, noch im sicheren Glauben, daß ihm das geplante große Werk zur rechten Zeit schon gelingen werde, gerade wie ihm jetzt dies »Gedenkbuch« für den »Engeren« gelungen war, das er für keine »Arbeit« erachtete und das doch beinahe ein ganzes Buch war. Wie mag er im Geiste das Ergötzen der Heidelberger Freunde über die Kunde, daß ein Rodensteiner in dem vom Meister Josephus geplanten Roman eine

Rolle spielen solle, damit ein Element deutschen Krafthumors in das venezianische Kulturbild aus der Hochrenaissance hineinkäme, vorausgenossen haben!

Der Gedanke an den »Engeren« begleitete ihn auch nach *Meran*. Ein Zusammentreffen mit Häusser war verabredet. Aber als Scheffel ankam, hatte dieser, der in Begleitung seiner Frau reiste, Meran schon wieder verlassen, wodurch sein Vorhaben, von den mit Häusser geplanten Fahrten ins Etschland für das »Frankfurter Museum« »heitere Briefe« zu schreiben, vereitelt wurde. Mißmutig floh er die Geselligkeit, die sich ihm in den Kurhotels bot, und es kam nur zu jenem » *Bericht aus Meran*« an den Engeren (s. Bd. 4), der von allerhand einsamen Fahrten auf die Schlösser und Burgen in der Umgebung Merans erzählt und von der famos illustrierten »Chronica«, die der auf Schloß Lebenberg ansässig gewesene, 1852 verstorbene Maler und Dichter Friedrich Lentner aus München in der von ihm zu einem stimmungsvollen Künstlerheim ausgestalteten Burg hinterlassen hatte. Da leitete nach Scheffels Besteigung des Hohen Ifinger eine schlagartige Blutkongestion nach dem Kopf eine Gehirnentzündung ein, die ihn nach der Heimkehr, wie er noch im gleichen Jahr an Schwanitz schrieb, »lange Wochen an den Abgründen einer furchtbaren Melancholie« erhielt. Die Krankheit hatte schon während der ganzen Reise in ihm gespukt. Er suchte nach der Genesung in Briefen an Otto Müller, Schwanitz, Eisenhart, den Hauptgrund zu dem Leiden in der »übermäßigen Arbeit am Ekkehard«, »während welcher er gar nicht unter die Menschen ging, gar keine Erholung hatte.« Auch hat er in dem eingehenden Brief an Schwanitz vom 24. Januar 1857 Diätfehler anderer Art in Betracht gezogen. Der eigentliche Keim zu dem Gehirnleiden, das sich zu einer schweren, Jahre andauernden Melancholie im Sinne der Seelenheilkunde auswuchs, schlummerte aber nach dem Urteil Kußmauls, der den Freund schon damals ärztlich beriet, schon längst in ihm und »hatte nichts mit Bier und Wein zu tun.«

Wie wenig Scheffels Geisteskraft als solche durch die akute Gehirnentzündung gelitten hatte, bewies er, halbgenesen, im Sommer 1856 auf einer mit Eisenhart und einem Freunde desselben, Dr. Hierl, unternommenen Erholungsreise nach *Südfrankreich*.

Gleich im Anfang der Reise, so erzählt Eisenhart in dem von seiner Frau herausgegebenen Buche »Scheffel und seine Familie«, im Schwarzwald und im Elsaß, wußte Scheffel jedem Ort, den sie berührten, eine launige Anekdote oder eine historische Notiz anzuhängen. »Es war erstaunlich, wie wohlbeschlagen er in der Geschichte war.« Die traurigen Eindrücke einer furchtbaren Überschwemmung, die in *Lyon* herrschte, bewirkten jedoch einen Umschlag seiner Stimmung, und die Reisebilder, die er im nächsten Herbst und Winter für die damals gleichfalls neue Zeitschrift »Westermanns Monatshefte« schrieb, » *Ein Gang zur großen Karthause in der Dauphiné*«, » *Avignon*«, » *Ein Tag am Quell von Vaucluse*«, so reizvolle Genrezüge sie enthalten, sind von düsterer Grundstimmung beherrscht. In dem ersteren Aufsatz erzählt er von dem unheimlichen Eindruck, den der nächtliche Gottesdienst in dem Kloster des ewigen Schweigens, der Grande Chartreuse, auf ihn machte: er kam sich vor, »als wäre er selber bald reif für den Weißen Karthäuserhabit.« Zum Überfluß befiel ihn auf der Rückreise, bei *Bordighera*, ein hochgradiges Wechselfieber, bei dessen Anfällen ihn furchtbare Delirien plagten. (Vgl. »Dem Tode nah« in »Gaudeamus«, Bd. 6.)

Heilung von der Malaria suchte und fand er nach der Heimkehr in *Rippoldsau*, wo der wackere Badearzt Dr. Feyerlin sein Vertrauen gewann und die Quelle ihn sympathisch ansprach. Und hier fand er nach einiger Zeit auch seinen Humor wieder. Das schalkhafte behagliche Waldidyll vom Bruder Rippold und der Gründung von Rippoldsau (s. »Gaudeamus«, Bd. 6) spiegelt seine eigene Genesungsfreude wieder.

Er war mit Mutter und Schwester nach Rippoldsau gegangen, und was diese ihm sehnlichst wünschten, hoffnungsfrohes Liebesglück, begann ihm in dem tannenduftigen Schwarzwaldtal zu lächeln. An Marie, die ihn während seines Krankenlagers im Elternhaus als sein guter Engel gepflegt hatte, schloß sich eine junge Straßburgerin an, die Tochter eines reichen elsässer Kaufmanns. Der Dichter verliebte sich in sie und fand Gegenliebe. Als er aber nach der Heimkehr, einer Einladung jenes Herrn folgend, in Straßburg erschien und bei diesem um das Mädchen in aller Form anhielt, sah er seine Bewerbung zurückgewiesen. Den Kaufherrn hatten die Auskünfte über des Freiers materielle Verhältnisse nicht befriedigt. Das Mädchen verhielt sich, wie es dem Melancholiker schien, passiv. In welchen Zorn ihn diese neue Demütigung versetzte, zeigen grell die satirischen Ereiferungen über die »Laura von heute« und das Schicksal, das die moderne Welt dem Dichter, der nicht »wenigstens bürgerlicher Realitätenbesitzer« ist, zuweist, in dem Reisebild »Am Quell von Vaucluse«, das von Petrarcas glänzendem Dichterlos handelt. Auch in dem Romanzenzyklus »Magnus vom finstern Grund« (s. Bd. 6 »Frau Aventiure«) schwelt dieser Groll nach.

Die neue schwere Herzensenttäuschung und Demütigung wurde ihm aber auch zum Ansporn, sich um eine feste literarische Stellung umzutun, die seinen bisherigen Erfolgen als Dichter entspräche. Er durfte hoffen sie in *München* unter der Ägide des Königs *Maximilian II.* zu finden, unter der sich damals ja ein ganzer Kreis von Dichtern zusammengeschart hatte, zu dem Emanuel *Geibel*, Paul *Heyse*, Hermann *Lingg*, Franz *v. Kobell*, W. H. *Riehl*, Felix *Dahn*, Jul. *Grosse*, Fr. *Bodenstedt* gehörten, lauter hervorragende Dichter, die im Verein der »Krokodile« einen sehr anregenden Verkehr hatten. Schon im Anfang des Jahres 1856 hatte ihm aus München Paul Heyse geschrieben, daß man sich dort für ihn interessiere und ihm wohl demnächst eine Stelle anbieten werde. Der Dichter des »Ekkehard«, mit Ludwig Steub schon längst befreundet, fand bei den »Krokodilen« wie bei seinen alten Bekannten in der Künstlerschaft, bei Moritz Schwind, Feodor Dietz, Robert Vischer u. a., die herzlichste Aufnahme. Eisenhart, nunmehr Stadtgerichtsassessor in München, hatte sich mit der Tochter des gemütlich-geistreichen Dichters, Mineralogen und Gemsenjägers Franz v. *Kobell* verlobt, was dem Freunde dessen Haus öffnete.

Scheffel hielt sich für geheilt. Auch die gesuchte Stelle bot sich ihm. König Max hatte kurz vorher das große literarische Unternehmen » *Bavaria*« angeregt und die Oberleitung dem Professor Riehl übertragen. Dieser fand sich bald in der Lage, Scheffel einzuladen, sich an dem Unternehmen als Redakteur und Mitarbeiter zu beteiligen, und Scheffel sagte zu. Auch die Mitarbeit an den »Fliegenden Blättern« nahm er wieder auf; der Maler Eduard *Ille* illustrierte für diese die »Altassyrische Ballade« (»Im schwarzen Walfisch«), »Des Kometen Jammer«, »Das wilde Heer« mit großem Erfolg. Scheffels Hauptvorhaben aber war, nun ernstlich an den Tizian-Roman zu gehen. Dies sagte er auch dem König, als dieser ihn in einer Audienz empfing. Schon hatte er in der Staatsbibliothek, der gegenüber er in der Ludwigsstraße wohnte, die Studien dafür aufgenommen, da regte sich in ihm das Verlangen, seine Schwester, das Vorbild für die Irene von Spielberg, bei sich zu haben; er wollte sie teilnehmen lassen an all der künstlerisch gehobenen Geselligkeit, die sich ihm darbot. Ein großartiges Künstlerfest war in Sicht. Die lebenslustige farbenprächtige Rubenszeit sollte erstehen. Er wurde in den Strudel der Vorbereitungen durch seine Freunde gezogen und lud Marie ein, auf einige Wochen zu ihm zu kommen und das Fest mitzumachen. Sie kam. Die Geschwister besuchten Galerien und Museen, Freunde und Bekannte, die Kostüme eines vlämischen Bauernpaars wurden für den Rubensball ausgesucht, eine Partie nach Starnberg mit Eisenharts unternommen. Am Vorabend des Künstlerballes, am 13. Februar, fühlte sich Marie so unwohl, daß sie sich zu Bett legen mußte. Der damals noch in München grassierende Typhus brach bei ihr aus. Was ärztliche Hilfe vermochte, geschah, die Eltern wurden telegraphisch herbeigerufen, das liebe, schöne Mädchen erlag – zwei Tage nachdem Joseph seinen 31. Geburtstag unter verzweiflungsvoller Spannung verlebt hatte – der schrecklichen Krankheit! Das Wiedersehen Josephs mit den Eltern war furchtbar. Der Ärmste peinigte sich mit Selbstvorwürfen, durch seine Einladung schuld an dem Unglück zu sein. Gebrochen an Leib und Seele kehrte er mit der Mutter über Stuttgart nach Karlsruhe zurück, während sein Vater und Karl Klose dem Sarg mit der Toten dorthin das Geleite gaben. (Vgl. »Louise v. Kobell, J. V. v. Scheffel und seine Familie«.)

Wer entsetzliche Verlust brachte den Dichter um allen Gewinn dieser Genesungs- und Aufschwungszeit. Die poetischen Pläne, die das liebliche Bild Mariens zum Mittelpunkt hatten, mochte er nun nicht fortführen. Aber die Trauer um die Tote drückte ihm dennoch die Feder in die Hand. Während der Bildhauer Knoll in München Mariens Antlitz in Ton modellierte, während in Karlsruhe eine kunstbegabte Freundin der Verstorbenen, Sascha von Berkholz, demselben im Bilde die Farben des Lebens lieh, während später die Nachricht vom Tode der Holden den Maler Feuerbach zu seiner »Iphigenie auf Tauris« begeisterte, verdichtete sich der Schmerz des Bruders zu einem poetischen Bilde. Die kleine Erzählung » *Hugideo*« entstand.

Die Vorstellung von dem Einsiedler in der Höhle des Isteiner Klotzes, der die Tage verbringt im schweigsamen Anschauen der schneeweißen Marmorbüste seiner verlornen Geliebten Benigna Serena, erwuchs ihm aus der eigenen Empfindungswelt. Ein Besuch, den er auf der Heimkehr aus Südfrankreich in Säckingen abgestattet hatte, ein im jetzt Basler Gebiet der alten Römerstadt Augusta Rauracorum gemachter archäologischer Fund hatten ihm den historischen Stoff für die »alte Geschichte« geliefert. Wie der tragische Ausgang der Erzählung beweist, war an der Erfindung aber auch wieder »verschmähter Liebe Pein« beteiligt. Benigna Serena ist nicht die Schwester Hugideos. Das kleine, wunderbar objektiv gehaltene, auf jeden Ausschmuck verzichtende, gleichsam Grau in Grau gemalte epische Miniaturbild erschien noch im selben Jahre (1857) in Westermanns »Monatsheften«, als Buch aber erst 1883.

Zwei ergreifende Gedichte aus dem Nachlaß tragen die Überschrift »Maria«; sie sind im Sommer 1857 auf einer Erholungsreise nach *Nordfrankreich* am Ufer der normannischen Seeküste entstanden, wo der Dichter zur Kräftigung seiner Gesundheit Seebäder nahm. Bei seinen Verwandten in *Paris* fand er auf dieser Reise nach *Etretat* viel warme Teilnahme.

Im Herbst dieses Jahres entschloß sich der Gemütskranke, nach einer anregenden Wanderfahrt mit Riehl an die schönsten Stätten des Rheingaus in seinem geliebten *Alt Heidelberg* das Winterquartier zu beziehen. Längst war er mit Sehnsucht und Spannung von den Freunden im »Engeren« erwartet (vgl. »Der Pfarr' von Aßmannshausen sprach«, »Heimkehr« in »Gaudeamus«; Scheffel hatte hier den Pfarrer von Ziegelhausen nach dem Orte versetzt, wo dessen Lieblingswein herkam). Er sah sich mit einem Jubel empfangen, der später in dem Liebe »Der Heini von Steier ist wieder im Land« nachhallte. Julius Braun, dessen Entwicklungsgeschichte der alten Kunst 1856 in ihrem ersten Teile erschienen war, lebte jetzt wieder als Dozent in Heidelberg und stand im Begriff, sich mit *Rosalie Artaria*, der älteren Tochter des Mannheimer Kunsthändlers Stephan Artaria zu verloben, dessen Witwe mit den Töchtern und einer Schwester, der lebenslustigen, literarisch sehr gebildeten Witwe des Mannheimer Schauspielers Thürnagel, in Weinheim an der Bergstraße ein Landhaus bewohnte, im Winter aber, der jungen Töchter wegen, viel in Heidelberg war. In dieser Familie und ihrem Kreise, zu dem auch Anselm Feuerbach und seine Mutter gehörten, fand der Dichter ebenfalls eine sehr freundliche Aufnahme. Frau *Julie Thürnagel*, die »Juletante« (vgl. den Aufsatz von R. Artaria »Gartenlaube« 1886), wußte auch die hafisische Seite von Scheffels Poesie zu schätzen, und sie war es, die ihn jetzt auf *Hariri*, den Hafis der Araber, aufmerksam machte, dessen von Rückert übersetzte »Makamen« er noch nicht kannte. Dort findet sich der Wein als »der Glättstein des Trübsinns, der Wetzstein des Stumpfsinns« gepriesen. So vereinigte sich alles, um in Scheffel die Erinnerung an die fröhliche Frankonenzeit wachzurufen, die ihm gerade vor zehn Jahren das Lied vom Perkeo entlockt hatte. Im »Engeren« hatte die Nummer der »Fliegenden Blätter« mit Illes köstlicher Illustration zu dem Lied von des Rodensteiners »wilder Jagd« Furore gemacht. Scheffel, der diesmal bei dem Geologen Geheimrat Leonhard am Klingentor wohnte, fühlte sich durch diese Eindrücke und einen erneuten Besuch der Geisterburg im Odenwald angeregt, wie er an Ille schrieb, »den Rodenstein zu einer typischen Gestalt zu machen«, und der durstige Ritter wurde durch die nun entstehenden Lieder von der » *Drei-Dörfer-Vertrinkung*« zu einer solchen, die seitdem an Popularität mit Shakespeares »Falstaff« wetteifert. In der Zehfußschen Schrift »Die Herren von Rodenstein« war ihm aufgefallen, daß einer der Herren seinen reichen Länderbesitz hatte verpfänden müssen, das Dorf Pfaffenbeerfurt aber dem Stifte Heidelberg vermacht hatte. Das wurde das Motiv zur Dichtung. Zu Heidelberg, wo Scheffel einst selbst im »Hirschen« voll Jugendseligkeit kommersiert hatte, mußte jener zechlustige Rodensteiner seinen Besitz verkneipt haben! Damit war der Anfang gegeben. Aber des Ritters Durst, der »größte, schönste Durst der Pfalz«, hatte früh »in Ruhstand sinken« müssen; Pfaffenbeerfurt hatte er nicht mehr vertrinken können! So ergab sich die heitere Pointe, daß der gewaltige Zecher jenes Dorf der

Hochschule Heidelberg, seinen Durst aber »den Herrn Studenten« vermacht. Das war eine so liebenswürdige Blüte von Scheffels Humor, daß sie allein schon die Beliebtheit der Lieder begreiflich macht, die sie sofort in der Studentenwelt fanden. Im Schicksal des Rodensteiners spiegelte Scheffel ins Groteskgroße sein eigenes Mißgeschick, das ihn früh zu einem »zahmen Gast« im Zecherkreise gemacht hatte. Eine Verherrlichung des Trinkens ist der Balladenzyklus gewiß nicht; die drei prächtigen Genreszenen stellen ja, freilich ohne eine Spur von Philistrosität, die üblen Folgen üppigen Zechertums dar. Aber der famose Liederzyklus bildet wie den Abschluß so auch die Krone von Scheffels »feuchtfröhlicher« Dichtung, die der »Genius Loci Heidelbergs« ihm eingab. (Vgl. auch Lorentzen, »Die Sage vom Rodensteiner« S. 49 u. f.)

Der September 1857 sah aber auch unsern Dichter als Gast auf der *Wartburg*, die er seit dem Burschen-Pfingstfest im Jahre 1848 nicht wieder betreten hatte. Dieser neue Besuch auf der alten Thüringer Landgrafenburg, die der katholischen Welt durch die heilige Elisabeth, der protestantischen Welt durch Luther gleich teuer ist, bedeutet eine folgenreiche Wendung in Scheffels Leben.

Der kunstsinnige Großherzog *Karl Alexander* von Sachsen-Weimar-Eisenach, der das alte Schloß seiner Ahnen mit historischer Treue und reicher künstlerischer Ausschmückung hatte neuherstellen lassen, trug nun, da das Werk dem Abschluß entgegenging, das Verlangen, neben der romantischen Oper Richard Wagners vom *Sängerkrieg auf der Wartburg* eine poetische Darstellung jener Begebenheit von historischer Echtheit entstehen zu sehen. Er hatte Scheffels »Ekkehard« mit Entzücken gelesen und der Autor erschien ihm wie berufen zur Erfüllung seines Wunsches. Durch den Kommandanten der Wartburg, den kunstsinnigen Major Bernhard *v. Arnswald*, der, wie wir sahen, durch Schwanitz dem Dichter näher bekannt geworden war, ließ er diesen nach Weimar einladen, und noch im November dieses Jahres nahm er ihm im Sängersaal der Wartburg vor dem Gemälde *Schwind*'s vom Sängerkrieg das Versprechen ab, einen kulturhistorischen Roman zu schreiben, der das Minnesängerleben am Hofe des Landgrafen Hermann ebenso treu schildern füllte, wie im »Ekkehard« das Leben am Hofe der Herzogin Hadwig auf dem Hohen Twiel geschildert ist. Scheffel, der sich nach einer Ablenkung von den Erinnerungen an die Katastrophen der letzten Jahre sehnte, versprach es. Wie die Aufgabe ihn anlockte, zu welchen ausgreifenden historischen Forschungen er sich durch sie veranlaßt sah, ist von ihm in Kürze in der stimmungsvollen Vorrede zu »Frau Aventiure« und mit näherem Eingehen auf die dabei verfolgten Probleme in den Anmerkungen zu diesen »Liedern aus Heinrich von Ofterdingens Zeit« dargelegt worden. Welchem verhängnisvollen Irrtum er bei Übernahme der verlockenden Aufgabe andrerseits unterlag, und wie ihn sein Gemütsleiden hinderte, dieselbe trotz umfassender Vorarbeiten in der geplanten Weise zu lösen, das habe ich zuerst in meiner größeren Biographie unter Mitteilung und Benutzung der vielen schönen Briefe nachweisen können, die Scheffel während all der Zeit an den Großherzog von Weimar und Bernhard v. Arnswald geschrieben hat.

Die von ihm zu bietende Schilderung der Persönlichkeiten des Sängerkriegs, ihrer Sitten und Lebensgewohnheiten, sollte in dem geplanten Roman aus der Blütezeit des deutschen Helden- und Minnesangs ebenso echt im Zeitkolorit, so »naturgetreu« werden, wie es das Kulturkolorit im »Ekkehard« war. Doch wie anders, wie verwickelt waren hier die Voraussetzungen! Dort wuchs die ganze Handlung aus den früheren Zuständen seiner alemannischen Ahnenheimat hervor. Der neue Stoff wies ihn nach Thüringen, nach Franken, der Heimat Wolframs von Eschenbach, nach der österreichischen Heimat des Ofterdingers an Donau und Traunsee u. s. w. Mit dem Leben und Wesen der ritterlichen Minnesänger, der Kreuzfahrer, der fahrenden Spielleute, dem Hofhalt auf der Wartburg verband ihn keine Familienüberlieferung. Kein so unmittelbar und naiv das damalige Leben schilderndes Chronikbuch bot seiner Phantasie jetzt die Hilfe dar, die ihm beim »Ekkehard« die **Casus Sancti Galli** geleistet hatten. Er war sich des Unterschieds bei der Abgabe jenes Versprechens nicht klar und mochte die **Annales Reinhardsbrunnenses**, das alte Gedicht »Die Thüringer vor Accon« für ergiebigere Ergänzungen des alten unklaren Gedichts vom Wartburgkrieg aus dem 13. Jahrhundert halten, als sie es tatsächlich waren. Wie er im September eine Reise durch den Thüringer Wald benutzt hatte, um auf seine

Weise das dortige Volkstum zu studieren, das spiegelt gar anmutend sein Brief vom 19. März 1858 an Schwanitz.

Zur Entschließung, den gewünschten Roman zu schreiben, wurde er nicht wenig durch den Umstand ermutigt, daß er kurz vorher die ihm angetragene Stelle eines Bibliothekars der Fürstlich Fürstenbergischen Bibliothek in *Donaueschingen* vorläufig für ein Jahr angenommen hatte. Seine Hauptaufgabe sollte hier sein, die vom Fürsten *Karl Egon von Fürstenberg* für diese Bibliothek erworbene große Sammlung altdeutscher Dichtungen aus dem Nachlaß des berühmten Germanisten Joseph v. Laßberg, der 1855 auf Schloß Meersburg verstorben war, zu ordnen und zu katalogisieren. In dieser Sammlung fand er das beste Material, das er sich für die Vorstudien zum Wartburgroman wünschen konnte, beisammen.

Am 1. Dezember 1857 rückte Scheffel in die Stadt an den Quellen des Donaustroms ein, und damit faßte er wieder festen Fuß in dem Heimatland der Großmutter Krederer. Er fand beim Fürsten und der Fürstin *Elisabeth*, den Hofbeamten und Honoratioren, unter denen der Landstand *Kirsner* ihm unverwandt war und der Musikdirektor *Kalliwoda* die Kunst vertrat, die freundlichste Aufnahme. Für ein paar größere Hoffestlichkeiten hatte er sich als Festdichter zu bewähren.

Donaueschingen liegt beinahe gleich weit von *Oberndorf* wie vom *Hohentwiel*, und als der Frühling ins Land kam, war für seine Phantasie der Zauber dieser Landschaft weit mächtiger als die alten Pergamente aus dem 13. Jahrhundert, soweit sie nicht, wie die Handschrift des Nibelungenlieds und so manche Liedersammlung, echte, ihn wahrhaft anziehende Poesie boten. Die auf ihm lastende Melancholie, neuerdings genährt durch ein Wiedersehen mit Emma Mackenrodt, deren Mann in *Emmendingen* bei Freiburg, also nicht gar weit von Donaueschingen, eine Kartonagefabrik betrieb, suchte in der freien Natur Trost und Heilung. Das Wiedersehen war in *Freiburg* im Hause von Emmas Vater erfolgt und hatte den Dichter in große Erregung versetzt. Bis an den Bodensee, an den Rheinfall bei Schaffhausen, ins Gebiet der Quellen des Neckars erstreckten sich seine Wanderungen. Die alte Streitfrage, ob der ummauerte Donauquell im Donaueschinger Schloßhof, die Quellen im Ried von Allmendshofen oder die Flüßlein Brigach und Breg Anspruch auf die Ehre haben, des Donauquells echter Ursprung zu sein, weckte sein reges Interesse. Das alte »Donauprotokoll« in der Hofbibliothek mit Einträgen von solchen Gästen der Fürstenbergischen Herrschaft, die einst alter Sitte gemäß beim Besuch des Stromquells den »Willekomm« tranken, gemahnte ihn an das Gesellenbuch seines Ahnen, des Schloßhauptmanns auf der Küssachburg. Zu Pfingsten traf er sich mit dem Züricher Maler Corrodi und Ludwig Eichrodt, der jetzt in *Stockach* amtierte, auf dem Hohentwiel. Stockach war zur Zeit der Nellenburger Herrschaft die Hauptstadt der Hegauer Landschaft gewesen und weit zurück reichte der Ursprung des sogenannten »Narrengerichts«, eines Stockacher Faschingbrauchs, in dessen Dienst Eichrodt jetzt seine humoristische Muse gestellt hatte. Wie einst die Trümmer des Hohentwiels, durchforschte er ferner die Burgruinen der wildromantischen Taler der Gutach, Wutach, Brigach und Gauchach. Auch auf den von Wachholder dicht überwachsenen *Neuenhewen* mit dem Stettener Schlößchen bei Engen, auf die Feste *Blumenegg* beim Lindenwirtshaus von Achdorf und in die Ruinen der Stammburg derer von *Urslingen* bei Oberndorf gelangte er so. Von ganz besonderer Bedeutung wurde ihm die alte Benediktinerabtei *Rheinau*, auf der unterhalb des Rheinfalls gelegenen Insel. In den Zeiten, die er jetzt erforschte, war hier – wie einst in St. Gallen – eine hochgeschätzte Klosterschule gewesen und die Bücherei der ihn gastlich aufnehmenden Patres enthielt wertvolle Handschriften aus dem 12. und 13. Jahrhundert. Von seiner guten Laune bei solchen Wanderfahrten zeugt die Epistel an den »Engeren« über die Strafe, die er in Rheinau erleiden mußte, nachdem die Patres »den Ekkehard gelesen« (s. Bd. 4). Für allzu ernsthafte Leser, welchen Wesen und Walten solch schalkhaften Humors zur Ergötzung gleichgesinnter Freunde etwas Ungeläufiges ist, sei bemerkt, daß die dort erzählte Entziehung des famosen Rheinauer Schlaftrunks nur ein lustig Spiel fröhlicher Phantasie war, wie aus einem späteren Brief Scheffels an Arnswald hervorgeht (s. mein Buch »Scheffels Leben und Dichten«).

Das Kloster Rheinau bevölkerte sich ihm im Geiste mit Schülern, den Söhnen schwäbischer Ritter und Vögte auf den Schlössern der Gegend. Ein Mädchenname, Ruchtrut von Almishofen, den eine Sage in Verbindung mit einer der Donauquellen nennt, weckte in ihm die Gestalt einer stolzen Schönen, die zwei dieser Klosterschüler zur Flucht aus dem Kloster und zur Lust am ritterlichen Wesen entflammt, ohne doch einem der beiden Gegenliebe zu schenken, während sie einem gezierten Vertreter der hövischen Sitte den Vorzug gibt. Das Rauschen des Rheinfalls bei Schaffhausen und der Anblick der hier wild an den Felsen berstenden, hochaufschäumend sich überstürzenden Fluten des Rheins fügte zu diesen Vorstellungen des Melancholischen das kühne Bild eines Zweikampfs auf Leben und Tod zwischen den eifersüchtigen Junkern, einer Wettfahrt die Fluten des Rheinfalls hinab. Und wie seinem Ekkehard lieh er auch dem sanges-frohen Klosterschüler Gottfried von Hewen, dem er wegen seiner Vorliebe für den Wachhol-der des Hewenbergs den Namen *Juniperus* gab, Züge des eigenen Wesens, so den unruhigen Wandertrieb bei innigster Liebe zur Heimat. Auch daß er den Gottfried ein Lied zum Preise des Wutachtals, der Linde zu Achdorf und der Tochter des Wirts, des Gretleins, dichten ließ, lateinisch nach Klosterschülerart, war ein solcher Zug.

Er hatte sich ausgedacht, den Anfang des Wartburgromans ins Feldlager der Kreuzfahrer vor Akkon zu verlegen, die Landgraf Ludwig der Milde von Thüringen, der Vorgänger und Bruder Hermanns, nach Syrien geführt hat, denn durch die Kreuzzüge hatte erst die deutsche Kultur jene höheren Impulse erhalten, die zur ersten Blüte unserer Nationalliteratur im 12. Jahrhun-dert geführt haben. Das Studium von Wilkens »Geschichte der Kreuzzüge« genügte ihm aber nicht; seine Phantasie verlangte nach genauer Anschauung der damaligen Trachten u. s. w. So benutzte er seinen Sommerurlaub zu einer Fahrt nach *Paris*, wo einst Landgraf Hermann am Hofe Ludwigs VII. seine Jugend verbracht und sich für die Pflege der ritterlichen Dichtkunst be-geistert hatte. Dort befand sich auch die kostbare Manessesche Liederhandschrift, deren farbige Kostümbilder damals nur teilweise zur Veröffentlichung gelangt waren. Einer der Verwandten seiner Familie, der Gatte von Frida Stolz, Herr Cadou, war als Beamter der Pariser Polizeipräfek-tur in der Lage, dem emsigen deutschen Forscher nützlich zu sein. Ein Besuch der alten Städte in den *Niederlanden* folgte; in Brügge widmete er den Gemälden Hans Memlings eingehen-des Studium. Nach der Rückkehr suchte er Ruhe und Erholung in *Rippoldsau*. Wie ihn dort wieder die Melancholie beherrschte, bezeugt das schwermutschöne Widmungsgedicht zu der inzwischen nötig gewordenen 2. Auflage des »Trompeter von Säkkingen.« Erfrischt und erholt kehrte er nach Donaueschingen zurück, bereit mit der Niederschrift der großen Wartburg-Dich-tung anzufangen. Statt eines eigentlichen Romans wollte er eine chronikartige Sammlung von Geschichten schaffen, die scheinbar ein Reinhardsbrunner Mönch niederschrieb, der Zeuge des Sängerkriegs auf der Wartburg gewesen war. In seinen Briefen an Arnswald nannte er den Cy-klus die »Geschichten der Viola«, womit auf die Schöne hingewiesen wurde, an die der Ofter-dinger in Thüringen sein Herz verlieren sollte.

Dem neuen Plan entsprach die Einkleidung der kleinen Erzählung, die den Titel » *Geschichte des Schwaben Juniperus*« (s. Bd. 3) erhielt, als Scheffel sie im Herbst 1859 dem Großherzog von Weimar auf der Wartburg vorlas. Diese erste der Geschichten konnte Scheffel erst ausarbeiten, als er Donaueschingen verlassen und dort das Werk »Die Handschriften altdeutscher Dichtun-gen der Fürstlich Fürstenbergischen Hofbibliothek in Donaueschingen. Geordnet und beschrie-ben von J. Vict. Scheffel« vollendet hatte. Es geschah im Mai 1859 in seiner grünen Stube im Elternhaus, wo er sich aber durch den Ausbruch des Kriegs zwischen Frankreich-Sardinien und Österreich auf das peinlichste überrascht sah. Beabsichtigte er doch, wegen nötiger Studien für sein Werk nach Beendigung der Juniperusgeschichte eine Reise über Passau die *Donau hinauf* nach Wien, Preßburg, zu unternehmen.

Ein herrliches Motiv hatte er, zurückgreifend auf die Episode von der Entstehung des Nibe-lungenlieds durch den Schreiber *Konrad von Alzey* am Hof des Bischofs Pilgrim von Passau im »Ekkehard« (Kap. 25) für seinen Haupthelden, *Heinrich von Ofterdingen*, ersonnen. Der »tanzrei-genkundige« Ofterdinger, der Verfasser des Sangs vom Zwergkönig Laurin und seinem Rosen-garten in Tirol, erschien ihm im Sängerkrieg als Vertreter der volkstümlich deutschen Poesie mit heimatlicher Stoffwelt gegenüber der hövischen, nach französischen Mustern schaffenden Poesie, die vor allen Wolfram von Eschenbach, der Autor des Parzival, vertrat. Scheffel hatte nun geplant, der aus *Österreich*, dem »freudigen Osterland«, stammende Ofterdinger sollte in einem ersten Sängerkampf vor Landgraf Hermann von Meister Wolfram ausgestochen werden; dann aber sollte er, von seinem Genius geleitet, zum Sänger des *deutschen* Nibelungenlieds werden, auf Grund des älteren lateinischen vom »Schreiber Konrad«, das er zufällig in Passau entdeckt. Als süddeutscher Dichter den einst nordischen, dann an Rhein und Donau lokalisierten Stoff neugestaltend, sollte also in Scheffels Wartburgdichtung der Ofterdinger die schöne Mission einer künstlerischen Versöhnung des alten Gegensatzes von Nord und Süd im Deutschtum erfüllen.

Um diese wahrhaft geniale zeitgemäße Idee auszuführen, glaubte Scheffel aber erst ganz heimisch in des Ofterdingers Heimat werden zu müssen. Trotz des ausgebrochenen Kriegs, der sich freilich, was allgemein bezweifelt worden war, auf Oberitalien beschränkte, trat er Anfang Juni die geplante Reise an. Zuerst gings in die Schwäbische Alb, wo er die Staufengräber des Klosters Lorch besuchte und den *Hohenstaufen* bestieg. Am Tage der Schlacht bei Magenta, in der sein Freund Karl Klose als österreichischer Hauptmann mitkämpfte, war er in Passau. Er besuchte die Orte an der Donau, die das Nibelungenlied nennt, das alte Stift Melk, Bechlaren (Pöchlarn) u. s. w., auch Wien, gab aber, unfähig, in dieser Kriegszeit seinen Reiseplan auszuführen, die weitere Fahrt noch im gleichen Monat auf. »Ein Land, das leidet, soll man nicht als Tourist durchstreifen,« schrieb er an Arnswald.

Um so ergiebiger war dann eine lange Wanderfahrt, die ihn von *Nürnberg*, wo das seit 1852 bestehende, von Hans v. Aufseß gegründete Germanische Museum besucht ward, nach Bamberg und Würzburg, den alten geistlichen Hochschulen und Bischofssitzen des *Frankenlands*, in die Heimat Wolframs von Eschenbach und weiter in den Thüringer Wald nach Reinhardsbrunn, Friedrichroda, auf den Inselsberg brachte.

Die poetischen Ergebnisse waren aber nicht epischer, sondern *lyrischer* Art. Überall, wo eine interessante Örtlichkeit in Zusammenhang mit seiner poetischen Vorstellungswelt trat, regte sich in ihm der Drang, diese Beziehung in kurzer Romanzenform zu gestalten. Wie er schon in den »Juniperus« das Gedicht » **Laetitia silvestris**« als von Gottfried von Hewen verfaßt, eingeflochten, wie er einst für den »Trompeter von Säkkingen« die Lieder Jung Werners und des Stillen Mannes gedichtet hatte, so legte er es jetzt darauf an, die einzelnen noch ungeschriebenen Geschichten der Chronik vom Sängerkrieg im voraus mit Gedichten auszustatten. Was seine eigene Seele empfand beim Nadelduftanhauch des Thüringer Waldes, beim Beschreiten des Rennstiegs, beim Verweilen am Grabmal des Landgrafen Ludwig, es quoll auf zum Lied, und verschmolz sich bei der Gestaltung mit der Ausdrucksweise und Empfindungsart der Personen, denen er ähnliche Situationen nachempfand. So ist ein Teil der Liederzyklen »Wolfram von Eschenbach«, »Reinmar der Alte«, »Biterolf«, »Der Vogt von Tenneberg« in »Frau Aventiure« (s. Bd. 6) entstanden. Sein eigenes Leben glich jetzt dem eines von Fürstenhof zu Fürstenhof ziehenden Sängers der Vorzeit. Was er den die Stiraburg verlassenden, die Wartburg aufsuchenden Ofterdinger als Abschiedsgruß in den Mund legte, war seit er den Fürstenbergischen Hof in Donaueschingen verlassen, sein eigen Empfinden. Eine lange, seiner Gesundheit gar heilsame Station machte er im »Land der Franken« beim Gastwirt Schooner auf Schloß *Banz*, der einstigen Benediktinerabtei des Mainlands.

Den fahrenden Schülern, jenem lebensfrischen Element, das im Zeitalter der Hohenstaufen eine vermittelnde Rolle zwischen der lateinischen Klosterwissenschaft und der nach Frankreich schielenden hövischen Kunstpflege gebildet hatte, war in der Wartburgdichtung eine bedeutsame Rolle zugedacht. Die alten Freunde seiner Jugendträume sollten ihr lustiges Tirilieren, ihre weltfrohen Spottlieder auch in das Hoflager des Landgrafen Hermann hineinklingen lassen. Der Zyklus » **Exodus cantorum**. Bambergischer Domchorknaben Sängerfahrt«, dessen erste Nummer »Nun treibt der Frühling Blatt um Blatt und füllt die Welt mit Wonnen« ein beliebtes Studentenlied wurde, entsproßte dieser Absicht. (S. Bd. 6, Frau Aventiure.) In Donaueschingen war ihm der von Schmeller herausgegebene Band alter lateinisch-deutscher Schülerlieder, der **Carmina burana**, zur Lieblingslektüre geworden. Aus der Seele eines fahrenden Scholaren des Mittelalters jubelte er in fröhlichster Wanderlust und im Gedenken an die Tage, da er als Student mit Braun und Stetten durchs Frankenland nach Thüringen gezogen, beim Besuch des Staffelbergs am Main sein unsterbliches »Wanderlied« in die Lüfte, das seitdem Millionen von Wanderern lustbeschwingt ihm nachgesungen haben: »Wohlauf, die Luft geht frisch und rein, Wer lange sitzt, muß rosten!« (S. Bd. 6, Gaudeamus.) Auf Schloß Banz, das einem Mitglied des bayrischen Königshauses gehörte, empfing er auch die Anregung zu dem »Waldpsalm« und dem humorvollen Genesungsgedicht vom Kampf mit den Mücken des Mönchs Nikodemus, sowie durch die Riesensaurier, die im dortigen Lias beim Bau einer Straße einst ausgegraben wurden, das Motiv zu dem »Bericht vom Meerdrachen« eben dieses Mönches. (S. Frau Aventiure.) Da konnte sich seine Phantasie zum Besten des »Engeren« wieder einmal in der »Saurierei« erlustieren. Anfang September zog er dann endlich auf der Wartburg ein, wo er bis in den November Gast des ihm sehr huldvollen Burgherrn blieb. In das Gastalbum trug er hier, wo er auch von seiten der Großherzogin Sophie freundliche Aufmunterung erfuhr, bald nach der Ankunft das stimmungsschöne Gedicht »Wartburg-Dämmerung« und vor dem Aufbruch das in »Frau Aventiure« »Wartburg-Abschied« benannte Gedicht ein. Das stimmungsvolle lyrische Kulturbild »Wolfram von Eschenbach dem Landgrafen Hermann den Parzival überreichend« versetzt uns auch auf die Wartburg.

In dieser freien Weise auf der Grundlage seiner Studien für das große erzählende Werk vom Wartburgkrieg sind im nächsten Jahre auch die » *Bergpsalmen*« seiner Dichterseele entquollen. Dies aber geschah leider, wie der vorwiegend düstere Charakter dieser lyrisch-epischen Dichtung erhabenen Stiles verrät, in einem Zustand tiefster Gemütsdepression.

Jetzt waren es wieder peinigende Herzenswirren, die seiner Melancholie neue Nahrung boten. Seit dem Wiedersehen mit Emma Mackenrodt, zu dem diese ihn um Ostern 1858 nach Freiburg eingeladen hatte, wo sie ohne ihren Mann bei ihrem Vater weilte, war ihm bekannt, daß sie sich in ihrer Ehe unglücklich fühle, daß sie bereue, nicht die Seine geworden zu sein. Schon die Einladung hatte sein Herz in einen Wirbelsturm der Leidenschaft versetzt, wie das glutvolle Gedicht »Wiedersehen« (s. »Nachgelassene Dichtungen«) bezeugt. Beim Wiedersehen selbst kam es zu einer Aussprache. Aber gleich darauf überkam ihn auch das Bewußtsein von dem, was er nach seinen Grundsätzen und denen des Elternhauses dem Seelenfrieden Emmas schuldig war. Er versuchte sie zu meiden. Die ihn in Donaueschingen beherrschende Melancholie sah in dem neuen Verhältnis zu dem ihn dämonisch anziehenden Weibe nur das Demütigende. »Juniperus« war unter dem Druck dieser Stimmung entstanden. Während der Wanderlust des folgenden Sommers hatte er es über sich vermocht, von der Höhe des Inselsbergs einen harmlos klingenden Gruß in heiteren Strophen nach Emmendingen zu senden. Jetzt, im Fasching 1860, erhielt er nach *Zell*, wo die Cousine bei Freunden ihrer Eltern zu Besuch war, von seiten der letztern eine Einladung, Emmas 25. Geburtstag dort mitfeiern zu helfen. Er schrieb darauf aus Baden-Baden, wo er gerade weilte, an diese in desperatester Stimmung, daß es ihm doch zu den »seltsamsten Prachtgedanken« gehöre, »itzt auf der Biberacher Straße als gratulationssehnsüchtiger Jüngling« mitten im Winter einherzuschreiten. »Ich erinnere mich, daß wir einst einen Bergspaziergang zusammen machten, nach welchem mit Grund zu sagen war: No, aber bei *dem* Regen! – Wenn ich jetzo gen Zell aufbräche, würde jene Erinnerung durch ein: No, aber bei *dem* Schnee! gelöscht, und das wäre doch schade!«

Der von dem Gemütsleiden längst in seiner Willenskraft Geschwächte ging aber doch nach Zell und nahm in sehr erregter Stimmung an dem im Hause des Fabrikanten Lenz vorbereiteten Faschingsfest in einem für ihn bereit gehaltenen Rokokokostüm teil. Dieses neue Wiedersehen gab ihm das, bittersten Hohn atmende Gedicht »Irregang« ein, das einen fahrenden Spielmann schildert, der die Braut eines andern liebt und nach dem letzten Kuß von ihr nach dem Aufspielen bei ihrer Hochzeit im Schneesturm untergeht (s. Frau Aventiure).

Doch war es nicht diese Verstimmung, was den Dichter im folgenden März zu einer fluchtähnlichen Reise nach dem stillen Eiland Frauenwörth im *Chiemsee*, und nach längerer Erholung dort hinauf in die Salzburger Alpen trieb. Vielmehr war es außer bestimmten Forschungszwecken in bezug auf die Entstehung des Nibelungenlieds der gescheiterte Versuch, sich durch die Verlobung mit einem jungen schönen Mädchen, das er schon länger kannte, der Schwester jener Rosalie Artaria in Heidelberg, die sich mit Julius Braun verlobt hatte, *Julie Artaria*, von dem Fluch der »Unsegensminne« für Emma zu befreien. Er wußte sich in der Familie gern gesehen; aber es wiederholte sich zu seinem Unglück jetzt der Fall, daß das Herz der von ihm Erkorenen nicht mehr frei war. Durch die lange Winterarbeit hinter den Folianten, die ihm über die politischen Zustände in Bayern, Österreich und am Rhein, die Beziehungen zwischen Passau, Bechlaren einer-, Worms, Speyer und Alzey andrerseits in den Zeiten des Meisters Konradus Bescheid geben sollten, war sein Kopfleiden wieder ungemein gesteigert, als dieser neue Schlag seinen Stolz traf. Zwei Monate, bis Mitte Mai, blieb er auf dem lieblichen Klostereiland und in der Umgebung des Chiemsees, seine Tage mit Studien zur Geschichte der Chiemgaugrafen, deren Geschlechte der Bischof Pilgrim von Passau angehört hatte, mit einsamen Fahrten im »Einbaum«, mit Zeichnen nach der Natur, mit Fischen und Angeln, mit Wanderungen ins Kaisertal und andere lockende Gebirgstäler verbringend. Hier entstand das wundersam elegische Gedicht »Schweigsam treibt mein morscher Einbaum« mit dem Seelengruß an die Schwester, das er in das Künstler-Album des Frauenwörth-Wirtshauses, angeregt von einer Zeichnung des Wiener Malers Christian Ruben, schrieb. In »Frau Aventiure« ist es unter der Aufschrift »Am Traunsee« dem Ofterdinger zugewiesen. Die »Seebilder« spiegeln treulichst den idyllischen Aufenthalt. Er pries die Heilkraft, die das Ruhen in schöner Naturumgebung ausübt, und mahnte sich zur Geduld: »Still liegen und einsam sich sonnen Ist auch eine tapfere Kunst.« Sein Psalterbuch fahrender Schüler (»Frau Aventiure«) wurde auch sonst noch bereichert. Er hatte festgestellt, welche Bedeutung einst die Benediktinerabtei auf der Herreninsel im Chiemsee, deren alter Bau jetzt einer Brauerei diente, dank ihrer Lage zwischen Salzburg, der glänzenden Erzbischofsstadt, und den Bischofsstädten im heutigen Bayern mit ihren Domschulen zufiel. Im Salzburgischen hatten die Fahrenden Schüler unter Erzbischof Eberhard II. (1200-1249) gute Zeiten gehabt; Scheffel malte sich aus, wie diese liederfrohe Jugend aus Italien, von dortigen Hochschulen über die Alpen kommend, in Herren-Chiemsee Station machte. Nun kam auch die düstere Seite ihrer Lebensart zum Ausdruck, das Flüchtige, Unstete ihres Daseins. Der Verkehr mit einigen, ihm besonders gewogenen Münchner »Krokodilen«, zu denen jetzt auch Wilhelm *Hertz*, der genaue Kenner unserer mittelhochdeutschen Poesie gehörte, wirkte gleichfalls anregend (s. Nachgelassene Dichtungen). Einen Teil der auf der Insel entstandenen Lyrik lieferte er, einer Bitte Geibels entsprechend, diesem für das von ihm und Heyse geplante » *Münchner Dichterbuch*«, das im Frühjahr 1862 im Verlag von A. Kröner in Stuttgart erschien. Für die Feier von *Hebels hundertjährigem Geburtstag* in Schopfheim, zu der er geladen war, dichtete er auf Frauenwörth den einzig schönen »Festgruß«, wobei er sich als Meister im alemannischen Dialekt bewährte (s. Bd. 6, Gaudeamus).

Auf der nun folgenden Reise durch *Salzburg*, das *Salzkammergut* – Eisenhart war wieder sein Begleiter – gelangte er über Mondsee, wo die ehemalige Benediktinerabtei ihn anzog, nach St. *Wolfgang* am Abersee und beim Anblick der alten Einsiedlerhöhle in der Falkensteinschlucht, die zu Meister Konrads Zeit der Bischof Wolfgang von Regensburg fünf Jahre lang bewohnte, erstand ihm die Idee zu den » *Bergpsalmen*« (s. Bd. 5). Bischof Wolfgang hatte sich zur Zeit des Bischofs Pilgrim von Passau um die Verbreitung des Christentums in Ungarn verdient gemacht. Er gehörte dem Geschlecht der Grafen von Nellenburg an, das im frühen Mittelalter den Hegau beherrschte, war also ein Alemanne vom Bodensee!

Die Vorstellung, daß ein mit allen Vorteilen mächtiger Stellung und höchster Bildung ausgestatteter Mann einst inmitten der großartigen Gebirgseinsamkeit hier eine kleine Einsiedelei bezog, ganz wie es Scheffel im »Ekkehard« den weltflüchtigen Lehrer der Herzogin Hadwig hatte tun lassen, packte ihn mächtig. Er versenkte sich in das Seelenleben des »frommen deutschen Mannes«, der aus »Kaiserfehde und Fürstenstreit« wirklich im zehnten Jahrhundert »zur Alpeneinsamkeit« geflohen war. Die ersten Gesänge, die am unmittelbarsten das Gepräge epischer Poesie haben, sind in St. Wolfgang und auf dem Schafberg entstanden. »Landfahriges Herz, in Stürmen geprüft, im Weltkampf erhärtet, und oftmals doch Zerknittert von schämigem Kleinmut« – das war sein eigener Seelenzustand. Der Bezug zur Welt des Nibelungenlieds trat im vierten Gesang, »Nebel«, direkt hervor, wo der Falkenschluchtklausner, der frühere Fürstenberater, in einer daherjagenden Nebelwolke ein Weib auf weißem Roß zu erkennen glaubt, das er einst im fernen Ungarlande, im heidnischen Königshause, gekannt hat.

Nach einer diesmal fruchtbareren Studienreise über *Ischl, Gmunden, Steyer, Kremsmünster* auf der Nibelungen- und Ofterdingerfährte im Traungau und an der Donau, wo die alten Abteien besucht wurden – in der Wachau auch der » **Aggstein**« (s. »Gaudeamus«) – und die Gedichte »Des Meisters Konradus Spur« unter »Heinrich von Ofterdingen« in »Frau Aventiure« entstanden ging der Dichter daheim an die Sichtung und Ordnung des neugewonnenen historischen Stoffes. Er war entzückt von der großartigen Kulturmission, welche Österreich als Bollwerk deutscher Kultur im Osten Europas in jener Werdezeit erfüllt hat; ein ganzer Roman »von des Nibelungenlieds Anfängen« stand ihm vor der Seele, den er der Chronik vom Wartburgkrieg voraussenden wollte; nach einem Besuch von Worms gestalteten sich die Anfangskapitel! Aber neue Aufregungen lenkten ihn ab von der Arbeit. Ein letztes Wiedersehen mit Emma Mackenrodt vor ihrer Abreise nach St. Petersburg, wo ihr Gatte auf Jahre hinaus eine vorteilhafte Stellung angenommen hatte, bewirkte, daß er sich wieder den »Bergpsalmen« zuwandte. Mackenrodts verabschiedeten sich in Karlsruhe.

Es trieb ihn noch im Spätherbst ins Hochgebirg, diesmal nach der Schweiz. Auf dem bereits tief verschneiten *Faulhorn* und auf der Aussichtswarte von *Seelisberg* kam es zum Abschluß der »Bergpsalmen«, die großartigen Hochlandsstimmungsbilder »Nebel« und »Gletscherfahrt« verdanken wir dieser Reise. Voll Todessehnsucht hatte Scheffel im Gedenken an Emma auch unterwegs das in »Frau Aventiure« dem »Einen aus Schwaben« zugeschriebene Abschiedslied »Von Liebe und Leben scheidend« gesungen. Da riß ihn eine neue Einladung ans Hoflager auf der Wartburg aus diesen poetischen Abschweifungen. Er sollte dort, wie ihm Arnswald schrieb, die bisher entstandenen weiteren Abschnitte des Sängerkrieg-Romans vorlesen! Und dabei steckte er mit seiner Arbeit noch immer im 10. Jahrhundert! Er meldete sich außer Stand, zu kommen. Ein Mißverständnis drängte ihm, als er wieder daheim war, die Vorstellung auf, der Großherzog Karl Alexander habe ihn aufgegeben. Da kam die Melancholie des Dichters zu einem kritischen Ausbruch. In der Kuranstalt *Brestenberg* am Hallwyler See im Kanton Aargau fand er seitens des Arztes Dr. Adolf *Erismann* vorzügliche Pflege (vgl. meine ältere Biographie und Frey, »Briefe J. V. v. Scheffels an Schweizer Freunde«). Der von der Krankheit benachrichtigte Großherzog entband den Dichter in freundlichster Form von der Aufgabe, die diesem so gegen alles Vermuten zum Verhängnis geworden war. Schnell besserte sich des Leidenden Zustand. Am 1. Januar 1861 dankte er dem Großherzog. » *Ganz* aufgeben,« schrieb er in dem Briefe, »kann ich aber die Gestalten meiner Träume und die Arbeit meines Herzens erst dann, wenn die arme Seele *für immer und jeder* Arbeit unfähig geworden, und dies wird, so Gott will, noch nicht mein Fall sein, wenn zur Zeit auch ein wenig Bleistiftzeichnen und Herumsteigen im Schilf und an den flutumspülten Mauern des alten Hallwyler Schlosses schier meine einzige vernünftige Beschäftigung sein darf.«

Scheffel weilte bis in den März dieses Jahres in Brestenberg. Wirklich genesen war er noch nicht, als er ins Vaterhaus zurückkehrte. Ein Dichter war er geblieben: ein *Lyriker*. Sein Zustand gestattete ihm auf lange hinaus nicht mehr das anhaltende Arbeiten und Beharren des Geists in einer bestimmten Welt fremder Zustände, wie es das Schaffen eines Romans erfordert. Schon am Hallwyler See, wo er auch den ganzen nächsten Sommer über wohnte – in dem Landhaus des ihm befreundet gewordenen Aargauer Oberrichters und Dichters Dössekel – war ihm manches Lied gelungen (s. »Nachgelassene Dichtungen«). Nach Ausflügen von Karlsruhe auf die Burgen der Rheinpfalz entstanden jetzt die Gedichte »König Richard von England« und »Trifels« (s. Bd. 6 »Frau Aventiure« und »Gaudeamus«). Wer wehmütige Schluß des letzteren, die Stauferzeit in klassisch schönen Bildern feiernden Gedichts ist bezeichnend für seine damalige resignierte Stimmung.

Auch im folgenden Jahr bekämpfte er sein Leiden hauptsächlich durch Wanderkuren. Im Frühjahr ging er von *Tübingen* – wo er beim greisen Uhland vorsprach, ohne den schon schwer Kranken sprechen zu können – über die Schwäbische Alb, wo er auf dem Lichtenstein Wilhelm

Hauffs Denkmal besuchte, und durch den Schwarzwald zum Hallwyler See, wo er wieder Station machte. Im Herbst marschierte er den Rhein hinauf ins *Engadin*. Er verweilte in Vulpera und Pontresina und hier reifte in ihm der Plan, die aus der Stoffwelt seines Nibelungen- und Wartburgromans ihm bisher erwachsenen Lieder, um weitere ergänzt, abrundend zu einem Ganzen zu vereinen. Am 17. September dieses Jahres dichtete er auf einem Steinblock am Fuße des Roseggiogletschers, wo er zehn Jahre zuvor mit Häusser dem Piz Bernina und seinen Nachbarn ein burschikoses Schmollis zugetrunken hatte, das feierliche Bekenntnisgedicht seines Ofterdingers »Auf wilden Bergen«, das in »Frau Aventiure« das Schlußstück bildet. Der Muse des Abenteuers, der die alten Minnesänger gedient und die auch die seine geworden, brachte er jetzt den Becher als Weihetrunk dar. Nach ihr, der »spröden Unholdin«, die sein Sehnen so oft »irrfahrtwärts« getrieben und der er doch als »treuster ihrer Ritter« gedient, benannte er das Buch, das, wie er nun dem Burgherrn der Wartburg schrieb, den Eindruck machen sollte, »als hätte ein zur Zeit des Sängerstreits lebender Mann, der mit ritterlichen Sängern und Singerknaben, Mönchen und fahrenden Leuten bunten Verkehr hatte, eine Sammlung von Liedern der Zeitgenossen zusammengestellt.«

Anfang Juni 1863 erschien die Sammlung unter dem Titel » *Frau Aventiure. Lieder aus Heinrich von Ofterdingens Zeit*«, dem Großherzog Karl Alexander, Burgherrn der Wartburg, gewidmet, in seiner ganzen Anlage als kulturhistorisch schildernde Poesie der Nation dargeboten. Welche Rückschlüsse die Gedichte auf den von Scheffel nur im Geiste gestalteten Roman vom Sängerkrieg auf der Wartburg gestatten, das findet der Leser in der Volksausgabe meiner größeren Biographie auf Seite 331-333 zusammengestellt. Welche Fülle eigenen Erlebens dieser »historischen« Poesie zugrunde liegt, lassen schon die hier gebotenen Andeutungen erkennen. Wüßten wir Näheres von seinen Aufenthalten im Elsaß und in Paris, in Nord- und Südfrankreich, so würde sich wohl auch ein Persönliches Motiv für den Lieder-Zyklus »Des Meisters Geheimnis« (Walter von der Vogelweide) nachweisen lassen.

Das Erscheinen der »Frau Aventiure« war nicht nur äußerlich ein Markstein auf dem dornenvollen und doch auch wieder oft von duftigstem Rosenflor umwachsenen Lebenspfad unseres Dichters. Das neue Buch fand eine viel allgemeinere und günstigere Beachtung in der Presse als er erwartet hatte. So konnte er sich nunmehr auch rückhaltlos der großen Popularität freuen, zu der ohne sein Zutun und gegen seinen Willen neuerdings die *humoristischen Zechlieder* gelangt waren, die er in sorgloserer Zeit für die Heidelberger »Frankonen« und dann für den »Engeren« gedichtet hatte. Bereits 1856 waren die älteren derselben durch den für sie begeisterten Schwanitz dem Herausgeber des Magdeburger (späteren Leipziger) Kommersbuchs mitgeteilt und von diesem in das letztere aufgenommen worden. Auch handschriftlich und mündlich hatten sie sich allenthalben auf den deutschen Hochschulen verbreitet. Etwa um dieselbe Zeit, da Scheffel in Rippoldsau 1858 das von Wehmut diktierte Geleitwort zur zweiten Auflage seines »Trompeter« schrieb, hatte in Karlsruhe die Jahresversammlung der deutschen Naturforscher und Ärzte dem an ihr teilnehmenden Pfarrer Schmezer Gelegenheit geboten, die geologischen Kneiplieder seines lieben »Meister Josephus« vor dem sachverständigsten Publikum aus ganz Deutschland zum Vortrag zu bringen. Die Aufnahme war ein Triumph von Scheffels Humor; die ernstesten Geologen mußten in jenen Spätabendsitzungen ihrer Sektion sich vor Lachen schütteln, als sie die »Saurierei« »zu tief in die Kreide« geraten sahen und den Basalt als »geologischen Romeo« zu begreifen gelehrt wurden. In Heidelberg beschloß dann der »Engere« infolge der Nachfrage, die ihm im Laufe der Jahre von Scheffel gestifteten Lieder als »Ausgabe für Freunde« drucken zu lassen. Der Dichter gab nur zögernd seine Einwilligung. Und er war noch in Brestenberg, als das Preisausschreiben des Verlegers des »Allgemeinen Deutschen Kommersbuchs«, M. *Schauenburg* in Lahr, für die besten Kompositionen dieser Lieder im März 1860 zu dem »Preissingen« in *Mannheim* führte, bei welchem Häusser einer der Preisrichter war. Ein Quartett, aus den Sängern Ditt, Stepan, Schlösser und Rocke unter Vincenz *Lachners* Leitung bestehend, brachte die preisgekrönten der neuen Melodien in Mannheim, Heidelberg und Karlsruhe zum Vortrag.

Als das Buch »Frau Aventiure« erschien, kamen der Aufnahme, die dies Werk ernster Poesie fand, jene Erfolge zugute. Noch ein anderer Umstand begünstigte die Aufnahme. Der Wiederherstellung der Wartburg gab in diesem Sommer, den Scheffel wieder auf dem Land, diesmal zu Pienzenau in Oberbayern verbrachte, das Wartburgfest der deutschen Kunstgenossenschaft die Weihe, und der schwungvolle Festgruß, den Scheffel auf Ersuchen des Großherzogs von Weimar für das am 21. August stattfindende Fest dichtete, ließ ihn als den erklärten Dichter der Wartburg erscheinen. (S. Nachgelassene Dichtungen.)

Scheffel hatte in *Pienzenau* dem Münchener Kunstschriftsteller Ernst Förster sein Landhaus abgemietet und blieb bis in den Dezember in diesem erquicklichen Bergasyl. Von Ludwig Steub wurde er hier oft abgeholt zu größeren Wanderfahrten an die oberbayrischen Seen und in die sich um diese ausbreitende Bergwelt. Noch hoffte er, den Roman vom Meister Konradus zustande zu bringen. Zu heiteren Symposien kamen die Maler Aug. Fischer, Cäsar Metz, Wilhelm Klose, der Komponist Robert v. Hornstein, die Dichter Wilh. Hertz und Heinrich Leuthold aus München zu ihm herüber. Durch diesen Verkehr wurde sein guter Humor wieder wach: das Lied vom »Tazzelwurm« ist damals für die Einweihung eines kleinen Gasthauses bei den Audorfer Almen entstanden, für das Aug. Vischer ein humoristisches Drachenbild in Anspielung auf die in der Gegend heimische Drachensage gemalt hatte. Auch mit Felix Dahn, der ihm als begeisterter Verehrer inzwischen näher getreten war, und mit Julius Braun und seiner Gattin feierte er hier ein Wiedersehen. Ebenso wurde er durch einen Besuch Ludwig Häussers, einen »Einfall« mit Weinproben, in der ländlichen Stille erfreut, worüber er in vorzüglichem Mönchslatein dem »Engeren« eine ausführliche Epistel sandte (f. »Scheffels Leben und Dichten«, S. 606).

Als er diesmal heimkehrte, durfte er sich für völlig hergestellt halten. Die Menschenscheu war von ihm gewichen. Mit Genugtuung erlebte er, daß auch die Vaterstadt in ihm den Dichter zu schätzen wußte, dessen frischer Ruhm in ganz Deutschland wiederhallte. Die Karlsruher Künstlerkolonie, die seit der Berufung von Schirmer (1854), Karl Friedr. Lessing (1858), Adolf Schrödter (1859) und eben erst wieder von Feodor Dietz unter dem Protektorate des mit *Luise* von Preußen verheirateten Großherzogs *Friedrich* einen wachsenden Aufschwung genommen hatte, veranstaltete zum 20. Februar 1864 ein Fest, in welchem lebende Bilder nach Gedichten aus »Frau Aventiure« gestellt wurden, während Feodor Dietz in einem großen Vortrag dieses Wert würdigte und pries. Ähnliches geschah auch in München, Nürnberg, Zürich und andern Kunststädten, Die Mutter schrieb in höchster Freude nach dem Karlsruher Feste an Arnswald, daß dieser Abend einen Wendepunkt in Josephs ganzer Anschauung von seiner Vaterstadt hervorgebracht habe. Und ein Paar Wochen später verlobte er sich in gehobenster Stimmung mit einer jungen Freundin seiner Mutter, dem Freifräulein *Karoline von Malsen*, der einzigen Tochter des damaligen bayrischen Gesandten in Karlsruhe, eines Witwers. Gemeinschaftliche Beziehungen zur Münchner Kunst- und Künstlerwelt hatten die Annäherung bewirkt. Am 22. August erfolgte die Hochzeit im Hause der Braut. Die gleiche Liebe zur schönen Natur und zu ihrem Genuß in frischer Wanderung beseelte das Paar, Scheffel hatte für das erste Ehejahr das Dössekelsche Landhaus zu Seon am Hallwyler See wieder gemietet. Ehe sie dort ein idyllisches Leben begannen, führte die Hochzeitsreise die Neuvermählten über Säckingen, den Hohentwiel, den Bodensee, in die Schweiz und weiter nach den italienischen Seen. Die Mutter war selig über die guten Nachrichten, die sie im Laufe des nächsten Jahres aus Seon erhielt – es war ihre letzte Freude! Noch vor der Geburt des ersehnten Enkels, am 5. Februar 1865, starb Frau Josephine Scheffel an einem Gehirnschlag, tiefbetrauert von den Ihren, aber auch von dem großen Kreise derer, denen sie als Dichterin und Dichtermutter, als Mitstifterin des Karlsruher »Elisabethenvereins« und Vorstandsdame des dortigen Frauenvereins lieb und wert war.

Scheffel hatte in Seon begonnen, in seinen beträchtlichen Vorrat noch ungedruckter Poesien Ordnung zu bringen. Ein junger Künstler, Anton v. *Werner* aus Frankfurt a. d. Oder, ein Schüler Schrödters und an Scheffel von Frau v. Wartenberg in Berlin (s. S. 36) empfohlen, hatte sich ihm, ganz erfüllt von Begeisterung für den deutschen Geist, den liebenswürdigen Humor und das malerische Element in Scheffels Dichtung, innig angeschlossen, und Scheffel hatte ihm beim Großherzog von Weimar den Auftrag vermittelt, eine Reihe von Kompositionen in Aquarell nach Szenen aus »Frau Aventiure« auszuführen. Jetzt verband er sich mit ihm zur

Herausgabe des »Juniperus« mit historischen Anmerkungen und historisch empfundenen Illustrationen, und als der schmucke Band unter dem Titel *Juniperus, Geschichte eines Kreuzfahrers«* gerade nach Ausbruch des Kriegs zwischen Preußen und den mit Österreich verbündeten kleineren deutschen Staaten im Sommer 1866 fertig wurde, sprach er in der Vorrede den Wunsch aus, daß die gemeinsame Arbeit des Künstlers und Dichters Zeugnis ablegen möge von der guten Kameradschaft eines Mannes vom Oberrhein und eines Mannes von der Oder, »von deutschen Herzen, die nichts wissen und nichts wissen wollen von Haß, Trennung und Bruderzwist.«

Noch vor dem Tod seiner Mutter hatte Scheffel auch den Plan gefaßt, seine »feuchtfröhlichen« Lieder für den »Engeren« mit anderen Gedichten zu vereinen, die in Italien wie in deutschen Wald- und Bergrevieren auf seinen Reisen entstanden waren. *»Gaudeamus! Lieder aus dem Engeren und Weiteren«,* sollte die Sammlung heißen, und noch in Seon begann er, die beiden Abteilungen durch neue Gedichte zu ergänzen. Die Trauer um die Mutter unterbrach dann die Vorbereitungen. Erst ein halbes Jahr später kam das Unternehmen wieder in Fluß; er hatte für den Deutschen Philologentag, der am 26. September 1865 in Heidelberg zusammenkam, seinem Freunde Professor Holtzmann als Vertreter des Festausschusses versprochen, zum Festmahl im Bankettsaal des Schlosses ein Lied zu dichten; in diesem ließ er nun das Heidelberger Faß als »geleerte Grüße« die versammelten Germanisten feierlich begrüßen. Er selbst nahm an dem Feste teil. Das waren wieder Jubeltage für die »engeren« Freunde, vor allem Häusser und Schmezer – Knapp war schon 1859 gestorben – als Scheffel den Aufenthalt etwas verlängerte, und es wurde diese Auffrischung für ihn zum Ansporn, nun energisch an das Unternehmen zu gehen. Er dichtete noch nach einem Besuche bei Eduard Witter in Neustadt a.d.H. das Lied zum Preise des Pfälzer Weins (»Der Fünfundsechziger«) wie er schon früher dem württembergischen Elfinger nach einem seiner wiederholten Besuche des kunstgeschmückten Klosters Maulbronn in der »Maulbronner Fuge« ein Loblied gewidmet hatte, und dann nach einem Ausflug mit Anton v. Werner nach dem ihm durch das Waltharilied teuer gewordenen Wasgenstein das nach diesem benannte Lied, in dem noch einmal die patriotische Tendenz seiner Jugendpoesie prophetische Worte fand: »... Wann greift ihr wieder nach den Schilden? Wann grünt des Reichs verdorrter Baum?« Auf Grund solcher auf Wanderfahrten gewonnener Lokaleindrücke waren auch die schon älteren Gedichte vom Aggstein an der Donau bei Kremsmünster, von Schloß Runglstein bei Bozen und dem crokusumblühten Zavelstein bei Teinach im württembergischen Schwarzwald entstanden. Schon war die neue Liedersammlung im Druck, da starb – am 16. März 1867 – Ludwig Häusser. So wurde das schöne Widmungsgedicht, in welchem Scheffel vor der Welt bekannte, was ihm für die Entwicklung seiner Poesie Alt Heidelberg und der »Engere« gewesen, für den von ihm innigst betrauerten Präsidenten des letzteren zum »Requiem«. Es war auch eine Rechtfertigung seiner eigenen »Feuchtfröhlichkeit«.

> »Nun schau ich aus solidem Schwabenalter
> Auf dieser Lyrik jugendtollen Schwung
> Und reiche lächelnd meinen Liederpsalter
> Den Zechern allen, die im Herzen jung.
> Wer Spaß versteht, wird manchmal kräftigst lachen,
> Und wen manch Lied schier allzudurstig däucht,
> Der tröste sich: 's war anders nicht zu machen,
> Der Genius Loci Heidelbergs ist feucht!«

Und der freundliche Anruf des Dichters: »Gaudeamus!« (»Laßt uns fröhlich sein!«) fand ein tausendfaches Echo im Vaterlande. Der hier in mannigfachster Beleuchtung schillernde und funkelnde Humor war so echt deutsch, der weite Kreis der Zecher, die im Herzen jung, nahm die Gabe so dankbar auf, daß binnen Jahresfrist vier Auflagen des Buchs vergriffen waren und jedes folgende Jahr von ihm neue nötig wurden. Unter denen, die Scheffels Perkeo- und Rodenstein-Humor voll zu würdigen wußten, befand sich Graf Otto v. *Bismarck,* der Kanzler des Norddeutschen Bundes.

Doch der Sänger der Lieder konnte des starken Erfolges gerade dieses Buches nicht froh werden. Einige Zeit nach dem Tod seiner Mutter hatte Scheffel es für seine Pflicht gehalten, zu dem vereinsamten kränkelnden Vater zu ziehen und sich des hilflosen blöden Bruders Karl anzunehmen. Das war für seine Nerven nicht gut, und stimmte nicht zu dem Lebensplan, den er bei seiner Werbung um Karoline v. Malsen hatte verwirklichen wollen. Die Geburt seines Sohnes *Viktor* am 20. Mai 1867 zu Clarens am Genfer See schuf ihm noch eine große Freude. Doch bald darnach wurde der Tod des Freiherrn v. Malsen zum Anlaß, daß seine Tochter mit ihrem Kind zu ihrer Großmutter ins Salzburgische zog. Es war der Beginn einer dauernden Trennung. Am 16. Januar 1869 starb dann auch der Vater Scheffels im 80. Lebensjahr. Dieser jähe Wechsel von frohen und traurigen Erlebnissen konnte gewiß nicht befruchtend zu neuem Schaffen auf den Dichter wirken. Wohl hörte er nicht auf, zu planen und zu hoffen, und manch echtes lyrisches Gedicht ist ihm selbst in dieser Zeit gelungen, so das schöne Trostgedicht *»Maimorgengang«*, das noch 1869 in der *»Gartenlaube«* erschien und seine Versöhntheit mit Vaterstadt, Gegenwart und Vaterland besiegelte (s. »Nachgelassene Dichtungen«).

Nach dem Tod seines Vaters hatte er so manchen Freundschaftsbeweis von Freunden des Hauses erhalten, denen er sich entfremdet hatte. So mancher seiner Jugendfreunde, wie Kamm, Lepique, v. Preen, Ellstätter, Adrian Bingner, der 1879 ans Reichsgericht nach Leipzig kam, die Brüder Karl und Gustav v. Stoesser und deren Vetter Ludwig v. Stoesser, befanden sich in höheren Staats- und Justizämtern. Der Verkehr im Hause des Ministers v. *Freydorf*, dessen junge Frau *Alberta* als Tochter der Bühnenkünstlerin Wilhelmine von Cornberg seiner Mutter sehr nahe gestanden hatte, öffnete ihm die Augen über die patriotische Tendenz der preußenfreundlichen Politik des Großherzogs *Friedrich*, was seine Sympathie für Deutsch-Österreich freilich nicht schmälern konnte. Der kunstsinnige Landesherr und seine Gemahlin hatten schon früher ihre freudige Teilnahme an des Dichters Schaffen bekundet. Rudolph v. Freydorf war 1866 bei Bildung des Ministeriums Mathy Präsident des Ministeriums des Großherzoglichen Hauses und der auswärtigen Angelegenheiten geworden, auf welch letzterem Posten er auch in Jolly's Ministerium blieb. Als im Sommer 1870 in Karlsruhe die 14. Versammlung deutscher Architekten und Ingenieure stattfinden sollte, schloß Scheffel den von ihm erbetenen »Festgruß der Stadt Karlsruhe« mit der prophetischen Mahnung aus dem Munde Erwins von Steinbach, des 1840 schon von seiner Mutter zu patriotischem Zwecke heraufbeschworenen Erbauers des Straßburger Münsters: »Architektur: des Deutschen Reichstags Hallen! Ingenieurs: die Brücken übern Main!«

In dem Jahrzehnt von 1866 bis 1876 wurde Scheffel der Lieblingsdichter der Generation deutscher Jugend, deren beste Kraft 1870 auf den Schlachtfeldern in Frankreich die großen Siege mit erstritt, dank denen am 18. Januar 1871 in Versailles die Gründung des neuen deutschen Reichs vollzogen werden konnte. Seine dreinschlagfröhlichen Lieder vom Jahre 1848 »Als die Römer frech geworden« und »Am Grenzwall«, die ernste Ballade vom Rodenstein, die den Mann beschwört, der dessen Flammberg schwingen kann, hatten im Felde zu den beliebtesten Kriegsliedern gehört. In jener Zeit stieg die Zahl der Auflagen des »Trompeter« auf fünfzig. Der Verleger O. Janke in Berlin, der aus der Konkursmasse des Meidingerschen Verlags das Verlagsrecht am »Ekkehard« bis zum Jahre 1870 erworben hatte, vertrieb mit dem größten Erfolg den von ihm veranstalteten Nachdruck; und von 1870 an erlebte der Roman von dem tapferen Kampf der alemannischen Mannen und Mönche gegen die feindlichen Landbedränger im Bonzschen Verlag Auflage auf Auflage. »Frau Aventiure« wurde in diesem Jahrzehnt in sieben, »Gaudeamus« in einundzwanzig Auflagen verkauft. Ganz unabhängig hiervon fanden Scheffels Lieder aus dem »Engeren« in flotten wirkungsvollen Melodien den Weg in immer weitere Kreise des Volkes; die schönsten Lieder aus dem »Trompeter« und »Frau Aventiure«, von Abt, A. Jensen, Riedel, Reinthaler, Ignaz Heim, Kalliwoda, Neßler, R. Stocker u.v.a. komponiert, wurden zu Lieblingen der am Klavier singenden Jugend. In demselben Zeitraum eroberten sich die in ihrer Art klassischen Prachtausgaben mit A. v. Werners Bildern den Salon. Dem illustrierten »Juniperus« folgte 1868 das große »Gaudeamus« mit seinem reichen köstlichen Holzschnittschmuck. Weihnachten 1869 brachte als Neuheit die »Bergpsalmen«, begleitet von den sechs großen Stimmungsbildern Werners aus der Alpenwelt, und 1872 erschien der »Trompeter von Säkkingen« mit Werners meisterhaften, in Humor und Ernst echt Scheffelisch anmutenden Illustrationen und wurde in dieser Gestalt von Kritik und Publikum mit gleicher Wärme begrüßt.

Da Scheffel die *Bergpsalmen* gleich als Prachtwerk und ohne jedes erläuternde Wort herausgab (erst später erfolgte die kleinere Ausgabe), so kam diese Dichtung nur allmählich ins Publikum. Die Vielen, welche jetzt in Scheffel vor allem den Humoristen liebten, fanden sie zu düster und herb und begriffen nicht recht, wie ein Scheffel zu diesem Ton kam. Doch ihrer Würdigung kam die sich im deutschen Volke gerade nach 1870 immer mehr verbreitende Begeisterung für den Besuch der deutschen Alpenwelt entgegen, jene Bewegung, die erst zur Gründung, dann zum Zusammenschluß des deutschen und des österreichischen Alpenvereins führte. Ein besonderes Interesse nahm an diesem Hohenlied auf die Heilkraft der Alpennatur der königliche Einsiedler auf Hohenschwangau, *Ludwig II.* von Bayern, dessen Kabinettssekretär jetzt August v. Eisenhart war.

Noch einmal schrieb Scheffel »Reisebilder.« Schon nach der Kapitulation von Straßburg hatte er 1870 seinem Freund und Verleger Adolf Bonz gemeldet: »Für den Fall, daß Deutschland das Elsaß behält, möchte ich in irgend einer Weise mit der Feder des Historikers und Poeten an der Deutschumstimmung der wiedergewonnenen welschen Brüder tätig sein. Wir dürfen alle Gott auf den Knien danken für die Geschicke dieses Sommers.« Er plante eine volkstümliche historische Erzählung aus dem Elsaß und machte dafür Studienreisen in die ihm altvertraute Vogesenlandschaft. Die 1872 in *»Über Land und Meer«* veröffentlichten *»Skizzen aus dem Elsaß«*, die sich besonders mit Rosheim, Lützelstein, Ratsamhausen, Girbaden und dem Odilienberg beschäftigen (s. Bd. 3), waren das Resultat dieser von Freude am neuen Reich diktierten Wanderstudien. Freudigen Wiederhall im ganzen Vaterlande weckte sein Festlied für die Gründungsfeier der Universität Straßburg am 1. Mai des gleichen Jahres. Erneute Durchforschungen des Wasgensteins und der urkundlichen Papiere des Klosters Weißenburg mögen dem Dichter die Veranlassung gegeben haben, den alten Plan einer wissenschaftlich erläuterten Sonderausgabe seiner Übersetzung des Walthariliedes in Gemeinschaft mit Alfred *Holder* auszuführen. Die Vorrede und die vier ersten Kapitel der Erläuterungen enthalten Stellen, die an die frische Begeisterung anklingen, welche die schöne Vorrede zum »Ekkehard« so anziehend macht. Die Ausgabe erschien 1874 und gleichzeitig brachte der Metzlersche Verlag als Prachtwerk *»Das Waltharilied verdeutscht«* mit Illustrationen von Albert Baur. Im folgenden Jahr hat Scheffel als Gast seines Landesherrn auf dessen herrlichem Sommersitz am Bodensee, dem Inselschloß *Mainau*, der Kaiserin *Augusta* ein Exemplar dieses Werks überreicht, dessen Widmung den Kriegsruhm der Sachsenkaiser zu Ekkehards Zeit zu dem des neuen deutschen Kaiserhauses in Beziehung setzte (s. Nachgelassene Dichtungen). In dem 1875 für die Gründungsfeier der Universität Czernowitz gedichteten Festlied huldigte er dann dem neuen österreichischen Staatsgedanken. Nach Deutsch-Österreich, wo man ihm die poetische Verherrlichung der deutschen »Ostmark« in »Frau Aventiure« und die der Salzburger Alpen in den »Bergpsalmen« warm zu danken wußte, gelangte noch mancher poetische Gruß.

Die letzte größere Dichtung, die er schuf, bot er 1877 seinen Lesern in dem Prachtwerk *»Waldeinsamkeit.* Dichtung zu zwölf landschaftlichen Stimmungsbildern von Julius Marak, radiert von Eduard Willmann.« Das anmutige Idyll, dessen epische Einkleidung recht leicht gesponnen ist, spielt »in der Gegenwart« und reiht kleine landschaftliche Stimmungsbilder von poetischer Anschaulichkeit aneinander. In den ernsten Partien fühlt man sich an die großartigeren »Bergpsalmen«, in den heiteren an den Schwank vom Bruder Rippold erinnert. Auch an dieser Dichtung war Scheffels Herz beteiligt. In dem Konflikt des kunstbeflissenen Försters mit dem schönen Stadtfräulein, das einseitig für die Natur des Südens schwärmt, während er die Heimat über alles liebt, hat er wohl ein Motiv aus seiner eigenen Herzenserfahrung dargestellt. In der treusorgenden Mutter aber, die alles zum Guten lenkt, setzte er der eigenen ein Denkmal. Der Förster, der sich in der Einsamkeit so wohl fühlt und immer sein Skizzenbuch bei sich hat, war ein Bild seiner selbst auch äußerlich, naturgetreu bis auf die hohen Schaftstiefel, die er auf seinem Landsitz auf der Mettnau wegen der Jagd auf das geflügelte Wild im Röhricht des Untersees zu tragen pflegte.

Schon 1872 hatte er sich inmitten der Gegend, die erst sein »Ekkehard« zu einer vielbesuchten Sehenswürdigkeit gemacht hat, in *Radolfzell*, zwischen dem Hohentwiel und der Reichenau, ein Stück Gartenland gekauft, das er » *Seehalde*« nannte und auf das ihm der befreundete Karlsruher Baurat Durm ein Landhaus baute. 1876 kaufte er sich die zwanzig Minuten davon gelegene *Mettnau* dazu, eine auf die Reichenau zu gerichtete Landzunge, auf welcher er an das vorhandene alte Jagdhaus einen stattlichen altertümlichen Turm mit holzgetäfelten Zimmern fügen ließ. Hier, wo einst in dem nicht mehr vorhandenen Herrenhaus der Bischof Wolfgang von Regensburg zur Welt gekommen war, führte er, dem Rat seiner Ärzte gemäß ein freies, vielbewegtes Leben als Gutsherr, Landwirt, Jäger, Fischer, das ihn nur wenig an den Schreibtisch kommen ließ. Gegen seine Besucher übte er, wie u. a. Berthold *Auerbach* gerühmt hat, eine homerische Gastfreundschaft. Hier feierte er in Behagen gar manches Wiedersehen mit altbewährten Freunden, unter denen Eisenhart und Schwanitz die ältesten waren; Julius Braun war schon 1869, Fritz Eggers, dessen Gedichte sein Bruder Karl herausgab, 1872 gestorben. Auch mit seiner Cousine Emma, der er sich nach dem Tode ihres Mannes als ritterlicher Helfer bewähren konnte, feierte er hier ein Wiedersehen, das ihm das verwundene Leid verklärte. Sie wohnte von 1877 an eine Zeitlang im nahen *Waldshut*, dem Wohnort ihres Bruders, eines Arztes. Drüben auf dem Thurgauer Ufer in Schloß *Eugensberg* lebte ihm eine wohlgesinnte Freundin, die Witwe eines seiner Schulfreunde, die Gräfin Wilhelm *Reichenbach*. Als er bei einem Besuch auf der Mainau beim Großherzog von Baden mit König *Karl* von Württemberg zusammentraf, lud ihn dieser zu Besuch in sein Seeschloß zu *Friedrichshafen* ein. Ringsum am See hatte er viele Verehrer; bezeichnend für seine Geschmacksrichtung in der Musik war seine Sympathie für die schlichten Weisen, in die ein jüngerer Beamter in *Engen*, der »Hegausänger« *Stocker*, einige der Trompeterlieder gesetzt hatte. Besonders anregend empfand er den Verkehr mit Alberta v. Freydorf, die mit ihrer Familie wiederholt die Sommerferien der Kinder auf Seehalde und Mettnau verbrachte; ihr überließ er das dramatische Fragment »Die Rosen der heiligen Elisabeth«, das seine Mutter hinterlassen hatte, zur Vollendung. Von den Reisen, die Scheffel noch unternahm, sind besonders erwähnenswert die mit Anton v. Werner unternommenen an die Schweizer Schauplätze des »Ekkehard«, die nach *Ilmenau* zum Besuch des Oberamtsrichters Schwanitz, der ihn in Beziehung zu dem feuchtfröhlichen Verein der »Gemeinde Gabelbach« brachte, die nach *Kissingen* zur Kur, wo er *Bismarcks* persönliche Bekanntschaft machte, die Zusammenkünfte mit Ferdinand *Freiligrath* im gastlichen Hause des »trinkbaren Manns«, des Amtsrichters und Dichters Wilhelm *Ganzhorn* zu *Neckarsulm*. Auch viele Verehrer aus dem Geschlecht der jüngeren Dichter und Schriftsteller besuchten ihn, die über das bei ihm Erlebte treulich in der Presse berichteten. So erfuhr alle Welt, daß aus dem Sänger des »Gaudeamus« ein behäbiger Gutsherr geworden sei, der das Dichten Jüngeren überlassen wolle. Aber unzählige Verehrer hielten an der Hoffnung fest, daß der Dichter die Welt noch mit einem neuen Werk von der Art des Ekkehard erfreuen werde. Wenige wußten, wie heiß der Dichter in schwerer Leidenszeit darnach gerungen hatte, ein solches zu schaffen. Als 1883 die Novelle »*Hugideo*« als Buch erschien, ohne einen Hinweis, daß sie schon 1857 entstanden war, belebte sich diese Hoffnung – vergeblich.

Die Feier seines fünfzigsten Geburtstags am 16. Februar 1876 brachte ihm großartige Huldigungen aus allen Kreisen der Nation. Deputationen, Lorbeer- und Edelweißkränze, Ehrungen, kunstvoll ausgeführte Adressen, Weinproben aus den schönsten Rebengauen des Rheins und der Donau, poetische Grüße von jüngeren Dichtern, die in ihm ihr Vorbild sahen, von älteren, die einen Koryphäen der gemeinsamen Kunst in ihm verehrten, waren die Symbole des herzhaften »Gaudeamus«, in das an diesem Tage die ganze deutsche Welt einstimmte, Freiligrath, der Sänger der 48er Volkserhebung, der jetzt in Cannstatt lebte, brachte in seinem Festgruß – es war sein letztes Gedicht – diese Stimmung zum Ausdruck. Namentlich auch Deutschösterreich beging das Fest mit allgemeiner Begeisterung. Die Städte Karlsruhe, Säckingen, Radolfszell ernannten den Dichter zum Ehrenbürger. Dem großen Festbankett in Karlsruhe wohnte der Großherzog

Friedrich bei, der ihn zur Feier des Tags in den erblichen Adelsstand versetzt hatte. Auch Fürst Bismarck war unter den Gratulanten. Schon vorher hatte Scheffel den bayrischen Maximiliansorden, der nur an hervorragende Männer der Kunst und Wissenschaft nach Beschluß des Ordenskapitels verliehen wird, mit Genugtuung begrüßt, und durch die Ordensverleihung, die ihm König Karl von Württemberg hatte zuteil werden lassen, sah er in ehrender Form bestätigt, daß man im Geburtsland seiner Mutter das schwäbische Element in seiner Poesie erkannt und gewürdigt hatte. Ihm tat es in seiner Zurückgezogenheit wohl, solche Beweise starker Wirkung seines poetischen Schaffens zu empfangen; er, der abgelöst von der großen Welt und ihren Kämpfen lebte, sah darin einen erhebenden Beweis der Einigkeit im Vaterlande zugunsten der Anschauungen, die er standhaft als Poet in den Zeiten der Reaktion der fünfziger Jahre vertreten hatte.

Wie er sich den ihm wohlgesinnten Fürsten, dem Kaiser *Wilhelm*, so manchem Verein und Freunde im nächsten Jahrzehnt, seinem letzten, bei Gelegenheit als Festdichter dankbar erwies, namentlich auch seinem Landesherrn, dem Großherzog Friedrich von Baden, und dem Burgherrn der Wartburg, Karl Alexander von Weimar, wird in der Einleitung des Bandes »Nachgelassene Dichtungen« zu lesen sein. Dort ist auch » *Die Mär vom Rockertweibchen*« einzufügen, die er als Text zu lebenden Bildern 1875 für einen Wohltätigkeitsabend der badischen Frauenvereine in Karlsruhe dichtete und dann in Rodenbergs »Deutscher Rundschau« erscheinen ließ. Seine geistigen Interessen gehörten längst mehr der deutschen Geschichts- und Altertumswissenschaft als der Poesie an. Viel wurde er in archäologischen und ethnographischen Fragen um Rat angegangen. Für die 1878 in Radolfzell stattfindende Jahresversammlung des »Vereins für die Geschichte des Bodensees« stellte er als literarische Festgabe die »Urkunden der Stadt Radolfzell von 1267 bis 1793 chronologisch geordnet« zusammen (vgl. M. A. Souchay-Ravensburg im Scheffel-Jahrbuch 1905/6). Als 1880 der Württembergische Altertumsverein und die Anthropologische Gesellschaft in Karlsruhe zur Besichtigung der dortigen Sammlungen sich vereinten, befand sich Scheffel im Festausschuß, und zur Belebung des gemeinsamen Mahls im »Palmengarten« trug, nach Julius Hartmanns Bericht, insbesondere die Anwesenheit des Dichters bei, der der Gesellschaft aus einer eben erst aus Italien ihm zugekommenen Kiste mit Capriwein eine reiche Probe vorsetzte und in seiner humoristischen Weise die kulturgeschichtliche Bedeutung dieses Weins erklärte. Im allgemeinen aber mied er die Öffentlichkeit. Seine Kopfnerven waren äußerst reizbar geblieben. Als er im Herbst 1885 noch einmal nach *Berlin* fuhr – er begleitete seinen Sohn dorthin, der als Avantageur bei den Garde-Ulanen eintrat – mußte er den Besuch des Hoftheaters ablehnen, wo man ihm zu Ehren eine Aufführung von *Neßlers* Oper »Der Trompeter von Säkkingen« veranstaltet hatte. Wenn er 1881 nach *Stuttgart* gefahren war, um einer Aufführung von *J. Aberts* Oper »Ekkehard« beizuwohnen, so war das ein großes Zugeständnis seines Interesses. So hielt er sich auch fern vom politischen Leben. Um so zündender wirkte es, wenn er einmal einen Kernspruch in die deutsche Welt klingen ließ, wie die Beschwörung, die sich gegen den »Klassenhaß, Rassenhaß und Massenhaß« wandte. Er hielt es auch hier mit Anakreon: »Doch meine Saiten tönen Nur *Liebe* im Erklingen.«

Sein letztes Festgedicht war für das fünfhundertjährige *Jubiläum der Universität Heidelberg* bestimmt. Er vollendete es in der geliebten Musenstadt, die ihn an seinem 60. Geburtstag zum Ehrenbürger ernannte. Eine Jubiläumsausgabe des »Gaudeamus« war in Vorbereitung, in welche die Lieder zu Ehren der Universitäten Heidelberg, Straßburg, Würzburg und Czernowitz, ein der »Gemeinde Gabelbach« und ein dem »Hegausänger« Stocker gewidmetes Lied Aufnahme fanden. Das Jubiläum der Universität erlebte er aber nicht mehr. Am 9. April 1886 schloß er in seiner Vaterstadt Karlsruhe die längst müde gewordenen Augen, die einst so schönheitskundig und so schönheitsfroh in die Welt geschaut hatten, Herzwassersucht und Verkalkung der Arterien waren die Todesursache. Was er der Nation gewesen, trat hell und einmütig in dem hundertfachen Nachruf zu Tage, den die gesamte deutsche Presse ihm weihte.

Aus welchen schmerzlichen Krisen seine Dichtung erwachsen war, war damals noch nicht bekannt, aber allgemein empfand man die Echtheit ihrer Eigenart und ihr kerndeutsches Wesen. In Scheffels Poesie war an die Stelle *der* Romantik, die aus Vaterlandsliebe und Verzweiflung über das deutsche Elend vor und nach den Freiheitskriegen sich an unklaren Träumen von vermeintlich besseren vergangenen Zeiten berauschte, eine farbenfreudige kraftvolle Wirklichkeitskunst getreten, für welche Naturtreue und historische Wahrheit ebenso maßgebend waren wie das Gefühl für klassische Formschönheit, und deren Stimmungswelt doch eine romantische blieb. Was sie feierte, ist die kräftige Art im Denken, Fühlen, Handeln naturfrischer Menschen aus unserer Ahnenwelt, ist die Schönheit heimatlicher Landschaft und Natur, deren Frische sich mit jedem Frühling erneut. Selber mit romantischen Idealen aufgewachsen, hatte der Dichter 1848 schwer unter ihrem Bankrott in der politischen Welt gelitten, aber aus der tiefen Empfindung für den Widerspruch zwischen Romantik und Wirklichkeit entwickelte sich sein Humor, der mit dem Lächeln der Toleranz das Unzulängliche an beiden bespöttelte und mit burschikoser Keckheit gegen die Herrschaft des Abstrakten im Leben, die »ledernen« Ideen, gegen den Ungeist der politischen Reaktion und die Unnatur im gesellschaftlichen Leben einen fröhlichen Kampf führte. Jener Bankrott machte ihn aber auch im »Ekkehard« zum Propheten einer politischen Überzeugung, die nur von der kraftvollen Kampfbereitschaft eines Volks das Heil desselben in dem unvermeidlichen Kampf ums Dasein mit seinen Feinden erwartet. Schon 1848 hatte er einem Krieg Deutschlands mit Frankreich, wie er 1870 ausbrach, den siegreichen Ausgang und durch ihn die Lösung der »deutschen Frage« prophezeit. Daß Scheffel unter den schweren Schicksalsschlägen, die ihn im frühen Mannesalter trafen, nicht ein Sänger des Weltschmerzes wie Heine geworden ist, dessen Poesie freilich gerade dem Schmerz auch ihre vollsten Töne entrang, daß er vielmehr trotz alledem ein Sänger der Weltfreude geblieben ist, das gibt seinem Charakterbild einen Zug von Stolz und Kraft, der unsere Bewunderung fordert und der harmonisch zu dem Geist seiner Werke stimmt, der das Kraftvolle in Natur und Menschentum, im Kampf wie im Genusse der Freuden dieser Welt feiert. Als Dichter der Naturandacht, im Sinne von Goethes Spruch »Wenn wir in das Freie schreiten, Auf den Höhen da ist der Gott,« hat er nicht seines Gleichen. Ein »treuer Eckart« der modernen Kulturmenschheit, verweist er diese für ihre besonderen Leiden auf die Heilkraft der schönen Natur, die in seinem Leben so große Wunder gewirkt hat und so oft zum Quell seiner Poesie geworden ist, wie es besonders schön sein auf dem Chiemsee gesungenes Lied »Kahnfahrt« ausspricht:

»Kein Mensch kann das uns geben,
Die Minne selber nicht,
Das sonnenwarme Leben,
Das hier zur Seele spricht.

Laß unsern Kahn nur treiben!
Allum ist's fein und schön;
Hier ist vom Weltenbauherrn
Ein Meisterstück geschehn.

Hier prangen Gottes Wunder
In still beredter Pracht:
Fahr ab, verfluchter Plunder,
Der elend mich gemacht!«

Gedichte

Die neue Zeit.

1824.
Selt'nes ward von uns erlebet,
Einer von den großen Tagen;
Ja, die Weltuhr hat geschlagen,
Daß die Mitternacht erbebet.

Funkelnd glänzten die Gestirne
Einem neuen Tag entgegen,
Auf der Erde keimte Segen,
Und der Mensch erhub die Stirne.

Morgenwolken roth und blutig
Kamen d'rauf herangezogen,
Nebel kamen aufgeflogen,
Doch das Herz blieb fest und muthig.

Bis der Strahl vom Himmel zückte,
Bis die Stürme heulten wüthend,
Und die alte Nacht sich brütend
Auf die müden Häupter drückte.

Und es zagten alle Frommen,
Und es seufzte der Gerechte:
„Soll vergehen dieß Geschlechte,
Noch bevor die Sonn' ist kommen?"

Sieh, da tönet eine Stimme,
Macht sich Bahn zu aller Herzen,
Durch die Seufzer, durch die Schmerzen,
Durch das Element im Grimme:

„Einst geschieht des Himmels Wille,
Ihr geht unter All' im Ringen,
Aber *Er* wird es vollbringen,
Und die Weltuhr steht nicht stille."

„Wollt ihr in die Räder fahren?
Wollt ihr am Gewichte zerren?
Wißt ihr's nicht? vor Gott dem Herren
Ist ein Tag gleich tausend Jahren!"

Taubengruß.

Nicht nur im nächt'gen Dunkel,
Auch tags im Dichtgefunkel
Ergreift Venedigs Gäste
Der stillen Prachtpaläste
Goldheller Märchentraum,
Wenn sie die Gondel leise
Die weichen Wellengleise
An des Kanales Fronten,
Den golden übersonnten,
Hinträgt zum offnen Meeresraum.

Der Traum belebt die Logen,
Draus auf den Zug des Dogen
Einst purpurschöne Frauen –
O farbenselig Schauen! –
Hernieder froh geblickt;
Bevölkert die Balkone,
Die einst der Schönheit Throne,
Als Tizians Modelle,
Von goldner Haareswelle
Umkost, den Gruß herabgeschickt.

Vom Markusplatz entflogen,
Gelockt vom Glanz der Wogen,
Umflattern weiße Tauben
Die säulenschlanken Lauben
Der stolzen Meereswacht...
Auch hier der Traum: es winken
Die Augen und es blinken
Der Schönen Prachtgewänder,
Der einst hier Liebespfänder
Solch weißer Tauben Gruß gebracht.

Das neue Jahr!

Ob auch der Türmer es verträumt
Und Winternacht herrscht weit und breit,
Das neue Jahr naht ungesäumt
In jugendschöner Herrlichkeit.
Frohlockend schwärmen ihm voran
Der Freude Genien, leicht beschwingt,
Und sorgen, daß auf seiner Bahn
Der Glocke Jubelgruß erklingt.

Ein Glanz von reiner Zuversicht
Strahlt aus der Stirn dem neuen Jahr,
Ein froh verheißen leuchtend bricht
Aus seinen Augen, hell und klar.
Der Hoffnung Blütenkeime weckt
Sein warmer Blick, wohin er fällt –
Es ist kein Winkel so versteckt,
Drin es nicht seinen Einzug hält.

Drum, Seele, öffne freudig Dich
Dein Segensgruß, der Dich beglückt,
Ob Deine Jugend auch entwich
Und Gram und Sorge Dich bedrückt.
Entreiß' dem Nummer Deinen Sinn
Nun froh das neue Jahr Dir naht –
Und neues Glück ist Dein Gewinn
Und neuer Wunsch und neue That!

Der Traum vom Glück.

Hat dir das Leben auch zerpflückt
Des Glückes frischen Blütenkranz,
Es naht im Traum, was dich beglückt,
Zum Troste die mit mildem Glanz.
Und irrtest du verzweiflungsvoll,
Weil grausam dich die Welt verstieß,
Der Traum vom Glück besiegt den Groll
Und zaubert dir ein Paradies.

Er bauet liebreich wieder auf,
Was das Geschick in Trümmern schlug,
Er trotzt dem rauhen Weltenlauf,
Der Zeit vernichtungstollem Flug,
Er läßt die Toten aufersteh'n
Zu neuem Leben, holdem Thun –
O selig frohes Wiederseh'n,
Wenn wir in seinem Frieden ruh'n!

Und zieht in die Vergangenheit
Kein süß Erinnern dich zurück,
Es zeigt voll Licht und Seligkeit
Die Zukunft dir – der Traum vom Glück.
Die müden Herzen werden jung,
Wenn er an seinen Wundern schafft –
Er giebt der Hoffnung neuen Schwung
Und neue kühne Glaubenskraft.

So groß ist keiner Mutter Harm,
Die treu ein Kind am Busen hegt,
Und sei an Glück sie noch so arm,
Daß Hoffnung nicht ihr Herz bewegt,
Wenn sanft mit seinem milden Glanz
Der Traum vom Glück sie nachts beschleicht
Und einen frischen Blütenkranz
Dem Kiemen Schläfer freundlich reicht.

Zum Jahreswechsel.

1895-1896.

Wenn sonst ein Jahr beschlossen
Den flücht'gen Erdenlauf,
Enteilt es stumm, verdrossen,
Und niemand hält es auf.
Man träumt von künft'gem Lenze,
Ist erst der Herbst dahin;
Die Hoffnung windet Kränze
Der neuen Königin.

Doch heute vor dem Scheiden
Grüßt traut uns seine Hand,
Läßt es noch einmal weiden
Den Blick am deutschen Land,
Von wo ihm Grüße schallen
Voll Preis und Dank – fürwahr,
Was bot es nicht uns allen,
Dies stolze Jubeljahr!

Du Jubeljahr der Siege,
Die unser Volk erstritt,
Als es, gezwungen zum Kriege,
Durch Schlachtendonner schritt –
Du schürtest neu das Feuer,
Das Jene heiß durchloht,
Die uns das Reich so teuer
Erkauft mit ihrem Tod!

Dem Reich nur galt das Ringen,
Dem Frieden Kampf und Streit,
Das krönte das Vollbringen
Mit Siegesherrlichkeit!
Drum ließest Du entfalten
An Gräbern Festesglanz,
Trugst auf dem florumwallten
Gelock der Freude Kranz.

Den Kranz, den mit frohlocken,
Eh' Du von hinnen weichst,
Beim hellen Klang der Glocken
Dem neuen Jahr Du reichst –
Dem jungen zukunftsreichen,
Das, grüßend froh die Welt,
In seiner Hand als Zeichen
Segnend den Oelzweig hält.

Ein freudig Gottwillkommen
Bringt user Herz ihm dar,
O, mög' sein Gruß uns frommen –
Heil, *Friedens*jubeljahr!
Es lädt sein ros'ger Schimmer
Zum Friedensfeste ein –
O, möcht' es uns auch immer
Ein Jahr des Friedens sein!

Ulrich von Hutten im Kampf mit französischen Edelleuten in der Schenke zu Viterbo.

Hutten in Rom.

Es sprach zum jungen Hutten
Herr Eitelwolf vom Stein:
„Dir weiß ich neue Waffen,
Ein andrer Ruhm sei Dein
Als mit dem Schwert in Händen
Zu messen Deine Kraft –
Jetzt fordert tapfre Kämpen
Die Wissenschaft.

Horch, wie so mächtig rauschet
Der Bildung frischer Quell!
Wie strahlt die Morgenröte
Der neuen Zeit so hell!
Tauch' Deine junge Seele
In diese Flut nur dreist,
Und geh' hervor als Ritter
Vom freien Geist!“

Drauf der gelehrte Burgherr
Den Jüngling unterwies –
Nicht wie man Schädel spaltet,
Auf Gegner führt den Spieß,
Nein, wie Latein und Griechisch
Man lernet wohlbedacht,
Wie man erkämpft voll Eifer
Des Wissens Macht.

Der Schüler war gelehrig...
Zwar ließ er nicht vom Schwert,
Doch hielt als Waffe höher
Er seine Feder wert.
Mit scharfen Epigrammen
Von klassischem Latein
Ins Heer der Obskuranten
Wie fuhr er drein!

Im Lederwams des Ritters
Ein fahrender Scholar –
An manchem Musenhochsitz
Er nun zu Gaste war.
In Platos lichte Weisheit
Ward er da eingeführt –
Hat elegant auf griechisch
Jetzt disputiert.

Dann aber zog's ihn mächtig
Zur Stätte höchsten Ruhms,
Nach Rom, der stolzen Wiege
Des Humanistentums.

Erlauchte Professoren
Verhießen ihre Gunst,
Hier wollt' er Meister werden
In seiner Kunst.

Doch wo einst Deutschlands Fürsten
Zum Kaiser man gekrönt,
Hört' er den deutschen Namen,
Sein Vaterland verhöhnt,
Sah er die Ablaßgelder,
In Deutschland aufgebracht,
Verprassen und die Spender
Noch schnöd' verlacht.

Und jäh stieg ihm zur Stirne
Das heiße Blut empor,
Als Kaiser Max, der treue,
Umsonst den Sieg beschwor,
Als er vor Frankreichs Heeren
Die Waffen strecken hieß,
Weil ihn des Reiches Hilfe
Im Stiche ließ.

Da hielt es ihn nicht länger,
Er wollte heim im Flug.
Auf einem Ritt sein Rappe
Ihn bis Viterbo trug.
In seiner Seele klangen
Kernworte, wild und stark,
Die Deutschen zu ermannen
In Geist und Mark.

Doch aus der Herberg scholl ihm
Entgegen andrer Klang,
Französische Gesandte
In Siegesüberschwang,
Die saßen lustig tafelnd
Gar protzig im Gemach,
Berauschend sich beim Weine
An Deutschlands Schmach.

Sie achten nicht des Gastes
Im Lederkoller schlicht,
Sie sehen nicht, welch Feuer
Aus seinen Augen bricht.
Sie prahlen und sie lästern
Laut weiter, frech und frank...
Da greift ans Schwert Herr Hutten,
Da zieht er blank.

Es hatte lang' gefeiert
Der alterprobte Stahl,

Nun springt hervor er flammend
Als wie ein Wetterstrahl...
„Genug, Ihr Herr'n, der Worte!
Es gilt – setzt Euch zur Wehr!
Ich bin ein deutscher Ritter –
Hie Deutschlands Ehr'!"

Sie lachen...„Der – ein Ritter?...
Hallo – er meint es ernst!...
Gieb Raum, zieh' ab in Frieden,
Eh' Du uns kennenlernst!"
Da auf den ersten nieder
Herrn Ulrichs Klinge saust
Und streckt ihn jäh zu Boden...
Den andern graust.

Es giebt der Zorn den Hieben
Des Ritters grimme Wucht,
Noch trifft sein Schwert den zweiten.
Doch schon auf heller Flucht...
Er aber senkt die Waffe
Und blickt sie liebreich an.
„Gelt, das war deutsch geredet?...
So nun fortan!..."

Als dann im Heimatlande
Der Geisteskampf entbrannt,
Und Hutten kühn sein Denken
In Lied und Schrift bekannt,
Da hat sein höchstes Meinen
Er schlicht auf deutsch gesagt,
Deutsch klang hinfort sein Wahlspruch:
„Ich hab's gewagt!"

Waldesfrieden.

Nicht auf dem weichsten Pfühle
Es sich so herrlich ruht
Wie in des Waldes Kühle,
Am Ufer frischer Flut.

Hier wähnt das Herz geborgen
Sich froh vor jeder Pein,
Es schlummern alle Sorgen
In diesem Frieden ein.

Und Glück wir selig tauschen
Für jedes Weh, das schied,
Wenn Wald und Wellen rauschen
Uns zu ihr traulich Lied.
                J. Proelß.

Waldesfrieden.

Nicht auf dem weichsten Pfühle
Es sich so herrlich ruht
Wie in des Waldes Kühle,
Am Ufer frischer Flut.

Hier wähnt das Herz geborgen
Sich froh vor jeder Pein,
Es schlummern alle Sorgen
In diesem Frieden ein.

Und Glück wir selig tauschen
Für jedes Weh, das schied,
Wenn Wald und Wellen rauschen
Uns zu ihr traulich Lied.

Der alte Birnbaum.

Es wächst die Stadt, ihr Wuchs verschlingt
Die grüne Welt, die sie umringt.

Wo, seit am Fluß der Ort entstand,
Ein Obstwald schirmte Wiesenland,
Im Lenz von Blüten übergossen —
Wo vor den Thoren sonst die Saat
Gekeimt, gegrünt, gereift zur Mahd,
Wo Tannenwald das Feld umschlossen —
Da drängte sich die Stadt hinaus,
Ließ Straßen wachsen, Haus an Haus.
Und wo sonst Gärten Geißblattlauben
Mit ihrer Büsche Grün umhegt,
Wo am Spalier vorm Haus die Trauben
Des Hausherrn treue Hand gepflegt,
Der fern vom Stadtlärm drin die Sorgen
Des Amts in sanfter Ruh' verschlief,
Bis heller Amselgruß am Morgen
Hervor ihn zu den Blumen rief —
Da wütet mörderisch das Eisen,
Den Schmuck dem Boden zu entreißen,
Die Sträucher, Bäume hinzuraffen:
Für Steinkolosse Platz zu schaffen.
Ein Haus tritt auf des andern Saum,
Da bleibt für keinen Garten Raum!

Es wächst die Stadt, ihr Wuchs verschlingt
Die grüne Welt, die sie umringt.

Jetzt, wenn der Lenz mit Blütenduft
Uns auf zur Daseinsfreude ruft,
Da heißt es, lange Straßenzeilen
Auf hartem Pflaster zu durcheilen,
Bis uns bewillkommt Wiesengrün,
Auf Baum und Strauch das lichte Blüh'n.
Doch siehe — dort, wo jenen hohen
Gebäuden, die schon unter Dach,
Im Bau begriffen, noch in rohen
Gerüsten, andre wachsen nach,
Da grüßt der Rest von einem Garten,
Da ragt in stolzem Blütenflor,
Mit Aesten, schmuck wie Feststandarten,
Ein alter Birnbaum hoch empor.
Ein letztes Mal sich zu entfalten
In Lenzespracht war ihm gewährt,
Bald wird auch ihn die Axt zerspalten —
Bevor den Blüten Frucht beschert!
Der Abendsonne gold'ne Gluten
Umweben ihn mit lichtem Schein,

Es hüllen seines Duftes Fluten
Ihn sanft in Lenzesträume ein.

Noch steht die Bank, auf der sein Schatten
So manchen Müden schon gekühlt,
Auf der am Abend Kinder, Gatten
In seinem Duft sich wohlgefühlt.

Und sieh, zum Sitz, dem morschen, kommen
Zwei alte Leute, Arm in Arm —
Was mag der Gang dem Pärchen frommen?
Sie blicken traurig und voll Harm,
Indes sie Platz am Baume nehmen,
Der bebend seine Zweige wiegt,
Als schau're ihn vor einem Schemen,
Der drohend ihm vorüberfliegt.

Es wächst die Stadt, ihr Wuchs verschlingt
Die grüne Welt, die sie umringt.

Das m[uß] ein liebeselig Wandern
hinaus [z]um altvertrauten Ort,
Ein jed[e]r sah verklärt im andern
Des kü[n]ft'gen Glückes sich'ren Hort!
Doch al[s] sie kamen her zur Stelle,
Da zäu[n]ten Hecken ein den Baum,
Und ne[b]en ihm da grüßte helle
Ein tr[au]lich Häuschen aus dem Raum.
Die Th[ü]r des Gartens fand sich offen,
Der W[e]g zum Freunde dicht umrankt,
Dort h[a]ben sie ihr höchstes Hoffen
Ihm a[n]vertraut und ihm gedankt!

Und auch das Paar ergreift ein Schauern,
Ein Vorgefühl vom jähen Tod,
Der hier inmitten Grabesmauern
Dem Baume über ihnen droht.
Dem Baum, der ihnen Freund gewesen
Soweit all ihr Erinnern reicht,
Dess' Gruß stets aufgefrischt ihr Wesen,
Auch dann, da längst ihr Haar gebleicht...

Als einst um ihre Stirnen flogen
Die Kinderlocken, blond und braun,
Sind hier zum Spielplatz sie gezogen
Durch offne weite Wiesenau'n;
In seiner Zweige dichter Krone
Da war ihr herrlichstes Asyl,
Dort brach er Früchte ihr zum Lohne
Für ihre Treu' im kind'schen Spiel...
In seines Laubes trautem Schatten
Ward dann der erste Kuß getauscht,

Hat sie als Braut des künft'gen Gatten
Begeist'rungsworten froh gelauscht.
Und als die lange dann Getrennten
Voll Hochzeitsglück sich wiedersah'n,
War's ihnen, als müßt' Segen spenden
Der Baum für ihre Lebensbahn...

Als sie sich dann zum Rückweg wandten
Und an dem Häuschen hing ihr Blick,
Mit seinen Giebeln und Veranden
Ein lauschig Nest für stilles Glück —
Als eben sich, noch frei vom Neide,
Der Wunsch in ihrer Brust geregt:
O, könnten hausen doch wir beide
Bald auch so traut, so grünumhegt! —
Da durften sie — o frohes Staunen! —
Erkennen, daß das Häuschen frei,
Und von den Zweigen klang ein Raunen:
Eilt, daß es euer eigen sei!

Nun ganz und gar ward zum Genossen
Des eignen Lebens, frisch und jung,
Der starke Baum — sein Grünen, Sprossen
Gab ihren Kräften Trieb und Schwung.
Und wenn er bot aus falbem Laube
Der goldnen Früchte - Herrlichkeit,
Wie regte mächtig sich ihr Glaube
An ihres Fleißes Erntezeit.
Wenn aber gar in seine Aeste
Beim frohgestimmten Kindtaufsfeste
Hinauf das Hoch des Vaters scholl,
Da gab's ein Rauschen in den Zweigen —
Er segnete mit sanftem Reigen
Den kleinen Paten liebevoll!

Die Alten unterm Birnbaum plaudern,
Längst sind vom Kummer sie befreit,
Längst wich der Todesahnung Schaudern
Lichtbildern der Vergangenheit.
Der Duft des todgeweihten Baumes
Bezaubert ihren Sinn mit Macht,
Das Eden ihres Lebenstraumes
Ist ganz zur Wirklichkeit erwacht!
Das ist ein Leben und ein Weben,
Es blüht und duftet um sie her,
Sie fühlen sich von Glück umgeben
An dieser Stätte, wüst und leer.
Sie hören ihre Kinder singen,
Und seh'n sie springen hell im Chor,
Die kleinen Stimmen jauchzend dringen
Zum Vogelsang im Baum empor.

Der Alten Herzen froh sich weiten —
Die einst hier klein, jetzt sind sie groß —
Was auch vernichtet all die Zeiten,
Gesegnet blieb ihr Elternlos!
Und mußten sie das Heim auch missen,
Das hier nun stolzrem Baue wich —
Bei jedem ihrer Kinder wissen
Sie traut ein Heim bereitet sich...
Da rauscht's im Baum und weckt die Alten,
Der Mond aus Wolkenschleiern tritt —
Sie aber ihre Hände falten
Und geh'n vom Ort mit festem Schritt.
Doch ehe sie ihn ganz verlassen,
Da machen sie noch einmal Halt;
Die alten Augen zärtlich fassen
Des Baumes mächtige Gestalt.
Ja — so in lichter Blüten Hülle,
Mit seines Wipfels sanftem Weh'n —
Wann auch kein Schicksal sich erfülle —
So bleibt für sie er

fortbesteh'n!

Moosröslein.

Mein Lieb hat Augen himmelsblau,
Ihr Haar ist goldig flachsenM
Wie sie, erstrahlt im Morgentau
Das Röslein moosumwachsen.
Doch fürcht’ ich nimmer ihren Dorn,
Ihr Herz gleich ja der Lerch’ im Korn.
Hold war sie immer, selbst im Zorn,
So oft ich sie betroffen!

Der Liebsten Aug’ ist himmelblau,
Ihr Sinn von lichtem Glanze,
Wie Elfen auf der Blumenau,
Schwebt hin sie wie im Tane.
Was immer mir den Weg verstell’,
Ihr Lachen, klar und glockenhell,
Ist mir ein frischer Labequell
Voll Freud’ und sel’gem Hoffen.

Ostern.

Nun webt die Sonn aus lichtem Golde
Dem Lenz zum Osterfest ein Kleid,
Und jede schlichte Blutendolde
Erstrahlt wie Edelsteingeschmeid.
Das ist ein Leuchten rings und Blühen!
Und hold wie Veilchendüfte wehn,
Ins Herz auch goldne Träume ziehen
Von andrem Frühlingsauferstehn,

Von jenem Lenz, den uns verheißen
Manch Dichter und Prophetenwort,
Von einer Zeit, da nicht das Eisen,
Da Liebe wirkt als Friedenshort:
Da, wie im Frühling alle Säfte
Froh schaffend walten im Verein,
Sich aller Völker frische Kräfte
Des Friedens Eintrachtswerken weihnl

Hin stürzen dann die starren Schranken,
Die Neid und Tyrannei erbaut,
Was heut noch keimt nur in Gedanken,
Entzückt die Welt in Blüte schaut.
Getrennt nicht kniet man vor Altären,
Dann waltet eine Gottheit nur —
Die eine, die beseelt den hehren
Prachtmunderbau der Allnatur!

Ja, kommen wird der Weltbefreier!
Der Morgen, der die Völker eint —
Des Völkerfrühlings Osterfeier,
Den das Prophetenmort gemeint.
Und wie des Lenzes blühend Werden
Im Freien voll nur kann gedeihn,
So kann des Friedens Reich auf Erden
Auch nur das Reich der Freiheit sein!

Rosen im Schnee.

Mögen andre auf dich schelten,
Der du nahst mit Schnee und Eis;
Ich darf, Winter, froh vergelten
Deinen Gruß mit Dank und Preis.

Wenn des Schnees behende Flocken
Lustig wirbelnd vor mir wehn —
Liebesglück und Lenzfrohlocken
Warm durch meine Seele gehn.

Streue deine hellen Sterne
Fröhlich über mich, o Schnee, —
Such' ich doch nicht in der Ferne,
Nicht den Himmel in der Höh'.

Hab' ihn ja schon hier gefunden.
Als mein Herz die Königin
Einst im Schneesturm warb hier unten —
Und du warst ihr Hermelin.

Schneebedeckt die braune kecke
Bibermütze, Schnee im Haar;
Aber trotz der Winterdecke
Sonnenglanz im Augenpaar...

Ringsumher des Winters Zeichen,
Die Natur erstarrt und tot —
Doch voll Leben ihrer weichen
Wangen warmes Rosenrot...

Also hab' ich sie getroffen,
Lust im Auge, Kraft im Lauf,
Und so ging der Liebe Hoffen
Mir im Winter leuchtend auf.

Auf dem Eis noch oft begegnet
Bin ich ihr — wie rann die Zeit.
Liebesrosen hat's geregnet,
Wenn für andre es geschneit.

Diese mögen immer sagen:
Liebe blühe nur im Mai —
Mir kam sie in Winters Tagen...
Und mein Schatz war auch dabei!

Wenn des Schnees behende Flocken
Lustig wirbelnd vor mir wehn —
Liebesglück und Lenzfrohlocken
Warm durch meine Seele gehn.